TOME 1

CAN'T HELP FALLING IN love

Alicia Garnier

Collection New Romance® créée par Hugues de Saint Vincent,
dirigée par Arthur de Saint Vincent
Ouvrage dirigé par Sylvie Gand
Photo de couverture : © Shutterstock
Couverture : Marion Rosière

Pour la présente édition,
© 2021, New Romance®, Département de Hugo Publishing
34-36 rue La Pérouse
75116 PARIS
www.hugoetcie.fr

ISBN : 9782755692778
Dépôt légal : novembre 2021
Imprimé en France par Corlet
N° d'impression : 21050445

NEW ROMANCE®

TOME 1

CAN'T HELP FALLING IN love

Alicia Garnier

Hugo Roman

NOTE DE L'AUTRICE – *TRIGGER WARNING*

Je tenais à faire ce mot pour vous, lectrices, lecteurs, avant que vous ne commenciez *Can't Help Falling in Love*. L'histoire que vous allez lire comprend des passages aux thématiques difficiles comme les abus sexuels et violences sur mineurs, la dépendance (alcool ou drogue), les troubles du comportement alimentaires et certains comportements toxiques. Pour celles et ceux qui auraient vécu ce genre de traumatismes, je voulais que vous sachiez ce qu'il y a dans ce roman. À titre personnel, je sais qu'il y a des moments où l'on est mieux armé qu'à d'autres pour lire une histoire qui peut réveiller quelque chose en nous, et c'est OK. Surtout, prenez soin de vous, c'est essentiel.

À Célio, mon amour, mon âme sœur.
Sans toi, je n'aurais pas réussi
à traverser les épreuves que la vie
a jetées sur notre chemin.
Avec ta main dans la mienne,
je suis prête à continuer à avancer
vers un avenir plus doux
À tes côtés, les yeux tournés
vers notre étoile filante,
tout devient possible et lumineux.

Merci d'être toi.

PROLOGUE

« *Call 911 now*[1]*!* »

Skrillex, *First of the Year (Equinox)*

1. Appelle les secours maintenant !

– Ne bouge pas, surtout ne bouge pas...

Je me répète cette même phrase depuis cinq minutes, la tête cachée sous la couette pour faire le moins de bruit possible. Je dois rester dans mon lit, je le sens jusqu'au plus profond de mes os. Comme ça, il ne saura pas que je suis là, et il me laissera tranquille. Depuis la pièce d'à côté, j'entends maman supplier à voix basse, elle ne veut pas nous réveiller, ma sœur et moi. En revanche, *lui* s'en moque, il parle fort, sa voix est grave et... différente. C'est maman qui m'a expliqué pourquoi il se transformait une fois qu'il faisait nuit dehors, et qu'il buvait trop de boissons pour les grands. Alors elle veille sur nous, et fait tout pour nous protéger.

Mais du haut de mes six ans, je sais déjà que je devrais aider maman à le calmer, sinon demain elle portera encore des lunettes de soleil dans la maison. Et les gens nous regarderont bizarrement sur le chemin de l'école ; je déteste ça. Je serre fort les yeux une dernière fois pour trouver le courage de bouger. Je me lève donc de mon lit, frissonne lorsque mes pieds touchent le sol froid. À pas feutrés, je m'avance prudemment de la porte et colle mon oreille contre le battant en bois.

J'entends maman pleurer, chuchoter quelque chose puis le son d'un nouveau coup et c'est le silence. Je ne peux retenir, malgré moi, un petit gémissement ; je m'inquiète pour elle au point que mon ventre me fait mal. Je ne comprends mon erreur que lorsque les bruits de pas se rapprochent de ma petite chambre. Il y en a treize entre les deux pièces, et je compte par habitude chacun d'eux. Mon ventre se serre de plus en plus, par automatisme je recule vers le lit, mais la peur ralentit mes mouvements.

2… 5… 9… 11…

La porte s'ouvre d'un coup, me faisant sursauter, et la silhouette d'un homme apparaît à contre-jour. Il crispe les poings et titube dans ma direction. En seulement deux enjambées, il me rattrape, m'agrippe le bras et colle son visage puant l'alcool à quelques centimètres du mien.

– Maintenant que ta salope de mère a fermé sa gueule, ça va être ton tour…

Mes yeux se remplissent de larmes et je n'arrive qu'à chuchoter ma prière, mais je sais qu'elle ne sera pas entendue. Elles ne le sont *jamais*.

– S'il te plaît, ne me fais pas mal… Je serai sage, je te promets ! S'il te plaît… Papa.

CHAPITRE 1

« And the clean coming will hurt. And you never get it spotless. When there's dirt beneath the dirt. The liar takes a lot less time[2]. »

Arctic Monkeys, *Dance Little Liar*

2. « Et te purifier va faire mal. Et tu n'en sortiras pas immaculé. Quand la saleté s'accumule sous la saleté. Le menteur prend bien moins de temps. »

LOGAN

– Stop ! Stop ! Stop !

Je garde le silence, fermant les yeux dans une vaine tentative de protéger mon cerveau, déjà bien malmené, par les cris de Vince. Il est à peine 15 heures, il est dégoulinant de sueur et je suis sûr d'avoir déjà reçu un ou deux postillons sur mon tee-shirt.

Je connais Vince depuis dix-sept ans maintenant, quand il m'a « découvert » comme il aime me le rappeler chaque fois que l'on se voit. Chaque putain de fois. En tant qu'agent, c'est le meilleur, un vrai requin. C'est grâce à lui que j'ai connu cette évolution foudroyante au sein de Hollywood. Mais quand vous tournez votre premier *blockbuster* à tout juste huit ans, vous espérez avoir une sorte de guide, de figure parentale pour vous épauler. Et dans ce rôle il était franchement à chier ! Il ne m'a jamais protégé de quoi que ce soit, ou même tout simplement mis en garde contre le revers de médaille de la célébrité… Non il m'a lâché dans l'arène avec pour seule arme une jolie gueule.

À vingt-cinq ans, j'aimerais pouvoir être honnête avec lui, une fois pour toutes, mais je ne dis rien. Au contraire, je serre les dents et je masque mes émotions derrière des lunettes de soleil tout en enfonçant un peu plus ma casquette sur mon crâne. Il continue de me hurler dessus durant cinq bonnes minutes, et je me demande si je vais survivre à ça encore longtemps. Mon mal de tête va finir par m'achever. En même temps, ça résoudrait pas mal de problèmes si je disparaissais de la surface de la planète.

Pouf, plus de Logan Davis. Enfin, les gens me connaissent sous le pseudonyme de Logan Collins. Ne me demandez pas pourquoi Vince a cru bon de changer mon nom de famille, je n'en ai pas la moindre idée.

– Tu m'écoutes quand je te parle, Logan ? Ces photos sont une catastrophe pour ta carrière ! On ne va pas s'en sortir avec un nouveau démenti et un sourire ultra-bright, cette fois-ci. Tu as vraiment merdé !

Mes yeux se portent sur l'écran d'ordinateur qu'il tourne vers moi, une série de clichés me montrent en train de faire la fête dans un club hier soir. Ceci explique pourquoi j'ai l'impression d'héberger une *rave party* sous mon cuir chevelu. Même si j'ai déjà vu tout ça sur la route pour venir ici, je n'arrive pas à en décrocher mon regard. D'autant que, à la différence de ceux qui sont publiés dans les tabloïds, les clichés contenus dans l'e-mail de Vince ne sont pas censurés, on y voit absolument tout. Au début les images n'ont rien de choquant, et je me souviens même de certains moments. Mais plus on avance dans la soirée, plus les photos deviennent... compromettantes. On me voit enchaîner différentes boissons, embrasser des filles mais surtout penché à plusieurs reprises sur la table en train de sniffer un truc. On pourrait croire que c'est le pire, puisque rien que ça va être un beau merdier à nettoyer, mais ça ne s'arrête pas là. Oh que non ! Ils ont fait fort sur ce coup-là, je dois le reconnaître, et ce fichier me met plus mal à l'aise que les autres sans que je comprenne pourquoi. Le monde entier a déjà vu mon cul dans plusieurs de mes films, c'est un fait mais lorsque Vince clique pour lancer la vidéo, je détourne le regard, gêné. Juste le temps d'une seconde, avant d'être irrémédiablement attiré par la musique et les sons qui sortent de l'écran. On m'y voit en pleine action, en train de baiser une fille sur la banquette du club. La vidéo dure huit minutes, putain, et la nana est tout sauf discrète. On arrive à l'entendre malgré la musique ! Vince nous épargne à tous les deux le final en continuant à faire défiler le reste des photos. Je vois à ses yeux qu'il en cherche une en particulier et lorsqu'il tombe dessus, ses narines se dilatent de colère.

– Peux-tu me dire ce que tu vois ?

Je me penche vers l'écran, ne comprenant pas ce qui le gêne sur cette photo en particulier.

– Hum... Moi en train de ranger mon matos ?

– Exactement, tu ranges ton « matos ». Tu n'as pas l'impression qu'il te manque quelque chose à tout hasard, génie ?

– Vince, je marmonne, j'ai passé l'âge des devinettes, j'ai un mal de crâne de fou et je suis attendu sur le plateau dans une heure alors si tu pouvais...

Il ne me laisse pas finir ma phrase, il explose littéralement de colère et se lève en hurlant :

– UNE PUTAIN DE CAPOTE ! Voilà ce qu'il te manque !

Je fronce les sourcils comme si ses mots n'avaient aucun sens ; mon regard se porte sur le cliché et on voit, *clairement*, que je ne porte pas de préservatif. Je lève un peu ma casquette afin de me masser le front. Les gens ne se rendent pas compte à quel point, dans le milieu du showbiz, tout est à portée de main. Et quand je dis tout, c'est bien tout : pognon, drogue, alcool, filles... J'ai vu des trucs, en soirée, qui feraient rougir même le plus grand *hardeur* de porno ; alors, baiser sans capote n'est pas quelque chose d'inhabituel. Mais je ne m'attends pas à ce que Vince comprenne ça, il a passé l'âge de ces fêtes...

– Aujourd'hui, toutes les filles prennent la pilule, non ?

– Parce que tu crois que c'est de ça que je m'inquiète ? As-tu pensé qu'elle pouvait être malade ? Les MST, ça te dit quelque chose, Logan ? Crois-moi, un gosse serait le dernier de mes soucis...

Mon cœur rate un battement avant de dangereusement s'accélérer. À aucun moment cela ne m'a traversé l'esprit, même si je ne me souviens absolument pas d'avoir couché avec cette groupie. Mais je sais que ça m'est déjà arrivé avec d'autres filles, dans d'autres soirées. Suis-je déjà malade sans le savoir ? Est-ce que j'ai pu contaminer d'autres personnes à mon tour ? Suis-je déjà papa ? À cette idée, la nausée me saisit mais je lutte pour ne rien montrer, je vais même jusqu'à forcer un sourire.

– On va faire un petit check-up et je ferai mon *mea culpa* dans un talk-show de ton choix... *Ellen* ou *Jimmy Fallon* peut-être ? On ne va pas faire une histoire pour si peu ! Malgré ton âge, tu sais comment se passent ces soirées ! Et puis, le monde entier m'a déjà vu dans mon plus simple appareil.

– Dans un film, oui, mais pas le nez plein de coke en train de sauter une inconnue dans un club ! Regarde le titre, il est repris en boucle à la télé : « La terrible déchéance de l'enfant star », me rétorque-t-il en esquivant ma pique.

Il se rassied lourdement dans son fauteuil avant de fixer sur moi un regard noir.

– Combien de fois par semaine tu prends cette merde, Logan ?

Nous y voilà... Sans le savoir Vince met le doigt sur un sujet que je cherche à éviter à tout prix, que ce soit avec mes amis ou avec lui. Mais être acteur a quand même des atouts, dont celui de savoir parfaitement mentir, et j'en abuse tous les jours, comme maintenant.

– De temps en temps lorsque je suis en soirée, rien de bien méchant, rassure-toi.

Il me fixe sans rien dire de ses petits yeux marron avant de pousser un soupir de lassitude et, pour être tout à fait honnête, de déception.

– Je ne voulais pas en arriver là, tu sais... Mais dans trois jours ton tournage est fini et tu vas partir te mettre au vert avant que le prochain ne commence. Je ne te laisse pas le choix, Logan, me coupe-t-il voyant que je me prépare à protester. Je sais très bien que tu consommes de la cocaïne comme certains allument une cigarette ! Alors si tu ne veux pas que je t'envoie dans un centre spécialisé pour te sevrer, tu vas aller faire un tour en Virginie chez ta mère. Un long séjour, histoire de faire le point sur ce que tu as fait de ta vie ces dernières années. J'ai besoin que tu sois en forme, tu as encore beaucoup de projets à venir, une belle carrière devant toi, si tu ne bousilles pas tout avant.

Je suis abasourdi. Moi qui pensais que Vince n'en avait rien à foutre, de ma petite personne ! Je suis surpris de voir qu'il a porté une attention toute particulière à ce qui n'allait pas chez moi, et ça me gêne. J'ai l'impression d'être de nouveau un gamin et de me faire engueuler par mes parents, la seule chose que ces gens ont faite d'ailleurs... Je n'étais jamais assez bien, peu importe ce que je faisais, ils me disaient que je pouvais mieux faire ! Le jour de l'enterrement de mon père je n'ai pas versé une larme... J'étais encore jeune, mais je savais déjà ce que ça voulait dire pour moi : être seul avec Crystal et ses critères inaccessibles de fils parfait.

– Si tu tiens tant que ça à ce que j'aille mieux, m'envoyer chez elle n'est pas la meilleure solution, tu le sais. On s'entretuera au bout de vingt-quatre heures !

– Tu seras bien trop occupé à aller faire tous les examens que je vais te faire prescrire, et la montagne de prises de sang qui m'assureront que tu prends tout ça très au sérieux. J'ai construit ta carrière brique après brique, et tu sais le poids que j'ai dans l'industrie. Donc fous-toi encore une seule fois de moi avec un plan comme celui-là et je te grille. Définitivement.

Il accompagne sa menace d'un regard qui crée un profond malaise en moi. On s'est déjà embrouillés tous les deux, mais il ne m'a jamais menacé de bousiller mon nom.

– Sors d'ici, je ne veux plus te voir, tu recevras d'ici quelques jours un e-mail avec les différents rendez-vous médicaux auxquels tu devras te rendre une fois arrivé chez ta mère, me congédie-t-il.

Je reste assis quelques secondes de plus mais Vince ne me regarde plus, il tape déjà quelque chose sur son ordinateur. Je me lève, furieux, et claque violemment la porte derrière moi, m'attirant l'attention des secrétaires. Puéril, je sais, mais c'est un peu la dernière chose qu'il me reste. Je cours presque me réfugier aux toilettes et fais attention à bien verrouiller derrière moi. Je me place devant le mur de miroirs au-dessus d'un immense comptoir en marbre noir avec seulement deux lavabos. Bordel, tout est démesuré dans cette ville...

Je m'asperge le visage d'eau et ça me fait du bien, je me calme un peu. L'agitation ne me quitte jamais complètement, cela fait des années qu'elle et moi sommes liés, mais j'arrive un peu mieux à respirer. Je repasse en boucle les menaces de Vince de me griller dans le milieu et un nouveau nœud se crée dans ma gorge. Malgré tout ce que je peux penser de mon métier d'acteur, j'aime ma vie ici, à Los Angeles. Je peux avoir tout ce que je veux, quand je veux, et il est hors de question que je perde ça. Alors si je dois me tenir à carreau durant un ou deux mois, je le ferai. Ça ne doit pas être bien difficile. Au même moment, je sors de mon manteau en cuir un petit sachet en plastique. La poudre blanche qu'il contient est tout autant l'origine que la solution à mes problèmes.

Je sais au fond de moi que je ne devrais pas céder, au contraire je devrais vider tout ça dans les W.-C. derrière moi. Mais rien que de la voir, je ressens presque déjà la sensation de bien-être et de pouvoir qu'elle va me donner. Alors j'ouvre le sachet et j'en verse une bonne quantité sur le comptoir en marbre. Ma carte de crédit est entre mes mains avant que je m'en rende compte et je sépare mon tas en deux rails bien propres.

Je m'examine dans le miroir en face de moi pour la première fois, aujourd'hui ; d'un geste impatient, j'enlève casquette et lunettes de soleil pour les poser à côté de moi. Mes cheveux châtain foncé sont en bataille et mes yeux bleus, complètement injectés de sang. Une légère barbe commence à gratter sur mes joues mais je sais qu'une fois arrivé sur le plateau de tournage, je serai aussi frais que séduisant. La magie du maquillage. Mais ce que l'on remarque directement, ce sont mes pupilles dilatées. Je suis excité et impatient de prendre cette dose. Ça me fait un choc, c'est la première fois que je me vois juste avant de prendre de la coke. Mais j'en ai trop besoin : entre la journée qui m'attend plus ces histoires de paternité ou de maladie, sans compter mon retour au bercail, c'est bien trop pour moi. Tandis que je me penche pour prendre ma dose, quelqu'un essaie d'ouvrir la porte des toilettes. Mon cœur part dans une course folle avant que je ne me rappelle que j'ai pensé à fermer à clé. Il ne manquerait plus que ça aujourd'hui : être pris en flagrant délit de consommation dans les locaux de mon agent. Je dois résister, je suis plus fort que ça, surtout si toute ma carrière est en jeu. Je m'éloigne d'un pas du lavabo et attrape mes cheveux à pleine main, je tire dessus en espérant calmer le mal de crâne qui m'assaille depuis que j'ai ouvert les yeux.

Mon téléphone émet un bip à cet instant précis, je l'attrape pour consulter le SMS de Lauren, la costar sur mon tournage en cours. Il s'agit d'une photo d'elle, nue sur le lit dans sa caravane à côté des studios. Un deuxième message arrive dans la foulée :

Lauren, 15 h 22 :
J'espère que tu es prêt et dur, bébé... Je t'attends.

Voilà la diversion que j'attendais ! Un sourire carnassier prend possession de mes lèvres et sans plus réfléchir je me penche pour taper mes deux rails. Avec le temps je ne sens presque plus la brûlure de la coke filant dans mon nez, je suis trop concentré sur l'après. La montée. D'ici quelques minutes je serai en pleine possession de mes moyens alors je remballe mes affaires le plus rapidement possible. Après un dernier regard dans le miroir qui me permet d'effacer une trace suspecte à côté de mon nez, je sors comme une furie du bâtiment, en zigzaguant au milieu des paparazzis qui m'attendent devant la voiture. Ils hurlent leurs questions sur mon passage, comme s'ils avaient une chance que j'y réponde. Alors que mon chauffeur m'ouvre la porte et que je m'installe confortablement dans mon siège, les premières sensations font leur apparition, je réponds à Lauren.

Logan, 15 h 35 :
Surtout ne bouge pas, j'arrive.

CHAPITRE 2

« Open your eyes and look outside. Find the reasons why you've been rejected. And now you can't find what you've left behind[3]. »

Avril Lavigne, *Nobody's Home*

3. « Ouvre les yeux et regarde dehors. Découvre pourquoi tu as été rejeté. Et maintenant, tu sauras ce que tu as laissé derrière toi. »

LOGAN

Je tente de remonter ma braguette rapidement même si j'ai encore du mal à maîtriser mes gestes. Il faut dire que l'orgasme foudroyant que je viens d'avoir il n'y a pas deux minutes a laissé des traces. Parvenant enfin à fermer mon jean, je me rends compte que je n'ai pas mis de capote, une nouvelle fois. Merde. Vince va vraiment finir par me faire la peau si je continue comme ça. Avant que je puisse me poser plus de questions, une magnifique paire de fesses nues apparaît dans mon champ de vision, ce qui a le don de me ramener à la réalité.

Une somptueuse blonde se tient devant moi. Je m'aperçois sans aucune once de gêne que je n'ai même pas pris le temps de lui demander son nom avant de m'enfouir en elle.

– Tu prends la pilule ?

Le petit rire de gorge qu'elle laisse échapper en rajustant sa tenue me laisse perplexe. Qu'est-ce que j'ai dit de drôle ? Elle se retourne vers moi après avoir nettoyé son rouge à lèvres qui a légèrement bavé.

– Ne t'inquiète pas, oui, je prends la pilule et si ça t'intéresse je suis clean également. Toi aussi j'imagine ?

Sa question me ramène à la discussion que j'ai eue avec mon agent il y a quinze jours. Dès le lendemain, j'ai dû foncer chez un docteur réputé pour sa discrétion pour aller faire une prise de sang. Normalement les résultats de ces tests sont assez longs à obtenir, pour ma part je les ai eus en vingt-quatre petites heures seulement. Négatif. Le soulagement que j'ai ressenti alors m'a coupé les jambes, mais il semblerait que ça ne m'ait pas appris grand-chose...

Sous le regard insistant de l'hôtesse de l'air, je me contente d'un hochement de tête sec afin qu'elle dégage au plus vite. Elle se baisse dans l'espace exigu et attrape son drôle de petit chapeau qu'elle remet sur sa tête avant de sortir des toilettes. Je prends le temps de me laver les mains et lorsque je me tourne pour les essuyer, mon coude entre en contact avec la paroi du fond. Je me demande comment on a fait pour tenir à deux là-dedans... Je jette la serviette dans le panier prévu à cet effet et sors à mon tour. Une fois de retour dans la cabine principale, je cherche Blondie des yeux mais elle n'est nulle part en vue. Je m'effondre sur le fauteuil en cuir moelleux et laisse mon regard filer vers la vue que nous offre ce vol. Si j'en crois l'écran sur le mur devant moi, je devrais arriver d'ici une heure.

Cela fait maintenant deux semaines que Vince m'a fait son petit sermon et je pensais qu'il avait laissé tomber, que tout ça n'était que des paroles en l'air. Cependant, il y a deux jours il est venu chez moi avec un petit dossier contenant plusieurs feuilles. La première était une liste d'examens à faire dont tous les rendez-vous étaient déjà fixés. Aucun moyen de me défiler. Puis une réservation pour ce vol en jet privé et enfin, une copie d'un échange d'e-mails entre ma mère et lui. J'ai dû le relire deux ou trois fois pour être sûr de bien comprendre ce que j'avais sous les yeux. Afin de marcher dans la combine de Vince, pour m'éviter un trop gros scandale, elle demande à être payée. Cette vieille peau a réclamé une petite fortune pour m'accueillir pour quatre semaines, cinq maximum, dans une maison que j'ai très probablement payée à un moment donné de ma carrière. Elle a même précisé que dans l'idéal, il faudrait que je sois parti pour le 15 janvier. Et Vince a accepté le tout sans broncher.

Un mois, je dois tenir un bon mois ! C'est ce que m'a promis Vince, je dois me mettre au vert, laisser tous les scandales s'essouffler et me « sevrer ». Je grimace en pensant à ce mot. Je ne suis pas un drogué ! J'arrête quand je veux et je vais me tenir à carreau pour les semaines à venir, comme ça, je pourrai rentrer le plus vite possible à L.A. et reprendre mon rythme de vie. Un verre de whisky apparaît comme par miracle devant moi, mon regard remonte le long des doigts manucurés qui le tiennent. Blondie me sourit et je revois cette même bouche encerclant ma queue un peu plus tôt. J'attrape le verre en lui faisant un clin d'œil avant d'en boire une gorgée. La brûlure que l'alcool laisse sur son passage me fait du bien. D'une certaine façon, elle me permet de me focaliser sur autre chose pour quelques secondes. Je regarde mon verre comme s'il pouvait contenir toutes les solutions à mes problèmes, je fais tinter les glaçons quelques instants avant de finir son contenu cul sec.

Je réclame aussitôt un nouveau verre en demandant qu'il soit plus rempli cette fois-ci.

Savoir que je vais revoir ma mère me provoque des brûlures d'estomac, je décide de les arroser d'un peu plus de whisky. On dit que l'alcool donne du courage et aujourd'hui je peux le confirmer. J'ai tellement bu hier soir que je n'ai toujours pas dessaoulé, et je me maintiens durant le vol... Heureusement que Joy sera là. Sans elle, je pense que je n'aurais pas eu le courage de monter dans ce jet. Ma petite sœur a été ma bouée de sauvetage au tout début de ma carrière. Elle était tellement jeune, tout juste deux ans, quand les feux des projecteurs se sont braqués sur notre famille. Dans certaines fratries, une grande différence d'âge empêche que se nouent de vraies relations, mais malgré nos six ans d'écart nous étions très fusionnels. Elle a toujours eu ce regard brillant en me regardant, comme s'il me disait : « Logan, mon grand frère, ce héros. »

Je me demande si elle l'aura encore quand elle me verra débarquer à l'improviste tout à l'heure. Je réfléchis à la dernière fois que j'ai vu ma sœur en chair et en os. Je fronce les sourcils car je dois remonter loin dans mes souvenirs. Je me fige, mon verre à mi-chemin de la bouche. Serait-il possible que ça soit à sa remise de diplôme ? Non, c'était il y a plus de deux ans, ça ne peut pas être ça...

J'attrape mon portable pour ouvrir mes SMS et fais remonter nos très rares échanges. Les anniversaires, les fêtes ou des félicitations pour la sortie d'un nouveau film. Je tombe enfin sur une photo de nous deux en train de rire, ma sœur collée à moi avec son chapeau rouge de jeune diplômée. La date me saute aux yeux :

Samedi 21 mai 2016.

Je relève les yeux sur l'écran de vol pour relire la date du jour : 15 décembre 2018. Mon cœur s'emballe un peu ; comment ai-je pu ne pas voir ma sœur pendant plus de deux ans et demi ? Comme par réflexe, ma main droite se glisse dans la poche intérieure de mon blouson, mais se referme sur du vide. J'ai terminé mon dernier sachet hier soir lors de la soirée mémorable chez Steve et j'ai décidé de ne pas en racheter pour me plier aux désirs de mon manager. Je grogne de frustration et ferme les yeux tout en plaquant ma tête sur le siège pour me calmer. Je vais devoir m'arrêter en route pour acheter un cadeau à ma sœur, mais je ne sais plus rien de ses goûts. Deux ans et demi, c'est long...

Une main légère se pose sur moi et je sursaute. L'hôtesse de l'air que j'ai baisée tout à l'heure m'informe que nous allons atterrir et que je dois attacher ma ceinture. Je la fixe sans rien dire et elle se détourne pour aller s'asseoir plus loin, sur le siège qui lui est réservé. Nous atterrissons quelques minutes plus tard et je peux voir par le hublot que Vince a bien fait les choses : nous sommes sur un aérodrome privé. Il a dû débourser une petite fortune pour que l'on puisse se poser ici. Je regarde le nom de l'aéroport sur l'écran, et ne reconnaissant pas du tout l'endroit, je le maudis un peu plus. Je descends l'escalier de l'avion pour poser les pieds sur le tarmac du « Lynchburg Airport ». Aucun moyen pour moi de trouver de quoi m'amuser par ici, ça m'a l'air d'être un coin perdu...

Une voiture m'attend un peu plus loin et un membre du personnel est déjà en train d'y ranger mes valises. Quelques minutes plus tard, le chauffeur m'accueille puis nous démarrons pour partir chez ma mère. À peine avons-nous quitté l'aéroport que je lui dis de s'arrêter chez un fleuriste pour acheter des tulipes. Lorsqu'il me demande sur le ton de la conversation à qui est destiné ce bouquet, je ne prends même pas le temps de lever les yeux de mon téléphone. Sale vautour ! Tous les mêmes à vouloir récolter la moindre information qu'ils pourront revendre au premier tabloïd du coin... Lorsqu'il se gare enfin devant le magasin, je ne descends pas de la voiture.

Qu'il se démerde, c'est ton travail de combler mes désirs, Vince doit suffisamment le payer pour m'escorter ! Il met quelques secondes à percuter qu'il va devoir y aller pour moi. Je ricane en le voyant se précipiter à l'intérieur de la boutique. Les minutes défilent et je deviens anxieux, je ne peux empêcher mes jambes de sautiller et je mordille la peau de mon pouce droit. Mais qu'est-ce qu'il fout ? Au moment où je m'apprête à sortir du véhicule, je le vois qui revient. Je le fusille du regard derrière ma vitre et j'attaque dès qu'il s'installe sur son siège.

– Putain, mais vous êtes allé les chercher où, vos tulipes ?

– Veuillez m'excuser, monsieur Collins, mais les tulipes ne poussent pas en cette période. J'ai dû convaincre la fleuriste de me composer ce bouquet à partir d'une commande spéciale pour un mariage...

– Vous savez où vous pouvez vous les mettre, vos excuses bidon ?

Il pose les tulipes à côté de lui sur le siège passager sans rien dire, et je souris, fier de ma repartie. Je jette un coup d'œil aux fleurs et dois reconnaître qu'elles sont jolies, avec toutes ces couleurs vives. J'espère qu'elles plairont à Joy. Le chauffeur m'informe que nous ne sommes plus qu'à quinze minutes de notre destination, mais je ne l'écoute qu'à moitié, répondant aux nombreux textos que j'ai reçus ce matin.

Je suis en train de regarder une nouvelle photo de Lauren lorsque le chauffeur m'annonce qu'on est arrivés. Je lève les yeux et découvre, au bout d'un chemin bordé d'arbres, une maison de taille bien plus modeste que je ne l'avais imaginée. Elle a néanmoins du charme avec son porche où des fauteuils nous invitent à profiter du calme.

Il n'y a qu'un seul étage, en revanche et l'entretien des espaces verts laisse à désirer...

Crystal, on dirait bien que tu as dû faire des sacrifices ces dernières années.

Cette pensée mesquine me fait sourire. Ça n'a jamais été le grand amour, entre ma génitrice et moi, encore moins ces dernières années.

Une fois que le chauffeur a déchargé mes valises sur le perron, je sors de la voiture à mon tour. Il me tend le bouquet de fleurs et part aussi vite qu'il est arrivé. Je prends une minute pour respirer l'air frais de Virginie avant de monter les quelques marches qui me séparent de la porte. J'hésite une seconde à entrer sans sonner, mais après tout, c'est moi qui l'ai payée, cette maison, alors j'abaisse la poignée et pousse le battant. Je n'ai pas le temps d'observer les lieux car mon regard se braque sur ma sœur en train de descendre un escalier.

Elle est clairement surprise de me voir. Pétrifiée serait plus juste puisqu'elle s'est arrêtée à quelques marches du rez-de-chaussée, sa bouche formant un joli O. Ma mère ne l'a donc pas prévenue de ma venue, ce qui ne m'étonne qu'à moitié. Je brise le silence pesant :

– Alors, c'est comme ça qu'on accueille son grand frère ?

J'ouvre grand les bras, ma main droite tenant toujours le bouquet, mais Joy reste plantée sur sa marche et croise les bras. Ah. Les miens retombent le long de mes flancs et, mal à l'aise, je me balance d'un pied sur l'autre. Une console sur ma gauche attire mon attention et je pose mes affaires dessus ; j'en profite pour retirer mes lunettes de soleil et ma casquette noire. Je passe la main dans mes cheveux, de la même couleur que ceux de ma sœur, mais les siens sont beaucoup plus longs. Sa silhouette toute fine mais musclée a été sculptée par toutes ces heures passées à danser, à s'entraîner encore, et encore. Elle se décide enfin à descendre les dernières marches mais lorsque je m'approche d'elle, elle lève une main pour m'arrêter. Et j'obéis instantanément ; elle m'a toujours menée à la baguette même si elle fait dix centimètres de moins que moi et doit peser cinquante kilos tout habillée.

– Qu'est-ce que tu fais ici Logan ?

– Je n'ai pas le droit de venir passer les fêtes de fin d'année en famille ?

– Cela n'a pas semblé être une de tes préoccupations ces dernières années, pourquoi ce revirement de situation ?

Touché.

– Car tu me manquais Jojo, voilà pourquoi !

Je sais pertinemment qu'elle déteste ce surnom mais ses épaules se détendent un petit peu dès qu'il passe mes lèvres. Alors je franchis les deux pas qui me séparent d'elle et je la prends dans mes bras. Elle disparaît littéralement dans mon étreinte et je m'imprègne de son délicat parfum floral.

– Et si tu arrêtais de mentir comme tu respires, pour une fois ? dit une voix sur ma droite qui me fait serrer les mâchoires dès le premier mot.

Crystal, notre mère, est assise dans un fauteuil dans ce qui semble être le salon et elle a déjà un verre de vin posé devant elle sur une table basse en bois. Il n'est même pas midi mais je me rappelle les verres de whisky déjà consommés en vol alors je m'abstiens de tout commentaire. Joy se dégage de mon étreinte et regarde dans sa direction en attendant que ma mère s'explique. Je serre les poings en détournant le regard de cette femme qui m'a donné la vie.

– Ton frère a été *obligé* de venir ici, car il a encore fait n'importe quoi. Sauf que cette fois-ci, il y a des preuves partout dans la presse.

– Qu'est-ce que tu as fait, Logan ? me demande ma sœur dans un souffle, comme si prononcer ces mots à voix haute risquait de lui faire mal.

– Rien de grave, ne t'inquiète...

– Si te faire prendre en photo en train de sauter une fille qui doit avoir l'âge de ta sœur dans un club, le nez plein de drogue, n'est rien de grave pour toi... Alors effectivement rien de grave, crache Crystal.

– Mais ferme ta gueule, *putain* !

Je hurle ce dernier mot avant de me rendre compte que je n'aurais pas dû dire ça. Le sourire méprisant qui apparaît sur le visage de Crystal me confirme mon erreur. Elle jubile. Ma sœur me regarde, choquée. Je tente de lui prendre les mains mais elle s'esquive, ses magnifiques yeux bleus embués de larmes. Je bous de colère contre cette bonne femme qui a toujours eu ce don particulier de me faire péter les plombs. Un silence assourdissant s'abat sur nous deux tandis que Crystal ricane en allumant une cigarette. C'est à cet instant précis qu'une voiture klaxonne devant la maison et me fait sursauter. Joy semble se ressaisir et me contourne vivement, attrape un sac à côté de la porte et se dirige vers la sortie. Je la saisis par le poignet au passage mais elle se dégage d'un mouvement brusque en me fusillant du regard.

– Ne pars pas comme ça, on doit parler !

– Riley m'attend, j'avais des choses prévues. La prochaine fois, tu prendras ton téléphone pour prévenir, me dit-elle avant de claquer la porte d'entrée derrière elle.

– Bienvenue à la maison, Logan, susurre Crystal depuis son fauteuil.

Fou furieux, je rouvre la porte et vois ma sœur monter dans une vieille voiture. Au volant je ne distingue que la silhouette de ce Riley. Son combo casquette et capuche de sweat m'empêche de bien l'identifier. Mais je le déteste instinctivement, et cela ne s'arrange pas quand, depuis sa voiture, ma sœur me fait un doigt d'honneur.

C'est qui ce mec, putain ?!?

CHAPITRE 3

« And I forget just why I taste. Oh yeah, I guess it makes me smile. I found it hard, it's hard to find. Oh well, whatever, never mind[4]. »

Nirvana, *Smells Like Teen Spirit*

4. « Et j'oublie ce que je goûte. Oh oui, je crois que ça me fait sourire. J'ai trouvé ça dur, j'ai trouvé ça dur à trouver. Oh, peu importe. »

LOGAN

– J'aurais également besoin que vous remplissiez ceci.

Je fixe le flacon durant plusieurs secondes, une moue de dégoût accrochée au visage. Elle ne croit quand même pas que je vais m'exécuter sans protester ? Je m'apprête à lui dire où elle peut se mettre son truc mais elle me devance.

– Vous savez très bien que M. Spencer a été ferme sur le sujet. Si vous refusez un seul examen, il en sera informé dans la minute...

Connasse.

Même phrase qu'hier. Elle sait qu'elle me tient avec cet argument, je n'ai pas de levier possible face à Vince. Si je n'obéis pas comme un gentil petit chien, il pourrait me rayer de ses clients d'un battement de paupière et je serais foutu. Avec un grognement, je me penche pour attraper le flacon sur le bureau, un sourire échappe à l'infirmière Johnson. Dans sa jeunesse elle devait être une de ses rares beautés, car même maintenant elle reste charmante. J'ai toujours eu le fantasme de coucher avec une femme plus âgée que moi, je pourrais bien avoir trouvé ma conquête... Et puis l'uniforme de l'infirmière est peut-être un cliché mais il marche pour moi ! Alors que je passe en mode « drague », ma jambe droite se met à tressauter toute seule, son regard se pose directement dessus et son expression s'assombrit aussitôt. Elle se reconcentre alors sur ses fiches sans plus me regarder, toute trace de sourire disparue.

– Comme je vous le disais, j'ai besoin de vous faire passer une analyse d'urine. Le programme d'aujourd'hui est plus simple qu'hier : une prise de sang, l'entretien avec le docteur Simon et, pour finir, un détour aux toilettes. Vous serez libre comme l'air pour la journée ensuite.

Comprenant que toutes mes chances de séduction de mon infirmière sont réduites à néant, je laisse mon côté cynique reprendre le dessus.

– J'ai hâte ! Vous n'imaginez pas à quel point...

Je n'attends pas sa réponse, je sors de son bureau en claquant la porte derrière moi, puis je me dirige vers la petite salle d'attente pour aller m'y asseoir. Ça va, ce matin il n'y a pas grand monde, juste un couple de vieux. Je remets ma casquette, par réflexe, pour cacher mon visage le plus possible. Cela fait seulement quelques minutes que je suis assis lorsque les tremblements dans ma cuisse reprennent. Ça a commencé dès que je suis arrivé chez Crystal. La nuit, je suis même réveillé, couvert de sueur, par les crampes. Et en journée j'ai droit aux douleurs dans les jambes ou les mains. Je ne sais pas d'où cela vient, il faudrait peut-être que j'en parle au Doc tout à l'heure, je pourrais avoir attrapé la grippe ou quelque chose du genre. La différence de température entre Ploucville et L.A. est affligeante...

– Monsieur Davis ?

Je mets quelques secondes à comprendre que l'on s'adresse à moi, j'ai perdu l'habitude d'être appelé par mon vrai nom de famille. Je me dirige vers une nouvelle infirmière, et nous entrons dans une petite pièce blanche. Pour seul mobilier, un fauteuil, un tabouret et une petite table. Charmant. J'enlève mon manteau que j'accroche à la patère de la porte, j'en profite pour cacher le flacon dans ma poche intérieure avant de me détourner pour me diriger vers le fauteuil. Une fois installé, je remonte une manche de mon pull, et ferme les yeux.

– Vous craignez les prises de sang, monsieur Davis ?

– Non pas spécialement, mais je n'aime pas la vue du sang, le mien ou celui des autres. À moins que vous ne vouliez me ramasser d'ici cinq secondes, il est plus sage que je garde les yeux fermés.

Un petit rire est la seule réponse que j'obtiens, puis je sens un coton humide que l'on frotte dans le creux de mon coude. Vient ensuite le garrot et enfin des petits doigts frais palpent la zone de piqûre à la recherche d'une veine. Mon rythme cardiaque s'accélère un peu, car qui dit veine, dit sang. Bon Dieu, que ce calvaire se termine vite, le garrot me fait mal, et je n'aime pas ne pas voir ce qui m'entoure ! C'est en partie pour ça que je n'ai jamais touché à l'héroïne, au crack ou à une autre drogue du genre. Je n'aurais pas pu me transpercer la peau...

L'infirmière me demande de prendre une grande respiration, ce que je fais, puis je sens l'aiguille s'enfoncer. Je serre les mâchoires en même temps que mon poing, mais très vite le garrot est enlevé et c'est terminé. En rouvrant les yeux, mon regard est attiré par la seule couleur vibrante dans la pièce. Sur un petit plateau se trouvent les deux tubes de sang. Je sens la sueur couler le long de mon dos, il est temps que je sorte d'ici. Dès que le pansement est mis en place, je bondis du fauteuil comme un diable de sa boîte. En moins de temps qu'il n'en faut pour le dire, je suis rhabillé et sors sans un mot de plus. J'ai besoin d'air. Le Doc attendra.

À l'instant où je pousse la porte du centre médical, je prends une grande inspiration, puis deux, puis trois. Je me plie en deux, prêt à vomir, les mains sur les genoux, et je reste là, attendant que tout se calme. Les battements de mon cœur mettent plusieurs minutes à retrouver un rythme normal. Je n'ai jamais compris pourquoi la vision du sang me mettait dans cet état, mais rien n'y fait. Je perds tous mes moyens dès qu'une moindre goutte perle à mon doigt. Je me redresse prudemment, enlève ma casquette et me passe la main sur le visage. Lorsque je l'en retire, je m'aperçois qu'elle est humide. Je suis moite de transpiration, et je reste comme un idiot dehors alors qu'on doit frôler le zéro degré. Je fixe ma paume, qui petit à petit se met à trembler, je la serre en même temps que les mâchoires.

– Allez, tu peux le faire. Tu n'es pas un pauvre débile, tu es Logan Collins, bordel ! Tu vas y arriver !

Il faut que je me change les idées avant mon entretien avec le psy, sinon il va lire en moi comme dans un livre ouvert. J'attrape mon téléphone et appelle en FaceTime la seule personne que j'ai envie de voir en ce moment : Joy. Les sonneries s'enchaînent, mais elle ne répond pas... Je lève le visage vers le ciel gris, et je regarde le petit nuage que crée ma respiration en quittant mes lèvres. Je me perds dans cette vision toute simple, mais je suis rapidement ramené sur terre.

– Monsieur Davis, le docteur Simon vous attend pour votre rendez-vous.

– J'arrive, je réponds à l'infirmière Johnson avant de pousser le soupir le plus long du monde.

Au moment où je me dirige vers elle, mon portable se met à sonner, je le regarde et souris. Enfin ! Je fais un geste en direction de l'infirmière puis m'éloigne pour décrocher.

– Salut, petite sœur !

Je distingue mal son visage. On dirait qu'elle se trouve dans une pièce où la lumière est tamisée mais pour autant il y a beaucoup de bruit autour d'elle.

– Tu m'as appelée ? Je n'ai pas entendu l'appel, tout va bien ?

– Oui, oui ça va. Je voulais juste prendre de tes nouvelles, je ne t'ai pas revue depuis que je suis arrivé...

– Ouais, j'ai dormi chez Riley, je n'avais pas envie de gérer l'ambiance à la maison. Mais je pense rentrer ce soir, j'ai besoin de réviser certaines matières, me répond-elle en regardant quelque chose par-dessus son téléphone.

– J'aimerais qu'on puisse parler aussi. Joy, tu m'écoutes ? Mais qu'est-ce que tu fais ? je m'agace.

Elle souffle, puis change de place et enfin je peux voir son visage plus clairement. Elle plante finalement son regard chargé de frustration dans le mien.

– J'attends que le cours de boxe de Riley finisse, puis je l'accompagne récupérer des trucs sur le campus, et ensuite on révise ensemble. Mais j'ai prévenu maman que je dînerai avec vous ce soir.

– Tu passes beaucoup de temps avec Riley...

Cette réflexion m'échappe avant que je ne puisse la retenir. Elle me jauge plusieurs secondes avant de simplement répondre :

– Oui.

Son attention est soudain attirée par quelqu'un d'autre et je vois son visage s'éclairer, ses yeux pétillent littéralement, et un immense sourire s'épanouit sur ses lèvres.

– Joy ?

– Je dois y aller, Riley a terminé. À ce soir !

Sans plus de cérémonie, elle me raccroche au nez. Et en un clin d'œil, je vois rouge. Une colère sourde prend possession de moi et j'ai envie de taper sur quelque chose. Ou quelqu'un. Ce Riley, par exemple, ferait un très bon punching-ball. Je serre tellement fort mon portable que je l'entends pousser une plainte sinistre, mais cela ne me permet pas d'évacuer ma colère. Au contraire, je m'imagine serrer la gorge de ce type jusqu'à ce que petit à petit il perde connaissance, et lâche enfin ma sœur.

Mon corps tout entier se met à trembler sous les émotions qui m'assaillent, et mon envie de meurtre ne fait qu'augmenter. Je fixe toujours mon iPhone comme si Joy allait miraculeusement me rappeler en s'excusant. Un cri de rage monte le long de ma gorge et sans plus y réfléchir, je lance mon téléphone de toutes mes forces. Lorsque je le vois s'écraser à plusieurs mètres de moi, je me sens mieux. Un court instant seulement. Je comprends trop tard ce que je viens de faire, et d'un coup je me sens las, comme vidé de toute énergie. Les quelques mètres que je dois parcourir pour aller le récupérer me paraissent interminables. Le bilan est peu glorieux, l'écran est totalement fissuré et il refuse de se rallumer.

– Merde, il ne manquait plus que ça !

– Monsieur Davis...

– Ce n'est pas le moment, putain ! je la coupe sèchement en exhibant mon portable. J'ai autre chose en tête, je me casse d'ici. Tout ça ne sert à rien, strictement à rien !

– Vous savez que si vous ne suivez pas le programme...

– Allez pleurer dans les jupons de Vince, je m'en fous ! Je ne pourrais pas tomber plus bas que maintenant. Non, mais regardez-moi !

J'ouvre grand les bras devant elle, la laissant me détailler et je sais ce qu'elle voit. Même si j'essaie de me voiler la face, tous les signes sont là. J'ai envie d'une dose. Vraiment envie. Et à cet instant, je n'arrive pas à comprendre pourquoi je m'inflige ça. Pour ma carrière ? Est-ce si important ? Vince est-il aussi puissant qu'il me le laisse entendre ? J'ai juste besoin d'un petit rail et mes pensées seront plus claires, je pourrai reprendre possession de mon corps. Je sursaute lorsque je sens une main sur mon bras.

– Rentrez avec moi, on pourra discuter autour d'un café...

J'ôte sa main d'un mouvement d'épaule et je m'en vais. Je l'entends m'appeler plusieurs fois, mais seule l'envie de ma prochaine dose me motive. Rien d'autre. J'avale les mètres, puis les kilomètres sans savoir où je vais, mais cela m'est égal. Mon esprit est concentré sur la sensation de manque qui transpire par chaque pore de ma peau. Comme pour me torturer un peu plus je repense à ma dernière dose, chez Steve, vendredi soir. Nous sommes seulement mardi. Quatre petits jours se sont écoulés, et pourtant cela me paraît une éternité. Je m'arrête soudainement en plein milieu du trottoir car je m'aperçois que je ne suis pas resté aussi longtemps sans consommer depuis... des années.

Une personne me bouscule, puis m'insulte. Un peu sonné, je me décale légèrement pour ne plus être en plein milieu du passage, et je regarde enfin autour de moi. Il semble que j'ai rejoint le centre-ville ; des familles rentrent et sortent des boutiques alentour, de grands sourires sur leurs visages. L'esprit des fêtes de fin d'année qui approchent, certainement. Je lève les yeux à cette stupide pensée, il n'existe rien de tel que l'esprit de Noël, tout ça c'est juste commercial. La porte derrière moi s'ouvre, me faisant sursauter : un bar.

Sans très bien savoir comment, je me retrouve assis sur l'un des tabourets du comptoir, les mains tremblant de plus en plus. Le barman, un homme d'une trentaine d'années, les bras entièrement tatoués, s'approche de moi. Il me détaille comme si j'allais sortir une arme de mon manteau.

– Une bière. Celle que vous voulez, je m'en tape.

Nerveusement, je vérifie que ma casquette est toujours bien en place. Car si quelqu'un me reconnaît en train de boire dans un bar, un mardi avant midi, cela ne sera pas bon pour mon image déjà bien abîmée. Vince va me tuer de ne pas avoir suivi son plan à la lettre, mais sincèrement, c'est au-dessus de mes forces. Laisser un psy entrer dans mon esprit alors que je suis autant exposé : mauvaise idée.

– Et voilà pour vous, m'interrompt le barman.

Je fixe le verre de whisky devant moi sans comprendre.

– Hum... J'avais commandé une bière...

– Et je fais ce métier depuis suffisamment longtemps pour savoir que ce n'est pas d'une bière que vous avez besoin. Ou de ce qu'il y a dans mon bar, pour être honnête. Mais ça, dit-il en pointant le verre, ça aidera un peu...

Il se détourne pour servir d'autres clients, me laissant perplexe. Est-ce que j'ai une pancarte qui clignote au-dessus de la tête disant : « A besoin d'une dose de C » ? Je me surprends à discrètement lever la tête avant de rigoler doucement et de descendre le verre d'alcool comme si c'était de l'eau. Et quelque chose me dit que ce n'est que le premier d'une longue série...

CHAPITRE 4

« Maybe I should cry for help
or maybe I should kill myself.
Blame it on my ADD baby.
Maybe I'm a different breed,
maybe I'm not listening,
so blame it on my ADD[5]. »

Awolnation, *Sail*

5. « Peut-être que je devrais crier à l'aide ou me supprimer. C'est à cause de mes addictions, bébé. Peut-être que je suis d'une autre race, peut-être que je n'écoute pas, c'est à cause de mes addictions. »

LOGAN

– Et si tu me raccompagnais chez moi ? J'y ai tout ce qu'il faut pour qu'on s'amuse comme il faut, me susurre-t-elle à l'oreille.

Mon cœur tambourine un peu plus vite car je sais ce qu'elle sous-entend et tout mon corps crie son désir. Mais j'ai envie de savourer cette terrible attente qui va, enfin, s'achever lorsque je serai chez elle. Elle me pousse gentiment contre le mur derrière moi et colle sa poitrine impressionnante contre mon torse. Ses lèvres pulpeuses se plaquent sur les miennes sans plus de cérémonie, mais cela m'est égal. Je me sens bien. Vivant. Alors j'attrape une poignée de ses cheveux, lui arrachant un gémissement, et approfondis notre baiser. J'enfonce ma langue dans sa bouche, la fouille, la dévore. J'entends vaguement les bruits du bar quelque part sur la droite, la musique, les discussions des gens. Nous avons une audience, c'est certain. Une pensée me traverse si rapidement l'esprit que je n'arrive pas à la saisir, mais ce n'est pas le moment de toute façon. Pas quand une beauté plonge sa main dans mon jean et commence à me toucher par-dessus mon boxer.

Je rejette la tête en arrière, profitant pleinement de ce « massage » ; elle saisit l'occasion pour mordiller mon cou et se frotter contre moi, faisant monter la température entre nous de quelques degrés supplémentaires. Je reprends violemment ses lèvres, sans aucune délicatesse mais elle me rend coup pour coup. Lorsque le goût du sang envahit ma bouche je recule, haletant.

– Putain, je rêve où tu viens de me mordre ?

– Tu es aussi délicieux que tu en as l'air, me répond-elle pour seule excuse.

J'essaie de me concentrer sur son visage, mais je dois être plus bourré que je ne le pensais car ses traits sont flous. En revanche, je n'ai aucun problème pour voir son corps de déesse, je me demande ce que cela veut dire de moi. Un petit gloussement m'échappe, mais je le ravale très vite quand la pression sur mon érection se fait plus forte.

– Tu n'as pas répondu à ma question... Tu veux monter chez moi pour profiter de tout ce que j'ai à t'offrir ?

Je laisse un sourire carnassier étirer mes lèvres et lui réponds simplement : « Ouais », m'attendant à ce qu'on parte tout de suite. Mais non, la demoiselle à d'autres projets puisqu'elle reprend ses travaux manuels avec encore plus d'ardeur. Ses gestes sont vifs et précis. Beaucoup trop pour que je tienne longtemps. J'essaie de le lui faire comprendre, mais je ne sais pas si les mots qui quittent ma bouche sont intelligibles. Et soudain je franchis une ligne, plus rien ne pourra s'interposer entre moi et l'orgasme qui va s'abattre sur moi. Que je sois dans un recoin crasseux d'un bar, avec des gens autour de moi, n'a plus aucune importance. S'ils regardent, c'est leur problème, pas le mien. Les mordillements dans mon cou reprennent et lorsqu'elle arrive à la jonction de mon épaule, elle me mord beaucoup plus fort, trop fort. Comme si c'était le signal qu'attendait mon corps, je me répands dans mon boxer. La respiration lourde, je mets plusieurs secondes à reprendre totalement mes esprits. Ce que je remarque en premier est le silence pesant qui m'entoure, j'entrouvre les yeux pour m'apercevoir que tous les clients du bar me fixent. Mes joues s'échauffent sans rapport avec mon orgasme récent, je cherche automatiquement des yeux ma partenaire et ne la trouve pas immédiatement. Elle est un peu plus loin, dans un renfoncement de porte, et elle me sourit, vicieusement. Je m'approche d'elle, énervé, mais elle ne me laisse pas parler.

– J'étais obligée de faire ça, pour voir si tu étais vraiment motivé pour venir chez moi... Maintenant je sais que oui : tu es prêt à te faire branler dans un bar devant tout le monde !

Elle se retourne et monte l'escalier dissimulé derrière la porte ; je m'apprête à l'envoyer se faire foutre lorsque la lumière accroche ce qu'elle tient dans sa main droite. Un petit sachet en plastique rempli de poudre. Elle disparaît en haut des marches sans se retourner, persuadée que je vais la suivre. J'attrape mes cheveux à pleine main, luttant contre moi-même. Si je monte je m'abaisserai à son petit jeu et serai son petit toutou, mais je pourrai aussi taper dans sa coke.

– Fait chier !

Les premières marches sont les plus dures à monter mais j'ai la sensation de survoler les autres, tellement je suis impatient de sentir de nouveau cette impression de toute-puissance prendre possession de mon corps. Cependant, cette fois-ci, j'irai dans la foulée faire tout ce que me demande Vince. Mais pas sans cette dose, j'en ai besoin pour aller mieux, pour pouvoir ensuite faire ce qu'il me demande. Je pousse la seule porte entrouverte sur le palier, et je la vois assise, dos à moi sur un canapé qui a connu des jours meilleurs. La pièce est à son image, miteuse, sombre et humide, mais le pire dans ce triste décor, est qu'elle est saturée par l'odeur d'urine.

La nausée me saisit et je cherche un endroit pour vomir, en vain. Il y a juste ce foutu canapé. Je déglutis comme je peux en refoulant mon malaise et m'avance pour remarquer qu'il y a une table basse de fortune sur laquelle elle est en train de séparer deux belles lignes blanches. Et tout d'un coup plus rien n'a d'importance. Mon humiliation en bas : oubliée. Ce lieu miteux : c'est ma Terre promise. Décevoir mes proches et Vince : rien à foutre. Sentir la brûlure familière dans mon nez : aussi vital que respirer.

En deux enjambées, je contourne le divan et m'agenouille à ses pieds, juste devant les traces qu'elle a fini de former. Puis elle se penche sur la table et sniffe la première avant de pousser un petit cri de bien-être et de s'avachir en arrière. Elle pose sa main sur mes cheveux et par une petite pression me signifie que c'est mon tour. Je n'hésite pas une seule seconde, à l'aide de mon pouce gauche je bouche ma narine et reproduis ce que j'ai fait en venant au monde : inspirer. L'impression de légère brûlure ne dure qu'un instant, je m'assieds au sol et bascule la tête sur l'assise du canapé, attendant sagement le moment où tout sera mieux. Mais je n'arrive pas à me détendre suffisamment, mon boxer colle à ma peau, il est tout poisseux, c'est franchement dégueulasse. J'ai l'impression d'avoir de nouveau douze ans... L'odeur d'urine est bizarrement de plus en plus forte, et ma nuque commence à me faire mal mais je n'ai pas la force de me relever et partir. Je me complais dans cette situation merdique.

Je sens les prémices de mon *high* arriver, et je ne peux retenir un ricanement, ça m'a tellement manqué.

– Qu'est-ce qui te fait rire ?

Je sursaute, ayant totalement oublié que je n'étais pas seul. J'arque un peu plus la tête en arrière pour la regarder et ce que je vois me fait froncer les sourcils. Mon cœur se met à battre la chamade, comme s'il avait compris avant moi ce qu'il se passait. Je me redresse un peu trop vite et la pièce se met à tourner. Quand je me stabilise enfin, j'amorce un mouvement pour quitter la chambre mais sa main agrippe mon poignet. Avec une force remarquable elle me contraint à me retourner et alors je la vois vraiment. Son visage n'a plus rien de flou. Son teint est aussi gris que la cendre, ses yeux sont justes deux orbites noires, et de son nez s'écoule un sang épais, carmin. De la bave s'accumule au coin de ses lèvres et s'étire en même temps que sa bouche en un sourire déformé, terrifiant. Ce rictus est ce qui fait monter la panique d'un cran.

– Tu as eu ce que tu voulais, Logan. Maintenant assume les conséquences !

Sa voix est méconnaissable et je me mets à trembler de tout mon corps, essayant de lui faire lâcher prise. Mais elle résiste sans aucune difficulté, puis tout d'un coup elle brise notre contact et la gravité prend le relais. Je m'effondre sans aucune grâce. Ma tête tape lourdement le sol crasseux, et cela me sonne quelques précieuses secondes. Puisque lorsque mes yeux arrivent de nouveau à faire une mise au point, c'est sur ce visage démoniaque qui se tient juste au-dessus de moi. Alors je ne tiens plus, j'essaie de reculer et crie.

◆ ◆ ◆

Le choc de ma chute sur le tapis est ce qui finit par totalement me réveiller. Je mets un instant à comprendre que je suis étendu sur le sol de ma chambre, les jambes entortillées dans les draps de mon lit. Une fois de plus je suis trempé de sueur, et mon dos me fait un mal de chien. Je dois m'y reprendre à plusieurs fois avant de réussir à me lever, mes appuis sont pour le moins flageolants... J'attrape un tee-shirt posé sur un fauteuil et je m'éponge le visage avec.

Ce cauchemar était vraiment bizarre, cela faisait longtemps que je n'en avais pas fait d'aussi perturbant ! Mais celui-là était particulièrement réaliste, avant de partir totalement en film d'horreur. Malgré la cadence infernale de mon cœur et la sueur qui m'inonde, un frisson remonte le long de mon échine alors que je repense au visage de cette femme. Je ne sais pas quel message tordu essaie de m'envoyer mon inconscient, mais lui, comme les autres, peut bien aller se faire voir.

Je cherche des yeux mon téléphone, par habitude, avant de me souvenir du funeste sort que je lui ai réservé hier matin. Il va falloir que je m'occupe de ça aujourd'hui sans faute, Vince doit avoir essayé de me joindre un million de fois... Alors que je me baisse pour attraper mon jogging resté au pied de mon lit, la nausée me saisit. Ma bouche se remplit tout d'un coup de salive. J'ai vécu ça trop de fois ces derniers jours, pour ne pas savoir que c'est mauvais signe. J'ai tout juste le temps de sortir en courant de ma chambre pour atteindre la salle de bains du palier, avant de vomir les restes d'alcool d'hier. Mon corps est secoué de haut-le-cœur incontrôlés durant de longues minutes et je ne peux rien y faire. Juste supporter une vague après l'autre.

Lorsque je suis sûr que mon estomac a fini de jouer aux montagnes russes, je me relève prudemment et tire la chasse. Je me rafraîchis au lavabo mais j'abandonne très rapidement pour passer à une attaque plus directe : une douche.

Je passe les minutes qui suivent à nettoyer chaque millimètre de mon corps, comme si la crasse de la pièce dans mon rêve était réellement sur moi. Lorsque je ressors de là, j'ai la peau rose de propreté et je suis un peu plus calme. J'enroule une serviette autour de mes reins avant d'essuyer la buée sur le miroir au-dessus du lavabo. J'ai fini dans un triste état hier, après avoir bu le double mon poids en whisky, je suis rentré m'effondrer dans mon lit. Je me souviens d'avoir croisé Joy et Crystal, mais c'est tout... Je ne sais même pas quelle heure il est mais il y a de forte chance pour que j'aie raté mon rendez-vous quotidien au centre médical. Encore un mauvais point pour moi.

– De toute façon, foutu pour foutu...

Je sors de la salle de bains afin de regagner ma chambre pour m'habiller, et c'est là que je le vois de dos en train de descendre les marches. Aucun doute quant à son identité, vêtements larges et sombres, capuche sur la tête alors qu'on est en intérieur : Riley. Ce mec est décidément partout et cette fois-ci je ne vais pas le laisser filer avant d'avoir pu lui dire ses quatre vérités. À peine arrivé dans ma piaule, j'enfile un pantalon de jogging et je ressors tout aussi vite pour me ruer dans l'escalier, à sa poursuite. Je traverse le vestibule, pieds nus, persuadé de l'avoir raté mais lorsque j'ouvre la porte je le vois qui atteint presque sa voiture.

– Hé, attends, j'ai deux mots à te dire !

Je peux voir d'ici à la raideur soudaine de ses épaules qu'il m'a entendu mais il ne s'arrête pas et presse le pas. Je fonce alors sur lui. Au moment où il ouvre sa portière je l'agrippe par la manche de son *hoodie* et le force à me faire face. Deux choses se passent alors plus ou moins au même moment : je m'aperçois qu'il est bien plus fin que ce à quoi je m'attendais pour un mec faisant de la boxe et une cascade de cheveux bruns tombent dans son dos en même temps que sa capuche.

– C'est quoi ce bordel...

Deux immenses yeux verts, rencontrent les miens et la peur que j'y lis est ce qui me fait lâcher prise et reculer d'un pas. Je peux enfin le regarder d'un peu plus près et la première chose qui me saute au visage est que Riley n'est pas un mec. Loin de là !

CHAPITRE 5

« Oh, the allure of new experience and so, sex. Nowadays you can get your sex in bloody plastic oil spill concentrate convenience. Do you feel the bones that you can't own? Rattle the moans of the loner's vacant cavities. Those echoes of tragedy[6]. »

Sons of an Illustrious Father,
Extraordinary Rendition

6. « Oh le charme des nouvelles expériences, et du sexe aussi. Maintenant, tu peux offrir à ton sexe un concentré de marée noire et de plastique sanglant. Est-ce que tu sens les os que tu ne peux pas posséder ? Faire résonner les plaintes des trous béants du solitaire ? Ces échos tragiques. »

RILEY

– Tu ne veux vraiment pas me donner un indice de ce que nous prépare M. Slade pour la rentrée ?

Avec un sourire mutin, Joy essaie de me faire céder depuis plus d'une demi-heure. C'est notre petit rituel depuis trois ans, à cette période, elle tente de deviner ce que mon beau-frère va leur demander durant le premier cours de la nouvelle année. Elle sait que c'est peine perdue, en tant qu'assistante de Miles durant sa classe, je n'ai pas le droit de dire un mot sur ses projets. Mais cela n'empêche pas Joy de me relancer sur le sujet.

– Tu n'as pas passé l'âge de me faire cette sorte de chantage ?

– Jamais ! Et puis, vingt-deux ans, ce n'est pas vieux.

– De toute façon, je ne sais pas encore avec certitude ce qu'on va vous faire étudier, du coup tu perds ton temps, je la taquine.

À l'instant où elle s'apprête à riposter, un cri retentit dans une des pièces voisines, suivi d'un bruit sourd. Un long frisson remonte le long de mon échine lorsque je comprends qu'il s'agit très certainement d'un corps percutant violemment le sol. La joie de Joy disparaît instantanément, en même temps que le rouge de ses joues. Elle devient livide ; cela m'inquiète car en trois ans je n'ai connu qu'une facette d'elle : toujours joyeuse et pétillante. Mais depuis que son frère est rentré, c'est une autre histoire, elle est nerveuse en permanence et ne passe que peu de temps chez elle. Je n'ai pas eu l'occasion de le croiser mais vu le changement de Joy en seulement quelques jours, je n'ai pas vraiment envie de me compliquer la vie avec une telle personne. Je note dans un recoin de mon esprit de fuir ce type comme la peste, j'ai déjà assez de problèmes à gérer de mon côté...

Je jette un coup d'œil vers mon amie en train de se triturer les mains, et je me sens de plus en plus mal à l'aise. Je ne suis pas douée pour réconforter les gens, je n'ai jamais su, même enfant. Et maintenant, à vingt-trois ans, c'est encore plus compliqué puisque j'évite les contacts physiques au maximum. Un silence pesant s'installe durant lequel Joy se renferme sur elle-même, et où je lutte pour trouver quoi dire, quoi faire. Mais malgré les minutes qui passent, aucun son ne vient briser ce calme assourdissant.

Pour tenter de dissiper mon malaise, je range mes cheveux dans ma capuche que je finis par relever afin de mettre mon armure une fois de plus. Ce geste me rassure. Disparaître dans mes vêtements, être invisible me permet de faire en sorte que les événements glissent sur moi. Mais ça ne marche pas, cette fois-ci. Il s'agit de Joy, ma petite Fée Clochette, je ne peux pas la laisser comme ça, triste, seule et perdue. J'approche ma main doucement des siennes mais au moment de la poser, je recule. Mon cœur s'emballe légèrement alors je me répète en boucle dans ma tête : c'est mon choix, je peux le faire.

Lorsque Joy remarque mon petit manège, elle lève les yeux vers moi et retient sa respiration. Depuis que je la connais, je peux compter sur les doigts d'une main les marques d'affection que j'ai pu lui donner. Le fait de simplement me voir essayer lui redonne un peu de couleur. C'est ce qui me permet de franchir les derniers centimètres et de finalement poser ma paume. Et soudain, je sens tout. La douceur de sa peau, la fraîcheur de ses doigts, et les tremblements qui les agitent. J'aimerais avoir les mots pour la rassurer, lui dire que tout ira bien. Mais je suis bien placée pour savoir que la vie n'est pas aussi simple, alors je préfère me taire et simplement lui presser gentiment la main. J'arrive à rester ainsi d'interminables secondes, espérant lui transmettre un peu de réconfort par ce geste anodin pour certains, mais loin de l'être pour moi. J'ouvre même la bouche, voulant lui offrir quelques paroles de réconfort, mais c'est au-dessus de mes forces. Quel espoir pourrais-je lui donner alors que je n'en ai aucun ?

Je me lève aussitôt, n'en supportant pas plus, et m'apprête à quitter la pièce comme la tarée que je suis mais je m'arrête juste un instant pour lui dire :

– Si tu as besoin, la maison est ouverte, n'hésite pas.

Puis je m'enfuis. Je dévale l'escalier comme si j'avais le feu aux trousses, je ne m'arrête que lorsque je referme la porte d'entrée derrière moi. Je prends quelques grandes inspirations pour tenter de me calmer, mais je suis trop perturbée. Il y a une bonne raison si j'évite de toucher les gens, je le sais pourtant ! Mais parfois, comme aujourd'hui avec Joy, c'est plus fort que moi…

Il va falloir que j'aille courir en rentrant, me dis-je en jetant un regard vers le ciel gris menaçant.

Alors que je suis presque arrivée à ma voiture, une voix que je ne connais pas m'interpelle :

– Hé attends, j'ai deux mots à te dire !

Il y a qu'un seul homme dans cette maison et je n'ai pas la moindre envie de le croiser, et encore moins là, tout de suite, alors que je suis encore chamboulée par ce qui vient de se passer… J'accélère le pas en espérant pouvoir m'enfermer dans mon véhicule. Je suis sur le point d'ouvrir ma portière, mais je suis brusquement attrapée par le bras. D'un même mouvement il m'oblige à pivoter sur moi-même, faisant tomber ma capuche.

Soudain je me retrouve face à... un torse. Nu. Et cela fait beaucoup de peau. Vraiment trop pour ma santé mentale. Je sens mes yeux s'écarquiller, en même temps que ma capacité à m'exprimer s'envole. Je n'arrive pas à décrocher mon regard de ce corps à demi nu.

– C'est quoi ce bordel...

Ces quatre mots me font relever les yeux sur une bouche pleine, avant de remonter un peu plus haut et de tomber sur deux prunelles d'un bleu gris orageux. Elles contiennent beaucoup de questions, mais le froncement de ses sourcils et l'expression générale de son visage ne laissent rien présager de bon. Cela me renvoie des années en arrière, et ma vieille amie, l'angoisse, s'éveille une fois de plus. Mon corps se pétrifie lentement, ma respiration s'accélère, et ma vision se rétrécit.

Non. Non. Non. Non. Non.

Je ne peux pas laisser ça se reproduire, je ne me relèverai pas, pas une nouvelle fois. Mais mon corps ne me répond plus, je ne suis qu'une simple spectatrice de ce qu'il pourrait arriver. Encore une fois. Mes pensées me ramènent instantanément dans mon passé, et l'envie de hurler se fait plus forte. Il faut que je sorte de cette cage !

– Hé ! Ça va ?

Un claquement de doigts juste devant le visage me sort de ma torpeur ; soudain le sang afflue à mes oreilles et des fourmis engourdissent mes extrémités, mais au moins je sens quelque chose. J'évalue la situation et je m'aperçois que le frère de Joy se tient à plusieurs pas de moi, les bras fermement croisés sur sa poitrine. Face à mon absence de réponse, il essaie de se rapprocher, mais instinctivement je recule jusqu'à me plaquer contre ma voiture.

– OK, je ne bouge plus. Tu es bizarre dans ton genre, toi...

Je cligne bêtement des yeux. Vient-il de m'insulter ou ai-je mal compris ? Non, mon cerveau doit me jouer des tours, le frère de ma fée Clochette ne peut pas être...

– Ah ! Je sais ! Tu es sourde, ou muette, ou les deux ! Ou alors tu es étrangère et tu ne comprends pas un traître mot de ce que je dis ! Tu pourrais aussi être juste stupide...

– Va te faire foutre, je lui rétorque.

Je le vois froncer les sourcils, il ne devait pas s'attendre à ce que je l'insulte. Il recule d'un pas, ce qui me permet de respirer un peu plus librement. Pour la première fois depuis notre rencontre, je le détaille minutieusement : visage ovale, yeux bleus tirant vers le gris, barbe de trois jours et cheveux bruns encore mouillés de la douche. L'ensemble est saisissant, ce type doit être un bourreau des cœurs, mais c'est surtout un copier-coller de Joy. En plus grand, plus musclé et plus... abîmé.

Maintenant que j'ai remarqué ça chez lui, tous les indices me sautent aux yeux : la fine pellicule de transpiration malgré le froid, les pupilles légèrement dilatées, les mains agitées de spasmes. Ce mec est sérieusement en manque. De quoi, ça, je ne pourrais pas le dire, et je ne veux pas le savoir, il est hors de question que je me mêle de cette histoire. J'espère juste que Joy ne se brûlera pas les ailes en tentant de l'aider. Tout fait sens maintenant, sa peine depuis plusieurs jours, sa réaction tout à l'heure... Elle ne sait pas comment gérer cette histoire, et mes démons vont me forcer à la regarder sombrer en même temps que lui.

Je dois partir d'ici, et vite. Je tâtonne pour ouvrir ma portière. À l'instant où je suis assise sur mon siège je m'enferme et démarre sans demander mon reste. J'ai du mal à faire la manœuvre pour partir et je ne peux m'empêcher de regarder dans le rétroviseur intérieur pour voir s'il est toujours là. Mais il n'est visible nulle part, et je souffle enfin. Je tente de me concentrer sur le peu de route que j'ai à faire jusque chez moi mais ce n'est pas évident, je suis une boule de nerfs. Partagée entre de la colère et les restes d'angoisse.

Lorsque je me gare devant la maison, je coupe le contact et regarde autour de moi. Personne en vue. Alors je bascule mon crâne sur l'appuie-tête et laisse mes émotions remonter à la surface. Je dois les évacuer, sinon elles me rongent. Petit à petit jusqu'à se nourrir entièrement de moi. Les larmes coulent sur mes tempes, tandis que je lutte contre moi-même pour ne pas les retenir et enfouir tout ça en moi. Comment ai-je pu ne rien faire ? Tout ce que j'ai mis en place ces dernières années a été balayé par un enchaînement d'événements.

– Bien joué Riley ! Les cours de boxe et d'autodéfense portent leurs fruits ! je crache, à bout de nerfs.

Une ancienne rancœur que je ne connais que trop bien remonte en même temps que les larmes. Plus sombre, plus destructrice. Mes mains se mettent à trembler, alors je serre les poings, je sens mes ongles me rentrer dans les paumes. La douleur me permet de ne pas perdre totalement pied, mais le problème avec la douleur c'est qu'il en faut toujours plus. Lorsque mes ongles ne font plus l'affaire, je tape une première fois sur le volant. Puis une seconde, une troisième et j'arrête de compter. Mes oreilles sont vrillées par un cri, qui je le réalise avec une seconde de retard, sort de ma bouche.

Quand mon poing droit et ma gorge me font un mal de chien, mes émotions s'apaisent enfin. Elles repartent se nicher quelque part pour ressortir au prochain faux pas. Je regarde les dégâts sur ma main : rien qu'un peu de glace ne pourra calmer. Je prends une grande inspiration avant d'attraper mes affaires sur le siège passager. C'est alors que je le vois de l'autre côté de la fenêtre. Austin. Son magnifique visage est figé en une expression qui me donne envie d'enfoncer le mien dans le tableau de bord. Ma sœur a été très claire, je ne dois pas exploser devant son fils. Ça aussi, il semblerait que j'en sois incapable. Je me reprends rapidement, remonte ma capuche, attrape mes affaires et sors enfin de la voiture. Je fais le tour du véhicule et je m'approche de lui comme si de rien n'était.

– Salut Munchkin ! Tu viens d'où comme ça ?

– Tu faisais quoi dans la voiture ? m'interroge-t-il comme si je n'avais rien dit.

Ce gamin est bien trop perspicace ; il voit et comprend tout malgré son jeune âge.

– Je m'entraînais pour mon cours de boxe de demain, Terry m'a demandé de travailler la puissance du côté droit.

Il regarde ma main blessée, que j'ouvre et ferme machinalement pour lui montrer que tout va bien. Il ne me croit pas, mais je ne lui laisse pas le temps de trop réfléchir. Je l'attrape par les épaules, et nous dirige vers la porte de derrière, celle qui mène directement à la cuisine. Juste avant d'entrer j'enfonce la capuche de son manteau sur ses yeux ; je sais qu'il a horreur de ça, et il se venge en essayant de me marcher sur les pieds. On rentre dans la maison, moitié en se chamaillant, moitié en rigolant.

– Vous êtes de bien bonne humeur tous les deux !

Austin se dirige en courant vers ma sœur pour l'embrasser sur la joue, puis il attrape une pomme et quitte la pièce. Mais pas sans lâcher une bombe, sa petite victoire :

– Riley s'est blessé la main en tapant sur son volant avant de rentrer.

Ma sœur est devant moi en un battement de cils, tout son corps traduisant son inquiétude. Elle essaie d'apercevoir ma main que je dissimule dans la poche ventrale de mon sweat. Je sais qu'elle aimerait pouvoir l'ausculter sous toutes les coutures, mais elle ne me touchera pas sans ma permission. J'utilise rarement cet avantage, mais cette fois-ci je m'en sers sans vergogne, les événements de cette fin d'après-midi m'ont épuisée. J'ai juste envie de rejoindre mon lit, mais pas avant de l'avoir rassurée.

– Tout va bien Jamie... Ce n'est rien, un peu de glace et ça ira...

– Qu'est-ce qui a déclenché cette crise, Ry ?

Je fuis son regard, pas prête à avoir cette discussion. J'ai besoin de me retrouver seule. Je lui adresse un sourire triste et bats en retraite. Je ressors et traverse la petite cour pour aller dans la dépendance qui me sert de logement. Dès que la porte se referme derrière moi, je fonce dans ma salle de bains et m'installe dans la baignoire. J'ouvre les robinets pour faire couler l'eau et je m'allonge contre l'émail encore gelé. Petit à petit, l'eau gagne du terrain : elle atteint mes oreilles puis les recouvre me coupant du monde extérieur. Je n'entends plus que mon cœur et ma respiration. Je reste comme cela à regarder le plafond immaculé au-dessus de moi jusqu'à ce que l'eau m'oblige à les fermer, puis rapidement, elle couvre aussi mon nez. Et je me laisse sombrer.

CHAPITRE 6

« This is the way forward, you are the way backwards. I choose the way forward and let you all behind. I wish we could communicate despite the fact she hates me anyway[7]. »

InMe, *Neptune*

7. « Voilà le chemin vers l'avant, tu es celui qui va vers l'arrière. J'ai choisi celui qui va vers l'avant et vous ai tous laissés derrière. J'aimerais tant que nous puissions nous entendre malgré le fait qu'elle me déteste. »

LOGAN

– Ce n'est pas vrai !

Je ne sais pas qui a inventé les machines à expressos mais c'est sûrement un petit plaisantin. Le bruit de marteau-piqueur qui résonne dans toute la cuisine me vrille le crâne, et si je n'avais pas à ce point besoin de caféine je balancerais cet engin de torture, par la fenêtre. Il ne manquerait plus que je réveille ma sœur ou Cruella, et j'aurais tout gagné.

Je récupère mon mug où un élixir noir fumant m'appelle. La première gorgée me crame la bouche, mais ce n'est pas grave. J'ai besoin de ça, de me sentir vivant et si ça doit passer par la douleur alors qu'il en soit ainsi. J'ai fait le même rêve qu'hier, et même si je savais ce qui allait s'y passer, j'ai été incapable de le changer d'un iota. Je suis hanté par le visage de cette femme... Je frissonne alors que je suis assis au chaud sur l'un des tabourets qui entoure l'îlot central de la cuisine.

– C'est ridicule, ce n'est qu'un rêve ! je marmonne, le nez dans ma tasse.

Pour me changer les idées, je décide d'aller boire mon café sur le porche. Il est encore très tôt et le jour n'est pas totalement levé. Dès que j'ouvre la porte, le froid m'assaille mais je continue jusqu'à être assis sur les marches. Mes mains tiennent fermement ma boisson et je savoure chaque gorgée brûlante durant les minutes qui suivent. Je laisse mes pensées partir loin d'ici, jusque chez moi. Je serai prêt à faire n'importe quoi pour être à Los

Angeles aujourd'hui, et pas dans ce bled paumé, où on se les gèle constamment.

Les gens ici sont étranges, on dirait que personne ne sait qui je suis, ce qui n'est pas pour me déplaire. Mais cela me met mal à l'aise quand la plus grande partie de ma vie, j'ai dû me cacher ne serait-ce que pour aller acheter un café... Je perds complètement mes repères. Il n'y a qu'à voir la réaction de Riley hier, elle a littéralement flippé en me voyant. Je veux bien reconnaître que je ne me suis pas montré sous mon meilleur jour mais quand même ! Je ne peux pas me sortir de la tête l'expression sur son visage, entre angoisse et peine. Je n'ai rien pu faire, j'étais tellement pris au dépourvu de comprendre que c'était une fille, et qu'en plus elle ne décroche pas un seul mot... Enfin ce n'est pas totalement vrai, elle a dit quelque chose mais c'était bien la première fois qu'on m'insultait alors qu'on ne me connaît pas du tout. Pour le peu que j'en ai vu, cette fille a piqué ma curiosité, ce qui m'agace. Je lis plutôt bien les gens en temps normal, c'est une question de survie à Hollywood... Mais avec elle, rien. Lorsque j'ai essayé de tirer les vers du nez à Joy elle m'a gentiment envoyé balader, avant de s'enfermer dans sa chambre pour la soirée. Ce qui n'a fait que renforcer mon intérêt. Pourquoi ma sœur ne veut-elle rien me dire ?

Du bruit venant du bois sur la gauche de la maison, me sort soudainement de mes pensées. Mes sens sont aux aguets, je n'arrive pas à identifier clairement l'origine du son. Puis l'étrange tempo me donne l'information qui m'échappait : quelqu'un approche. Mais cela n'a aucun sens : il n'est même pas 7 heures du matin. Qui pourrait vouloir se faire autant de mal alors que le jour n'est pas pleinement levé ? La réponse fuse dans mon cerveau :

des paparazzis. Ils pourraient m'avoir retrouvé, même si Vince a fait son maximum pour brouiller les pistes. Mon pouls s'accélère un peu, je me relève d'un bond, renversant le café sur mon haut. Je ne sais pas quoi faire : rentrer et me mettre à l'abri, ou au contraire leur faire savoir que je sais qu'ils sont là ? Je n'ai pas le temps de prendre une décision puisque l'intrus fait une percée à travers les arbres... et poursuit sa course en traversant la propriété en direction de la rue.

Même à plusieurs mètres, je n'ai pas besoin de voir son visage pour la reconnaître, son style vestimentaire extra-large la trahit : Riley. Elle ne me voit pas et je ne fais rien pour remédier à cette situation. Je la suis des yeux jusqu'à ce qu'elle disparaisse sur le chemin, me laissant interdit. Mais pour qui elle se prend à traverser mon terrain comme ça ? Surtout à cette heure-là en me collant une frousse monumentale ! Mon tee-shirt me colle à la peau à cause du café qu'il y a dessus, je rebrousse chemin en pestant. Une fois la tasse déposée dans l'évier, j'attrape un torchon que je mouille pour frotter la tâche.

– Je te préviens Logan, ne t'approche pas de Riley.

Nouvelle frayeur. Je me retourne pour dévisager Crystal qui est près de la fenêtre donnant sur le porche. Depuis que je suis arrivé nous avons tout fait pour limiter nos contacts, je suis donc pris de court. Mais la surprise laisse vite place à de l'agacement.

– Tu as perdu le droit de me dire quoi faire le jour où tu m'as forcé à passer ma première audition, je lance de mauvaise humeur.

Je reporte mon attention sur le tee-shirt, il est foutu, je ne pourrai pas faire partir cette tache comme ça. J'abandonne le torchon dans l'évier et contourne l'îlot mais avant que je n'atteigne l'escalier une main agrippe mon poignet. Mon regard remonte le long du bras jusqu'aux yeux marron de Crystal, et ma repartie reste coincée au fond de ma gorge quand j'y plonge. Une émotion que je n'ai pas vue depuis des années les illumine : l'amour.

Mon cœur se serre quand je la vois ouvrir la bouche pour parler ; cela fait bien longtemps que je n'ai pas été aussi calme près d'elle. Je me rends compte qu'elle se préoccupe vraiment de Riley, comme une mère... La sensation de chaleur qui commençait à prendre vie dans ma poitrine se gèle d'un coup. Et elle perçoit le changement.

– Depuis quand tenir le rôle de mère parfaite t'intéresse, Crystal ? Car tu n'as jamais rien fait pour tes propres enfants, tu n'as toujours pensé qu'à toi et ton petit confort ! Alors ne viens pas me dire que tu t'inquiètes pour une fille que tu ne connais que depuis quelques années ! je crache.

Mes mots atteignent leur cible et la petite lueur qui subsistait dans ses yeux meurt instantanément, le masque est remis en place. Et en un claquement de doigts, la Crystal que je connais par cœur réapparaît comme par magie. Je peux y lire sa détermination quand elle déclare :

– Cette petite est un repère pour Joy, et je ne te laisserai pas tout foirer alors que dans quelques jours tu ne seras plus là.

Sa poigne se raffermit, je retiens de justesse une grimace.

– Si j'apprends que tu en as fait qu'à ta tête je te ferai sortir de ma maison à coups de pied au cul, et j'appellerai tous les magazines people pour que personne n'en rate une miette.

Sur ce elle me lâche et retourne dans la cuisine. Je reste sans bouger quelques instants à me demander ce qu'il vient de se passer. Qui est cette Riley pour ma famille ? Si même Crystal la protège, elle doit être spéciale, plus que son propre fils. Peut-être que je tiens là un levier pour enfin faire craquer ma génitrice, ce qui rend tout à coup mon séjour beaucoup plus intéressant.

◆ ◆ ◆

– Bonjour monsieur Davis, je suis le docteur Simon Lincoln. Je vous en prie, asseyez-vous.

Je m'échoue sans aucune grâce dans le fauteuil qu'il pointe. Je suis encore sous l'effet de la prise de sang ; cette fois-ci ils m'ont pris quatre tubes... Je ne sais pas ce qu'ils recherchent dans tout ce liquide carmin, mais je ne vais plus en avoir assez s'ils continuent à ce rythme. C'est peut-être le but de la manœuvre, ça réglerait pas mal de problèmes pour Vince. Cette pensée s'évapore aussitôt lorsque je repense à ce que je lui ai rapporté rien que cette année. Je ne suis peut-être pas son plus gros client, mais sans moi son train de vie en pâtirait !

– Du coup, votre prénom, c'est Simon ou Lincoln ?

Il me dévisage par-dessus la monture de ses lunettes, m'étudie avant de me répondre.

– Lincoln est mon prénom. Avant que nous ne commencions cette entrevue, pouvez-vous m'expliquer ce qui s'est passé mardi ? Pourquoi n'êtes-vous pas venu à notre rendez-vous ?

J'observe minutieusement l'homme en face de moi, car je ne détecte aucune colère ou jugement dans sa voix. Juste de la curiosité. Je dirais qu'il doit approcher de la cinquantaine, ses cheveux noirs, crépus, sont parsemés de fins filaments blancs. Son visage est marqué par le temps. Mais les rides adoucissent ses traits bruts, et je mettrais ma main à couper que celle, plus profonde, qui part de son oreille droite et qui disparaît sous le col de sa chemise, est une cicatrice. Quand je me rends compte qu'il me laisse l'examiner sans m'interrompre, la gêne m'envahit. Ses yeux bleus me fixent, patiemment. Son regard me met mal à l'aise j'ai l'impression que tout mouvement de mon corps sera perçu, décortiqué et enregistré. Comme pour me prouver que j'ai raison, un spasme foudroie ma jambe gauche, me faisant grimacer. Mais le docteur Simon ne flanche pas. Il continue de me fixer, attendant certainement que je me décide à répondre à ses premières questions. Comme je n'en ai aucune intention, je préfère détourner l'attention de ma petite personne.

– Qu'est-ce qui vous est arrivé ? je demande en pointant du doigt sa cicatrice.

Il prend quelques secondes avant de me répondre, mais lorsqu'il le fait, je reste sans voix :

– Mon père a essayé de me tuer lorsque j'étais enfant. Voyez-vous, il était persuadé que ma mère l'avait trompé et que je n'étais pas son fils. Il ne pouvait pas avoir engendré un Noir avec des yeux bleus, une chose pareille n'existe pas. Et pourtant me voilà.

Il me laisse un moment pour digérer cette information, avant d'enchaîner, inconscient de mon malaise ou n'en ayant rien à foutre.

– Maintenant que j'ai répondu à votre question, répondez aux miennes, c'est donnant-donnant : que s'est-il passé mardi ? Et pourquoi n'êtes-vous pas venu à notre premier rendez-vous ?

Comment rester silencieux après sa brutale honnêteté ? Je me redresse complètement dans mon fauteuil pour m'asseoir convenablement, me racle la gorge et avoue :

– J'avais l'intention de venir, ça fait partie du deal avec Vince, mais j'ai eu ma petite sœur au téléphone juste avant. Elle m'a ignoré, ce qui m'a agacé et je n'ai pas su gérer ma colère. J'ai préféré partir, je n'aurais pas pu supporter que quelqu'un vienne fouiller dans ma tête à ce moment-là.

– Je n'ai pas l'intention de « fouiller » dans votre tête, mais nous reviendrons sur ça plus tard. J'ai essayé de vous appeler une bonne dizaine de fois en deux jours, je tombe à chaque fois sur votre répondeur. Avez-vous décidé de l'éteindre pour vous préserver ?

– Non, je ricane. J'ai explosé mon téléphone en le jetant par terre, juste là, sous votre fenêtre. Comme je vous l'ai dit : je n'ai pas su gérer ma colère.

Il hoche la tête et semble peser ses mots avant de me poser la question suivante.

– Si votre sœur avait été en face de vous, auriez-vous pu être violent, physiquement, avec elle ?

Ma bouche s'ouvre de stupeur, avant qu'un raz-de-marée de fureur ne prenne possession de moi. En une seconde je suis debout et me dirige vers la porte.

– Putain je ne sais pas combien je vous paie pour me demander des conneries pareilles, mais c'est fini, je me casse.

– Si vous franchissez cette porte, j'appellerai M. Spencer. Je ne l'ai pas fait jusqu'à présent car je voulais vous rencontrer avant. Pour connaître votre degré de dépendance. Mais maintenant que je sais à qui j'ai affaire, je vous préviens que je serai inflexible. Vous avez grillé votre seule carte « retente ta chance » avant même qu'on ne se rencontre.

Je suis à seulement quelques centimètres de la porte de son bureau, je pourrais toucher la poignée si j'en avais envie. Une bataille fait rage en moi. Une part de moi a envie de l'envoyer bouler, mais une autre sait que je risque gros, très gros... Je respire un grand coup, avant de reculer d'un pas, puis deux. Lorsque je m'enfonce de nouveau dans le fauteuil, j'ai du mal à tenir en place : mes poings sont serrés sur mes cuisses et je fais sautiller mes jambes. Le docteur Simon enlève ses lunettes, pose les coudes sur son bureau et se penche vers moi.

– Je ne suis pas votre ennemi, monsieur Davis. Bien au contraire, je suis là pour vous aider à traverser ce qui doit être une épreuve pour vous. Je sais les ravages que provoque la cocaïne sur le corps mais surtout l'esprit. Mon rôle va être de vous aider, de vous guider durant cette période. Et si cela doit passer par des questions déplaisantes, je les poserai.

– Je ne suis pas un junkie ! je le coupe. Il m'arrive de taper quelques fois, mais avec le rythme de vie que je mène, ça n'a rien d'étonnant, surtout dans le milieu où je travaille. J'arrête quand je veux, regardez je n'ai rien pris depuis plusieurs jours, et je vais très bien !

– Ah oui ? Aucune crampe dans les membres, sautes d'humeur, réveils nocturnes, cauchemars, transpiration excessive, état léthargique, voire dépressif ? Aucune envie subite de courir chez le prochain dealer afin d'acheter votre dose, et de pouvoir sentir de nouveau cette puissance en vous ?

L'entendre énumérer tous les désagréments que je ressens depuis que je suis en Virginie me fait me ratatiner un peu plus. Comment peut-il savoir tout ça ? Suis-je vraiment un drogué comme on en voit à tous les coins de rue à Los Angeles ? Non, tout ça est ridicule, je vais bien. Je suis sur le point de protester quand il poursuit son monologue :

– Vous savez, monsieur Davis, je fais ce métier depuis des années, je connais tous les symptômes du manque. Vous cochez de nombreuses cases, mais rien n'est impossible. Dans votre malheur, vous n'avez touché qu'à la cocaïne.

– C'est supposé être rassurant ? Si c'est le cas, je peux partir ? je raille.

– Ce que je veux dire par là, c'est que la dépendance à la cocaïne est plus psychologique que physique. Le sevrage sera dur, je ne vais pas vous mentir, mais vous vous rendrez vite compte des dégâts que ça a pu causer sur votre comportement. Il faudra être fort aussi à ce moment-là et ne pas baisser les bras.

– Une vraie partie de plaisir quoi...

Mon sarcasme semble couler sur lui comme l'eau sur les plumes d'un canard, puisqu'il ne réagit à aucune de mes piques. La preuve en est qu'il sort tranquillement un papier d'un dossier posé devant lui.

– En parlant de votre corps... J'ai avec moi les résultats de votre première prise de sang, et croyez-moi sur parole, celles de ma mère de soixante-dix-huit ans sont meilleures. On va avancer pas à pas pour que vous repreniez votre vie en main, et que vous compreniez que la drogue n'est pas la solution. À aucun problème. Jamais. Nous allons nous voir deux fois par semaine jusqu'à votre départ… Ou lorsque vous saurez gérer vos *cravings*.

Craving. Voilà un mot que j'ai toujours redouté. C'est celui que tout le monde emploie pour vous faire peur et ne jamais toucher à la drogue. Durant mon adolescence, Vince m'a forcé, pour un coup de projecteur, à assister à une réunion menée par une association qui lutte au quotidien contre les addictions. Je me souviens encore des paroles de l'intervenant pour la prévention antidrogue, il nous avait dit : « Le *craving* vous fera vivre un enfer, et vous n'aurez plus qu'un seul objectif en tête : faire en sorte que toute cette douleur s'en aille, même si tout ça n'est qu'un jeu de l'esprit. Du coup vous prendrez votre prochaine dose, et la suivante, etc. »

Le Doc me sort de mes pensées en me tendant une feuille avec notre planning pour les semaines à venir.

– D'ici la semaine prochaine, je vais vous demander de ne pas vous laisser aller. Il va falloir que vous bougiez. Faites du sport par exemple, c'est un excellent moyen de s'occuper le corps et l'esprit.

– Il n'y a pas de salle de sport dans ce trou paumé…

– Certes, mais regardez par la fenêtre. Nous vivons dans un cadre magnifique, alors sortez, même si ce n'est que pour marcher. Demandez à votre sœur ou à votre mère de venir avec vous, c'est toujours plus sympa de faire ça avec quelqu'un.

Je repense à Riley traversant en courant mon jardin ce matin, et un petit sourire en coin tord mes lèvres :

– Je pense avoir trouvé le binôme parfait pour ça…

CHAPITRE 7

« I'm dying and I'm trying. But believe me, I'm fine, but I'm lying. I'm so very far from fine. And I, I can feel the pull begin, I feel my conscience wearing thin. And my skin it will start to break up and fall apart[8]. »

Twenty One Pilots, *Fall Away*

---

8. « Je meurs et je fais de mon mieux. Mais crois-moi, je vais bien, mais je mens. Je suis tellement loin d'aller bien. Et moi, je sens l'attraction qui s'exerce sur moi, ma conscience s'effiloche. Et ma peau va se craqueler et disparaître. »

RILEY

L'alarme de mon réveil, stridente, me tire de mon sommeil. Je tâtonne quelques secondes dans le noir avant de trouver le bouton pour l'éteindre. J'entrouvre les yeux pour le regarder par habitude, mais je sais pertinemment l'heure qu'il est. C'est la même qu'hier, avant-hier, la semaine dernière ou l'année passée.

6 h 28

Je rejette les couvertures pour me lever, et le froid glacial qui règne dans la chambre me fait frissonner. Je regarde avec regret mon lit encore chaud, avant de me diriger vers la salle de bains où je débute mon rituel matinal. Quand j'en ressors, je me sens déjà un peu plus disposée à attaquer une nouvelle journée.

J'allume ma vieille chaîne hifi et je détaille longuement ma collection de CD afin de trouver le groupe parfait qui va m'accompagner ce matin. Je ferme les yeux, puis scanne mes émotions et mes ressentis. Je me sens plutôt de bonne humeur, mais la noirceur de l'autre jour n'est pas loin, je la sens tapie derrière un mur, attendant son moment. Il me faut donc de la musique en rapport avec ça. Avec les années, j'ai appris à ne jamais me voiler la face. Toujours affronter mes peurs, même si c'est la dernière chose que j'ai envie de faire. Mon choix musical se fait tout seul, et je mets l'album dans le lecteur, puis sélectionne une chanson en particulier, avant de la mettre en mode *repeat*. Voilà une autre de mes lubies... J'ai la faculté d'écouter en boucle des chansons sans m'en lasser, au risque de rendre dingue mon entourage. C'est avec un léger sourire en coin que je commence à me déshabiller, lentement, bercée par les premières notes de *Fall Away* de Twenty One Pilots.

Une fois que je ne porte plus que ma culotte, je me place devant le grand miroir qui est posé contre le mur à côté de mon lit. Je fixe mes pieds, en cherchant le courage de me regarder. Après une profonde respiration, je lève les yeux. J'ai beau faire cet exercice tous les jours, il n'en demeure pas moins difficile. Devoir regarder ce corps, repérer tous ses défauts et me sentir un peu plus coupable.

Il y a de ça un an, Jamie est entrée à l'improviste dans ma chambre ; elle m'a vue nue pour la première fois depuis des années. Je me souviens encore du petit hoquet d'effroi qui est sorti de sa bouche. Puis, elle a pleuré pendant ce qui m'a semblé des heures. Depuis cet épisode, ma sœur régule mes repas comme une vraie mère poule. Ce qui a eu pour effet de me refaire prendre du poids. Pas trop. L'objectif est pourtant atteint : on ne voit plus mes os, mais je n'ai pas regagné en courbes. J'y veille. Ce n'est pas pour rien que je porte toujours des vêtements trop larges, j'aime disparaître à l'intérieur... et dissimuler au passage mon physique. Néanmoins, si je ne veux pas que les autres le sachent, moi j'ai besoin de me confronter à mon reflet. Alors, tous les jours je me détaille, vérifie que mon corps reste le plus plat possible. Et musclé. La course et la boxe m'aident à garder la forme, mais aussi à développer des muscles pour pouvoir réagir en cas de problèmes. Même si, comme l'a prouvé ma rencontre avec le frère de Joy, mon traumatisme peut encore prendre le dessus.

Je soupire, puis détourne le regard et me penche pour attraper une de mes nombreuses ceintures thoraciques. En quelques mouvements, je l'attache et ma poitrine s'efface. Je n'ai plus les mêmes seins que lors de mon adolescence mais il en reste assez pour que cela me dérange. Alors je la fais disparaître, tout simplement. Après ça, il ne me reste plus qu'à choisir ma tenue de sport, qui va se résumer à un tee-shirt noir moulant, qui est rapidement couvert d'un *hoodie* noir. Un jogging gris, et des chaussures de course viennent parfaire mon look. J'attrape au passage mon iPod, coupe la chaîne hifi et ouvre la porte. Le froid hivernal me saisit et me fait frissonner instantanément. Je décide au dernier moment de prendre un bonnet, car je déteste avoir froid aux oreilles. Je referme derrière moi en sortant, et tandis que je traverse la petite cour entre ma dépendance et la maison principale, j'aperçois de la lumière à la fenêtre de la cuisine. J'hésite à entrer car cela me retarderait sur mon planning millimétré. Mais un coup d'œil à travers la porte vitrée m'apprend qu'il s'agit de Miles, mon beau-frère, en train de lire un magazine.

– Salut Boss, je le salue en entrant.

– Bonjour à toi aussi, Servante, répond-il sans lever les yeux de sa lecture.

– Je t'ai déjà dit d'arrêter de l'appeler comme ça, Miles !

Ma sœur s'approche de moi, encore vêtue d'un peignoir et pas coiffée. Elle m'embrasse sur la joue avant d'en faire autant avec son mari. Ce geste anodin m'a demandé beaucoup de travail, et c'est le seul que j'accepte de si bon matin. Une des règles de Jamie. Je reste en retrait, mais je les écoute parler de leur journée à venir. Jamie doit, bien entendu, aller au cabinet d'avocats où elle travaille à l'accueil et assiste ses patrons sur quelques dossiers, mais rien de plus. Pourtant, elle a commencé les études afin de devenir avocate. Mais avant de terminer, elle a rencontré Miles... Et Austin est arrivé un peu par surprise.

Elle a donc renoncé à son job de rêve pour devenir maman. Elle raconte souvent que si elle avait su à quel point être mère était génial, elle le serait devenue plus tôt. Petite phrase qu'elle répète lorsque mon neveu est dans le coin, car devenir parents à vingt et un ans a beaucoup fait parler quand on a emménagé ici. Austin en subit encore les moqueries de temps en temps, que ce soit sur l'âge de sa mère ou sur sa tante bizarre... Pauvre gamin.

– Tu m'écoutes, Ry ?

– Pas du tout, j'étais perdue dans mes pensées, je confesse sans aucun remords.

Après un regard noir dans ma direction, ma sœur me redemande :

– Tu prendras ton petit déjeuner avec nous ?

– Non, je vais courir. Je verrai tout à l'heure, après ma douche.

– Tu sais qu'il est recommandé de manger avant l'exercice. Surtout le running.

– Et tu sais ce que je pense des recommandations.

Pour clore le débat, j'enfonce les écouteurs de mon iPod dans mes oreilles, mets mon bonnet ainsi que ma capuche. Je me détourne pour sortir lorsqu'un torchon s'écrase contre la vitre. Je ne peux me retenir de pouffer, mais je ne m'arrête pas pour autant.

Je fais quelques étirements devant la maison avant de me lancer. L'air glacial me fouette le visage ; mes yeux se remplissent aussitôt de larmes et mes poumons me brûlent au bout de seulement quelques foulées. J'ai beau courir tous les matins depuis des années, en plein hiver je déteste toujours autant ça. Le froid rend tout plus compliqué. Pourtant je sais que d'ici une poignée de minutes, je serai réchauffée et que je finirai en nage. Mais pour le moment je dois forcer mon corps à avancer, foulée après foulée. La fumée qui sort de ma bouche me permet de me focaliser sur autre chose que les cris de ma peau. Je remonte à vive allure notre rue, la plupart des maisons sont encore obscures ; j'aime ce moment-là de la journée, tout est encore endormi. Un sentiment curieux de sécurité m'accompagne, comme si je dominais tout le monde d'être déjà réveillée, sur le qui-vive et en train de courir. Comme si j'avais une longueur d'avance sur le Destin en personne.

Lorsque je bifurque afin de couper par les bois qui entourent la maison de Joy, je repense à ma session de running d'hier. J'ai été surprise de trouver son frère sous le porche ; j'ai continué mon chemin, ne laissant rien paraître mais dès que je n'ai plus été dans son champ de vision, ma cadence s'est accélérée. Je fuyais le plus loin possible de lui. Depuis notre « rencontre », son visage n'arrête pas de s'infiltrer dans mes pensées, je suis sûre de l'avoir déjà vu quelque part mais je n'arrive pas à mettre le doigt dessus. Ou alors est-ce sa forte ressemblance avec Joy qui me perturbe plus que je ne veux bien l'admettre ? Pour avoir une réponse il faudrait que je lui pose la question ou que je les détaille lorsqu'ils sont côte à côte. Comme ça n'arrivera jamais, il vaut mieux pour moi que j'oublie tout ce qui touche de près ou de loin à ce mec...

L'odeur d'humidité sous le couvert des arbres ne me dérange plus avec le temps, au contraire elle a un effet apaisant sur mon corps. Mon cerveau, en revanche, tourne à plein régime : est-ce qu'il sera encore là ce matin ? Peut-être aurais-je dû changer d'itinéraire aujourd'hui, j'ai agi par habitude, mes pas m'ont guidée automatiquement. Je secoue la tête afin de me concentrer sur ce qui m'entoure ; en effet, le sous-bois est détrempé, mes chaussures glissent légèrement, et il y a de nombreux débris au sol. Il ne manquerait plus que je me blesse et Jamie m'enfermerait définitivement à la maison ! Et si je me retrouve dans l'incapacité de faire du running, je vais perdre le peu de lucidité à laquelle je m'accroche désespérément. J'ai besoin de courir tous les jours, c'est un moment où mes pensées peuvent faire ce qu'elles veulent, je m'en fiche puisque je suis prête, en mouvement.

Les arbres s'espacent de plus en plus, ce qui veut dire que je suis presque arrivée sur la propriété. Une fois que je l'aurai traversée et serai revenue dans la rue il ne me restera que dix minutes de course avant de pouvoir me détendre dans ma baignoire. Quand je franchis l'orée du petit bois, la clarté du jour, plus puissante qu'il y a quelques minutes, me fait légèrement plisser les yeux. Je ne le remarque donc pas tout de suite, mais quand il se redresse et descend les marches pour se mettre à sautiller sur place, mon cerveau s'emballe. Les questions fusent : qu'est-ce qu'il fait ? Pourquoi ? Est-ce qu'il m'attendait ? Je serre un peu plus fort les poings en me maudissant d'avoir pensé à lui, je me suis collé la poisse toute seule ! J'éteins mon iPod afin de pouvoir mieux entendre ce qui se passe autour de moi en cas de problème. Les seuls bruits qui me parviennent sont celui de mon cœur qui tambourine fort, ma foulée sur les graviers et ma respiration plus discrète.

Quand j'arrive à sa hauteur, il s'élance dans mon sillage. Je le sais car j'entends ses pieds battre le sol, en rythme avec les miens. Pour être honnête, je pense qu'une personne à l'autre bout de la rue peut l'entendre. Au bout d'une centaine de mètres sa foulée change déjà, il frappe encore plus fort le goudron et sa respiration devient difficile. Malgré le corps musclé que j'ai pu apercevoir l'autre jour, je me rends vite compte qu'il n'a aucune condition physique, alors que je m'entraîne constamment. À quel moment son envie de me suivre lui a semblé être une bonne idée ? Je sais qu'on ne se connaît pas et qu'il ne pouvait pas le deviner mais quand même...

Je quitte le chemin du regard un instant pour jeter un coup d'œil par-dessus mon épaule et faire un état des lieux. Il est plusieurs mètres derrière moi, le regard fixé sur la route et il a les traits tirés. Une mine de déterré comme dirait Jamie. Je m'engage dans une des rues perpendiculaires à la mienne, je prends mon virage de manière assez sèche pour éviter la plaque de verglas qui brille doucement sous les rayons du soleil levant. Je sais qu'il n'aura pas autant de chance. Lorsqu'on court, il faut toujours regarder devant soi, jamais ses pieds. Le bruit de glissement, puis de chute que j'entends quelques instants plus tard, me prouve que j'avais raison.

Néanmoins, si j'avais eu le moindre doute, la flopée de jurons qu'il lance m'aurait mise sur la voie. Durant un instant je me demande si je dois m'arrêter pour l'aider, puis je me rappelle que ce type n'est personne pour moi. Alors je serre les dents, relance la musique qui explose dans mes oreilles et j'enchaîne les foulées, me rapprochant ainsi un peu plus de la maison. Mais surtout, m'éloignant de lui, encore une fois. Un long frisson me parcourt l'échine, comme un mauvais pressentiment. Ce mec est un aimant à emmerdes, je le sens jusqu'au plus profond de moi. Et je n'ai pas besoin de ça dans ma vie. S'il recommence son petit manège, il faudra que j'en parle à Joy pour qu'elle intervienne, il ne peut pas s'incruster comme ça dans ma routine matinale, c'est mon moment !

Je grimace quand je me rends compte du point auquel mes pensées sont abjectes. Je n'ai pas été élevée comme ça, à tourner le dos à mon prochain, surtout quand la personne en question semble vraiment en détresse et cherche à se bouger. La vie m'a vraiment amochée, mais je ne dois pas lui laisser la possibilité de faire la même chose avec d'autres. Avant de laisser la peur prendre le dessus, je me fais une promesse : si demain il est encore là, je prendrai sur moi, et je le guiderai exactement sur le même chemin et avec un peu de temps, il ira un peu plus loin. *Baby step.* Après tout, je ne m'engage dans rien de sérieux, juste à lui servir de guide pour courir. Il n'y a pas péril en la demeure. Quand je bifurque sur le trottoir pour prendre la direction de chez moi, je jette un coup d'œil par-dessus mon épaule. Je ne suis pas surprise de le trouver toujours assis en haut de la rue et regardant dans ma direction. Il doit très certainement me détester à l'heure qu'il est mais ça ne m'empêche pas de chuchoter :

– Accroche-toi, surtout n'abandonne pas.

Les dernières minutes de course qu'il me reste avant de me jeter sous la douche me paraissent bien plus simples que lorsque je suis partie. Je me sens légère et je ne sais pas si cela vient de ma course ou de m'être convaincue de tendre la main à une personne que je ne connais pas du tout. L'avenir me le dira, mais cela n'empêche pas un nouveau nœud de se former dans mon ventre, ce qui n'est jamais bon signe chez moi… Je décide néanmoins de me renseigner auprès de Joy sur son frère. Connaître son prénom serait un bon point de départ !

CHAPITRE 8

« I tie my life to your balloon and let it go. Your foothills. Your warmth[9]. »

alt-j, *Warm Foothills*

9. « J'attache ma vie à ton ballon et je le laisse s'envoler. Tes contreforts. Ta chaleur »

LOGAN

Je grimace en passant ma jambe droite dans mon jogging, la chute de vendredi m'a laissé quelques séquelles : un immense bleu a élu domicile sur le côté de ma cuisse et une partie de ma fesse. Et ça fait un mal de chien. Je me revois rentrer en boitant jusqu'à la maison, tout en maudissant Riley et sa famille sur plusieurs générations. Cette peste ne s'est même pas arrêtée une seconde pour voir si je ne m'étais pas explosé le crâne sur la route ! J'aurais pu mourir seul sur ce trottoir qu'elle aurait quand même terminé sa course sans jamais se retourner. Cette fille est vraiment bizarre.

J'enfile mon tee-shirt, puis je zippe une veste avant de m'asseoir sur mon lit pour lacer mes chaussures. Même si ma première expérience a été un échec, je n'ai pas baissé les bras tout de suite. J'étais au rendez-vous hier et avant-hier, et même si je ne vais jamais plus loin que l'endroit où je suis tombé, au moins je m'accroche. Ce qui est un exploit chez moi : en vingt-cinq ans, on ne peut pas dire que je me sois battu pour grand-chose. Alors je dois essayer de garder le cap cette fois-ci, sinon je sais que Doc sera sur mon dos lors de notre prochaine rencontre. Et il peut être sacrément tenace, il ne m'aura fallu qu'une séance avec lui pour m'en apercevoir. Je n'arrive pas à savoir si cette pensée me rassure ou m'effraie. Je tends la main par réflexe vers ma table de nuit pour attraper mon portable avant de me rappeler qu'il est mort. Il faut vraiment que je pense à en racheter un aujourd'hui, je dois manquer tellement d'informations. Hollywood est une bulle et parfois il suffit de quelques minutes pour passer à côté d'une offre juteuse. Même si je sais que Vince veille au grain, il pourrait filer à un autre de ses protégés un contrat qui me revenait, juste pour me punir. Cette idée me stresse, je le sais car ma main, toujours tendue, se met à trembler et à me faire mal. Je la ramène vite sur mes jambes et me masse la paume avec mon pouce. Une autre technique de mon psy : prendre le temps de répondre aux crampes qui parcourent mon corps. Elles n'en sont pas moins douloureuses ; mais elles durent un peu moins longtemps comme ça.

Un coup d'œil au réveil m'apprend que je n'ai plus que quelques minutes avant que Riley n'arrive et j'aimerais boire un café avant. Je sors de la chambre en essayant de faire le moins de bruit possible en passant devant la porte de Joy. Une fois dans la cuisine, je ne perds pas une minute et lance la machine à expresso afin de pouvoir boire le précieux nectar noir. Le temps que la tasse se remplisse, je m'approche de la fenêtre pour regarder dehors ; le tapis blanc qui a recouvert la pelouse devant la maison me donne envie de retourner me cacher sous la couette. Courir n'est déjà pas une de mes spécialités, mais sous la neige, c'est une torture, je dois lutter à chaque foulée pour rester sur mes deux jambes. Riley, elle, semble imperturbable, comme si rien ne pouvait l'arrêter une fois qu'elle est lancée. Je préférerais me casser un bras plutôt que de le reconnaître, mais j'admire sa condition physique. Elle ne fait pratiquement pas de bruit quand elle court, je suis obligé de lever souvent la tête, pour vérifier qu'elle est bien devant moi. Car de mon côté, je suis tout sauf discret. Même si je m'améliore un peu, je fais assez de bruit pour nous deux, couvrant sans difficulté le son de ses pieds effleurant le sol.

Bizarrement, il me tarde de raconter tout ça au Doc demain, histoire qu'il puisse découvrir une autre facette de moi. Pour le moment il ne m'a pas vu sous mon meilleur jour, et je me dis que si je place mes cartes comme il faut, il se pourrait qu'il me déclare « guéri » plus tôt. Je n'aurais plus qu'à m'arracher d'ici et retourner à L.A. Ma vie me manque, mes amis me manquent, prendre le chemin des studios me manque. Mais surtout le climat de la Californie me manque terriblement. Je ne suis vraiment pas fait pour des températures aussi basses. Pour avoir ce laissez-passer, il va falloir que j'arrive à gérer mes sautes d'humeurs qui elles ne s'arrangent pas. Un vrai gamin ; un moment je vais bien et la minute suivante, je peux avoir des envies de hurler ou de m'écrouler sur mon lit pour ne plus me relever. Autrement dit, tout le contraire de ce qu'on attend de moi aujourd'hui... Même si le Doc m'a détaillé la liste des symptômes courants des *cravings* et que cela en fait partie ; je refuse d'y croire. Je ne suis pas faible au point d'être tombé dans la dépendance, j'ai toujours bien géré ma relation avec la coke donc il doit y avoir une autre explication.

Le « marteau-piqueur » arrête son bruit atroce, ce qui me donne le signal que j'attendais pour récupérer mon café et boire la première gorgée. J'en ai trop besoin pour me donner un peu de courage afin de braver la neige dehors. Normalement, le sport pour moi, c'est en salle et je soulève du poids. Ni plus ni moins. Je me dirige vers le salon pour finir ma tasse et observer le sous-bois afin d'être sûr de ne pas rater Riley. D'ici je peux sortir en courant et être sûr de pouvoir la rattraper au besoin, car une chose est sûre elle ne m'attendra pas. Elle ne l'a jamais fait, ce n'est pas maintenant qu'elle va commencer. Tandis que je m'avance dans la pièce sombre, pour regarder dehors une voix me fait sursauter :

– Elle n'est pas encore passée si tu te posais la question.

Je me retourne brusquement vers l'origine du bruit et découvre ma sœur recroquevillée sur un fauteuil, emmitouflée dans un plaid.

– Bordel, Joy ! Sincèrement, tu as que ça à foutre de me faire flipper à sept heures du matin ? je lâche méchamment, sans pouvoir me retenir.

Je peux voir le moment où les mots l'atteignent, son beau visage se ferme un peu plus, et une infinie tristesse apparaît dans ses beaux yeux bleus. Je pousse un soupir à fendre l'âme avant de m'approcher d'elle et pose ma tasse sur la petite table à côté de son fauteuil avant de m'accroupir devant elle. La faible lumière qui traverse la fenêtre me permet à peine de la distinguer, mais cela suffit pour comprendre à quel point je suis un frère pourri. S'il y avait un Oscar dans cette catégorie je le remporterais haut la main. Chaque année.

– Excuse-moi, Jojo. Je suis un peu à cran et je ne m'attendais pas à ce qu'il y ait quelqu'un debout à cette heure-ci. Surtout pas toi, tu dors comme un loir, impossible de te réveiller avant midi lorsque tu es en vacances, je la taquine.

Un sourire incertain apparaît sur ses lèvres, mais il se transforme vite en une grimace quand elle regarde mes mains que je masse l'une contre l'autre à cause d'une nouvelle crampe. On n'a pas vraiment parlé, elle et moi, de la raison de ma présence ici et je sens qu'il est peut-être temps d'y remédier. Je suis en train de chercher à comment formuler tout ça lorsqu'elle me devance.

– C'est vrai alors ? Tout ce qu'a dit maman ?

– Crystal raconte beaucoup de conneries, tu vas devoir être un peu plus précise, là...

– Toutes ces histoires de drogue, de filles, de mise au vert ? Est-ce que tu as sombré à ce point, Logan ?

La franchise a toujours été une qualité que j'apprécie chez ma sœur, sauf lorsque j'en suis l'objet. Sa dernière question est tout juste murmurée et si je n'avais pas été si près d'elle je ne l'aurais pas entendue. Je me demande si, en mon for intérieur, je n'aurais pas préféré que ça soit le cas. Car ses paroles me déchirent le ventre, je sens mes joues rougir sous l'effet de la honte de devoir lui répondre aussi honnêtement que possible. S'il y a bien une personne qui peut m'atteindre, et que je ne voudrais jamais décevoir, c'est bien elle. Je sonde son regard durant quelques instants en pesant bien chaque mot pour tordre la vérité à mon avantage. Mais avant que je n'aie pu trouver un mensonge plausible, je m'entends lui avouer d'un simple mot.

– Oui.

Les larmes jaillissent de ses yeux, et je me fais violence pour ne pas bouger, ne pas m'enfuir une fois de plus. Au contraire, je reste silencieux en m'insultant à chaque fois qu'un nouveau sanglot sort de sa bouche. Ma propre gorge se serre sous l'émotion, mais je ne lâche rien, je mérite de me sentir aussi mal. Toute personne qui blesse Joy doit en subir les conséquences, moi le premier. Lorsque je ne supporte plus de fixer son regard si triste, je baisse la tête. Je ne sais pas combien de temps on reste comme ça, mais au bout de ce qui me semble une éternité, je sens sa petite main sur mes cheveux, puis descendre le long de ma joue pour attraper mon menton et me forcer à la regarder.

– Tu n'as pas le droit de te détruire comme ça. Tu as la chance de posséder tout ce que n'importe qui ne peut que rêver ! La gloire, la fortune, un métier que tu adores ! Et si tu te donnais la peine de venir plus souvent, tu pourrais aussi avoir une famille... Ou du moins ce qui s'en approche le plus. Je sais que maman et toi, vous ne vous entendez pas beaucoup, mais vous ne faites jamais d'effort. Les rares fois où vous êtes dans la même pièce, vous vous jetez des horreurs à la figure, et ça me blesse tellement, Logan. Tous les trois nous sommes des étrangers, alors que nous devrions être aussi soudés que possible. Quand je vois comment c'est chez les Slade, ça me donne envie de hurler !

– Entre Crystal et moi, c'est compliqué... Il y a pas mal d'antécédents dont je n'ai pas envie de parler ce matin, mais peut-être un jour, je termine en lui faisant un petit sourire pour couper court à la discussion.

Parler de ma génitrice a le don de me mettre les nerfs en boule et je ne voudrais pas que cela retombe sur ma petite sœur. Elle n'a pas besoin de ça, j'ai déjà fait assez de mal pour une journée qui a à peine commencé. Même si je ne sais pas avec certitude qui sont les Slade, je suppose qu'il doit s'agir d'une famille bien sous tous rapports, sans aucun problème. Grand bien leur fasse, ici la vie n'a pas été de tout repos, et nous avons plusieurs bleus mais nous sommes toujours debout. Je sais qu'elle a raison, nous ne nous comportons plus comme une famille depuis des années, et si cela ne me pose pas franchement de problème par rapport à Crystal, je sais que c'est important pour Joy. Je me dois de faire quelques efforts pour le peu de temps qu'il me reste à passer ici.

– Qu'est-ce que tu aimerais qu'on fasse ? J'ai un planning plutôt léger, ces derniers jours au cas où tu n'aurais pas remarqué, je la taquine.

– Ce que toute famille normalement constituée ferait, me répond-elle, énigmatique.

Devant mon air dubitatif elle enchaîne :

– Tu n'as aucune idée du jour qu'on est, pas vrai ? Alors, pour ton information on est le 24 décembre. Donc j'aimerais tout simplement faire un sapin, préparer un délicieux repas et que nous célébrions Noël comme la famille bizarre qu'on est censé être.

Je reste stoïque en repensant à ses paroles. Nous sommes la veille de Noël et je n'ai pas prévu un seul cadeau pour ma sœur. Sans portable, je me rends compte que j'ai réellement perdu toute notion de dates. Vince va me tuer quand je vais racheter un nouveau smartphone. Mon cerveau se met à carburer et plusieurs angoisses reprennent le dessus. Je me lève d'un coup pour me mettre à marcher devant la fenêtre en songeant à tout ce que je rate en ce moment. La période des fêtes réserve souvent les meilleures soirées dans certains clubs sélects et je regrette un instant de ne pas être là-bas, mais coincé ici. Entouré par la neige, le froid et cette sensation de vide au creux de mon ventre. Je me rends compte que je suis en train de me gratter violemment le bras, lorsque Joy, qui m'a rejointe, stoppe mon geste.

Je lis toutes ses interrogations sur son visage, mais je n'ai pas la moindre envie d'y répondre alors je détourne les yeux pour regarder par la fenêtre. Et comme par hasard, tel un fantôme, Riley sort du sous-bois. Elle est tout de noir vêtue et la seule chose que je distingue d'ici, c'est la partie de visage entre son bonnet et une écharpe qui lui recouvre la bouche. Je pourrais très bien laisser Joy avec toutes ses émotions et demandes derrière moi pour rejoindre cette inconnue, courir et reprendre un peu de distance avec tout ça. Mais je sais que ce n'est pas ce qu'il faut faire. Ma sœur ne me pardonnerait pas de lui avoir tourné le dos dans un moment de fragilité comme celui-là. Alors je détache mon regard de Riley et tente de sourire à Joy en l'attrapant par les épaules pour la conduire vers la cuisine.

– Allez viens, je vais nous faire du café, on va en avoir besoin pour survivre à la journée qui nous attend !

CHAPITRE 9

***« Candles burning low,
lot's of mistletoe,
lot's of snow and ice.
Everywhere we go*[10]*. »***

Stevie Wonder, *What Christmas Means To Me*

---

10. « Des bougies qui se consument doucement, beaucoup de gui, beaucoup de neige et du givre. Partout autour de nous. »

RILEY

Lorsque mon réveil sonne, je suis en train de m'habiller, mon rituel matinal déjà effectué. Ce matin, impossible de dormir, j'ai eu une nuit agitée. Les cauchemars ne m'ont pas laissée tranquille, cela faisait longtemps que je n'avais pas fait ce genre de rêves. Certes, la période des fêtes a tendance à raviver certains souvenirs, mais je me pensais plus forte... Je sais que j'ai beaucoup progressé mais aujourd'hui je ressens le besoin profond de me cacher, de me dissimuler le plus possible. Alors je passe les fringues les plus larges de ma garde-robe.

Quand je me regarde dans le miroir, je souris en voyant que flotter à ce point dans mes vêtements donne l'impression que ma tête a été posée sur le mauvais corps tellement elle paraît petite. Comme un dessin mal proportionné. Parfait. J'attache mes cheveux en un chignon lâche et rabats ma capuche avant de sortir de chez moi pour franchir les quelques mètres qui me séparent de ma famille. Joy m'interroge souvent sur mon choix de logement. Il y a une chambre libre dans la maison, et j'aurais pu en avoir une à l'université si c'était de l'espace dont j'avais besoin.

J'ai tellement de mal à expliquer comment fonctionne mon cerveau aux gens qui m'entourent, même moi, je m'y perds parfois. Tout est trop abîmé dans ma tête. Pourtant je sais que j'ai *besoin* de cet espace entre les autres et moi, il est vital. Mais d'un autre côté, si je ne veux pas totalement disparaître, il faut que je garde un lien avec le monde des vivants, et surtout, j'ai beau ne pas l'exprimer mais j'aime ma famille. À un point qui me blesse parfois, lorsque je vois l'inquiétude dans leurs yeux. Surtout Jamie et Austin.

Alors que je franchis la porte à l'arrière de la maison, je m'aperçois que tout est encore silencieux, comme suspendu dans le temps. Je souris tout en me déplaçant dans la cuisine pour lancer le petit déjeuner, car je sais que mon neveu doit trépigner dans son lit depuis un moment. Ce petit être m'a sauvé la vie ; je ferais tout pour lui, y compris me lever très tôt afin qu'il puisse descendre au plus vite et se ruer pour l'ouverture de ses cadeaux qui l'attendent au pied du sapin. Je ne lui ai jamais avoué le rôle salvateur qu'il a eu pour moi. Enfin si, j'ai dû lui dire une fois ou deux. Mais il devait être très petit ou en train de baver sur son oreiller dans un monde imaginaire bien plus agréable que celui dans lequel j'évolue.

J'avais tout juste seize ans quand ma sœur a accouché de cette toute petite créature, rouge, pas vraiment jolie et avec une voix puissante. Déjà à l'époque il exprimait ses opinions, avec une conviction assez impressionnante. Je me souviens quand Jamie l'a déposé dans mes bras malgré ma peur du contact, il était tellement minuscule et le regard qu'il m'a lancé m'a scotchée sur place. On est restés comme ça à se fixer durant de longues minutes, jusqu'à ce qu'un semblant de sourire étire ses lèvres, qu'il attrape mon index avec sa minuscule main et qu'il s'endorme. J'ai éclaté en sanglots ; voir la totale confiance qu'il m'accordait spontanément m'avait beaucoup émue.

Mais quelques mois plus tôt ma vie avait volé en éclats, et j'avais repoussé tout le monde. Puis il est arrivé et j'ai vu une petite flamme briller dans les ténèbres qui m'entouraient : Austin. C'est le seul que je peux encore toucher sans que mon cœur manque de s'arrêter d'angoisse et inversement. Je ne sais pas si cela vient du fait que je l'ai presque vu naître, ou que j'ai eu sous les yeux son innocence enfantine mais je n'ai jamais eu de mouvement de rejet envers lui. Nous avons ce lien puissant, qui me permet de trouver un peu de calme lorsque je suis en pleine crise. Il apparaît toujours comme par magie, avec les mots qu'il faut pour me remettre d'aplomb. Ses yeux verts si semblables aux miens et à ceux de sa mère ont un pouvoir mystique sur moi. Alors je le chéris tous les jours, même si ce n'est que par des petites actions quotidiennes comme maintenant. Être présente pour lui est ce qui me fait sortir du lit certains matins, et d'autres, c'est ce qui me permet de tenir un jour de plus. De me souvenir de tout le chemin parcouru depuis sa naissance.

– Je crois que le lait est suffisamment chaud, tatie.

La voix de mon neveu me fait sortir de mes pensées, tout en manquant de me causer une crise cardiaque. Je le fusille du regard avant de couper le feu sous la casserole dont le lait est effectivement en train de bouillir. Je sers quatre tasses et je rajoute du chocolat que j'ai fait fondre avant de sortir le paquet de marshmallows que l'on rajoutera dedans au dernier moment. Je pousse une des boissons fumantes vers le petit démon installé en face de moi, sur un des tabourets qui longe l'îlot central de la cuisine. Son regard est clair, pétillant, aucune trace de sommeil sur son visage.

– Est-ce que tu as dormi au moins ? je lui demande

– Plus que toi... Maman a des poudres, tu sais, pour cacher les traits noirs sous ses yeux, je suis sûr qu'elle pourrait t'en prêter un peu si tu veux !

Touché.

– C'est gentil de te préoccuper de ma beauté, jeune crapule, mais je te remercie, j'assume parfaitement mes vieux cernes. Je crois même que je suis née avec... Tu sais que tes parents ne te pardonneront pas si tu ouvres tes cadeaux sans eux, je rajoute quand je le vois lorgner le sapin.

– Mais ils vont encore se lever super tard, tu le sais ! Et je réfléchis depuis des heures à ce qu'il pourrait y avoir dans ces paquets. Celui qui m'intrigue le plus, c'est celui avec le papier cadeau violet, tu sais pas ce qu'il y a dedans ?

Je pouffe comme une gamine de dix ans, tout en rajoutant les petites guimauves dans sa tasse, puis dans la mienne. C'est à son tour de me jeter un regard énervé, mais il oublie rapidement son agacement lorsqu'il boit sa première gorgée.

– Ah ! Le chocolat de Noël spécial tatie Ry ! Tu es sûre que je ne peux rien faire en échange pour en avoir tous les jours, de toute l'année, pour toute la vie ?

– Si tu en buvais autant, crois-moi, il perdrait tout intérêt.

La voix de mon beau-frère nous fait nous retourner. Ma sœur et lui se tiennent sur le seuil de la cuisine, pas tout à fait réveillés. Je sais qu'ils font un effort pour Austin. Je leur sers leur chocolat chaud spécial Noël, et eux aussi poussent un petit soupir de bien-être en le buvant. Je les imite, je dois reconnaître qu'il est bon même si je ne le réussis pas aussi bien que notre grand-mère. Un frisson me parcourt et en levant les yeux je croise ceux de Jamie, je n'ai pas besoin de parler je vois qu'elle a compris ce qui se passe dans ma tête. Elle le sait toujours, pour mon plus grand malheur. Afin de détourner son attention de moi, je tape dans mes mains, les faisant sursauter.

– Et si on passait à l'ouverture des cadeaux ? Je suis sûre que quelqu'un en meurt d'envie, je tente de rigoler.

À peine la phrase a-t-elle quitté mes lèvres que mon neveu saute de son tabouret et file dans le salon pour se ruer sur sa pile de cadeaux. Jamie et Miles le suivent et s'approchent des leurs, je reste un peu en retrait pour les regarder faire. Austin est en train de déchirer le paquet à l'emballage violet. Mon cadeau. L'émerveillement qui se peint sur son visage vaut tout l'or du monde, et c'est vers moi qu'il se tourne, son livre serré contre son torse. Bien sûr qu'il sait que c'est moi qui lui ai offert un livre sur les étoiles et notre système solaire. Il pose son cadeau au sol pour se précipiter dans mes bras. Je le réceptionne comme je peux et le serre quelques instants contre moi. Je m'imprègne de la chaleur qui irradie à travers son pyjama *Iron Man*, quand un flash nous éblouit. Jamie me regarde sans aucune trace de culpabilité sur le visage, range son portable dans la poche de sa robe de chambre avant de se pencher pour ouvrir un de ses cadeaux.

Les rires et les surprises s'enchaînent et je me nourris de les voir vivre si pleinement. J'ai un peu l'impression d'être dans la peau d'un voyeur à les regarder comme ça, mais tout le monde a l'habitude depuis le temps. Ma sœur s'approche de moi, une boîte blanche entourée d'un magnifique ruban argenté dans les mains. Elle me la tend, un sourire un peu crispé aux lèvres, ce qui me fait intérieurement me tendre. Qu'est-ce qu'elle a bien pu m'offrir ? Le temps que je défasse le nœud et soulève le couvercle, j'ai l'impression que Jamie retient son souffle. Lorsque j'en sors le contenu je n'en crois pas mes yeux. Comment a-t-elle pu ? Je range la robe dans la boîte plus violemment que je n'en avais l'intention, et fusille du regard ma sœur qui, les joues rouges, ne se décourage pas pour autant.

– Je me suis dit que pour le gala de mai, elle pourrait être parfaite.

– Jamie, arrête d'essayer de me changer ! je la coupe.

J'éprouve des difficultés à articuler ces mots tellement la colère et la tristesse font rage en moi.

– Ça fait des années, que je n'en porte plus et ce n'est pas maintenant que je vais recommencer...

– Justement ! Peut-être qu'il est temps de laisser une chance à l'ancienne Riley de refaire surface !

Ses mots me donnent l'impression de se planter dans mon ventre tellement ils me font mal. Je baisse même les yeux, persuadée d'y trouver une auréole rouge. Je sens les larmes monter, mais je ne pleurerai pas devant Austin, et surtout pas le jour de Noël. Je commence à battre en retraite, j'ai besoin de sortir, de courir pour reprendre possession de mes émotions.

– Ne pars pas, tatie, s'il te plaît, me supplie mon neveu dans mon dos.

Un coup d'œil dans sa direction et c'est trop pour moi ; une fois de plus je vais réduire en miettes ce qui était censé être une agréable matinée en famille. Avant que la porte de la cuisine ne se referme derrière moi, j'entends Miles s'en prendre à Jamie. Je me déteste encore un peu plus, si cela est possible et je me rue dans ma dépendance pour passer des fringues plus adaptées à la course. En seulement quelques minutes je suis de nouveau dehors et je ne prends pas le temps de m'échauffer, je m'élance, vite et fort. Tout se mélange dans ma tête et les souvenirs de la discussion gênante au possible que j'ai eue avec Joy surgissent à ce moment-là. Elle a essayé de dissimuler sa surprise lorsque je lui ai demandé comment s'appelait son frère et s'il restait longtemps ici, mais je la connais trop bien. Malgré mon malaise j'ai retenu une information : son prénom, *Logan*. Sans trop réfléchir je décide de ne pas prendre mon chemin habituel, je n'ai pas envie de le croiser aujourd'hui. Comment pourrais-je le sauver de ses démons intérieurs, quand les miens me font suffoquer à chaque seconde ? Je ne sais pas ce qu'il m'a pris de penser que je pouvais l'aider. D'un mouvement brusque je coupe par un bois qui, je le sais, me fera traverser un petit parc, je pourrai me reposer là-bas, car à l'allure à laquelle je me pousse, je ne tiendrai pas longtemps. Pourtant je me suis donné pour mission de tenir jusque là-bas et je le ferai. Mon corps est un outil obéissant quand j'arrive à en prendre totalement les commandes. La neige n'a pas tenu au sol grâce à la protection des arbres, en revanche il est détrempé et je manque de tomber à plusieurs reprises. Mes genoux et mes chevilles me font souffrir lorsque je tente de me stabiliser du mieux possible.

Soudain un oiseau, dérangé par ma course effrénée, s'envole, ce qui a pour conséquence de me faire sursauter et perdre ma concentration. Il n'en faut pas plus pour que cette fois, je tombe lourdement, tête la première. J'essaie d'amortir le choc avec mes mains, mais la puissance de l'impact et la terre glissante font que le côté gauche de mon visage absorbe quand même une partie de la chute. Je me retourne sur le dos instantanément, légèrement sonnée mais consciente, et je pousse un cri tellement long que je me casse la voix. Je prends quelques respirations pour recouvrer mes esprits et faire un état des lieux : le sang bourdonne à mes oreilles, je me sens nauséeuse et un mal de crâne s'éveille derrière mon œil gauche. Par réflexe, j'appuie sur la zone mais la douleur me fait siffler, et en retirant mes doigts, je vois qu'ils sont rouges de sang.

– Merde. Jamie va me tuer, dis-je tout en essayant de m'asseoir.

Cependant, une fois en position verticale, j'ai la tête qui tourne, au point de manquer de vomir.

– OK, OK je me rallonge.

Je ne sais pas combien de temps je reste comme ça, couchée dans la boue à regarder la cime des arbres et à écouter les bruits de la forêt qui m'entoure. Le froid a le temps de me gagner et j'ai de plus en plus de mal à ouvrir ma paupière gauche, ce qui ne présage rien de bon pour l'état de mon visage. Lorsque je me sens d'attaque, je retente ma chance avec la position verticale. La forêt se remet à bouger toute seule mais je cette fois, je m'accroche à tout ce qui est à ma portée, et en m'y reprenant à deux ou trois fois, j'arrive à me tenir sur mes jambes. Je sens un liquide couler le long de ma joue, mais je ne sais pas s'il s'agit de boue ou de sang, et vu l'état de mes mains je préfère ne pas toucher. J'entame alors un périple interminable pour rentrer chez moi, j'ai l'impression de mettre des heures, et lorsque j'arrive dans notre rue, je croise notre voisin monsieur Wilinski qui me jette un regard effaré. Je ne doute pas qu'à ce moment précis je colle au portrait de la fille complètement tarée qu'ils ont tous de moi. Alors pour parfaire ce tableau, je lui fais un grand sourire et un signe de la main. Il se retourne rapidement pour rentrer chez lui, mais me jette quand même un dernier coup d'œil avant de fermer sa porte.

Quand je m'engage dans notre allée j'accélère le pas, malgré ma vision plus que limitée. Il faut que j'atteigne la salle de bains pour faire le point sur la situation, après ça j'aviserai. Alors que je franchis enfin le seuil, mon estomac se soulève. Je tente d'atteindre rapidement la pièce, mais je trébuche et c'est à quatre pattes que je vomis dans les toilettes. Une fois soulagée, je pose le visage sur carrelage froid ; cela me fait du bien, le temps d'un instant. Car un petit bruit fait ouvrir mon œil valide et je l'aperçois dans l'encadrement de la porte, l'inquiétude brouillant ses traits. J'essaie de me relever, en vain, alors il se précipite pour m'aider à m'asseoir.

– Hey, Munchkin... Alors, de quoi j'ai l'air ?

– Je pense que le maquillage de maman ne suffira pas à couvrir tout ça, cette fois-ci, tente-t-il de rigoler mais les tremblements dans sa voix le trahissent.

Alors que mon cerveau au ralenti essaie de trouver quelque chose à dire, ma sœur débarque en trombe, sans frapper comme à son habitude :

– Je sais que j'avais dit que je ne viendrais pas mais... Qu'est-ce que... Austin ? Riley ! s'écrie-t-elle.

Elle se jette à mes pieds et attrape mon visage entre ses mains. Bizarrement je ne ressens pas le même frisson que d'habitude, au contraire ses mains me rassurent, Jamie va prendre soin de moi. La brûlure sur ma joue me fait rapidement réviser mon jugement :

– Est-ce que tu viens sérieusement de me gifler ?

– Réponds-moi au lieu de fermer les paupières ! Qu'est-ce qu'il s'est passé ? Est-ce que quelqu'un t'a...

J'ouvre grand les yeux sous le choc de son insinuation, ce qui a pour résultat de me faire pousser un petit cri. Ma paupière gauche me donne l'impression d'être aussi grosse qu'un melon et me fait payer cher mon réflexe.

– Non, Jamie, je suis tombée en forêt c'est tout, je chuchote tout en jetant un regard vers Austin.

Ma sœur comprend mon message silencieux puisqu'elle envoie son fils chercher la trousse de secours et son portable. Ce dernier détale aussi vite qu'une fusée. En attendant son retour, ma sœur m'aide à me lever et à me déshabiller. Lorsqu'elle m'enlève mon tee-shirt, elle ne dit rien devant ma ceinture thoracique, mais je la vois fermer les yeux un instant, puis elle me la retire avant de m'aider à grimper dans la baignoire. Elle y entre avec moi, vêtue d'une chemise de nuit, et m'aide à me laver les cheveux et à me débarrasser de toute cette terre. En temps normal, je n'aurais pas accepté qu'elle me touche et encore moins qu'elle me voie nue, mais il faut croire qu'après un gros coup à la tête, je suis moins brisée. Quelle ironie.

Lorsqu'on sort, elle m'enveloppe dans une serviette avant de faire de même et je me sens un peu mieux, jusqu'à ce que je voie mon visage dans le miroir. Du sang coule toujours de mon arcade sourcilière, et un joli bleu se forme déjà sur ma pommette. Mon œil n'est pas aussi gros qu'un melon mais il est entièrement fermé et gonflé, je grimace en imaginant à quoi je devais ressembler il y a quelques minutes.

– Je suis désolée, Jamie, je n'ai pas voulu... C'était un accident je te le jure.

– Je sais, petite sœur, je sais, mais on va quand même... commence-t-elle avant d'être coupée par une voix de l'autre côté de la porte

– Riley ? Jamie ? Je peux entrer ?

Ma sœur me demande mon aval, et après un regard à ma tenue plus que sommaire, me fait passer son gros peignoir avant de donner la permission d'entrer à Miles. Je lis l'inquiétude sur son visage mais à ma grande surprise, il essaie de détendre l'atmosphère.

– Austin ne rigolait pas, tu ne t'es pas ratée ! Il me tarde de faire la photo de Noël maintenant !

– Miles, arrête ce n'est pas drôle, il faut appeler les urgences !

– Non ! je crie. Ce n'est pas la peine c'est juste une égratignure ça va passer.

– Arrête tes conneries, Riley, même de là où je suis je vois que tu as besoin de points de suture, intervient mon beau-frère.

Oublié le ton léger, la réalité nous rattrape tous.

– Je vais appeler le docteur Phil, pour lui demander s'il peut passer exceptionnellement à la maison. Fin de la discussion, Riley, c'est ça où je t'amène à l'hôpital, que tu le veuilles ou non, ordonne-t-il quand il me voit sur le point de riposter.

Il ressort de la pièce et Jamie m'entraîne hors de la salle de bains et m'aide à m'allonger sur le lit, me couvrant de ma propre couette, puis elle repart quelques minutes avant de revenir avec la trousse de soins. Elle sort des compresses qu'elle badigeonne de désinfectant et les plaque sur mon arcade sourcilière. Je serre les dents sous le coup de la brûlure, mais ne dis rien ; je ferme les yeux pour me concentrer sur ma respiration. Les dernières pensées qui me traversent sont que je ne pourrai pas courir les prochains jours et je me demande si le frère de Joy continuera de son côté.

CHAPITRE 10

***« Don't want to meet your daddy, just want you in my Caddy. Don't want to meet yo' mama just wan't to make you cum-a*[11]. »**

Outkast, *Hey Ya*

11. « Je veux pas faire la connaissance de ton papa, je veux te connaître toi. Je veux pas faire la connaissance de ta maman, je veux te faire jouir. »

LOGAN

Je souffle sur mes mains pour les réchauffer et arrêter les tremblements qui les parcourent. De la fumée se forme dès que l'air quitte mon corps, et, au lieu de me faire sourire comme bon nombre de personnes, ça me donne envie de prendre le premier avion pour Los Angeles. Il faut être complètement fou pour vivre de son plein gré dans une région où il fait froid en hiver ; j'en ai perdu l'habitude. Durant cette saison je m'arrange pour être en studio ou le cul posé sur une serviette, au chaud sur une île paradisiaque, en bonne compagnie et tout ce qu'il faut pour passer d'excellentes soirées. Je sens mon ventre se serrer à l'évocation de mon style de vie d'il y a seulement quelques semaines et je regrette encore une fois d'avoir accepté ce deal avec Vince. Je sais qu'un long plaidoyer dans la presse aurait pu convaincre les plus crédules, à défaut des producteurs. Mais eux, ce qui les intéresse, c'est l'argent que je peux leur rapporter, alors ils auraient passé l'éponge en fin de compte. Cela fait quelques jours que je lutte pour ne pas envoyer tout bouler, et retourner me prélasser, chez moi... et dans mes vieilles habitudes.

Mais non, au lieu de ça, je suis en train de me geler les miches, attendant pour le troisième jour consécutif ma partenaire de course. Partenaire qui ne daigne pas se pointer, et je commence à en avoir marre de me lever tous les matins pour rien, car il est hors de question que je coure seul ! Doc désapprouve que je m'y refuse, nous nous sommes bien pris la tête sur ça hier. Il m'a fait un sermon comme quoi je m'accrochais à cette inconnue, et que je lui mettais un poids sur les épaules alors qu'elle n'avait rien demandé à personne. Qu'il fallait que je me secoue pour trouver la force en moi de faire les premiers pas. Que ma guérison ne serait complète que si je faisais ça pour moi et avec mes propres ressources.

Conneries.

On a tous besoin d'aide, de soutien à un moment donné de nos vies. Et certes, Riley n'a rien demandé, mais c'est tombé sur elle. Et puis, ce n'est plus que pour quelques jours.

Je me mets à sautiller sur place pour ne pas me transformer en glaçon et je repense à la dernière fois où j'ai vu Riley. Cela remonte à quatre jours et je ne suis pas sorti pour courir avec elle, j'ai préféré rester avec ma sœur. Elle ne se serait pas vexée pour si peu quand même ? Les filles de nos jours sont tellement à cheval sur des règles qu'elles inventent chaque jour, que j'ai toujours du mal à suivre. C'est bien pour ça que je n'ai aucune relation suivie. Trop compliqué pour moi. Mais sincèrement, je vois mal Riley bouder pour ça, cette meuf est un vrai robot. Elle court sans me prêter attention, comme si j'étais un simple déchet accroché à ses chaussures. Elle ne doit jamais ressentir grand-chose, je me demande si quelqu'un a déjà réussi à la décoincer...

Je ricane tout seul en l'imaginant à un rendez-vous galant, entre son visage inexpressif et son style vestimentaire ; je paierais cher pour y assister. Une catastrophe assurée ! Pourtant si elle ne se pointe pas aujourd'hui, je vais être obligé de demander à Joy ce qu'il se passe. Je sais qu'elle aura ma réponse, après tout elles sont amies. Mais je la vois peu depuis le matin de Noël, car elle a déguerpi comme si elle avait le feu aux trousses.

Elle n'est rentrée que des heures plus tard, avec une mine de déterrée et depuis un trait d'inquiétude lui barre sans cesse le front. Je ne lui ai pas posé de questions car je sais que si elle avait voulu m'en parler elle l'aurait fait, mais je ne peux m'empêcher de me demander si cela a un lien avec l'absence de Riley. Depuis, l'ambiance à la maison n'est pas forcément géniale, sans la joie de Joy autant dire qu'on entend les mouches ou les insultes, voler.

Fêter Noël en famille depuis des années n'a pas été aussi horrible que je l'imaginais. Certes, il y a eu quelques tensions, surtout à cause de Crystal. Elle ne sait jamais la fermer, elle a toujours le mot qu'il faut pour me faire perdre mon sang-froid. Et elle a le don d'appuyer là où ça fait mal. Je ne pensais pas pouvoir haïr plus ma génitrice, mais... il ne faut jamais dire jamais.

Pourtant la soirée s'est relativement bien passée, tout le monde a serré les dents pour que l'on puisse manger en silence. Je sais que ce n'est pas ce que Joy avait en tête, mais notre famille a été détruite il y a des années, et il est impossible de recoller les morceaux. C'est trop tard pour ça. De temps en temps, quelques piques bien senties ont volé de part et d'autre de la table, mais un regard en direction de Joy et nous coupions court aux débats. Il faudra que j'aie une conversation avec Crystal avant mon départ dans quelques jours, il est temps qu'on règle ça une bonne fois pour toutes. Elle a assez bousillé ma vie comme ça.

Hier encore, elle a osé me demander si la première chose que je ferais en atterrissant à l'aéroport LAX serait d'aller retrouver mes « amies » pour m'en foutre plein le nez. Les sensations qui m'ont parcouru à ce moment-là étaient tellement variées que je n'ai pas su quoi répondre. Je suis parti en claquant la porte et me suis réfugié dans le bar de Travis, mon nouveau repère : *The Anarchy*. L'alcool m'aide pas mal à supporter toutes les parties désagréables de ma vie actuelle, les symptômes du manque ou la présence de cette bonne femme. Je sais que ça n'est pas une solution, Doc me rebat les oreilles avec ça, mais l'envie qui me ravage le ventre est infernale. Juste le fait d'entendre Crystal en parler m'a mis l'eau à la bouche. Et il y a de très grandes chances que je fasse exactement ça, peut-être même avant de rejoindre ma ville. J'ai de plus en plus de mal à me contrôler. Le Doc m'a fait prendre conscience en séance que je n'ai pas racheté de téléphone pour cette raison et que c'est une bonne nouvelle. Je sais que d'un simple SMS, je pourrais avoir ce que je veux. Mais voir Joy tous les jours me donne une raison de bien me comporter, au moins tant que je serai ici. Et surtout, je ne pense pas pouvoir duper le Doc. Entre mes analyses médicales et sa perspicacité, il me grillerait avant même que je m'assoie dans son cabinet. Je n'ai jamais rencontré un mec comme lui, avec ses yeux bleus perçants, il comprend tout sans que l'on ait besoin d'ouvrir la bouche. Et même s'il m'agace car il est l'un de mes geôliers, il m'impose le respect et cela faisait longtemps que ça ne m'était pas arrivé.

Du bruit sur ma gauche me sort de mes pensées et je la vois enfin. Elle semble encore plus petite que dans mes souvenirs, et tandis que je descends les marches pour m'approcher de l'endroit où je démarre toujours ma course, je me surprends à en sourire. Je suis content de la voir et je me demande si le psy n'a pas raison : je me repose beaucoup sur elle. Alors qu'elle s'approche de moi, imperturbable, je fronce les sourcils ; elle est encore à plusieurs mètres et pourtant je peux voir l'énorme hématome qui lui mange une partie de son visage. Elle porte des strips sur l'arcade sourcilière et son œil est légèrement gonflé. Alors qu'elle est bientôt à mon niveau, des dizaines de questions me traversent l'esprit mais je n'en pose aucune. Je me contente de siffler pour marquer ma surprise et, chose étonnante, elle me regarde. Pas à la dérobée. Non, elle plante ses yeux vert clair dans les miens et me défie de rajouter quelque chose. Puis elle me dépasse et trace sa route comme d'habitude. Je secoue la tête et me mets en marche, je n'essaie pas de la rattraper, je sais que c'est inutile, je n'ai pas son entraînement et je serai épuisé avant d'avoir dépassé la limite du jardin.

Je plante mes yeux dans son dos ; je jurerais la voir se crisper. Mais c'est impossible, elle ne peut pas sentir mon regard sur elle. À moins que ça soit bel et bien un robot et qu'elle ait des yeux derrière la tête. Je pouffe comme un idiot en visualisant la scène mais l'effort que je fournis pour courir me calme très vite. Je sais que le souffle de Riley est toujours le même, je dois apprendre à me focaliser sur ça aussi. Si on m'avait dit que la course était quelque chose d'aussi compliqué, peut-être que j'aurais choisi une autre activité, mais maintenant je ne peux pas faire machine arrière.

Au bout d'une dizaine de minutes, je sens que j'arrive déjà au bout de ce que je vais pouvoir faire. Tous mes muscles me font mal et j'ai l'impression que mes jambes partent dans tous les sens. De vrais spaghettis. Mon côté macho prend le dessus quelques secondes lorsque je me dis que je ne peux pas me laisser indéfiniment battre par une fille qui doit peser vingt kilos toute mouillée. Et puis je la regarde, le rythme de sa foulée et la puissance qui se dégage d'elle et je reviens dans à la réalité : à la course, cette fille m'écrasera toute ma vie. Elle est taillée pour ça, cela se sent dans chacun de ses pas et elle m'impressionne. Je m'arrête complètement essoufflé, alors qu'elle continue sa route et je me promets de la suivre sur une boucle complète avant mon départ. Ma fierté m'y oblige. Alors que je trouve la force de rebrousser chemin en marchant, je rigole de mes pensées.

Je me retourne pour jeter un regard vers Riley qui bifurque dans une rue pour continuer son chemin. Je revois son visage tuméfié et je dois dire que j'admire sa détermination à courir avec une telle blessure. Les vibrations de la course doivent se répercuter dans tout son visage. En tout cas, je sais que moi, je serais couché chez moi devant la télé. Ou en compagnie d'une délicieuse créature qui prendrait soin d'une certaine partie de mon anatomie, qui elle, est en parfaite santé. Je n'osais pas trop me l'avouer mais le sexe me manque cruellement, je l'ai souvent associé à la drogue. Alors perdre les deux d'un coup est vraiment un coup rude. Du coup, la moindre image d'un corps féminin un brin dénudé suffit à me chauffer. Et mon cerveau est passé maître dans l'art de me bombarder avec ce genre de visions. Je grogne en repositionnant mon début d'érection dans mon caleçon et j'accélère le pas afin de rejoindre la douche au plus vite. Cela fait trop longtemps que je n'ai pas baisé, il va falloir que je me penche sur le sujet, et vite. Une nouvelle motivation prend possession de moi et je me remets même à courir pour rentrer le plus rapidement possible.

Alors que je me place sous la douche brûlante, je laisse couler l'eau sur mon dos et empoigne mon sexe tendu. Un râle s'échappe de ma bouche, je savoure ces sensations si familières : l'envie, le désir, la brûlure dans les reins juste avant que l'orgasme ne m'emporte. Je m'imagine en train de me glisser entre les jambes d'une femme brune, étendue devant moi, offerte. Mon souffle se fait aussi erratique que lorsque je courais quelques minutes plus tôt, mais cette fois-ci, j'ai l'habitude. Toujours dans mes pensées, je me vois toucher ce corps sublime tandis que j'accélère mes coups de bassin, je suis proche de la délivrance. C'est alors que la femme ouvre les yeux, ils sont d'un vert particulier : celui de Riley. C'est comme un électrochoc et il ne m'en faut pas plus pour que je me répande dans ma main, soufflé par un orgasme puissant. Je prends le temps de me remettre avant de me savonner rapidement et de sortir de la douche, plus réveillé qu'en y entrant.

J'efface la buée sur le miroir et me regarde. L'eau dégouline de mes cheveux, ma respiration est encore rapide à cause de la jouissance qui vient de me faucher. Un petit sourire en coin est accroché à mes lèvres, car je sais qu'une nouvelle détermination vient de naître en moi. Je veux que ce rêve érotique se réalise. Le fait que Riley me snobe complètement me donne envie de l'entendre crier mon nom comme dans mon fantasme. Je n'ai pas l'habitude de ne pas obtenir ce que je veux. Je sais que je peux paraître horrible en pensant ça, mais c'est vrai, dans mon milieu tout est simple. Même un peu trop parfois. Je veux qu'elle me supplie de lui donner encore et encore tout ce que j'ai, que son masque de robot tombe en même temps que ses fringues trop larges. J'arrive toujours à mes fins, lorsque je me lance dans une bataille, quel qu'en soit le prix. Le Doc va être content, j'ai trouvé une nouvelle source de motivation pour sortir du lit tous les matins : faire en sorte que Riley m'y rejoigne.

Je me sèche et m'habille en vitesse pour descendre retrouver Joy qui doit être en train de déjeuner. Il est temps de mettre en place mon plan d'attaque et pour ça, je vais avoir besoin de ma petite sœur. J'hésite quelques instants, car je sais qu'elle n'approuverait pas que je saute sa copine, mais quand je repense à la violence de l'orgasme que je viens de vivre, je n'imagine même pas ce que cela sera quand je serai plongé en elle... J'en salive d'avance et je descends l'escalier, plus pressé que jamais. Joy est bien attablée en train de manger un bol de céréales, je m'assieds à côté d'elle et pose ma question le plus innocemment possible :

– Alors, petite sœur, qu'est-ce qu'on a de prévu pour la soirée du 31 décembre ?

CHAPITRE 11

« But I'm a creep, I'm a weirdo. What the hell am I doing here? I don't belong here. I don't care if it hurts. I wanna have control. I want a perfect body. I want a perfect soul[12]. »

Radiohead, *Creep*

12. « Mais je suis un monstre, un type bizarre. Qu'est-ce que je fais là, bordel ? Je n'appartiens pas à ce monde. Je m'en fiche si ça fait mal. Je veux contrôler les choses. Je veux un corps parfait. Une âme parfaite. »

RILEY

– Tu crois qu'un jour on vivra sur une autre planète, ou dans l'espace ?

Je souris à cette question si innocente et prends le temps d'y réfléchir alors que je devine, du coin de l'œil, l'impatience d'Austin. Nous sommes installés sur l'avancée de toit qui donne sur la chambre d'Austin, à l'arrière de la maison. On est couchés là, depuis plus d'une heure à regarder le ciel et à parler de tout et de rien. C'est notre petit rituel, chaque semaine, même si aujourd'hui, c'est un peu plus compliqué que les autres fois. Certes il n'a pas neigé ces derniers jours donc nous nous sommes estimés chanceux, mais l'hiver n'est pas la meilleure période pour ça. Nous avons donc dû nous couvrir et emporter une couverture. À l'abri l'un contre l'autre, on ne ressent aucunement l'air froid de cette fin décembre. Je laisse mes yeux errer sur cette immensité grise au-dessus de moi. Les différentes teintes qui composent le ciel aujourd'hui sont magnifiques, je pourrais me perdre dans cette contemplation. Le petit coup de coude que je reçois dans les côtes me rappelle à l'ordre.

– Oui, je crois qu'un jour des hommes et des femmes tenteront l'aventure de vivre dans l'espace, je réponds.

– Tu voudrais y aller, tatie ?

– Non.

La réponse fuse de mes lèvres avant même que je ne prenne réellement le temps d'y réfléchir. Je me redresse sur mes coudes et lui ordonne d'un geste de la tête de regarder autour de lui.

– Regarde un peu de quoi on est entourés. C'est tout simplement magnifique, et ça tient déjà presque du miracle que toutes les conditions soient réunies sur une seule et même planète. Alors non, je préfère rester ici et faire ce que je peux pour sauvegarder ce qu'on a déjà. Et toi, tu aimerais aller découvrir des nouveaux mondes, et apprendre à discuter avec des Aliens ?

– Oh oui ! Ça doit être tellement fantastique ! Tous les jours découvrir une nouvelle étoile ou planète ! Je serais tellement bien là-haut mais...

Il s'interrompt en mordant ses petites lèvres, légèrement bleuies par le froid. Il me jette un regard puis hausse une épaule, alors je l'encourage.

– Mais quoi ?

– Tu... Tu t'en sortirais, sans moi ? Je veux dire, si je m'en vais dans l'espace qui prendra soin de toi ?

Mon cœur se serre douloureusement. Ne trouvant pas les mots pour lui répondre, je l'attrape par les épaules pour le serrer fort dans mes bras. Il me rend instantanément mon étreinte, et la douleur reflue un peu. Imaginer un futur où je ne pourrais pas voir Austin tous les jours me paraît inconcevable, et pourtant je sais qu'il va quitter un jour cette maison. Même si c'est seulement pour aller à l'université, il partira loin de moi et je ne sais pas ce que je ferai à ce moment-là.

– Tu sais, Munchkin, tu veilles sur moi depuis que tu sais marcher, mais je suis une grande fille. Et bien sûr que quand tu partiras tout ira bien pour moi, j'aurai même plus de place sur ce toit pour observer le ciel !

Je tente de plaisanter afin de dissimuler mon mensonge, mais ses yeux si semblables aux miens me fixent, sachant que je ne lui dis pas toute la vérité. La sonnerie de mon téléphone nous fait sursauter. Je me contorsionne pour le sortir de la poche de mon manteau. Il s'agit d'un SMS.

Joy, 16 h 59 :

Ce soir on sort danser ! On ne va pas rester chez nous pour le 31 décembre ! Alors prépare-toi, je passe te prendre.

L'inquiétude me tombe dessus comme une masse ; je n'y suis pas encore que je me mets déjà à stresser. Rien qu'imaginer tout le monde, le bruit, l'alcool et la drogue qui vont circuler à profusion… La peur fait s'emballer mon cœur, et rapidement mon esprit se met en marche faisant surgir des images que je préférerais ne jamais revoir. Je serre mon portable si fort qu'un bruit inquiétant se fait entendre, mais je continue j'ai besoin d'évacuer cette angoisse qui me ronge insidieusement depuis des années. Une petite main se pose délicatement sur mon avant-bras, me faisant sursauter. Austin me regarde avec bien trop de sérieux, avant de jeter un coup d'œil derrière nous. Je me retourne pour voir ce qui a attiré son attention. Ma sœur nous fixe. Je sais qu'elle se retient de poser des questions. Ses yeux naviguent entre son fils et moi, et un silence pesant s'installe. Je suis la première à détourner le regard, ne supportant plus de voir l'inquiétude partout.

– Austin, il est temps de rentrer on doit aller faire des courses pour le repas de ce soir, annonce enfin Jamie.

La pression sur mon bras se fait plus forte, comme une question silencieuse. Je lui donne un gentil coup d'épaule mais je ne dis pas un mot, ce n'est pas la peine. Je l'entends se glisser jusqu'à la fenêtre qui mène à sa chambre et Jamie lui parler. Puis le silence reprend ses droits, et les larmes me brûlent les yeux. Je me demande si ce n'est pas une bonne chose qu'Austin parte dans quelques années, ça évitera que je ne le bousille plus que je ne l'ai déjà fait. Une nouvelle sonnerie me fait baisser les yeux sur mon smartphone.

Joy, 17 h 07 :
Alors ???

L'envie de jeter mon téléphone depuis le toit se fait plus forte. Si je ne lui réponds pas je ne la décevrai pas... J'aimerais être ce genre d'amie qui est toujours prête à s'amuser, mais je ne l'ai pas été depuis des années...

Joy, 17 h 09 :
Tu sais que je VOIS que tu lis mes messages, pas vrai ?

Je secoue la tête en pouffant. S'il y a bien une personne qui peut me faire passer du rire aux larmes, c'est bien ma fée Clochette. Mais j'ai beau tenir à elle, me retrouver hors de ma zone de confort n'est pas envisageable, je ne m'en sens pas capable. Pas ce soir. Alors je prends mon courage à deux mains et je lui réponds :

Riley, 17 h 11 :
Ça ne va pas être possible ce soir. Mais je te souhaite de t'amuser et on se parle l'année prochaine ;)

Je n'attends pas de voir si elle me répond. Je range le téléphone dans ma poche, rassemble les affaires sur le toit et enjambe la fenêtre pour rentrer. Lorsque chaque chose est remise à sa place, je prends le temps de tout bien fermer et de rallumer le chauffage pour qu'Austin n'ait pas froid ce soir lorsqu'il viendra se coucher. Puis, je descends en ayant dans l'idée de me vautrer sur le canapé et de regarder une série sur *Netflix*. Mais lorsque j'arrive dans la pièce, mon beau-frère est déjà assis à la meilleure place en train de lire un document.

– Tu sais que tu as un bureau pour travailler et laisser le salon pour ceux qui veulent, je sais pas moi... regarder la télé ?

– Je suis le grand chef de cette maison, jeune impertinente, alors je fais ce que je veux, quand je veux et où je veux, me répond-il sans me regarder

– Toi et moi, on sait très bien que le « grand chef » de cette maison est parti faire les courses.

Il lève enfin les yeux, son air faussement vexé ne tient que quelques instants avant qu'il ne rigole.

– Bah, tu as raison mais entre nous je préfère ne pas trop le lui dire, elle prendrait la grosse tête... Tu connais ta sœur.

Je rigole en m'approchant de lui, avant de m'asseoir sur le canapé en laissant une certaine distance de sécurité entre nous. Il ne s'en formalise plus, cela fait bien trop longtemps que je vis avec lui pour qu'il relève encore ce genre de chose, même si cela ne m'échappe pas à moi. À chaque fois. Pour cacher mon malaise naissant je lui désigne les feuilles étalées sur la table basse.

– Alors qu'est-ce qui te passionne autant ?

– On a enfin reçu le planning du dernier semestre et la ligne directrice du spectacle de fin d'année... Tu vas adorer, me dit-il, sarcastique, en me tendant un dossier.

Je le feuillette rapidement, grimace une ou deux fois, mais dans l'ensemble, tout me paraît cohérent. Puis je tombe sur une information surlignée par Miles.

– C'est quoi, cette histoire d'intervenants ?

– Une petite nouveauté de notre cher directeur... Chaque département qui participe au spectacle de fin d'année devra avoir un soutien pour la partie créative... Pour la danse j'ai déjà soufflé le nom de Caleb Brown à Viviene, mais pour notre partie théâtre-mise en scène je dois t'avouer que j'ai un peu peur qu'on nous impose quelqu'un. À moins que tu aies une idée ?

On se plonge dans le travail ; je ne vois pas le temps passer, même si j'entends Jamie et Austin rentrer et se lancer dans la préparation du repas. Nous restons dans le salon à ajouter des noms sur des listes puis à les rayer petit à petit. C'est la sonnette de la porte d'entrée qui nous interrompt, mais on n'a pas le temps de réagir que déjà Austin file comme une flèche pour être le premier à la porte, Jamie se hâtant derrière lui. Des échanges de voix nous parviennent puis une petite boule d'énergie débarque dans le salon. Joy.

– Tu décides de me planter le soir du Nouvel An pour travailler ?

Je rigole avant de la détailler, elle est magnifique dans une jolie robe rouge foncé, des chaussures à talons, légèrement maquillée et une longue tresse reposant sur son épaule. Quand je termine mon examen, je me rends compte qu'elle n'est pas seule et que Logan se tient légèrement en retrait, une casquette vissée sur le crâne et un début de barbe lui mangeant le visage. Il a aussi fait des efforts vestimentaires avec sa chemise bleu ciel et son jean brut. Lorsque je relève les yeux, je croise les siens.

Grillée.

Je tousse pour me donner une contenance et je tente de m'expliquer :

– Ouais, on doit trouver un intervenant pour la section théâtre, et on galère un peu...

– Tu auras tout le temps dans les jours qui viennent pour le trouver, cet intervenant, réplique Joy. Franchement Riley, ça ne sera pas pareil si tu n'es pas là ce soir...

Je me sens prise au piège et ne sais pas comment me sortir de cette situation sans vexer personne.

– Je ne peux pas annuler comme ça au dernier moment...

– Si tu peux ! me coupe ma sœur en entrant dans la pièce, suivie d'Austin.

– D'ailleurs, il n'était pas prévu que tu manges avec nous, on comptait t'apporter les restes chez toi après, enchaîne Miles.

Je les foudroie du regard de ne pas me soutenir sur ce coup-là. Ils devraient savoir que ce n'est pas une bonne chose de me laisser en terrain inconnu... Mais je n'ai pas le temps de répliquer que Joy tape dans ses mains.

– Parfait ! Le problème est résolu, tu viens avec nous ! Je t'accompagne jusqu'à ta dépendance pour que tu te changes et on file.

Je me mets à réfléchir à toute vitesse, je n'ai pas envie d'y aller, mais si je le dois j'aimerais effectivement passer autre chose que ce jean que je trouve un peu trop près du corps. Et changer ce vieux sweat. Mais je ne porte qu'un simple débardeur dessous et Joy verrait ma ceinture thoracique. C'est hors de question alors je me renfrogne et croise les bras sur mon ventre. Je vais devoir rester habillée comme ça, même si cela veut dire m'exposer face à des inconnus. J'en ai la nausée rien que d'y penser.

– Je me changerai pas. Si tu veux me forcer à venir, je reste habillée comme ça, je crache.

Le sourire de Joy se fane un peu mais elle se reprend bien vite et embrasse ma sœur et Austin avant d'attraper son frère pour sortir. Elle sait qu'elle a gagné. Je me lève du canapé en jetant un coussin sur mon beau-frère qui s'étouffe tellement il rigole. J'enfile un manteau large qui descend sous mes fesses. Je me contemple dans le miroir de l'entrée, et je déteste ce que j'y vois. Le bas de mon corps est bien trop visible ; ce jean, je ne le mets que pour rester à la maison. Alors que je me tâte, réfléchissant à la possibilité de filer dans ma dépendance pour me changer, un klaxon résonne dans la rue. Je lève les yeux au ciel, avant de sortir dans le froid et de monter dans la voiture de Crystal. Joy se retourne depuis le siège passager pour me raconter tout ce qu'elle a prévu pour ce soir. Elle est excitée à l'idée de partager cette soirée avec son frère et moi. Je me sens un peu honteuse de lui avoir parlé si agressivement. Mais il semblerait que ça soit de l'histoire ancienne pour elle, puisqu'elle se trémousse sur place en montant le son de la musique alors que son frère démarre. Je jette un coup d'œil dans le rétroviseur intérieur et croise encore une fois son regard. Un frisson me parcourt alors qu'il hoche la tête avant de se concentrer sur la route. Aucun de nous deux ne parle, on se contente de grogner une réponse à Joy de temps en temps. Je sens que cette soirée va être interminable, car même si cela fait plusieurs jours que je cours avec Logan je me rends compte que je ne le connais pas.

Et pour être honnête, je ne sais pas si j'en ai envie.

CHAPITRE 12

« I saw a pretty little thing approachin' me. She said I've never seen a man who looks so all alone, could you use a little company? If you pay the right price your evenin' will be nice[13]. »

Cage the Elephant, *Ain't no Rest for the Wicked*

13. « J'ai aperçu une jolie fille s'approcher de moi, elle m'a dit : je n'ai jamais vu un type si seul, aurais-tu besoin d'un peu de compagnie ? Si tu paies le bon prix, tu passeras une bonne soirée. »

LOGAN

Le trajet me paraît interminable et pourtant je conduis plus vite que nécessaire. Joy me demande plus d'une fois de ralentir, en rigolant, me précisant que la soirée ne sera pas terminée avant qu'on arrive. Ce qu'elle ne sait pas, c'est que je n'ai pas peur d'être en retard, mais qu'il faut que je sorte vite de cette voiture. L'odeur de Riley l'imprègne. Elle est partout. Je n'ai pas compris tout de suite d'où provenait ce parfum, mais dès l'instant où je l'ai senti, j'ai voulu trouver sa source. Je me suis penché vers ma sœur en inspirant rapidement, espérant que cela vienne d'elle. Mais la fragrance qu'elle dégageait était loin de ce que je cherchais. J'ai alors levé les yeux pour regarder dans le rétroviseur et j'ai croisé le regard de la seule autre source possible. Elle fixait Joy, les sourcils froncés car elle avait dû me voir la « renifler ». Je n'ai pas pu retenir un petit rire en imaginant ce qu'elle devait penser de moi. Mais l'envie de rigoler m'a bien vite déserté lorsque j'ai ressenti le désir impérieux de déterminer ce qu'elle sentait exactement. Ce n'était pas quelque chose que l'on trouvait dans une parfumerie, c'était plus naturel, intime. Et cela me rendait dingue de ne pas arriver à mettre le doigt dessus. Littéralement.

Je secoue la tête pour me sortir de mes pensées et me concentrer sur la route. Mais très vite, je suis irrésistiblement tenté de jeter un coup d'œil dans le petit miroir. Cette fois-ci, elle regarde par la fenêtre et je peux la détailler en oubliant tout.

– Logan !

Le cri de ma sœur, ainsi que le coup qu'elle assène dans le volant, me donne des sueurs froides avant même d'avoir posé de nouveau les yeux sur la route. L'écart que nous faisons, en direction du bas-côté, avant de reprendre notre trajectoire a le don de me ramener sur terre. Mon cœur tambourine dans ma poitrine. Les insultes fusent du côté de Joy, mais je serre les dents, sans répondre.

– Excuse-moi, j'étais perdu dans mes pensées. Parole de scout, je me concentre jusqu'à notre destination !

– Ça serait bien qu'on arrive vivants à Roanoke...

– J'ai dit que je me concentrais, je lâche, vexé.

Elle me scrute, pas convaincue le moins du monde, monte le son de la musique puis croise les bras avant d'observer le paysage qui défile. Une fois que le calme revient dans l'habitacle, je me rends compte que Riley n'a pas réagi à ce qu'il vient de se passer. Je lui jette un coup d'œil. Nos regards se vrillent instantanément, puis elle hausse un sourcil en une question silencieuse. Mon esprit s'emballe quant à ce que pourrait signifier ce geste anodin chez beaucoup de personnes mais pas chez elle. Je suis surpris qu'elle ne détourne pas le regard, elle qui me fuit depuis le début. Je romps ce contact visuel pour sortir de la voie rapide sur les instructions de Joy. Durant les dernières minutes, je lui jette plusieurs coups d'œil, mais elle a remonté sa capuche et garde la tête baissée.

Quand on se gare enfin dans le centre-ville de Roanoke, j'ai à peine le temps d'arrêter le véhicule que Riley en descend comme si elle avait le feu aux trousses. Je ne peux m'empêcher de sourire, je ne sais pas si elle a senti qu'elle était une proie et que j'étais le chasseur, mais il me tarde de décrypter ce petit moment que l'on a partagé. Je m'avance pour rejoindre les filles qui patientent gentiment devant le bar bondé. Alors que je m'approche d'elles, Riley semble nerveuse, elle gigote beaucoup, ne tenant pas en place et regarde toutes les personnes qui passent près d'elle. Son comportement me rappelle vaguement quelqu'un, mais cette pensée disparaît aussi vite qu'elle est venue, quand j'aperçois deux hommes « faire affaire ». Argent contre sachet en plastique. Je ne me rends compte que je me dirige vers eux, que lorsque Joy m'attrape le bras. L'avertissement silencieux qu'elle me lance m'agace autant qu'il me soulage. Cette occasion est trop belle, on est le 31 décembre, tout le monde va être bourré ou défoncé. Je pourrais me mêler à tout ça, rien qu'une fois et personne ne me jugerait, car ce soir, c'est permis. C'est une pensée dangereuse mais comment l'éviter ?

La poigne de ma sœur se raffermit alors qu'elle suit Riley qui entre dans le bar. Je leur emboîte le pas, plus motivé que jamais à mettre un terme à cette connerie de sevrage. Faut pas déconner, je n'ai que vingt-cinq ans !

À peine avons-nous franchi la porte que la musique nous percute. Il y a tellement de monde que l'on est obligé de jouer des coudes afin d'avancer vers les tables. Lorsqu'on s'assied enfin dans un coin un peu reculé, je me mets à la recherche de ce dont j'ai envie. En quelques minutes à peine, je repère trois revendeurs et l'étau dans ma poitrine se desserre. Je vais pouvoir laisser les cauchemars, les crampes et les sautes d'humeur loin de moi, au moins ce soir. Et ça, c'est une merveilleuse idée pour commencer la nouvelle année. L'excitation me submerge, et je prends dans mes bras Joy, amusée de mon enthousiasme.

– Tu sais, tu devrais enlever ta casquette Logan, ça attire plus l'attention qu'autre chose... Et puis de toute façon, avec ce début de pseudo-barbe, ça fait déjà l'affaire ! me nargue-t-elle.

– Qu'est-ce qu'elle a qui ne va pas ma barbe ? Je l'aime bien moi, je réponds en passant ma main sur le chaume qui recouvre mes joues.

La réponse de ma sœur se perd dans le brouhaha ambiant. Je repère alors Riley qui me détaille, les sourcils froncés comme si elle essayait de rassembler les pièces d'un puzzle compliqué. Je me demandais si Joy lui avait expliqué ce que je faisais pour gagner ma vie. L'incompréhension sur son visage m'offre ma réponse. Cela va rendre ma quête encore plus jouissive, car je n'aurai pas à me demander si elle pourra se servir de ça contre moi... Cependant je me demande pourquoi Joy n'a pas parlé de moi à *sa meilleure amie*.

– Qu'est-ce que je vous sers ce soir ?

Le serveur jette un regard appréciateur à ma sœur, qui rougit mais ne détourne pas le regard, puis il fixe son décolleté. Je me crispe, il est hors de question que quelqu'un l'approche alors que je suis juste à côté elle. C'est une chose de savoir que ma petite sœur est en âge de faire ce qu'elle veut, c'en est une autre d'y assister en direct. Je m'apprête à laisser libre cours à ma soudaine mauvaise humeur quand Riley me coupe l'herbe sous le pied.

– Je prendrai un Virgin Mojito, pour ma part.

– Pourquoi ça ne m'étonne pas que tu prennes ça... Quelqu'un a-t-il déjà réussi à se glisser entre tes jambes, Riley ? je lance, acerbe.

Merde. Elle n'était pas censée faire les frais de ma colère passagère mais je n'ai pas pu retenir les mots.

– Logan !

Pour la seconde fois en une heure, ma sœur hurle mon prénom, mais je ne détourne pas mon attention de ma cible. Ses joues se teintent légèrement mais elle ne se défile pas, je peux voir plusieurs émotions traverser son regard vert, mais elles sont trop fugitives pour que je puisse les déterminer.

– OK… Je repasse un peu plus tard, finit par dire le serveur.

– C'est quoi ton putain de problème, Logan ? On est venus ici pour passer un bon moment, et en moins de dix minutes, tu ruines déjà tout. Si c'était pour faire ça, tu aurais pu rester à la maison… Sérieux, tu fais chier, siffle Joy avant d'embarquer Riley à sa suite en direction du bar.

C'était l'impulsion qui me manquait ; je suis en mouvement avant de m'en rendre compte et je repère ce que je cherche. Une blonde, sublime, dans une robe noire extra-courte qui n'est pas là juste pour célébrer le passage du 31 au 1er. Elle me repère de loin, recule dans un petit coin plus sombre, et je ne m'arrête que lorsque je suis presque collé à elle. Alors que je m'apprête à lui poser la question qui me brûle les lèvres, je me reprends. La discrétion avant tout. J'enfonce un peu plus ma casquette et baisse la tête puis je lui dis d'une voix grave :

– Salut.

– Salut, beau gosse. Qu'est-ce que je peux t'offrir ce soir ? répond-elle en passant la langue sur ses lèvres.

Je sais que je pourrais avoir le service complet avec elle, mais je ne suis pas à la recherche de sexe. Pas tout de suite en tout cas.

– De la C, je réponds dans un souffle.

Comme si le dire à haute voix revenait à donner raison à Vince, au Doc, ou à tous ces tabloïds de merde !

– Désolée, mon chou, je n'en ai plus... En revanche j'ai quelque chose qui t'enverra dans les nuages de manière beaucoup plus rapide et plus longtemps. Mais c'est plus fort et il faut y aller mollo et ne pas faire trop de mélange avec l'alcool, surtout si c'est la première fois que tu en prends...

Elle me montre des petites pilules blanches, et même si la déception de ne pas pouvoir taper dans la cocaïne me traverse, je sais qu'il y a une solution. Alors j'attrape trois sachets que je fourre dans mon jean tout en sortant mon argent. Je lui règle ce que je lui dois et me détourne pour m'en aller, mais elle me retient, collant son corps contre mon flanc.

– Si tu veux, on peut partir d'ici et aller s'amuser tous les deux... D'autant plus que « le baiser de l'ange » est encore meilleur lorsqu'on baise... sauvagement. Tu sais l'énergie sexuelle que donne la drogue, pas vrai ? me susurre-t-elle.

Un frisson d'excitation se dirige directement dans mon caleçon et je m'apprête à céder lorsqu'un raclement de gorge nous interrompt. Riley se tient devant moi, un verre tendu dans ma direction et une expression que je ne connais que trop bien inscrite sur son visage. Le jugement. Pour m'empêcher de lui balancer tout ce qui me passe par la tête, j'attrape le verre et bois une longue gorgée. Grave erreur. Le goût, infect, met quelques secondes à parvenir à mon cerveau, de même que la brûlure de l'alcool. Je me mets à tousser tout en insultant copieusement Riley au passage. Quand je parviens à inspirer sans m'étouffer, je me décolle de la dealeuse pour faire un pas vers Riley, qui reste stoïque face à ma colère.

– C'est quoi cette merde ? je lance en faisant danser le verre devant son visage.

– Il me semble que la barmaid a appelé ça le cocktail des Gros cons, mais je me dis que ça pourrait aussi être celui des mecs qui gâchent leur vie en prenant de la merde. Nikki, dégage maintenant.

La repartie qui me brûle la langue meurt lorsqu'un petit rire à mes côtés se fait entendre. Celle qui m'a vendu ses pilules magiques me contourne ; je m'attends à ce qu'elle m'adresse un dernier mot, mais ce n'est pas moi qu'elle fixe.

– Riley, ça faisait longtemps... À plus tard, beau gosse.

Je reste interdit face à cet échange mais je n'ai pas le temps d'y réfléchir car les deux partent chacune de leur côté. J'emboîte le pas de Riley, furieux et désireux en même temps d'avoir des explications. J'arrive à la suivre dans la foule jusqu'à une nouvelle table où Joy nous attend, morte de rire. À peine suis-je arrivé qu'elle me colle son portable sous le nez et je m'y vois en train de recracher la boisson. Si je n'étais pas aussi en colère, j'aurais pu en rire, car ma tête vaut son pesant d'or. Mais rien n'y fait, j'ai l'impression d'être le dindon de la farce, et je ne supporte pas ça.

– Oh ça va, Logan, détends-toi ! Tu l'as bien cherché en plus, tu te comportes comme un abruti depuis le début, rigole Joy.

Je regarde la petite scène que j'ai sous les yeux : Joy, des larmes de rire plein les yeux, Riley qui ne tient pas en place mais dont le visage si fermé en temps normal est illuminé d'un petit sourire. Je prends une grande inspiration et plonge les mains dans les poches de mon pantalon. Surpris, je referme les doigts sur les sachets. J'étais tellement obnubilé par ma colère que j'en avais oublié mon achat. Savoir que j'ai ce qu'il faut pour m'amuser me détend aussitôt. Je lâche un juron avant de m'asseoir et de boire d'un coup le contenu de mon vrai verre. Le whisky laisse une traînée de feu sur son passage et j'adore ça.

– Bon, il est temps de lancer les hostilités, on est là pour célébrer dignement la fin de l'année après tout !

Dès que mon cerveau se met à en « mode fête » les heures défilent à toute vitesse, et je savoure cette première soirée de liberté depuis plusieurs semaines. On rigole beaucoup tous les trois. Enfin, Riley rigole avec Joy, elle ne m'adresse jamais la parole directement. Ma sœur et moi buvons plus que de raison. Riley, quant à elle, ne consomme que des boissons sans alcool. Quand je lui en fais la remarque, elle me répond qu'il faut bien que quelqu'un nous ramène, mais je sais au plus profond de moi qu'il y a une autre raison. Mais ce n'est ni le lieu ni le moment d'aborder ces sujets-là, même si je sais que ma curiosité devra être vite assouvie. Car très sincèrement, l'image qu'elle renvoie est celle d'un animal pris au piège, les yeux toujours aux aguets et évitant le moindre contact. Même celui de Joy. Quand le DJ annonce qu'il ne reste que quelques minutes avant minuit et qu'il est temps de venir sur la piste de danse, tout le monde se regroupe à un même endroit. Joy court se fondre dans la foule et je m'arrête pour tendre la main à Riley :

– Allez, viens avec nous, ça sera sympa.

Ses yeux naviguent entre ma main et les gens agglutinés quelques mètres plus loin, et avant qu'elle n'ouvre la bouche je sais quelle sera sa réponse.

– Non, ça va je suis bien là, va la sauver, elle va finir par disparaître sinon, esquive-t-elle.

Je hausse les épaules et me dirige vers ma sœur. On danse quelques minutes comme des gamins, quand tout à coup la musique s'arrête. Le célèbre compte à rebours se met en place et tout le monde crie ensemble. Les couples se rapprochent pour s'embrasser au bon moment. Voilà l'occasion ou jamais de mettre en place mon plan.

– Sept !

Je bouge pour tenter d'apercevoir Riley.

– Six !

Je tourne sur moi-même pour essayer de me rapprocher de l'endroit où je l'ai vue pour la dernière fois, mais la foule m'en empêche.

– Cinq !

Je la repère enfin, mais on est séparés par trop de monde pour que je la rejoigne à temps.

– Quatre !

Je me renfrogne quand je vois qui se tient à côté d'elle. Nikki. Elles ont l'air de se disputer, Riley serre les poings, son visage est livide mais ses lèvres remuent vivement.

– Trois !

Quelqu'un me bouscule, et je les perds de vue.

– Deux !

Joy me tire en arrière, s'accroche à mon cou en rigolant et me crie quelque chose à l'oreille.

– Un !

Je repère Riley de nouveau assise à notre table, le poids du monde semble faire ployer son corps si fin. Elle fixe mon verre à moitié vide, resté sur la table, puis le sourire le plus triste que j'ai jamais vu apparaît sur ses lèvres, et elle le boit cul sec.

– Bonne année !!!

Soudain tout le monde se met à hurler et à sauter autour de moi, mais je n'arrive pas à partager leur joie. Je me fais ballotter au milieu de la foule extatique alors que je me questionne sur ce qui a pu arriver à une personne si jeune pour qu'elle soit aussi malheureuse. Et même si je crève toujours d'envie de sentir son corps nu contre le mien, il va peut-être falloir que je ralentisse pour la comprendre vraiment... Et si pour cela je dois me lier à elle, je le ferai, après tout il ne peut rien m'arriver de mal.

Pas vrai ?

CHAPITRE 13

« Tell me now, of the very souls, that look alike, look alike. Do you know, the stranglehold, covering their eyes? If I call on every soul in the land, on the moon tell me if I'll ever know a blessing on disguise[14]. »

Agnes Obel, *The Curse*

14. « Dis-moi alors, de toutes ses âmes qui se ressemblent, qui se ressemblent. Tu sais ce qu'est l'étranglement qui leur couvre les yeux ? Si j'appelle toutes les âmes de ce pays, sur la lune, dis-moi si je trouverai jamais une bénédiction qui se cache ? »

RILEY

J'étouffe un nouveau bâillement, ce qui me vaut un énième regard lourd de jugement de la part de mademoiselle Robins. Je n'ai jamais compris pourquoi elle ne m'aimait pas, mais c'est un fait. Dès mon premier jour de travail à l'université, elle n'a été que reproches et regards venimeux. Avec le temps j'ai appris à passer outre ou à tracer ma route lorsque j'ai la chance de seulement la croiser dans les couloirs. Pourtant aujourd'hui je n'ai pas le loisir de baisser les yeux et m'enfuir à toutes jambes.

Malgré tout, je parviens à l'ignorer facilement ; je suis à moitié plongée dans les souvenirs de la dure semaine qui vient de s'écouler. Le réveillon a été un enfer, la présence de Nikki m'a fait descendre plus bas que terre. Ça aurait été si simple de retomber dans mes vieux travers... Quand Logan et Joy m'ont rejointe, cette dernière était extatique mais lui... Il a regardé son verre vide, puis moi. Je ne sais pas s'il m'a vue finir son whisky mais je n'ai rien dit alors que j'avais envie de me taper la tête contre la table. J'ai été faible. J'ai flanché. Les deux jours qui ont suivi, j'ai modifié mon itinéraire de course, zappant Logan pour courir seule, à un rythme soutenu. Je sais que je me punissais et je ne voulais pas de témoin. Depuis, on a repris notre routine et il n'a pas évoqué le sujet. Il parle beaucoup, souvent pour ne rien dire mais aussi bizarre que ça paraisse, je commence à apprécier sa compagnie...

Un claquement sec me fait sursauter sur ma chaise, me sortant de mes pensées dangereuses... Je suis coincée en réunion de prérentrée avec toute l'équipe pédagogique depuis plus de trois heures. C'est bientôt à Miles d'exprimer nos idées pour dynamiser ce dernier semestre, et il est grand temps car je vais finir par m'endormir sur ma chaise. Je ne suis pas assise autour de la grande table, comme tous les autres. Je ne suis qu'une assistante, la seule de tout le staff, alors je me tiens en retrait le long du mur derrière mon beau-frère. Pourtant à chaque réunion, c'est la même histoire, il essaie de me convaincre de prendre place à ses côtés. Je refuse toujours car je ne me sens pas légitime et ce n'est pas Mlle Robins qui m'aidera à me sentir à ma place ici...

J'écoute d'une oreille distraite Xavier, le professeur de danse contemporaine, raconter les aménagements dont il aurait besoin pour le spectacle de fin d'année. Je sais que je devrais être plus attentive, car tout ce qui touche à ce sujet nous concerne Miles et moi, vu que c'est nous qui gérons la mise en scène et la fluidité des différents tableaux présentés. Mais il me reste encore quatre jours de vacances et si je n'avais pas été forcée de venir, je serais restée à la maison avec Austin. Là-bas je me sens acceptée, ici je suis juste la fille bizarre qui aide Miles... Même si cela fait trois ans que je travaille à ce poste, je n'ai que très peu échangé avec eux. Ils me semblent tous tellement intelligents et doués dans leurs domaines que j'ai peur de paraître idiote à côté d'eux. Alors je joue la carte de la sécurité, je reste dans mon département et je fais mon travail le plus discrètement possible. Car sans mes liens avec Miles, jamais je n'aurais eu ce poste, et toutes les personnes présentes dans cette pièce le savent. Je ne suis pas bardée de diplômes, comme eux, j'ai tout juste terminé le lycée pour pouvoir être libérée de l'obligation scolaire. Alors avoir un travail dans une université privée réputée était impensable sans relations. Mais pour finir je reçois bien, tous les mois, un salaire de Wintergreen College.

Ma connaissance de la mise en scène et du jeu d'acteur, je l'ai apprise de Miles et j'aime ce que je fais. Certes je n'agis pas sans son aval, mais plusieurs de mes idées ont pris vie lors des précédents spectacles. Je sais que j'ai du potentiel mais je ne pourrai jamais le faire éclore ici. Je n'ai aucune référence hormis le fait d'être assistante de mon beau-frère...

– Je confirme que Caleb Brown est ravi de revenir cette année pour m'apporter sa collaboration, explique Viviene, la professeure de danse classique. Je tiens à remercier Miles pour sa proposition très judicieuse, il est le candidat parfait. Son expérience en tant que danseur et chorégraphe dans sa nouvelle compagnie va être intéressante à mettre à l'épreuve.

– Je suis heureux qu'il ait accepté. Pour avoir déjà travaillé avec lui lors d'un projet à New York, il est très professionnel et toujours de bon conseil, répond mon beau-frère en lui faisant un signe de tête. Il me semble que c'est notre tour de soumettre nos idées pour ce dernier semestre, et croyez-moi la liste est longue !

Je souris comme tous les autres. Malgré ses presque trente ans, c'est un grand enfant. Il s'habille comme un adolescent au grand dam de ma sœur, il a la blague facile et sait toujours comment détendre une assemblée. Mais c'est surtout le plus jeune professeur à ce poste depuis très longtemps. Il a su se faire une place et un nom dans le monde de la mise en scène en moins de dix ans, ce qui est un petit miracle. Il parcourt ses notes tout en exposant ce que nous avons mis au point pour faire de ce spectacle, celui dont on se souviendra longtemps. J'avoue que j'ai poussé les choses en ce sens. Joy y participera ; c'est sa dernière année, elle mérite de briller de mille feux afin d'avoir les meilleures chances pour la suite. Rentrer dans une compagnie de danse est difficile, il faut capter l'attention et c'est ce que je veux lui offrir.

– Et enfin, nous aimerions vraiment mélanger les différents départements, cette année. Cette idée vient de Riley, souligne-t-il, et je trouve qu'elle est vraiment originale.

Certaines personnes grimacent, on me lance des regards en coin ; je me renfonce dans mon siège.

– Je sais que cela peut dérouter de prime abord, mais Xavier, Viviene, imaginez vos élèves faire leurs passages de danse sur des musiques jouées et chantées en live ? Jack, cela permettrait à tes élèves de montrer un peu plus leurs talents, ainsi que tous ceux qui seront impliqués... J'aime l'image que cela va donner de notre université, une unité même lors de la soirée la plus importante de nos élèves. Qu'en pensez-vous ?

On pourrait entendre une mouche voler. Les regards sont pensifs, et même si de là où je me tiens, je ne vois pas le visage de Miles, son dos est tendu. Il ignore comment sera reçue mon idée. D'ailleurs, lorsque je la lui ai soumise la première fois, il n'a pas répondu tout de suite. Il a pris le temps de peser le pour et le contre car cela va nous demander le double de travail, mais il a finalement adoré le concept. Certains regards pèsent toujours sur moi, mais je m'obstine à fixer un point imaginaire droit devant.

– Je trouve que c'est une très bonne idée. Pouvoir tester mes élèves sur une performance en direct m'intéresse beaucoup. Cela va nous demander un travail considérable, Miles, autant pour mes classes que pour les tiennes, en quelques mois seulement… Mais si tout le monde est d'accord, je suis prêt à relever le défi, argumente Jack. En ce qui concerne le classique, j'ai plusieurs violonistes, violoncellistes que j'imagine parfaitement accompagner les ballets.

La tension se relâche en moi comme un élastique trop tendu qui finit par céder. Si Jack, chef du département musique, nous suit dans l'idée, tout le monde s'y pliera. Et ça ne rate pas, les uns après les autres, ils donnent leur assentiment. Sauf une personne.

– Je tiens à préciser que si cette « nouveauté extravagante » est un désastre, les conséquences reposeront sur vos épaules, monsieur Slade, ainsi que sur celles de votre assistante.

– Mademoiselle Robins… Cette extravagance n'impactera pas votre département d'art, votre menace est inutile, réplique Miles. Et mon assistante à un prénom que vous connaissez très bien : Riley.

– Je vois plusieurs raisons, monsieur Slade. La première étant que plus de budget va vous être alloué, donc forcément il y en aura moins pour nous autres. Ensuite, construire le spectacle de fin d'année, qui représente toute l'université, sur une idée d'une *simple assistante,* je trouve ça particulièrement risqué, siffle-t-elle. Donc je veux que tout le monde sache que je vous tiendrai personnellement responsables si notre réputation irréprochable jusqu'alors, est entachée.

Plusieurs voix s'élèvent en même temps pour protester en plus de celle de Miles. Jack est celui qu'on entend le plus, avec sa grosse voix de baryton, il est difficile de ne pas le remarquer.

– Miranda, il me semble qu'il y a trois ou quatre ans, vous avez lancé un projet d'exposition qui nous a coûté beaucoup d'argent et qui n'a pas rencontré le succès escompté. Personne ici ne vous en a tenu rigueur, voudriez-vous que l'on commence à tenir des comptes ?

J'entends le petit hoquet de stupeur de Mlle Robins et j'ose, durant l'espace d'un battement de paupières, regarder dans sa direction. Le choc et l'embarras se mélangent sur son visage et cela vaut son pesant d'or. Mes propres sentiments, qui menacent de déborder depuis que Miles a pris la parole, s'apaisent un peu. Je ne prends pas le risque de sourire, mais si j'en avais le courage c'est ce que j'aurais fait.

– Bien maintenant que tout est dit, Miles il me semble qu'il faudrait que l'on se voie rapidement avec Riley afin de parler stratégie. Quels instruments pourrions-nous faire jouer...

J'essaie de rester concentrée sur ce qu'il se dit, mais petit à petit, mon attention se disperse à nouveau. Lorsque le mot « piano » est évoqué, mes pensées m'entraînent dans une direction que je n'ose que très rarement prendre. J'ai joué pendant plus de six ans de cet instrument, et j'adorais ça. Il ne se passait pas un seul jour sans que la maison soit emplie des mélodies que j'étudiais. Il y a un piano chez ma sœur d'ailleurs, mais je ne m'en approche pas, je le fuis comme s'il pouvait physiquement me blesser. Depuis près de huit ans, je n'ai plus posé mes doigts sur ces touches blanches et noires que j'aimais tant. J'en suis tout simplement incapable. J'ai déjà essayé de m'en approcher et de soulever le couvercle. Mais généralement à peine assise sur le banc, une nausée violente me cloue sur place et je ne peux pas aller plus loin.

Un long frisson remonte du bas de mon dos jusqu'à ma nuque, quand je repense à ses mains sur les miennes pour me guider. *Pour mieux m'apprendre,* me disait-il. Des images défilent dans mon esprit à une vitesse folle et je sens leur emprise sur moi. Je plaque mes paumes sur mes yeux et je pose les coudes sur mes genoux. Il me faut prendre plusieurs longues respirations et me répéter que tout va bien maintenant pour briser cette boucle infernale. Lorsque je reprends progressivement conscience du monde qui m'entoure, c'est le silence assourdissant qui m'écrase.

Je relève lentement la tête pour découvrir que tout le monde me regarde et que Miles se tient à une trentaine de centimètres de moi, accroupi, sans pour autant me toucher. Mes joues deviennent brûlantes, mon cœur s'emballe sous la gêne d'avoir craqué ici, devant mes collègues.

– Riley, est-ce que ça va ? me chuchote mon beau-frère

Ne sachant pas quoi lui répondre, je préfère ne rien dire et choisir la solution la plus simple sur le moment : fuir. J'attrape mon manteau à la hâte et je quitte la pièce en priant pour avoir le temps de me réfugier dans la voiture avant de fondre en larmes. Néanmoins je ne pars pas assez vite de la salle de réunion, puisqu'avant que la porte ne se referme j'entends un ricanement mesquin. Pas besoin de me retourner pour savoir qui est en l'autrice... Alors que je marche d'un pas vif en serrant les poings, je croise des membres du personnel qui me sourient poliment, mais je ne m'arrête pas, j'ai besoin d'air pour retrouver un semblant de raison, de calme. Une fois hors du bâtiment, le vent glacial me cingle le visage, mais j'encaisse ça comme une délivrance. Je continue sur ma lancée en accélérant le pas le long des allées et des arches en briques rouges, pour enfin me retrouver face à la vue magnifique du campus.

La nature domine ici ; les bâtiments sont dispersés, mêlant l'ancien et le nouveau de manière brillante. Les massifs n'ont pas de fleurs évidemment, mais la pelouse est taillée au millimètre, rien ne dépasse, tout est bientôt prêt pour la rentrée. D'habitude, cette magnifique vue m'apaise, mais pas aujourd'hui ; au contraire mes membres sont parcourus de spasmes nerveux et mon cœur bat des records de vitesse. Je reprends alors mon chemin tout en évitant plusieurs flaques d'eau quand le parking se dessine, un peu plus loin. L'anticipation de pouvoir enfin me réfugier dans un endroit sécurisant me donne l'énergie de me mettre à courir pour l'atteindre avant que les larmes ne dévalent mes joues.

Quand finalement je trouve notre voiture, je me rends compte que je n'ai pas les clés. Par réflexe, je tire néanmoins sur la poignée qui, forcément, me résiste. Et c'est la goutte de trop. Un cri entre désespoir et rage sort de ma gorge et je fonds en larmes. Je me mets à frapper avec le plat de la main sur le capot pour évacuer un peu de ma colère, mais cela ne fait que l'attiser. Ce n'est que lorsque j'éprouve une douleur cuisante qu'étrangement, je me calme un peu.

Soudain, je suis tirée en arrière et des bras me ceinturent. Mon angoisse remonte en flèche, et je me débats comme une furie en donnant coups de pied et coups de coude. Dans ma folie, je réussis à reconnaître la voix qui tente de me ramener à la réalité.

– Riley, calme-toi, s'il te plaît !

Mais je continue de me débattre, je l'entends même jurer quand je manque de nous faire tomber.

– Lâche-moi ! je hurle

– J'aimerais bien mais j'ai besoin que tu te calmes avant ! Qu'on puisse monter dans la voiture et rentrer. S'il te plaît, Riley... C'est moi Miles.

Il me répète cette même phrase plusieurs fois d'affilée, et même si mon corps me brûle aux endroits qu'il touche, la tension me quitte peu à peu. Je me force à retenir mes coups avant de me dégonfler totalement comme un ballon de baudruche. Mes forces m'abandonnent et s'il ne me tenait pas fermement dans ses bras, je m'effondrerais certainement. Sans me laisser le temps de reprendre mes esprits, je le sens m'attraper sous les jambes pour me porter et m'asseoir sur le siège passager de la voiture. Il boucle ma ceinture de sécurité, et je l'en remercie silencieusement car j'en aurais été incapable. Mes mains tremblent tellement que je suis obligée de les coincer sous mes cuisses pour les immobiliser.

Je l'entends vaguement monter à son tour et démarrer. Ses mots ne m'atteignent pas, je suis trop perdue entre mon passé et mon humiliation devant tout le corps enseignant de l'université. Je suis tellement épuisée d'être aussi détruite, que je me donne l'impression d'être un vrai monstre... L'envie de diluer mon écœurement dans l'alcool se fait un peu plus forte. Je sais que je n'aurais pas dû boire ce fond de verre lors de la soirée du 31 décembre mais sur le moment, cela ne m'a pas paru une si mauvaise idée. Et pourtant y goûter à nouveau, même une simple gorgée, m'a rappelé à quel point j'aimais ça... Depuis l'alcool revient sur le devant de la scène, comme la solution magique à toutes mes crises.

Je ricane bêtement en me disant que j'ai de la chance d'avoir réussi à ne pas lui laisser reprendre sa place dans ma vie. Tout déraille en ce moment ; je me demande si j'ai vraiment envie de continuer à me battre ou si baisser les bras et replonger ne serait pas plus simple...

CHAPITRE 14

« Let us make a thousand mistakes, 'cause we will never learn. You're my obsession, my fetish, my religion, my confusion, my confession. The one I want tonight, you are my obsession[15]. »

Cinema Bizarre, *My Obsession*

15. « Faisons mille erreurs, on n'apprendra jamais. Tu es mon obsession, mon fétiche, ma religion, ma confusion, ma confession. Celle que je veux ce soir, tu es mon obsession. »

LOGAN

Un nouveau verre d'alcool glisse comme par magie devant moi. Ou du moins, c'est l'impression que ça me donne, car j'ai très certainement dû le commander moi-même. Travis, le barman, me jette ce même regard réprobateur qu'à chaque fois que je pose les pieds dans son pub. Je lui ai dit plusieurs fois qu'il pouvait se le coller là où le soleil ne brille jamais, m'attendant à une réaction quelconque de sa part. Mais il n'en fait rien. Il se contente de me donner ce que je demande, tout en essayant de me crucifier sur place du regard. Je sens que si je le laissais faire, il m'abreuverait de conseils. C'est qu'il ne me connaît pas encore, sinon il garderait ses recommandations au chaud, pour une autre personne. Une qui en aurait quelque chose à foutre, par exemple.

Je contemple la lumière jouer avec la teinte ambrée de mon whisky, ça m'hypnotise, et me ramène à ma course de ce matin. Riley portait un bonnet de cette exacte couleur, légèrement auburn et ça lui allait à ravir. C'était la première fois que je la voyais avec autre chose que du noir ou du gris et j'ai aimé ça. Bordel, j'ai trouvé ça tellement agréable qu'elle change ses habitudes que je ne parviens pas à me la sortir de la tête. Cette fille devient une obsession, et je n'arrive pas à comprendre pourquoi. Elle n'a rien de particulier et surtout ce n'est pas mon type de femme. Je les préfère blondes, à forte poitrine, autrement dire tout le contraire de Riley. Mais la routine que l'on a mise en place me permet de m'ancrer et j'aime notre course matinale, un peu coupée du monde. Sans elle, je sais que j'aurais eu beaucoup plus de mal à survivre ici et j'aurais sans doute déjà rechuté : pour essayer de tenir la distance face à sa condition physique, je repousse l'envie qui me tord encore le ventre. D'autant plus que ces derniers jours, je sens qu'elle est plus à l'aise en ma compagnie, même s'il n'y a rien de révolutionnaire non plus. Elle reste toujours aussi coincée... mais obsédante.

Je ravale un ricanement, en portant le verre à mes lèvres et me rappelle que pendant un certain temps, je l'ai prise pour un mec. Et pas n'importe lequel : celui de ma sœur ! C'est fou comme la vie peut nous surprendre. Durant des jours, on a envie de se battre avec une personne et le lendemain on a plus qu'un seul objectif : lui enlever ses fringues. Plus jeune, je n'étais pas du genre à faire des choses irréfléchies, mais depuis quelques années c'est un peu devenu mon nouveau credo : « prends et savoure ce que tu peux ». S'il y a bien un truc dont je suis sûr, depuis que je suis arrivé dans ce trou paumé, c'est que je *veux* Riley. Et il va falloir que je réfléchisse à comment m'y prendre. Car le mois que je devais passer ici touche bientôt à sa fin et il est hors de question que je n'aie pas fait jouir cette fille. Il faut juste que je trouve le moyen de lui en donner envie...

Ça sera ma façon de lui dire merci, car ce matin pour la première fois, je suis parvenu à boucler son parcours de course. Elle m'a laissé comme un naze devant chez elle et j'ai dû faire demi-tour. Mais malgré ça, j'étais fier de moi, ce qui n'avait pas été le cas depuis très longtemps. Il me manque encore une étape pour réellement tenir la distance, mais elle m'aura transmis cette « niaque » qui m'a permis de tenir le coup ici. Même si l'envie de me faire une trace est toujours présente quelque part dans ma tête, surtout quand je suis inactif, elle est totalement absente lorsque je cours avec elle. Je suis bien trop concentré sur son corps qui se meut devant moi, entre admiration et désir. Je passe mon temps à me demander à quoi elle ressemble sans ses fringues. Je suis sûr qu'elle doit être fine, mais tout en muscles. Je salive d'avance à l'idée de passer ma bouche, puis ma langue sur ce corps, car au fil des semaines j'ai eu le temps de me fabriquer des fantasmes de plus en plus chauds...

Je me trémousse sur mon siège de bar, remettant en place mon début d'érection et j'avale mon whisky d'un trait. Je claque le verre sur le comptoir, m'attirant l'attention du gérant. On s'observe et je prends le temps de vraiment le détailler pour la première fois de la journée. Il a le look biker intégral, entre les tatouages, le blouson en cuir qui pend à un crochet, la chaîne qui disparaît dans la poche arrière de son jean, mais surtout la flamme qui danse dans ses yeux. Sa manière de se déplacer lorsqu'il prépare les commandes ou discute avec les clients, a presque quelque chose de félin. Je pense qu'on doit avoir à peu près le même âge, sauf que ses cheveux sont aussi noirs que ses pupilles. Elles transpirent d'histoires que je n'ai pas envie d'entendre. Un frisson remonte le long de mon dos et je m'agite, mal à l'aise. Je ne sais pas pourquoi je viens ici presque tous les jours, il faut croire que j'aime me faire du mal et que la confrontation avec ce mec m'intrigue. Comme s'il devinait quel tour prenaient mes pensées, il s'approche de moi sans jamais rompre notre contact visuel. Ma bouche s'assèche, j'ai du mal à déglutir et ma jambe droite se met à tressauter. Il s'arrête juste devant moi, puis lentement accroche son torchon dans un passant de son jean. Puis il ouvre les bras en grand pour prendre appui sur le bar comme s'il voulait m'obliger à rester sur mon tabouret. Alors que je sais, je sens, qu'il cherche juste à me faire foutre le camp d'ici.

– Ce n'est pas dans mes habitudes de juger mes clients, mais tu n'as rien d'autre à faire un jeudi à treize heures cinquante-quatre ? attaque-t-il en regardant sa montre.

Je serre les mâchoires en retenant les mots que j'aimerais lui cracher au visage.

– Je te paye pour avoir accès à ton alcool dégueulasse, pas pour parler. Alors va faire chier quelqu'un d'autre...

Un sourire détendu apparaît sur son visage, il va même jusqu'à croiser les bras sur son torse et appuyer son bassin sur le meuble derrière lui, me montrant ainsi qu'il n'a pas la moindre envie de bouger.

– Sept.

J'attends quelques instants qu'il développe, mais voyant qu'il n'en a pas l'intention, je lève les yeux au ciel avant de lui demander :

– Sept quoi ?

– C'est le nombre de bars que tu peux trouver en ville. Pourquoi tu te punis en venant ici alors que tu pourrais aller picoler ailleurs, surtout si ce que je propose est aussi *dégueulasse* ?

Je me penche vers lui, comme pour lui révéler un secret et je suis satisfait quand il en fait de même.

– Peut-être que j'ai juste envie de profiter de la vue...

Je fais couler mon regard sur son corps, mon expérience d'acteur fait le reste. Je peux faire croire ce que je veux aux gens, notamment que je les désire... Il me laisse faire sans m'interrompre ni perdre ce petit sourire arrogant. Il va même jusqu'à réduire la distance entre nous, ne s'arrêtant que lorsque quelques centimètres séparent nos bouches.

– Je serai ravi de te laisser « profiter » si c'est ce que tu veux, susurre-t-il.

Le mouvement de recul que j'ai lorsque ses mots atteignent mon cerveau manque de me faire tomber de mon tabouret. Je sais que j'ai perdu notre bras de fer quand son rire, bref et grave, emplit le bar. L'enfoiré, il s'est payé ma tronche et je ne peux pas reprendre le combat tout de suite. Je dois partir, sinon le Doc va m'engueuler si j'arrive encore en retard. Je sors de l'argent de mon portefeuille et le balance devant moi avant d'attraper ma casquette et de la visser sur mon crâne.

– Garde la monnaie, tu en as plus besoin que moi.

Il rigole une nouvelle fois tout en prenant le billet et je m'en vais rapidement. Mais alors que j'ouvre la porte pour sortir, je l'entends me dire :

– À bientôt, Hollywood !

Mon sang se fige dans mon corps, avant de reprendre sa circulation de plus belle. Je me retourne comme au ralenti et quand je le scrute, tout en lui crie qu'il sait qui je suis.

Merde.

S'il se décide à parler, je suis mort. Je serre les poings, indécis ; mon cerveau s'emballe face à tous les scénarios plus horribles les uns que les autres que j'échafaude. Il faut que je reste incognito ici. Si les journalistes débarquent ils comprendront que je me fais suivre dans un centre pour toxicos et ça entachera vraiment ma réputation. J'ai envie de sauter par-dessus ce maudit comptoir pour lui arracher ce sourire, mais je me détourne et fuis une fois de plus.

◆ ◆ ◆

– Il serait peut-être temps d'arrêter de vous payer ma tête, monsieur Davis.

Je le fusille du regard ; cette séance est horrible, il n'arrête pas de pointer ce qui ne va pas alors que je sais que j'ai progressé, mais il n'en tient pas compte. Je garde résolument les lèvres closes pour ne pas laisser sortir le moindre mot.

– Je suis sérieux, nous sommes ici pour vous remettre sur pied, et au vu de vos résultats, il n'y a pas de trace de cocaïne dans vos analyses. *Mais* je suis sûr que vous avez plus d'alcool que de sang dans les veines ! Remplacer une addiction par une autre n'est pas une victoire, Logan.

Cette dernière phrase est dite d'un ton plus doux, presque paternaliste. Je tique. C'est la première fois qu'il m'appelle par mon prénom alors que l'on se voit deux à trois fois par semaine. Il s'en était toujours tenu au « monsieur Davis ».

– Vous ne m'avez pas interdit de boire et ce n'est pas spécifié dans le contrat que m'a fait signer Vince...

Il souffle, enlève ses lunettes pour pouvoir se masser les tempes, comme si je lui avais donné un sacré mal de tête. Il ne parle pas durant quelques instants, le temps de nettoyer ses verres, pesant ses mots avant de me les livrer. Lorsqu'il les remet, ses yeux bleus perçants se plantent dans les miens. Je me sens paralysé sur ma chaise ; même si ma vie en dépendait je ne pourrais pas bouger.

– Je vais être très honnête avec vous : je sais à quel point il est dur de se débarrasser de la dépendance psychologique que produit la cocaïne...

– Ah ouais ? Vous êtes un ancien junkie ?

– Non, mais je fais ce travail depuis suffisamment longtemps pour avoir vu des gens lutter pendant des années pour faire taire les envies. Certains vivent encore avec, mais ils ont appris à les maîtriser, à admettre que le côté stimulant de la drogue ne vaut pas le coup car la descente est toujours trop brutale. Et surtout, ils se sont rendu compte qu'ils n'aimaient pas la personne qu'ils devenaient lorsqu'ils étaient drogués.

Le regard qu'il me jette en dit long, je n'aime pas ce qu'il sous-entend et je ne me fais pas prier pour lui dire :

– La C ne me changeait pas, Doc, elle rendait les choses plus... faciles.

– Est-ce que vous connaissez les effets de la cocaïne, Logan ?

– Elle rend tout plus fun, voilà tout, je réponds en me remémorant cette sensation qui éveillait mes sens.

Sans réellement m'en rendre compte je fais sautiller ma jambe et mon envie de me faire une trace, ou deux, crève le plafond.

– Hyperactivité, exacerbation de l'appétit sexuel, augmentation de la confiance en soi, insomnie, amnésie, indifférence à la douleur... La liste est encore longue, mais d'après le peu que m'a raconté votre agent, vous avez expérimenté beaucoup de ces symptômes.

Les souvenirs de mon comportement des dernières semaines, voire années, défilent devant mes yeux. C'est vrai que j'ai changé, lentement mais sûrement, après mon premier rail de coke. Pourtant, jamais je n'ai mis ça sur le compte de ce qui était pour moi une solution à tout, au contraire, je pensais que c'était lorsque je n'en prenais pas qu'il y avait un souci. Mon pouls s'accélère subitement tandis que cette vérité s'installe en moi.

– Ne vous méprenez pas, je suis fier que vous n'ayez pas retouché à la drogue. Après tout, je suis ici pour m'en assurer afin que vous ayez une longue vie devant vous. Je vois que vous avez récupéré une certaine condition physique, au vu de vos récents tests à l'effort. Mais continuez comme ça avec l'alcool et votre corps cessera de vous porter. Il ne peut pas lutter contre la drogue et l'alcool en même temps. Trouver un autre moyen d'autodestruction pour enfouir les émotions n'est pas une solution. Il faut que vous vous repreniez et arrêtiez de remplacer un problème par un autre. Focalisez-vous sur le sport, c'est très bien, faites-en...

– J'ai beaucoup moins de... de *cravings*, je le coupe pour reconnaître à demi-mot cette vérité qui m'écorche la gorge. En ce qui concerne le sport, j'aimerais en faire plus, mais la personne avec qui je cours n'y va qu'une fois par jour.

Je vois l'intérêt briller dans ses yeux, mais je détourne le regard. Riley est mon jardin secret, je n'ai pas envie de la partager.

– Vous aviez évoqué un binôme lors d'une précédente session, mais vous ne m'avez jamais dit comment il s'appelle. Je suis content que vous ayez trouvé quelqu'un qui vous aide à vous concentrer sur autre chose, même si c'est juste passager.

Il continue à me parler, mais je ne l'écoute plus vraiment. Je repense à la dernière fois que j'ai réellement échangé avec Riley ; c'était lors du réveillon, et on ne peut pas dire que cela ait été couronné de succès.

« *Il me semble que la barmaid a appelé ça le cocktail des Gros cons, mais je me dis que ça pourrait aussi être celui des mecs qui gâchent leur vie en prenant de la merde. Nikki, dégage maintenant.* »

Je n'arrive pas à me sortir de la tête cette phrase. Elle sous-entend tellement de choses, mais surtout que Riley connaît une dealeuse... Cette fille m'intrigue tellement que je passe des heures à essayer de la décrypter sans pour autant avancer d'un iota. J'ai commencé à poser des questions à Joy, mais elle est très rapidement devenue suspicieuse et m'a envoyé bouler. Je soupçonne Crystal d'y être pour quelque chose, mais je n'ai pas encore eu la force de la confronter sur ce point.

– Monsieur Davis ? Vous êtes toujours avec moi ?

– On est revenus au « monsieur Davis » ? Qu'est-il arrivé à « Logan » ? je plaisante.

– N'essayez pas de changer de sujet, encore une fois. Vous êtes quelqu'un d'intelligent, mais il me semble nécessaire de vous rappeler que c'est mon métier de savoir comment fonctionne l'esprit humain.

Je serre les dents face à cette pique à peine voilée, alors je lui donne un os à ronger pour qu'il me lâche un peu.

– Mon binôme n'est pas un « il », mais un « elle ». Et elle s'appelle Riley.

Le sourire du Doc disparaît soudainement de son visage, il va même jusqu'à se redresser dans son fauteuil et poser les coudes sur son bureau.

– Riley Jenkins ?

– Je ne connais pas son nom de famille. C'est la meilleure amie de ma sœur, elle vit vers Nottingham Place.

Le silence qui suit ma déclaration est assourdissant, seules nos respirations le brisent. La mienne s'accélère un peu, je ne comprends pas cette réaction. Quel est le problème avec Riley ? Ma curiosité s'éveille. Comme un serpent, je la sens lever sa tête à la langue crochue, prête à fondre sur l'homme en face de moi.

– Vous la connaissez, Doc ?

– Riley est une jeune femme remarquable, aussi forte qu'elle peut être fragile. Elle a réussi à trouver un équilibre afin de... surmonter certaines épreuves. Vous ne devez pas intervenir et compromettre cela. Est-ce que je me suis bien fait comprendre ? lance-t-il, cinglant.

L'expression de son visage me montre à quel point il est tracassé par le fait que je me sois rapproché de Riley.

– Je n'ai rien fait qui pourrait...

– Non, mais tu n'as pas encore franchi toutes les étapes vers un sevrage complet et Riley n'est certainement pas prête à devenir une béquille pour quiconque ! Alors je te le répète, que vous couriez ensemble peut être une bonne chose, mais ça doit s'arrêter là, Logan.

Son ton est définitif, tranchant. Je hoche la tête pour lui dire que je l'ai entendu alors qu'à l'intérieur de moi, mes émotions se transforment en tempête. Dès que je parle de Riley à quelqu'un, ils deviennent tous hyperprotecteurs : Crystal, Joy et maintenant mon psy. Qu'est-ce qu'il lui est arrivé, bordel, pour qu'ils soient tous comme ça avec elle ?

– On va arrêter la session ici, je vous retrouve mardi prochain à quinze heures, poursuit-il en repassant au vouvoiement comme si de rien n'était.

– Mais il nous reste plus de trente minutes...

– Pas aujourd'hui, vous avez passé la séance à serrer les dents ou dans vos pensées. De plus, vous sentez l'alcool. Essayez mardi de tenir la journée sans rien prendre.

Rien du tout. Peut-être aurons-nous une discussion plus productive.

Sur ce, il se lève pour m'ouvrir la porte. Je l'imite complètement sidéré, ma casquette dans une main. Je sors de la pièce la colère à fleur de peau. Lorsque je me retourne pour lui dire le fond de ma pensée, je me rends compte qu'il est déjà à son bureau en train de composer un numéro. Je me décale pour sortir de son champ de vision, sans m'éloigner. C'est le silence absolu jusqu'à ce que la voix profonde du Doc résonne.

– Bonjour, Jamie, c'est Lincoln. J'espère que ta famille et toi allez bien. Peux-tu me rappeler, s'il te plaît ? Quelque chose m'inquiète. À bientôt.

Je m'éloigne rapidement de peur de me faire surprendre. Une fois dehors le froid me saisit, mais je commence à m'habituer. Je carre la tête dans mes épaules et je marche vivement en direction du centre-ville. Des dizaines de questions fusent dans ma tête, mais j'essaie de les laisser de côté pour ne pas sombrer. Et pourtant je me laisse emporter puisque lorsque je reprends mes esprits, je suis déjà en ville. Je jette un regard autour de moi, pour trouver un bar, afin de réfléchir plus posément à tout ça. Toutefois mon attention est attirée par la devanture devant laquelle je suis arrêté. Il s'agit d'un magasin vendant tout et n'importe quoi, mais surtout des appareils électroniques. Dont des smartphones. Je pousse la porte en réfléchissant déjà où tout ça va inéluctablement me mener.

CHAPITRE 15

« Your head will collapse if there's nothing in it, and you'll ask yourself : where is my mind? Where is my mind? Where is my mind? Where is my mind[16]? »

The Pixies, *Where Is My Mind ?*

16. « Ta tête va s'effondrer s'il n'y a rien dedans et tu te demanderas : où est mon esprit ? Où est mon esprit ? Où est mon esprit ? Où est mon esprit ? »

RILEY

Mes bras me brûlent, mais je pousse encore un peu plus loin. À chaque pompe, je me dis : *Allez une de plus, ce sera la dernière.* Pourtant, au fond de moi, je sais que tant que mes bras me porteront, je continuerai. C'est ainsi que je fonctionne, toujours repousser mes limites pour ne plus jamais être faible. Chaque jour, je deviens un peu plus résistante et c'est tout ce qui compte. Ma respiration se fait plus difficile, et je sens la transpiration couler le long de ma nuque avant de finir sur mon tapis de sport. Je n'imagine même pas à quoi je dois ressembler, couverte de sueur ; très certainement écarlate à cause de l'effort, dans ma brassière et short de sport. Tenue que je ne mets que lorsque je suis enfermée chez moi afin de faire de la musculation.

Perdue dans mes pensées, je perds le rythme soutenu que je m'étais imposé et je sens une vive douleur dans le bras droit. Je cède dans l'instant, m'écroulant la joue pressée sur le sol. Il est frais et cela soulage un peu le feu qui court dans mon corps. Je prends quelques minutes pour retrouver un rythme cardiaque correct, puis je m'étire afin d'éviter un maximum les courbatures. Même si je sais parfaitement que mes bras me feront souffrir demain. Je suis en train de ranger mon matériel, lorsqu'on frappe trois petits coups à ma porte. Je me fige, à moitié penchée dans mon placard, me demandant ce que peut bien me vouloir Miles. Cela ne peut être que lui, car ma sœur et mon neveu sont partis au cinéma.

Il est temps que je prenne le temps de discuter avec lui, ma crise d'hier n'a rien arrangé à la maison. Je les évite autant que possible, mais je ne vais pas pouvoir me terrer encore beaucoup plus longtemps. Avant de me dégonfler, une fois de plus, je me redresse et fonce vers ma porte que j'ouvre en grand, d'un geste brusque. Lorsque mes yeux rencontrent des prunelles orageuses, mon cœur me donne l'impression de sombrer au plus profond de mon ventre. Ce n'est pas Miles. Logan, surpris, me dévisage avant de laisser son regard errer sur mon corps. Je reste figée comme une statue, jusqu'à ce que sa bouche s'ouvre et que son regard accroche de nouveau le mien. En une sorte d'ultime réflexe, je lui claque le battant au visage, avec beaucoup plus de force que nécessaire. Je m'y adosse pour ne pas m'effondrer. Et dès que je suis soustraite à son examen, mon cerveau arrive à reprendre du service et à analyser ce qu'il vient de se passer.

Je n'ai pas paniqué. J'ai été surprise, certes, mais aucune peur n'est venue me tordre les entrailles. Logan n'a pourtant pas été des plus subtils, mais il n'a pas tenté le moindre geste déplacé envers moi. Même si pour être honnête, je ne lui en ai pas laissé le temps. Un sourire se dessine sur mon visage, je gagne de plus en plus en confiance, il faut que cela dure. Je peux le faire, je le sais, je ne dois pas le laisser gagner. J'en ai assez.

– Euh... Riley ? Tu préfères que je revienne où tu crois qu'on pourrait parler ?

La voix étouffée de Logan me parvient depuis l'extérieur et je me surprends à pouffer, l'imaginant en train de parler devant une porte close. Il doit vraiment me prendre pour une folle à lier... Je me précipite vers mon lit pour attraper mon peignoir, qui traîne sur un fauteuil. Je m'observe dans le miroir pour m'assurer que tout mon corps est dissimulé, même si cela ne sert pas à grand-chose puisqu'il m'a vue très peu vêtue quelques instants plus tôt. Mais il est hors de question que cela se reproduise. Seuls mes chevilles, mes pieds, ainsi que mes mains, dépassent de ma sortie-de-bain noire. Je m'encourage à voix basse, puis je me dirige vers ma porte.

La surprise est encore gravée sur ses traits, mais un petit sourire la remplace bien vite. Mes sourcils se froncent d'eux-mêmes en réaction.

– Salut, commence-t-il. Je suis désolé de me pointer à l'improviste, mais j'étais dans le coin et je me suis dit qu'il était temps que je vienne te poser une question existentielle.

Ma perplexité monte d'un cran et cela doit se voir sur mon visage, car son rictus s'élargit. Sa beauté me frappe en plein ventre, il doit être le genre de mec à claquer des doigts et à avoir vingt filles consentantes, prêtes à profiter de la nuit avec lui. J'ai beau le côtoyer tous les jours depuis presque un mois, je ne connais rien de lui, hormis qu'il a un passé lourd, peut-être autant que le mien. Comprenant qu'il attend une réaction de ma part, je recule d'un pas et croise les bras avant de parler :

– Je ne vois pas bien en quoi je pourrais t'aider, mais vas-y, tente toujours.

– Riley, j'ai l'honneur de te demander... mon chemin pour rentrer chez moi, finit-il.

– Hein ?

La réponse spontanée m'échappe, ainsi que ma posture défensive. Ce mec est une vraie énigme et je ne sais pas si je suis armée pour la déchiffrer. Ou si j'en ai réellement envie, le risque de me brûler les ailes est bien trop grand. Son éclat de rire stoppe mes pensées et je reste là, à le regarder. La tête basculée en arrière, il rit aux éclats, les mains dans les poches de son jean parfaitement taillé. Comme pour me narguer, le soleil fait une percée à ce moment-là, le nimbant d'une auréole presque divine. Pourtant, je commence à me renfrogner face à ce rire irrépressible.

– Je ne vois pas ce qu'il y a de si drôle, je bougonne.

– Toi. Tu es adorable quand tu réfléchis, voilà tout.

– Tu rigoles souvent de quelque chose que tu trouves mignon ?

L'expression de son visage se fait plus sérieuse et il me fixe. L'ombre que projette sa casquette m'empêche de bien lire les émotions dans son regard.

– Tu es une personne peu commune, Riley… me répond-il, mystérieux.

Instantanément, je sens mes joues s'échauffer, ce qui a pour résultat la réapparition de son sourire en coin ; ainsi que de mon agacement.

– Je ne comprends toujours pas ce que tu veux exactement, Logan.

– Je te l'ai dit, j'ai besoin de connaître mon chemin pour rentrer chez moi.

– On court ensemble depuis un mois, tu vas me faire croire que tu n'as pas imprimé ce parcours dans chaque fibre de ton corps ?

– Une partie oui… Mais j'aimerais faire la même boucle que toi, donc j'ai besoin de connaître ce raccourci que tu prends par les bois.

– Tu as peur de t'y aventurer tout seul et de le découvrir par toi-même ? je le taquine.

M'attendant à une nouvelle repartie, je suis surprise de voir sa joie diminuer. Il baisse la tête et passe la main sur la nuque, gêné. L'embarras s'empare de moi, je ne suis pas du genre à me moquer des gens, j'ai vécu bien trop de moments où j'en étais la victime pour le faire subir à quiconque.

– Je... Enfin je veux dire... Merde. Je suis désolée, Logan, je ne voulais pas...

Il lève une main pour m'arrêter, ce que je fais, et il souffle un bon coup avant de reprendre :

– Du coup, est-ce que tu as le temps de me montrer ça ?

– Maintenant ? je réponds, surprise.

– Personnellement j'ai rien de mieux à faire, et je suis déjà là, me dit-il en ouvrant les bras.

J'incline la tête pour l'étudier d'un peu plus près, il sent les ennuis à plein nez, mais quelque chose chez lui m'attire. Je n'arrive pas à mettre le doigt dessus, mais ça me donne envie de gratter un peu la surface pour voir ce qu'il se cache dessous. Ne laissant rien paraître, je fais un pas en arrière et referme ma porte, le laissant de l'autre côté. Je l'entends jurer, mais je ne m'arrête pas. Je me rue vers ma commode afin de passer un jogging, un tee-shirt, un pull et des chaussettes. Mes chaussures sont mises aussi vite et j'attrape le premier bonnet qui me tombe sous la main, mon manteau et je sors dans l'air frigorifique de ce mois de janvier.

Logan n'est nulle part en vue. Je jure à mon tour et je me mets à courir pour le rattraper. Il me faut qu'à peine deux minutes pour l'apercevoir. Il est au milieu de ma rue et la remonte, tête baissée. Il la relève lorsqu'il m'entend arriver derrière lui. S'il est d'abord surpris il se reprend vite et s'arrête pour m'attendre. Lorsque je le rejoins, je ne dis rien et on recommence à marcher en silence, d'un commun accord. Il me laisse le guider sans protester. On a l'habitude de courir sans parler, cela ne change pas de nos habitudes. Mais pour une fois, j'ai envie de briser ce mutisme que je nous ai imposé et surtout, je me sens toujours coupable de m'être moquée de lui.

– Je pourrais très bien te conduire dans un coin paumé et t'y laisser tu sais, je rigole.

Il pouffe, mais ne dit rien, comme si cette idée ne lui avait pas traversé l'esprit. Je regarde son profil avec attention, et comme toujours j'ai cette impression de déjà-vu. Comme lorsqu'on croise quelqu'un qu'on est sûr de connaître, sans se souvenir de l'endroit où on l'a rencontré et encore moins de son nom. Je n'ai jamais osé interroger Joy. Il est hors de question de passer directement par Logan, il me prendrait certainement pour une dingue. Je repense alors à mon comportement depuis que j'ai croisé cet homme et je me dis qu'il doit déjà penser que je le suis. Je hausse les épaules comme pour classer ce dossier dans ma tête et sans trop réfléchir je lui pose la question qui me brûle les lèvres depuis un mois :

– Pourquoi ai-je l'impression de t'avoir déjà vu, alors qu'avant le mois dernier, je n'avais aucune idée de ce à quoi tu pouvais ressembler ?

Il me dévisage, surpris par ma question avant de détourner le regard.

– Outch... Est-ce que cela veut dire que Joy n'a pas de photos de moi partout dans sa chambre et son téléphone ?

– Ce n'est pas... je commence avant de m'arrêter, m'insultant mentalement d'avoir encore fait une erreur.

– Détends-toi un peu, Riley, je plaisantais. Et c'est normal si tu as cette impression, surtout si tu vas de temps en temps au cinéma, m'explique-t-il en baissant la voix.

– Il va falloir que tu sois plus précis car je suis toujours aussi paumée, je lui rétorque en m'arrêtant devant le bois dans lequel nous allons devoir entrer.

– Je suis acteur.

Voyant à mon expression perplexe que cela ne m'aiguille pas plus, il ajoute :

– Mon nom d'acteur est Collins, Logan Collins.

Quand la lumière se fait enfin dans mon esprit, la nouvelle m'assomme. Ma meilleure amie est la sœur de Logan Collins. Je cours avec Logan Collins depuis un mois. Bordel, j'ai *insulté* Logan Collins. Mon cerveau semble complètement à l'arrêt, tellement cette révélation me choque. Maintenant, je le reconnais, enfin si j'ajoute de l'anti-cerne, ignore la barbe et raccourcis un peu ses cheveux. Il n'y a plus aucun doute, la star hollywoodienne aux nombreuses récompenses me fait face. Son regard ne flanche pas, il me fixe et attend ma réaction ; elle ne tarde pas arriver.

– Joy est une vraie petite cachottière, elle n'a jamais rien laissé fuiter !

– Ouais, répond-il en se fermant un peu, elle n'est pas spécialement fière de moi. Crystal a préféré la couper de tout ça alors qu'elle était encore petite.

– Non, je pense surtout qu'elle se protège de l'enfer que lui feraient vivre les filles à Wintergreen si elles savaient qui était son frère. Tu dois savoir à quel point tu es populaire auprès de la gent féminine...

Je m'arrête de parler et explose de rire lorsqu'une anecdote me traverse l'esprit.

– Tu veux partager la blague ?

– Je viens juste de me rappeler le devoir de groupe qu'a dû faire ta sœur l'année dernière. Analyser la performance des acteurs du film *Rends l'impossible possible.*

Elle était à l'agonie et je ne comprenais pas pourquoi. Tout s'explique maintenant, tu joues dedans !

Je ris de plus belle, et après quelques secondes, il se joint à moi. Lorsque je m'apaise enfin, je lui fais signe de me suivre et nous entrons dans la petite forêt qui entoure sa maison. L'air se fait moins cinglant. Nous marchons tranquillement, sans rien dire, jusqu'à ce que nous voyions la bâtisse apparaître à travers les troncs. Dès que nous sommes à l'orée, je m'arrête et il fait de même.

– Te voilà arrivé à bon port, j'espère que tu as été attentif, je ne viendrai pas te secourir si tu te perds...

– Comment est-ce que tu connais le docteur Simon ? m'interrompt-il

Je me fige instantanément. Seuls mes poumons et mon cœur fonctionnent, c'est du moins l'impression que j'ai. Les souvenirs affluent sans que je puisse les endiguer, alors je fais un pas en arrière pour leur échapper. Je vois Logan me parler, en fronçant les sourcils, mais je ne l'entends pas. Je suis emprisonnée dans des souvenirs qui m'attaquent de toutes parts. Je continue à reculer, mais mon pied rencontre un obstacle et je n'ai pas le temps de réagir que je me sens partir en arrière.

Il me semble entendre Logan hurler mon prénom, mais je n'en suis pas sûre, car d'un coup mon poignet droit me brûle. Tout s'enchaîne alors très vite, je comprends que je ne suis pas tombée, car Logan m'a empoignée pour me retenir. Mais il ne sait pas qu'il me déchire de l'intérieur en faisant ça. Alors je me débats comme une furie pour le faire lâcher prise, ce qui a pour conséquence de me projeter contre un tronc. Logan essaie de me maîtriser pour me calmer, mais chaque endroit qu'il touche augmente ma panique et je nous entraîne tous les deux dans la chute.

Je ne sais pas comment il parvient à absorber le choc, mais je ne me fais pas mal en arrivant au sol. En revanche son corps pressé sur le mien a pour effet de déconnecter mon cerveau. En une seconde, je passe de battante à passive. Je ne suis plus dans mon corps, je suis loin. J'arrive à entrapercevoir le ciel quand le vent agite les arbres. Mes yeux croisent une ou deux fois le visage de Logan qui semble de plus en plus paniqué. D'un coup, le poids sur moi disparaît et un peu d'air entre dans mes poumons. Je reste allongée, à reprendre mes esprits, à fermer toutes les portes qui se sont ouvertes dans ma tête. L'une après l'autre, je prends le temps, sinon je pourrais ne jamais me relever. Pourtant je suis obligée de m'arrêter quand un cri aigu me glace d'effroi. Joy se jette au sol à côté de moi, en prenant soin de ne pas me toucher. Lorsque nos yeux se croisent, les siens sont remplis de larmes. Je m'en veux de lui faire subir ça. Ses lèvres remuent et quand elle tourne la tête sur la gauche je suis le mouvement.

Logan se tient en retrait, les traits tirés par l'inquiétude, impuissant. Il est griffé sur la joue gauche. C'est moi qui ai fait ça, dans un accès de panique alors qu'il ne cherchait pas à me blesser. Je préfère fermer les yeux pour ne plus les voir, me couper de tout et essayer de reprendre pied. Entre hier et aujourd'hui, je sens que je ne suis pas loin du point de non-retour. Il se passe trop de choses en trop peu de temps et j'ai besoin de stabilité, de sécurité. Derrière mes paupières closes, une tempête fait rage et je me sens ballottée dans tous les sens.

Mais cela voudrait dire qu'*il* a gagné et ça, c'est hors de question. Jamais je ne lui ferai ce plaisir. Inconsciemment, je plante mes doigts dans la terre meuble sous moi et je ne bouge plus. Quand tout s'apaise un peu, le second sens que je récupère est l'ouïe et j'aurais préféré que ça ne soit pas le cas, car chacun des mots hurlés par Joy est comme un poignard que l'on me plonge dans le corps. Encore et encore.

– Dégage Logan, tu finis toujours par tout briser, alors va-t'en avant de faire une connerie de plus ! Dégage !

Au fond de moi, je voudrais trouver le courage de lui dire ce que n'est pas sa faute, mais la mienne. Mais la prison qu'est mon corps en ce moment ne m'y autorise pas, et je me déteste un peu plus pour ça.

CHAPITRE 16

« All you maggots smoking fags out there on Hollywood Boulevard, you should have never trusted Hollywood. You should have never gone to Hollywood. All you bitches put your hand in the air and wave them like you just don't care. You should have never trusted Hollywood[17]*. »*

System of a Down, *Lost in Hollywood*

17. « Eh vous, tous les clopeurs minables sur Hollywood Boulevard, vous n'auriez jamais dû faire confiance à Hollywood. Vous n'auriez jamais dû aller à Hollywood. Et vous, toutes les chiennes, levez la main et secouez-les comme si vous n'en aviez rien à faire. Vous n'auriez jamais dû faire confiance à Hollywood. »

LOGAN

Los Angeles me manque, désespérément, encore plus depuis que j'ai de nouveau accès à mes réseaux sociaux. Je n'ai rien posté, mais je regarde tout, j'absorbe les dernières nouveautés ou les scandales qui font la une de la presse. Je rattrape mon mois de retard sur ce qui était mon quotidien il n'y a pas si longtemps. Et le manque se fait sentir, pas forcément celui de me faire une trace, mais celui de mon rythme de vie, mes amis, les soirées, les plateaux de tournage. Bref tout ce qui m'occupe depuis dix-sept ans.

J'ai besoin d'effacer les images d'hier et d'étouffer les mots qui résonnent encore dans ma tête. Alors je continue de faire défiler mon Instagram sur mon téléphone flambant neuf, allongé sur mon lit. Le naturel revient au galop : à peine réveillé, je prends ma dose de voyeurisme. Je ne *like* ou ne commente aucune photo, mais j'aime tout savoir de ceux que je connais. Je me demande si Riley a aussi un compte et avant que je ne me décide à vérifier, une photo suggestive de Lauren en bikini sur une plage en train de rire apparaît sur mon écran. Elle chasse mes sombres pensées en un instant. Je souris, me retiens tout juste de double-cliquer sur la photo, puis quitte l'application.

J'ouvre mes textos et soupire devant le nombre de messages non lus. Hier lorsque j'ai inséré ma carte SIM dans l'appareil, il n'a pas arrêté de sonner durant au moins dix minutes. Entre les e-mails, les messages et les réseaux sociaux, j'ai cru qu'il allait rendre l'âme avant même que j'aie une chance de passer un seul coup de fil. Mais petit à petit il s'est tu et depuis je suis complètement découragé face au nombre de petites pastilles rouges qui m'agressent dès que je le déverrouille. Je prends mon courage à deux mains et cherche la personne voulue puis regarde les derniers messages qu'elle m'a envoyés. Certains sont des MMS vraiment très chauds et il ne m'en faudrait pas beaucoup plus pour m'exciter. Je n'ai couché avec personne depuis un mois, ce qui est un record pour moi ; un record plutôt minable, de ceux que l'on n'a pas envie de partager avec ses potes. Et si ma main droite pouvait soulager un peu la tension au début, elle ne suffit plus.

Mon pouce appuie sur la barre pour taper mon message, et en quelques secondes la notification d'envoi d'un SMS retentit. J'ai l'impression de ne pas l'avoir entendu depuis des années ! Je jette le téléphone sur le lit, puis repousse les couvertures pour me lever. Le temps de trouver un tee-shirt et un pantalon pour couvrir ma nudité. Malgré le décalage horaire, elle me répond vite, comme à son habitude.

Lauren, 8 h 32 :

Regardez qui voilà… Je ne pensais pas avoir de tes nouvelles avant ton retour… Je te manquais trop ?

Je souris de sa confiance en elle, elle ne pourrait pas se planter davantage, mais j'ai un but à atteindre et je sais comment jouer avec elle alors je ne la détrompe pas.

Logan, 8 h 34 :

À un point… Que dirais-tu de sauter dans un avion et de me rejoindre ?

Sa réponse ne se fait pas attendre.

Lauren, 8 h 35 :

Dis-moi où et quand bébé, et je serai tout à toi… Tu sais à quel point je peux être docile ou une vilaine fille…

Je me lèche les lèvres en pensant à son corps parfait, si éloigné de celui qui hante mes jours comme mes nuits. Alors je ne tergiverse pas trop longtemps avant de lui dire où je me trouve, puis je glisse mon téléphone dans la poche de mon pantalon et je sors de ma chambre. L'étage de la maison est encore silencieux, je longe la balustrade, passe devant la chambre de Joy et descends enfin l'escalier. Je jure en posant les pieds sur le sol glacé de l'entrée, et me dépêche de rejoindre la cuisine pour me faire couler un expresso.

Je marque un temps d'arrêt quand je vois que je ne suis pas seul ; Joy et Crystal sont côte à côte à table et parlent doucement. Elles vont même jusqu'à s'arrêter en me voyant arriver, ce qui a le don de m'agacer et de faire s'envoler ma bonne humeur.

– Quoi ? je lâche, suspicieux.

Elles prennent toutes les deux un air innocent et plongent le visage dans leur boisson. Je ne les quitte pas du regard en préparant mon propre café, une fois le précieux liquide en ma possession, je vais m'asseoir en face d'elles. On se regarde une ou deux minutes en silence, avant que je ne perde patience.

– Alors de quoi vous parliez ?

Ma mère est la première à attaquer.

– De toi voyons, de quoi pourrions-nous parler d'autre que de la huitième merveille du monde qui nous fait l'honneur de vivre ici ?

Joy cache son ricanement en prétextant une quinte de toux, ce qui me fait froncer les sourcils. Depuis quand ma petite sœur prend-elle le parti de notre génitrice ? Elle refuse de me parler, depuis qu'elle m'a forcé à m'éloigner de Riley. Ce n'est pas faute d'avoir essayé d'avoir de ses nouvelles pourtant, mais dès que je m'approche, Joy m'insulte et me demande de repartir d'où je suis venu. C'est difficile pour moi de l'entendre me parler comme ça, on n'a jamais eu ce genre d'engueulades. Je ne sais pas sur quel pied danser, c'est hyper-frustrant. Sans que je m'en rende compte, mes doigts pianotent sur le bois de la table ; il vaut mieux ça que de montrer les tremblements qui les parcourent à cet instant.

– Est-ce que tu vas enfin m'expliquer ce qui s'est passé avec Riley hier ?

Le regard furieux de Joy se plante dans le mien, alors qu'il était jusqu'à présent focalisé sur ma main comme si elle pouvait la faire arrêter de bouger par la pensée.

– Je t'interdis de me parler d'elle, tu m'entends ? Tu n'as aucun droit sur elle et tu ne sais rien, rien du tout sur... Il faut que tu la laisses tranquille, Logan.

Les mots de Joy ne me surprennent pas vraiment, ce sont ceux qu'elle me répète depuis hier, en revanche, ce n'est pas la même affaire pour ceux de Crystal :

– Je t'ai averti pourtant... Mais tu n'as pas pu résister, comme tu ne résisteras pas à la drogue ! Tu as toujours été du genre à faire l'inverse de ce qui est bien...

– Mais je n'ai rien fait, bordel ! j'explose en plantant mon regard dans celui de ma génitrice. Combien de fois je vais devoir vous l'expliquer ? Elle a failli tomber, je l'ai rattrapée et elle est devenue catatonique ! Si cette fille est une psycho, il me semble que j'ai le droit de le savoir, et pour ce qui est de replonger, va te f...

Je n'ai pas le temps de finir ma phrase qu'un claquement retentit. Je ne comprends pas tout de suite, avant de sentir la douleur cuisante sur ma joue. Joy se tient debout de l'autre côté de la table, le souffle court et les poings serrés. Je reste interdit, même Crystal est bouche bée de stupeur. Pourtant Joy ne se démonte pas, elle me pointe d'un doigt tremblant en me menaçant des pires tortures si je déconne :

– Je te préviens Logan, tu ne t'approches plus de Riley. Si tu lui parles mal, ne serait-ce qu'une fois, commence-t-elle avant de prendre une grande inspiration, tu n'auras pas le temps de dire ouf que tu seras au sol.

Après un ultime regard noir, elle part telle une furie.

Je porte mes doigts à ma joue. Elle n'y est pas allée de main morte, je suis persuadé d'avoir la marque de ces doigts tatoués sur le visage. Déjà que je porte la trace de la griffure de Riley d'hier... ce n'est pas ma semaine...

Dans un soupir, ma mère se lève et me contourne pour aller fouiller dans la cuisine. Je m'attends à ce qu'elle parte, mais elle revient s'asseoir en face de moi et me tend un sachet de petit pois enroulé dans un torchon. Je suis surpris, mais je n'hésite pas, je prends le tout et le plaque contre ma pommette.

– Ce n'est pas faute d'avoir essayé de te prévenir, me répète-t-elle d'une voix plus douce cette fois-ci.

M'attendant à voir une lueur de victoire dans ses yeux, je suis surpris d'y lire plus de lassitude qu'autre chose.

– Tu sais bien que j'ai toujours eu beaucoup de mal à faire ce que tu me dis. Un instinct de survie, je suppose.

– Ah oui ? Regarde où ça t'a mené... Il n'aurait pas un problème ton « instinct » ? ironise-t-elle.

Un frémissement fait bouger mes lèvres ; elle le repère. C'est qu'elle pourrait être drôle la mère Davis...

– Sérieusement Logan, tu dois arrêter avant de tout foutre en l'air avec ta sœur. Elle tient beaucoup à cette gamine. Je me dis parfois qu'elle s'est donné pour mission de la sauver. Comme avec ce petit oisillon qu'elle avait trouvé dans le jardin, tu t'en souviens ?

À ce souvenir je souris largement. Je la revois avec ses couettes, elle devait avoir dans les huit ans, elle n'avait pas quitté ce foutu oiseau.

– J'espère, pour Riley, qu'elle n'aura pas la même fin que lui...

Crystal rigole doucement avant de se reprendre.

– Elle ne le sait pas, je ne lui ai jamais dit qu'il était mort. À l'époque on lui a fait croire qu'il était parti rejoindre sa maman et ses frères.

– Ouais, alors qu'en réalité le chat du voisin l'a bouffé dans sa boîte de fortune.

Cette fois-ci, nous ne pouvons nous retenir de rire franchement ni l'un ni l'autre. Je grimace un peu, car le froid du sac surgelé m'a engourdi le visage. Je le repose sur la table devant moi, regardant ma mère, vraiment, pour la première fois depuis longtemps. Elle est toujours aussi jolie qu'avant ; ses cheveux blonds sont parfaits, certes le temps a marqué ses traits, mais elle reste une belle femme. Même si elle abuse de la clope, de l'alcool et autres « joyeusetés », mais qui suis-je pour la juger ? Telle mère, tel fils. Il n'y a que Joy qui relève le niveau de la famille.

J'ai l'impression qu'elle pense exactement la même chose que moi. Son regard me raconte plus de choses en deux minutes que durant ses vingt dernières années, comme si une lueur d'espoir se mettait à briller. J'ai l'impression de retrouver ma maman, celle qui m'appelait son « petit soleil » et faisait tout pour moi. Avant le décès de notre père. Depuis elle est devenue une coquille vide, qui ne pense qu'à elle. Mais à cet instant, je la retrouve un peu. Aucun de nous deux n'ose parler de peur de briser ce moment. Je la vois hésiter, puis finalement elle attrape ma main restée sur le sachet de petits pois et la serre brièvement.

– Je sais que ton mois arrive bientôt à échéance, mais sache que tu es le bienvenu ici, ou si tu as besoin de rester un peu plus, n'hésite pas, me chuchote-t-elle comme un secret inavouable.

Heureusement que je suis assis sinon je pense que je serais tombé. Et comme toujours lorsque je suis pris de court, je laisse le naturel revenir au galop :

– Et combien me coûterait ce supplément ? Ici, rien n'est gratuit, j'attaque.

Elle retire vivement sa main et je peux voir son masque froid et distant se remettre en place. La métamorphose est saisissante et si je n'étais pas sobre, j'aurais pu croire avoir rêvé cet échange.

– Ne t'inquiète pas pour ça, je transmettrai les informations à Vince. Après tout, tu es presque sous tutelle, se moque-t-elle.

– Aaaah, voilà la mère de l'année que je connais bien.

Je peux voir que ma remarque la touche, mais c'est si rapide que je n'en suis pas sûr.

– Qu'est-ce que tu crois, Logan ? Plus tu grandis et plus tu lui ressembles physiquement, mais aussi dans ton comportement. Si tu ne veux pas devenir l'homme qu'*il* était, il faudrait que tu fasses attention pour notre bien à tous.

Échec et mat.

Je reste stupéfait qu'elle me compare à lui, c'est une limite qu'on n'avait jamais franchie. Elle se lève, un rictus mauvais accroché au visage et part sans un mot de plus. Je reste comme un con, tout seul à table, mon café froid depuis bien longtemps. Je regarde dans le vide, en repensant à ce qui s'est passé hier avec Riley, aux paroles de Joy et Crystal. Est-ce vraiment ma faute ?

Un bip me sort de mes pensées et j'attrape mon téléphone pour y lire le nouveau message.

Lauren, 9 h 02 :
Je peux être là dans deux jours… Je salive déjà à l'idée de nos retrouvailles…

Il me faut plusieurs secondes pour comprendre le sens de ce SMS et puis la lumière se fait dans mon esprit. Enfin ! Je lui réponds dans la foulée, le cœur un peu plus léger à chaque seconde qui passe, repoussant ma matinée dans un coin sombre de mon esprit. Je me lève pour jeter dans l'évier le sac de petits pois et vide ma tasse afin de me resservir un café. Quelques instants plus tard, je suis sous le porche de la maison et je contemple le soleil pointer timidement à travers les nuages.

Je regarde l'orée de la forêt par automatisme même si je sais que je ne la verrai pas aujourd'hui. Ni si je la reverrai tout court avant mon départ. Avec Lauren qui débarque, je tiens mon billet de sortie de ce trou. Mon mois arrive à expiration dans quatre jours et je suis prêt à reprendre ma vie où je l'ai laissée. Tant pis si je n'ai pas la satisfaction de posséder Riley, elle est trop bousillée, même pour moi. Et ça n'est pas peu dire !

Je pouffe avant de boire une gorgée de ma boisson. Ça me fait du bien. J'ai l'impression de mieux respirer à chaque minute qui passe. Il va falloir que je rappelle Vince pour annuler ce que je lui ai demandé de faire. Mon plan ne sert plus à rien maintenant. Il est temps de clôturer cette petite expérience, plutôt que de lui redonner un nouvel élan.

CHAPITRE 17

« Hurt myself again today and the worst part is there's no one else to blame. Be my friend, hold me. Wrap me up, unfold me. I am small, and needy. Warm me up, and breathe me[18]. »

Sia, *Breathe Me*

18. « Je me suis fait du mal aujourd'hui et le pire, c'est que je ne peux en accuser personne. Sois mon ami, prends-moi dans tes bras. Enveloppe-moi, déballe-moi. Je suis petite et j'ai besoin d'aide. Réchauffe-moi, et respire-moi. »

RILEY

Je ne peux pas rester là comme une *stalkeuse*, il faut que j'y aille. Ça fait deux jours que je me terre chez moi, à m'accuser de tous les maux de la terre. Ma fenêtre pour remettre les choses en ordre est assez courte, donc je dois y aller.

– Allez, Riley, tu peux le faire. Vois ça comme un entraînement de boxe, tu as un objectif, il faut le réaliser pour pouvoir remporter le round.

Voilà que je me parle toute seule, en bas des marches de la maison des Davis. L'élan de courage que je ressens me permet de faire les premiers pas. Mais alors que je me trouve devant cette foutue porte rouge, je suis de nouveau paralysée. Je ne sais pas comment il va réagir, c'est ce qui m'effraie le plus. L'imprévisibilité me fait peur, et c'est ce qu'il représente pour moi. Il est cette nouvelle donnée dans ma vie et l'équation est déjà tellement compliquée que je n'arrive pas à tout déchiffrer. Alors avec Logan au milieu qui fait naître des choses en moi, je suis encore plus perdue.

Dans un geste nerveux, j'enfonce un peu plus mon bonnet sur ma tête et remonte ma capuche pour me dissimuler davantage. Si je le pouvais, je tirerais sur les cordons afin de me cacher complètement. Je ris en imaginant Logan m'ouvrir la porte avec le visage tout compressé. Je suis ridicule. Je ferme les yeux, je me concentre sur ma respiration, et me repasse en boucle le petit discours que je suis venue faire. Si tout se passe bien, je serai bientôt sur le chemin du retour, l'esprit un peu plus léger. Forte de ce nouvel élan, je lève le bras et sonne.

Les secondes s'écoulent sans que personne vienne m'ouvrir. Il est logique que Crystal et Joy ne soient pas là, elles sont à la prérentrée à Wintergreen. J'ai choisi ce moment pour cette raison, mais je pensais qu'il serait là. Je porte mon pouce à la bouche et commence à le ronger, le stress reprenant le dessus. Alors que je suis en train de me poser cent questions à la minute, un bruit de voiture me fait me retourner.

Un gros SUV noir remonte lentement l'allée, me faisant froncer les sourcils ; je ne connais pas cette voiture. Pourtant elle s'arrête juste devant le porche et un chauffeur en costume noir en descend. Je suis son manège : ouvrir la portière arrière, puis se diriger vers le coffre pour en sortir des valises. J'ai l'impression de me retrouver dans une mauvaise sitcom, quand je vois une femme sublime descendre de voiture, suivie de Logan. Ils ne me remarquent pas tout de suite, ils sont trop occupés à se dévorer la bouche. Mon cœur rate un battement avant de s'emballer la seconde qui suit.

Mes yeux cherchent un moyen de m'enfuir sans être vue, mais je n'en trouve aucun. Le chauffeur se hâte de déposer les valises devant moi avant de me jeter un regard qui en dit long, puis il s'enfuit littéralement. C'est son départ qui stoppe les deux « tourtereaux », la femme me remarque alors que Logan est en train de l'embrasser dans le cou.

– C'est qui, elle ?

– Merde, je murmure. Salut, je dis un peu plus fort en faisant un vague geste de la main quand les prunelles grises de Logan se plantent dans les miennes.

Il chuchote quelque chose à l'oreille de la fille, qui se met à glousser avant de me dépasser en me jetant un regard qui oscille entre la haine et le dégoût. Logan s'approche de moi lentement, comme si j'étais un petit animal qui pouvait prendre la fuite à tout instant. En même temps, c'est très certainement ce à quoi je dois ressembler...

– Joy n'est pas là, commence-t-il.

– Je sais.

Je vois que ma réponse le surprend alors je continue sur ma lancée :

– C'est toi que je voulais voir. Il me semble que des excuses seraient la moindre des choses pour ce qui s'est passé jeudi...

D'un geste je pointe la griffure presque disparue sur sa joue. Il penche la tête sur le côté, intrigué, mais il ne dit rien, alors j'enchaîne, les mots quittant mes lèvres avec un débit hallucinant.

– Tu n'as absolument rien à te reprocher, c'est moi et moi seule qui ai déconné. Je voulais juste que tu saches que tu n'as rien fait de mal, c'est important.

Mon cœur tambourine dans ma poitrine, j'ai l'impression qu'il peut l'entendre, car il paraît écouter très attentivement quelque chose. Il me scrute comme si j'étais une énigme... ou un insecte répugnant. Mon stress monte en flèche devant son silence et quand enfin il le brise je ne sais pas comment réagir.

– OK.

Le moment passe de stressant à gênant. Je ne m'étais pas attendue à ce qu'il ne réagisse pas du tout. Dans tous mes scénarios, il acceptait mes excuses même s'il voulait m'engueuler un peu avant.

– Hum... OK quoi ? je tente.

– OK, dans le sens, j'ai compris ce que tu es venue me dire. Je ne suis pas le méchant de l'histoire. Tu peux rentrer chez toi, Riley, j'ai reçu le message.

Il s'avance puis me contourne, me laissant perplexe, mais surtout triste. Alors que je l'entends ouvrir la porte, je me dévoile un peu plus sans me retourner.

– Tu m'as demandé comment je connaissais le docteur Simon... La réponse est qu'il m'a suivie tout comme toi. Pas forcément pour les mêmes problèmes, car je suis encore plus bousillée que toi, je lâche ses derniers mots dans un souffle.

Toujours ce silence pour seule réponse. Je ne sais même pas s'il est encore là, je soupire en baissant la tête, abattue.

– Comment sais-tu que ton bagage est plus lourd que le mien ?

Je sursaute et me retourne d'un bond. Logan se tient contre le chambranle de la porte entrouverte. Il a les bras croisés, mais son visage est ouvert, il est curieux.

– Crois-moi sur parole, au jeu du « qui a la plus grande » en matière de merdier dans sa vie, je te bats à plate couture.

Il lâche de nouveau ce rire franc qui me donne des frissons. Une douce chaleur se propage aussi dans ma poitrine, j'aime l'entendre rire et en être l'origine. Sa beauté hollywoodienne me frappe de plein fouet à cet instant, il s'est rasé et il fait moins négligé que d'habitude. La raison de ce changement fait certainement un 90 F et l'attend à l'intérieur. Logan me sort de mes pensées en faisant un pas dans ma direction, la main tendue devant lui.

– Donc on dit sans rancune ?

Je fixe sa main pendant trois plombes, je sais pourtant ce qu'il attend de moi. La prendre et la serrer comme pour valider que tout va bien entre nous. Mais rien que d'imaginer le toucher, ma température grimpe d'un coup et mes mains deviennent moites. Il ne se démonte pas, comme s'il me laissait le temps de débattre à l'intérieur de moi, ou peut-être de trouver le courage de ne serait-ce que lui serrer la main. Mais c'est trop pour moi, j'y arrive à peine avec Joy que je connais depuis des années. Je soupire et lui lance un regard d'excuse.

– Tu vois, le jour où je pourrai toucher un autre être humain sans devoir peser le pour ou le contre pendant des heures, tu auras peut-être tes chances d'avoir une vie plus merdique que la mienne...

Il ramène sa main contre sa jambe mais ne semble pas vexé.

– Qu'est-ce qui a bien pu t'arriver, Riley ?

Je lui souris tristement sans pour autant arriver à sortir les mots, pourtant simples, de mon histoire. Je garde tout ça enfermé dans une boîte cadenassée dans un coin de mon esprit. J'essaie de m'y aventurer le moins possible, car je ne sais jamais dans quel état j'en ressors. Voyant qu'il attend une réponse, je hausse une épaule en répondant :

– La vie.

– La vie n'est pas censée amocher une aussi jeune personne que toi, répond-il en faisant un pas vers moi. Tu devrais être aussi enjouée que Joy, à profiter de la fac et de ta jeunesse.

Il s'arrête quand il comprend que ses mots me touchent plus qu'il ne le pensait. Je sais qu'il a raison. Mais ce destin m'a échappé il y a des années...

– Pardon je ne voulais pas te blesser, dit-il passant la main dans ses cheveux.

– Non, non ce n'est pas grave, je peux comprendre que tu aies des questions. Après tout, on vient de passer le dernier mois à courir ensemble, tous les jours sans pour autant se connaître réellement. Si tu ajoutes à ça les catastrophes qui se produisent lorsque je suis dans les alentours, tu serais cinglé, si tu n'avais pas d'interrogations à mon sujet.

– C'est à peu près ça, oui.

Je lui souris tristement, avant de commencer à me détourner, mais je n'ai pas fait un pas qu'il m'appelle.

– Si me serrer la main n'est pas envisageable, tu penses qu'un check serait possible ? J'ai besoin de sceller ta promesse que je n'ai rien à voir avec ce qui est arrivé l'autre jour.

Il tend le poing devant lui, comme sa main quelques minutes plus tôt. Je me surprends à sourire, car c'est comme ça que je dis le plus souvent « bonjour » à mon neveu. Je sais que le contact sera bref et que je sentirai plus ses os qu'autre chose. Alors je me positionne bien en face de lui, amène mon poing à seulement trois ou quatre centimètres du sien. Puis je plante mon regard dans le sien et je réduis la distance pour que nos mains se joignent.

Je reste plus longtemps que nécessaire, car je me rends compte que je n'ai pas peur. Quand un petit sourire naît sur ses lèvres pleines, je brise le contact, gênée. Je lui souris vaguement en retour, lui jette un dernier regard avant de partir presque en courant, le sang tambourinant à mes oreilles. Je ne sais pas si je suis euphorique, contente, stressée ou un savant mélange des trois.

Mais pour une fois, je me sens tout simplement en vie.

◆ ◆ ◆

J'écoute d'une oreille distraite Austin me raconter ce qu'il prévoit de faire demain lors de sa rentrée. Il lui tarde de retrouver tous ses amis, et surtout de retourner en cours. Ce gamin adore l'école, comme moi à son âge. Je prévoyais de faire de longues études. Comme quoi on ne fait pas toujours ce qu'on veut finalement.

Mon regard quitte Austin pour se tourner vers l'étendue étoilée qui nous surplombe. Il fait très froid ce soir sur notre bout de toit, on ne pourra pas rester longtemps, mais on se devait d'être là pour admirer ce ciel magnifique. Toutes les étoiles brillent de mille feux, comme pour nous remercier d'être là à les admirer.

– À quoi tu penses ?

Je me reconcentre sur lui pour lire sa réaction quand je lui répondrai.

– Qu'on a une chance phénoménale de pouvoir être là cette nuit !

Et ça ne rate pas, ses petits yeux s'écarquillent avant qu'un immense sourire ne dévore son beau visage.

– Je croyais que tu avais oublié ! J'étais persuadé de gagner !

Il se rapproche de moi sous la grosse couverture et lève mon bras pour se blottir contre mon corps. Sa tête se pose au-dessus de ma poitrine, et je me fige légèrement avant de me détendre. Même si les choses sont beaucoup plus faciles avec Austin, parfois sa spontanéité me prend de court. Je pose ma main sur sa tête pour le rassurer, car je sais qu'il a dû me sentir hésiter, et je ne veux pas qu'il se sente rejeté. Jamais.

– Tu es tellement forte, tatie, tu n'oublies jamais rien.

– Crois-moi j'oublie un tas de choses, mais pas quand ça te concerne, je plaisante.

– Demain, c'est papa qui doit piocher un mot.

– OK, Munchkin.

Ce petit jeu créé par Jamie a pour but d'enrichir le vocabulaire de son fils. Elle a préparé une jarre qu'elle a remplie de mots. Le but du jeu étant d'arriver à placer ce dernier dans une phrase durant la journée, afin qu'il comprenne le sens du terme, et dans quel contexte il peut être utilisé. Par exemple aujourd'hui c'était « phénoménal », afin de remplacer « énorme » qu'Austin utilise à tout bout de champ.

Toute la famille Slade joue et c'est sympa de surveiller les réactions de mon neveu lorsqu'il découvre un peu plus le sens de certains mots. Mon téléphone me tire de mes pensées et je me contorsionne afin de le sortir de la poche de mon jean. C'est un numéro que je ne connais pas, mais l'émoticône utilisée ne laisse que peu de place au doute. Je fixe mon écran, un sourire timide, mais présent, collé aux lèvres.

+213-555-2907, 19 h 05 :

👊

– Tu t'es encore battue, tatie ?

Surprise par le tour que prennent les pensées de mon neveu, j'attrape son menton pour le forcer à me regarder.

– Pourquoi tu penses ça ? je le questionne.

– Ben quelqu'un vient de t'envoyer un poing fermé, me répond-il en pointant mon téléphone avec sa petite main.

Soulagée par sa réponse, je me laisse aller à rire un peu.

– Non, Munchkin, je me suis battue avec personne. Ceci est un poing fermé pour faire un check, comme tu fais avec moi ou tes amis pour leur dire bonjour parfois.

– Du coup, faut que tu répondes au message, car pour le moment, c'est juste un poing dressé et ça peut paraître menaçant, m'explique-t-il le plus sérieusement du monde.

Je me retiens difficilement de glousser, ce gamin est précieux. La vie ne l'a pas encore trop sévèrement percuté et il reste plein de moments comme celui-là. Pour lui, les gens ne sont pas méchants, il y a toujours une raison derrière chaque comportement. Avec moi, il cherche plus loin que ce qu'il ne devrait. Et il arrive souvent à me percer à jour, alors que je n'en ai pas envie.

Mes yeux se reportent sur mon écran et je tape ma réponse avant de me dégonfler. Je ne sais pas si c'est Joy qui lui a communiqué mon numéro, mais Austin a raison, je ne peux pas le laisser sans réponse. Exactement comme ce matin, où je n'ai pas pu lui serrer la main. Mon doigt survole le bouton « envoyer », le courage me manquant, même en texto. Avant que je puisse réagir, Austin saisit mon pouce droit et me force à cliquer. J'ouvre grand les yeux quand le signal d'envoi du SMS est confirmé. Je me tourne vers le coupable qui essaie de sortir de mes bras autant que de la couette pour s'enfuir. C'est mal me connaître. Je range mon téléphone et je le maintiens contre moi ; la session de chatouilles commence. Le son le plus doux du monde l'accompagne. Le rire d'Austin.

Riley, 19 h 08 :

CHAPITRE 18

« I began to lose control, I didn't mean to hurt you. I'm sorry that I made you cry. Oh no, I didn't mean to hurt you. I'm just a jealous guy[19]. »

Donny Hathaway, *Jealous Guy*

19. « Je commence à perdre le contrôle. Je ne voulais pas te faire de mal. Je suis désolé de t'avoir fait pleurer. Oh non, je ne voulais pas te faire de mal. Je suis juste jaloux. »

LOGAN

Être sagement assis sur une chaise dans un petit théâtre ne m'est jamais arrivé. D'abord parce que je ne suis jamais allé au théâtre, et ensuite car je ne fais jamais rien « sagement ». Ce qui est sûr, c'est que l'université de Wintergreen à des moyens importants... J'ai eu droit à une visite guidée ce matin, sous la neige, et c'était instructif. Le campus est juste immense, il s'étend sur plus de cent hectares, au milieu des collines si caractéristiques de Virginie. Il y a une cinquantaine de bâtiments dont un centre équestre ! Quand j'ai vu les chevaux au milieu des champs recouverts de neige, j'ai cru rêver le temps d'un instant. Mais non, c'est ça la vie sur le campus à Wintergreen, on peut monter à cheval et aller faire des longueurs dans la piscine ensuite !

Pour ma part, je vais passer beaucoup de temps dans la partie nommée Centre des beaux-arts. Un magnifique bâtiment en brique rouge, comme tous les autres, de plusieurs étages, où se mélangent le théâtre, la danse mais aussi la musique. À l'arrière se trouve la scène où se déroulent tous les gros spectacles, c'est là que se produira Joy en mai. Pour le moment nous sommes dans la « petite » salle de théâtre où une centaine de personnes pourraient venir regarder le cours de Miles. Ici encore, je remarque à quel point, malgré l'apparence ancienne des structures, tout est à la pointe de la technologie. Je tue le temps en regardant les élèves déclamer leur scène du jour, mais il ne va pas falloir que ça dure trop longtemps, mes jambes sautillent d'impatience, alors que j'essaie de faire une bonne première impression. Il ne faudrait pas que je foire tout lors de la première heure de ma nouvelle mission. La récompense est trop grosse pour que je me le permette. Je passe une main sur mon menton rasé de près, redécouvrant cette sensation qui m'avait bizarrement manqué.

Je détaille la scène devant moi, et j'écoute distraitement les conseils que prodigue Miles, le metteur en scène, mais aussi beau-frère de Riley. À l'instant où son nom se fraie un chemin dans mes pensées, mon regard est automatiquement attiré sur elle. Petite ombre discrète, qui se déplace sans que personne ne la remarque. Sauf moi. Je suis conscient de sa position dans la pièce en permanence, ce qui en devient limite inquiétant. À mon arrivée, Miles est venu m'accueillir, seul, pourtant je sais que Riley est son assistante. Il m'a tout expliqué lors de notre rendez-vous pour tout finaliser il y a une semaine. Elle était présente également, mais n'a pas ouvert la bouche de toute l'heure, les bras croisés sur la poitrine, montrant efficacement son opposition à cette idée.

Il est bien sûr hors de question que j'abandonne ce que j'ai mis en place, juste pour conforter Riley dans ses peurs. Car c'est bien de ça qu'il s'agit. J'ai eu le temps de tout mettre à plat depuis notre dernière discussion sur le porche de chez moi. Je n'en revenais pas de la voir là, devant moi, tentant de s'excuser alors que je pouvais clairement voir qu'elle aurait préféré être renversée par une voiture. Cela m'a donné la dernière preuve dont j'avais besoin : Riley est une battante, elle peut surmonter beaucoup plus de choses qu'elle ne le pense et il est temps qu'elle fasse ma connaissance. Au sens biblique du terme, de préférence.

Je ne parviens pas à retenir un sourire en la regardant se pencher vers Miles pour lui chuchoter quelque chose à l'oreille. Dans les secondes qui suivent, il répète à voix haute le conseil de Riley et une fois de plus, il est pertinent. Les élèves se replacent et recommencent la scène en ajustant les mouvements ou leurs intonations. Elle est vraiment douée dans son travail, elle a ça dans le sang et la voir évoluer dans son élément a quelque chose de mystique. Certes elle est toujours « effacée », mais ses mouvements sont beaucoup plus tranquilles, elle ne ressent aucune crainte. Ici, c'est son territoire. Je prends note mentalement de toutes mes petites découvertes et les range soigneusement dans le dossier « Riley ».

Quelques minutes supplémentaires défilent et enfin Miles se dirige vers moi. Je sais que le grand moment est arrivé. Je me redresse fièrement et m'avance tranquillement vers lui. Quand nous sommes à la même hauteur, il me prévient :

– Je ne sais pas comment il est possible que personne ne t'ait encore sauté dessus, mais je suis persuadé que tout le monde sait qui tu es. Je ne peux pas te promettre que le secret de ta présence ne s'ébruitera pas...

– Ne t'inquiète pas ! J'ai déjà vu tout ça avec mon agent et le communiqué de presse est prêt si jamais quelqu'un ne joue pas le jeu.

Ma réponse nonchalante le rassure et il se tourne face à la scène en tapant dans ses mains. L'attention de tous les étudiants est maintenant sur nous. Les mecs me jaugent, certains avec admiration, d'autres avec agacement. Quant à l'audience féminine, c'est une autre paire de manches. Ça va de la minauderie innocente à des invitations au sexe pur, entre regards appuyés et léchage intempestif de lèvres. Ouais ils savent qui je suis... Pourtant la réaction d'une seule fille m'intéresse, elle me tourne obstinément le dos et au vu de sa raideur, je sais que c'est volontaire. Mon sourire s'élargit quand j'arrive à son niveau en même temps que Miles et qu'il annonce enfin la raison de ma présence ici.

– Je sais que vous vous contenez depuis plus d'une heure maintenant pour ne pas faire de commentaire. Donc il est temps de vous présenter une personne très spéciale, que vous avez dû voir dans un ou deux films, ironise-t-il avant de reprendre : cette année, nous devions trouver un intervenant et dans ma classe vous aurez la chance que le célèbre Logan Collins nous assiste jusqu'au spectacle de fin d'année, si tout se passe bien. Il sera là pour vous donner des conseils, alors prenez-en de la graine !

Les applaudissements et petits cris de joies fusent, de mon côté je me contente de leur sourire. Je jette un rapide coup d'œil à Riley qui choisit ce moment pour enfoncer plus profondément sa casquette sur son crâne et rabattre sa capuche. Je me penche dans sa direction pour qu'elle soit la seule à entendre ce que je vais dire :

– Je pense que tu pourrais sourire un peu plus, tes étudiants risquent de comprendre que tu n'as pas envie de travailler avec moi...

Le regard qu'elle me jette en dit long, ce qui accentue mon sourire. Ses yeux se fixent quelques instants sur mes lèvres, provoquant un frisson d'excitation. Cette fille me donne les mêmes sensations d'anticipation que lorsque je me droguais.

– À aucun moment je ne veux leur faire penser que ta présence ici me réjouit. Je trouve que c'est une distraction alors qu'on joue gros cette année. Donc tu m'excuseras de ne pas sauter de joie...

Elle n'a pas le temps de terminer sa phrase que les portes de l'amphithéâtre s'ouvrent. Une flopée d'élèves entrent, amenant avec eux une énergie nouvelle. À leurs tenues je comprends qu'il s'agit de danseurs et je cherche la seule personne qui m'intéresse. Quand je la trouve, je peux voir une surprise passagère sur son beau visage avant qu'elle ne se reprenne. Joy. Son regard se porte sur Riley, puis sur moi. Elle inspecte notre proximité comme pour vérifier si elle doit intervenir ou non. Mais son attention est détournée par un grand brun qui se penche pour lui dire quelque chose à l'oreille. Par précaution, je ne bouge plus d'un cil pour ne pas lui donner de raison de griller « notre couverture ».

Logan et Joy, une semaine plus tôt

– Tu n'es pas sérieux, Logan ? s'écrie-t-elle, abasourdie.

Je grimace intérieurement, je savais que cette discussion n'allait pas être simple mais je ne dois rien lui montrer. Il faut la convaincre que tout ira pour le mieux.

– En fait si. Je suis persuadé que ça me ferait le plus grand bien de rester ici un peu plus longtemps. Avoir un projet sur lequel me concentrer m'aiderait à avancer aussi.

– La poupée gonflable que tu sautes depuis plus de deux jours ne te distrait plus ?

J'ouvre la bouche, sous le choc. Joy a encore six ans, dans ma tête, alors l'entendre parler aussi crûment me déstabilise. Bordel, que cette conversation est gênante... Il faut que je reprenne le contrôle, sinon c'est foutu. Je me racle la gorge avant de poursuivre comme si elle n'avait rien dit.

– Tu n'as pas envie que je reste un peu plus ? Une fois parti, je vais enchaîner les tournages et je ne pourrai pas revenir avant un moment…

– Cela ne t'a pas posé de problème pendant quatre ans ! hurle-t-elle en se levant de son lit pour me faire face. Je ne sais pas à quel jeu tu joues, Logan, mais je n'ai pas envie d'en faire partie. Tu devais rester un mois, c'est bon tu as fait tes « travaux d'intérêt général » maintenant retourne à ta vie !

Chacun de ses mots me blesse profondément. Être confronté à sa rage contenue me prend au dépourvu et je ne remarque son poing qu'elle abat sur mon torse que trop tard. J'accuse le coup en reculant d'un pas. Mais elle ne s'arrête pas là, tout en m'insultant elle m'assène des coups. Elle ne frappe pas assez fort pour me faire physiquement mal, émotionnellement c'est une autre histoire. Les picotements familiers dans mon nez ainsi que le nœud qui se forme dans ma gorge sont les preuves que si je me laisse aller, je vais pleurer. Mais je ne dois pas craquer, pas devant ma sœur qui est déjà bouleversée.

– Pourquoi tu veux rester, Logan ? Vraiment, plus de mensonge je suis fatiguée…

Aucune réponse ne me vient, car si je devais lui dire la vérité elle me foutrait dans le premier avion en direction de la Californie. Mais voir à quel point je l'ai blessée en seulement quelques semaines me tue un peu plus chaque seconde. Je me sens comme la pire des ordures et lorsque je sens les larmes dévaler mes joues, je ne fais rien pour les retenir cette fois. Quand elle remarque que je pleure, elle se fige avant de se jeter dans mes bras me déstabilisant une fois de plus. On tombe à genoux sur la moquette de sa chambre, enlacés.

– Je suis tellement désolé, Jojo, je chuchote. Si j'avais su que ma présence t'affectait autant je serais parti bien avant...

Entre deux reniflements, elle s'éloigne pour me jauger avant de m'asséner le coup fatal.

– Tu ne comprends décidément jamais rien. Je n'ai pas envie que tu partes, mais je ne sais pas si je peux te faire confiance. Tout ce que tu touches semble se faner et je n'ai pas envie que ça arrive ici. Et encore moins à Riley...

Mon cœur rate un battement à l'évocation de ce prénom. Comment a-t-elle compris ?

– Pour un acteur, tu joues très mal, Logan. Ton obsession pour Riley est visible à des kilomètres, la seule qui ne le voit pas, c'est elle. Je t'ai déjà prévenu, il est hors de question qu'elle soit blessée, tu m'entends ? Elle a été plus présente en quatre ans que toi en dix. Je l'aime comme une sœur, je la défendrai coûte que coûte. Il ne faut pas qu'elle souffre, elle en a déjà trop bavé, finit-elle en baissant la tête.

J'attrape son menton pour la forcer à me regarder.

– Qu'est-ce qu'il lui est arrivé pour que tout le monde la protège à ce point-là ?

Elle hésite quelques secondes avant de me répondre :

– Ce n'est pas mon histoire, elle te la racontera si elle en a envie et si elle s'en sent capable.

Sur ce, elle s'éloigne de moi, pour se rasseoir sur son lit. Alors que je me relève, je m'aperçois que Crystal nous observe sur le pas de la porte. Son sourire s'évanouit quand elle remarque que je l'ai vue avant de disparaître.

– J'accepte, mais à plusieurs conditions.

Mon attention se concentre de nouveau sur ma sœur.

– Premièrement, interdiction de faire souffrir Riley, sinon tu dégages d'ici.

Après un moment d'hésitation, je hoche la tête, l'invitant à poursuivre.

– Deuxièmement, tu te présenteras sous ton nom d'acteur. Je ne veux pas que les gens à Wintergreen sachent que tu es mon frère. Miles et Riley seront les seuls au courant.

Outch, ça fait mal. Me sentir une fois de plus rejeté n'est pas agréable, mais je vais pouvoir profiter de ce sursis pour réparer les choses avec elle.

– D'accord.

– Troisièmement, tu ne m'adresses pas la parole sur le campus, et on ne s'y rend pas ensemble.

Je lève les yeux au ciel, l'agacement reprenant le dessus.

– Prends-moi au sérieux, cher frère, au moindre dérapage, le deal est mort et tu t'en vas...

Je médite ses paroles avant de tendre ma main vers elle pour conclure notre pacte. Elle l'attrape et la serre plus fort que nécessaire.

– Quand je partirai d'ici, tu n'auras plus honte de moi, tu seras fière d'être ma sœur et il te tardera que je revienne te rendre visite.

Son rire résonne dans la chambre me réchauffant le cœur.

– Au moins tu as confiance en toi, bonne chance pour réaliser ce miracle !

◆ ◆ ◆

Je reviens dans le moment présent quand Miles pose une main sur mon épaule pour me présenter à la classe de ma sœur. Je me contente de leur sourire en évitant de regarder Joy. Ça ne m'empêche pas de sentir le regard curieux de Riley, Joy va certainement se faire interroger...

Alors que les élèves se dispersent, une femme élégante se dirige vers nous, suivie d'un mec brun, assez baraqué, qui doit avoir à peu près mon âge mais qui ne s'arrête pas à notre niveau.

– Ah, Viviene, laisse-moi te présenter Logan Colins, il va être notre œil expert pour le spectacle !

– Ravie de vous rencontrer Logan, j'espère que votre intégration se passe bien.

Durant quelques minutes, j'échange avec elle et je comprends qu'il s'agit de la prof de danse classique et contemporaine. Pourtant je décroche totalement quand un bruit que je n'ai perçu que trop peu de fois se fait entendre. Le rire discret de Riley. Je me retourne vivement pour constater que le danseur qui parlait à Joy tout à l'heure est à l'origine de ce rire. Pire, il semble proche de Riley. Je plante là Miles et Viviene et me dirige vers le couple, m'interposant presque. Je lui tends la main, un sourire factice plaqué sur le visage.

– Salut, je ne crois pas qu'on ait été présentés. Logan Colins, acteur.

Riley me dévisage comme si j'avais dit un truc malpoli. L'autre me détaille de la même façon avant de se reprendre.

– Je suis Caleb, l'assistant de Viviene pour le spectacle, mais je suis aussi chorégraphe et danseur à New York.

– Ah cool, les collants moulants tout ça... Vous vous connaissez tous les deux ?

Je pose cette dernière question à Riley directement et je peux voir à son expression que si elle osait, elle me frapperait. Je profite de cet avantage pour lui décocher un sourire sarcastique : il est hors de question qu'un autre mec s'interpose tant que je suis là. Le froncement de ses sourcils s'accentue mais elle me répond quand même :

– On se connaît depuis des années, Miles a bossé à New York pendant un temps. J'ai fait la rencontre de Caleb là-bas, et c'est la deuxième fois qu'il vient assister Viviene.

– Je vais d'ailleurs la rejoindre, on se retrouve à la salle ce soir, Riley ? nous coupe Caleb.

C'est à mon tour de froncer les sourcils quand elle lui répond un « oui » suivi d'un sourire. Quand elle se retourne vers moi, toute trace de gentillesse a quitté son visage.

– C'est quoi ton problème ? Caleb est l'une des personnes les plus gentilles que je connaisse.

Je ne peux retenir un rire franc qui attire l'attention des personnes autour de nous. Riley se renfrogne, j'en profite donc pour me baisser à son niveau et rencontrer ses beaux yeux verts.

– Ma grande... Ce mec ne veut pas être gentil, il veut te sauter, voilà tout.

À peine les mots ont-ils quitté ma bouche que je voudrais les reprendre. Je vois l'impact qu'ils ont sur elle, je me maudis en silence. Le regard apeuré qu'elle me lance avant de s'enfuir de la salle finit de me convaincre de ce que j'avais déjà deviné. Le sexe terrorise Riley.

Quand je rejoins Miles, j'ignore son regard interrogateur, comme celui plus meurtrier de Joy. Je souris à tout le monde avant de m'asseoir comme si de rien n'était.

CHAPITRE 19

« Their words come like arrows when they fly with mechanical precision they cut you up inside. But you're more than bolts like the city's more than steel and stone. Soon you heart is gonna overflow, they push you back down you get up again[20]. »

Scott Helman, *Machine*

20. « Leurs mots sont comme des flèches, quand elles volent avec une précision chirurgicale, elles blessent profondément. Mais tu es plus que ça, comme une ville est plus que de l'acier et de la pierre. Bientôt ton cœur débordera, ils te mettront à terre et tu te relèveras. »

RILEY

Ce n'est pas si mal. Voilà la première pensée qui me traverse lorsque je regarde mon reflet dans le grand miroir. Je me surprends moi-même à avoir cette réflexion me concernant. Pourtant l'image que j'ai sous les yeux ne m'écœure pas pour une fois. Je peux clairement voir les trois kilos que j'ai pris ces dernières semaines, mais les séances quotidiennes de boxe avec Caleb m'aident à stabiliser mon poids.

Je n'ai jamais été le genre de fille à surveiller mon physique lorsque j'étais plus jeune. Arrivée à l'adolescence, j'étais tout en courbes mais ma mère faisait attention à ce que je reste dans la « normalité ». Elle n'a pas eu cette manie qu'avec moi, Jamie en a aussi subi les conséquences. Elle nous a toujours dit que c'était pour notre bien, qu'il ne fallait pas que l'on soit trop grosses, sinon personne ne voudrait jamais de nous. Niveau éducation parentale, notre mère n'était pas un modèle à suivre.

Ce qui me frustre le plus aujourd'hui, c'est que si on était toujours en contact, elle aimerait mon corps actuel. Alors que je n'ai qu'une relation conflictuelle avec lui… comme avec elle. Je prends encore quelques instants pour m'observer et me retiens tout juste de sourire. Impossible de mettre le doigt sur ce qui a précisément changé, mais aujourd'hui je me sens presque bien. On va appeler ça une victoire !

J'ai la soudaine envie d'appeler le docteur Simon pour lui raconter cette nouvelle avancée. Je ne le ferai pas, ça fait bien longtemps qu'il ne me suit plus. Mais lorsque je franchis des caps comme celui-là, il est souvent le premier à qui j'ai envie d'en parler. Les habitudes ont la vie dure.

Après un coup d'œil à mon réveil, je m'aperçois que je suis presque en retard. J'enfile une ceinture thoracique avant de revêtir ma tenue de sport. Au moment de rouler mes cheveux en boule sous un bonnet, je décide de me faire une queue-de-cheval, ce que je n'ai pas fait depuis des années. Je ne me regarde pas, de peur de changer d'avis, et je sors dans le froid de cette fin janvier. La neige s'accumule sur une couche de plusieurs centimètres, heureusement que les routes sont dégagées durant la nuit sinon je ne pourrais pas courir en hiver...

Je n'ai fait que quelques pas quand je croise ma sœur en train de sortir les poubelles. Je souris en la voyant dans sa robe de chambre jaune pâle, pas du tout réveillée. Quand elle me regarde, je peux lire la surprise sur ses traits. Il faut dire qu'elle est loin d'être discrète : elle me fixe la bouche ouverte. Je continue mon chemin en lui souriant, et lorsque je rejoins la route devant chez nous, j'enclenche ma musique et me mets à courir.

Les premières foulées sont les plus dures, mais rapidement je trouve mon rythme et me laisse guider par l'habitude. Il me faut moins de vingt-cinq minutes pour sortir du bois qui entoure la maison des Davis. Je le vois en train de s'étirer en bas des marches, et dès qu'il me voit il me fait signe et me sourit.

Mon Dieu, ce sourire...

Si je ne connaissais pas le revers de la médaille, à savoir sa personnalité, je pourrais vraiment comprendre toutes les filles à Wintergreen, ou dans le monde entier, qui tombent sous son charme. Je ne m'arrête pas quand je passe à son niveau, mais il me connaît maintenant. Il y est préparé et en quelques secondes il est à mon niveau. Je coupe la musique pour l'entendre et surtout caler ma foulée sur la sienne. Je n'ose pas lui dire que j'ai ralenti le rythme pour lui, car après tout, cela ne me dérange pas vu que je vais à la salle tous les soirs maintenant.

– Bonjour à toi aussi, Riley, me dit-il entre deux respirations.

Je lui jette un regard en coin et lui souris sans répondre. Je parle rarement dans la vie de tous les jours, alors en courant... Cela ne l'a jamais découragé, il entreprend des longs monologues auxquels je réagis par onomatopées lorsque c'est vraiment nécessaire.

– Donc je me disais que ce soir, je pourrais venir avec toi à la salle de boxe. J'ai bien envie de reprendre l'entraînement !

De surprise, je m'arrête. Nos deux respirations rapides sont les seuls bruits qui troublent le silence alentour. Quand je me sens prête à avoir une conversation si tôt un jeudi matin, je plante mon regard sans le sien.

– Pourquoi ?

– Je te l'ai dit, j'ai envie de me remuscler, quand je vais retourner à Los Angeles je dois être en pleine forme.

Je le détaille de la tête aux pieds. Malgré sa tenue de sport hivernale, je sais qu'il ne doit pas y avoir un gramme de graisse sur ce corps. Je m'apprête à le lui dire lorsqu'il me coupe l'herbe sous le pied :

– Tu apprécies ce que tu regardes, *mon cœur* ?

Il n'y a pas si longtemps que ça, je me serais liquéfiée de honte. L'un des seuls avantages à l'apparition dans ma vie de Logan Davis, c'est bien qu'il me sort de ma zone de confort. Tous. Les. Jours. Petit à petit, j'apprends et je progresse. Je ne sais pas à quel jeu il joue, mais j'en profite tant que ça dure. Je ne sais pas par quel miracle il a réussi à éveiller une partie de moi que je croyais disparue pour toujours.

– J'aurais très certainement une très bonne repartie à cette question. La semaine prochaine. Avec des notes en bas de page et tout. Mais là tout de suite, je suis juste ébahie par tant de confiance... Ou d'ego.

Son rire brise le calme matinal et je sens mes joues rougir d'en être à l'origine. Je dois reconnaître que lorsqu'il n'est pas un con magistral, il est vraiment attirant. Je suis en train de le regarder et pourtant je ne le vois pas s'approcher de moi. Sa main est un instant le long de sa cuisse, le suivant, elle est en train de remettre une mèche de cheveux derrière mon oreille. Tout mon corps se fige instinctivement.

– Riley... Respire. Je suis déjà à plusieurs pas de toi. Excuse-moi mais j'ai pas pu résister elle m'agaçait à se balancer devant tes yeux.

Mon cœur reprend un rythme moins alarmant quand ses mots transpercent la panique qui me gagnait. En effet, il a reculé et ses mains sont dans les poches de son jogging. Une colère sourde monte en moi et je ne la retiens pas.

– Ne fais jamais ça. Jamais sans ma permission. Est-ce que c'est clair, Logan ?

Je n'attends pas sa réponse, je le dépasse en marchant vivement. À l'instant où je vais relancer ma course, quelque chose frappe mon épaule. Je me retourne lentement pour le fusiller du regard, même si le sien est rieur. Lorsqu'il lance sa deuxième boule de neige, je l'évite prestement.

– Je sais ce que tu cherches à faire. Tu ne sais pas t'excuser convenablement, alors tu détournes le problème.

Exactement comme à la fac après ton comportement de gros plouc.

– De gros plouc ? Diantre, quel âge as-tu pour parler comme ça ? me raille-t-il

– La ferme, Logan, par pitié...

Cette fois, on reprend notre footing mais sa bonne humeur ne disparaît pas. Il semble survolté ce matin et j'ai bien du mal à suivre de mon côté. Il m'assomme de suggestions pour la mise en scène du spectacle, se plaint des plannings surchargés de ses semaines à venir et du soleil californien qui lui manque tant. Je vois le bout de ma rue arriver comme une délivrance. Il continue à trottiner lorsque je m'arrête devant un tas de neige. Je me dépêche de faire une boule, je vise et tire. Le bruit qu'elle fait quand elle l'atteint à l'arrière du crâne me fait exploser de rire. En grande courageuse que je suis, je ne demande pas mon reste et m'enfuis en direction d'une douche bien chaude.

Une demi-heure plus tard je franchis le seuil de la cuisine de ma sœur, douchée, habillée et affamée. Toute la famille est déjà attablée et je les rejoins après m'être servi un café. Je grimace face au silence qui règne.

– Si vous me dévisagez comme ça, je vais rapidement changer d'avis...

– Non !!

Leur réponse unanime me fait sursauter, mais cela a pour conséquence de relancer les discussions matinales habituelles.

– Samedi soir, ils prévoient un temps clair, tatie. Ça te dit de regarder les étoiles avec moi ?

– J'en serais ravie Munchkin, j'amène les chocolats chauds si t'amènes les couvertures !

– Deal, me répond Austin en me tendant son poing.

Je le cogne avec le mien en souriant avant de me concentrer sur mon assiette. J'écoute les conversations d'une oreille distraite, l'esprit concentré sur Logan et son comportement envers moi. Je sais qu'il est dangereux pour mon équilibre fragile, qu'il vaudrait mieux que je lui dise d'aller se faire voir une bonne fois pour toutes... Mais il est aussi le seul à me tenir tête. Aussi douloureux que soit le processus, j'ai l'impression qu'au fond ça me fait du bien.

Quand j'émerge de mes pensées, je comprends que je suis seule face à Jamie qui me regarde en souriant. Son sourire est nostalgique.

– Tu es très belle coiffée comme ça, déclare-t-elle.

– Ce n'est qu'une queue-de-cheval.

On sait très bien toutes les deux que c'est plus que ça. Dégager mon visage de la sorte, c'est m'exposer. Le fait que je tente ça est déjà un miracle en soi.

– Je ne promets pas de tenir toute la journée, ne...

– Tu as déjà tenu ce déjeuner, ça me remplit de fierté, me coupe-t-elle en avançant une main sur la table.

Durant une éternité, je fixe sa paume tournée vers le ciel. J'ai envie de tout mon corps de poser la mienne dessus. Je suis tellement fatiguée d'être cassée, dans l'impossibilité de toucher ma propre sœur. Je ferme les yeux, m'enfermant à l'intérieur de moi-même, de nouveau prise au piège.

– Ce n'est pas grave Riley, c'est ma faute. J'ai cru que... Je brûle les étapes.

Sur ces paroles, je l'entends se lever et mon cœur explose de rage et de fureur. J'ouvre les paupières pour l'apercevoir devant l'évier et sans plus réfléchir je m'approche d'elle. Le sang tambourine à mes oreilles ce qui m'empêche d'entendre quoique ce soit, hormis mon propre cœur qui bat des records de vitesse. Quand je suis derrière elle, je respire un bon coup avant de lâcher ma seule recommandation :

– Surtout ne bouge pas d'un cil.

Je ne sais pas si elle me répond, mais l'instant d'après je referme un peu brusquement mes bras autour de son corps. J'ai l'impression dans un premier temps que ma peau est en feu mais je tiens bon. Je pose mon front sur son épaule et je respire un grand coup. Son odeur fleurie me percute de plein fouet. Elle m'avait tant manqué. Quand je sens que j'atteins ma limite, je la libère et recule d'un pas, mais je ne m'enfuis pas.

Jamie se retourne vers moi, les yeux luisants de larmes difficilement contenues, je m'aperçois alors que je suis dans le même état.

– J'essaie de trouver quelque chose à dire pour marquer d'une pierre blanche cette avancée de géant mais la seule chose qui me vient c'est le *baby step* du doc Simon, intervient Miles.

Je me retourne pour me rendre compte qu'il a certainement assisté à toute la scène. Je m'empourpre à l'idée d'avoir eu un public dans un moment aussi intime. Mais son regard rempli de fierté me fait vite oublier tout ça. Pour rompre le silence qui s'installe de nouveau, je répète le mantra qui m'accompagne depuis des années :

– *Baby step.*

Comme si c'était un signal magique, tout le monde se remet en mouvement. Après un échange de regards interminable entre ma sœur et moi, on se sépare. Elle doit conduire Austin à l'école avant d'aller travailler. Quand je me glisse dans la voiture de Miles, j'entends presque les rouages de son cerveau tourner à cent à l'heure.

– Pose ta question, Miles, par pitié.

– Je n'ai pas vraiment de question pour être honnête. Je me demandais juste si je devais embrasser Logan en arrivant à la fac ou lui demander quel est son secret…

Devant mon regard perdu il me fait les gros yeux comme si j'étais stupide.

– Tu vas me faire croire que ta progression fulgurante de ces dernières semaines n'a rien à avoir avec le fait qu'il soit entré dans nos vies ?

– Je… euh… Franchement je ne sais pas quoi te répondre, je le déteste, il me pousse trop dans mes retranchements. Mais en bonne maso que je suis, j'attends avec impatience notre footing matinal. Tu crois que je suis tarée ?

– Non, rigole-t-il, je crois que tu as surtout trouvé un adversaire à ta taille…

Sur cette réponse mystérieuse il se tait, car Joy ouvre la portière arrière avant de s'asseoir. Elle est sublime comme tous les jours et sa réaction face à ma coiffure du jour lui tire un petit cri de joie. La journée risque d'être longue…

◆◆◆

– Miles, ton côté bordélique aura ma peau, je peste, à moitié enfouie dans la voiture.

Cela fait cinq minutes que je fouille dans un carton sur la banquette arrière pour trouver les plans que nous avons mis à jour hier. Quand je mets enfin la main dessus, je laisse éclater ma joie.

– Oui !

– Je ne sais pas ce qui te fait autant d'effet mais je suis jaloux...

Je me retourne tellement vite que je me cogne la tête contre la voiture. Je me retrouve face à un Logan nonchalant, appuyé contre un véhicule. Un sourire en coin, les yeux rieurs... Si ma tête ne m'élançait pas autant je pourrais le trouver charmant.

– Te voilà donc jaloux d'un plan de salle, c'est une belle victoire !

– Je ne te l'ai pas dit ce matin mais ça te va à ravir, me dit-il en faisant un geste vers mon visage.

– Merci, je chuchote, prise de court.

Il m'invite d'un geste à passer devant lui et il me suit en direction du Centre des beaux-arts où une nouvelle classe nous attend. On traverse le parking couvert de neige, la vue sur le parc qui nous entoure est à couper le souffle mais quand le printemps arrivera, ce sera encore plus spectaculaire. On doit s'arrêter pour laisser passer des élèves à cheval à côté de nous, puis enfin on arrive devant le bâtiment où nous avons cours. On fait une pause, toujours sans échanger un mot, mais le silence qui nous entoure n'est pas stressant, il est plutôt apaisant jusqu'à ce qu'il ouvre la bouche :

– Donc à quelle heure je dois te retrouver pour la boxe ?

– Tu ne lâches jamais l'affaire, toi, hein ?

Sans lui laisser le temps de répondre j'enchaîne :

– Je n'y vais pas seule, du coup je vais d'abord demander à mon acolyte si ça ne le gêne pas.

– Ah oui, *Carl*...

– Il s'appelle Caleb et tu le sais parfaitement, on travaille avec lui tous les jours, je raille.

– Oui, c'est ce que j'ai dit.

Je pouffe devant tant de mauvaise foi. Il semble inarrêtable quand il a quelque chose en tête. On se regarde mutuellement et je vois ses yeux orageux passer de mes lèvres à mes yeux. Mon cœur se serre mais je ne bouge pas. Il se rapproche un peu et au moment où il ouvre la bouche pour me parler le soufflé retombe.

– Oh mon Dieu !!! Logan Colins ! Je suis une grande fan, est-ce que je peux vous demander une photo ?

Une étudiante qui est mon total opposé s'interpose entre nous. Elle est grande, blonde et a une forte poitrine qu'elle assume totalement. Il me semble qu'elle est en dernière année de musique. Une pianiste si mes souvenirs ne me jouent pas des tours. Je suis le regard de Logan qui plonge directement dans son décolleté et un sourire séducteur étire ses lèvres.

– Bien sûr, viens par-là !

Devant moi, il l'attrape par les hanches pour la coller à lui. Le gouffre qui s'était comblé entre nous semble à nouveau abyssal. Je ne serai jamais ce genre de fille qui accepte d'être touchée par un inconnu. Je m'éclipse aussi discrètement que possible, le cœur douloureux. Je pensais vraiment que je pouvais changer ne serait-ce qu'un peu. Je suis vraiment stupide de me laisser bercer par des illusions pareilles.

Quand je parviens à rejoindre ma place à côté de Miles, j'ai déjà défait mes cheveux et ai retrouvé la sécurité sous ma capuche.

CHAPITRE 20

« Mother, can you hear
my voice ? Calling through
the dense white noise,
I've been chasing dreams
and stars, along the way
I lost my heart, oh.
And if I sit alone real still
sometimes I can feel
you here[21]. »

Ina Wroldsen, *Mother*

---

21. « Maman, tu entends ma voix ? J'ai volé derrière des rêves et des étoiles, appelant à travers le bruit blanc. J'ai perdu mon cœur en chemin, oh. Et parfois, si je reste assis, bien immobile, je perçois ta présence. »

LOGAN

Cette impression d'être lancé dans une danse compliquée avec Riley ne me quitte pas. Un pas en avant, trois en arrière. On se tourne autour sans relâche. Enfin, pour être tout à fait honnête, *je* lui tourne autour et elle ne fait que réagir comme elle peut. C'est un petit jeu que j'aime de plus en plus. Lorsque je suis allongé seul dans mon lit le soir, je planifie déjà ce que je vais lui dire le lendemain. À chaque jour suffit sa peine.

Je me demande simplement à quel moment j'aurai droit au retour de bâton. Riley encaisse mes petites piques, chaque jour elle revient plus forte et plus déterminée à ne pas me laisser gagner. Mais je vois les regards en coin des gens qui nous entourent, notamment Miles, Joy et *Clint*. Je sais que c'est puéril de ma part de refuser de l'appeler par son prénom mais je ne peux pas sentir ce type...

D'un seul geste, je vide le fond de mon verre et dépose un billet sur le bar. De ce fait je m'attire le regard peu amène de Travis qui est au téléphone, mais je n'ai pas le temps aujourd'hui de me confronter à lui. Alors que je me lève pour quitter son pub miteux, il me rappelle.

– Hollywood, tu ferais mieux de rester encore un peu, me conseille-t-il.

Je me retourne, surpris, et le vois contourner le bar et s'approcher de moi. Tout mon corps se crispe, prêt à en découdre si nécessaire. Mais il ne s'arrête pas et me dépasse pour aller entrouvrir de quelques centimètres la porte et la refermer tout aussi vite.

– Ouais, tu ne veux pas sortir maintenant...

L'alcool embrume légèrement mon cerveau ce qui fait que je n'arrive pas à réfléchir correctement. Je regarde l'heure sur mon portable. Si je ne pars pas bientôt, je vais être en retard à mon rendez-vous à la clinique. S'il y a bien quelque chose que le docteur Simon ne supporte pas, c'est quand je suis en retard.

– Dégage de mon chemin, j'ai mieux à faire que de moisir ici, j'attaque en le poussant sans ménagement pour ouvrir la porte.

Je n'ai pas le temps de faire trois pas dehors que des flashs m'aveuglent et que je me pétrifie. Ils m'ont retrouvé, quelqu'un a vendu la mèche. Alors que je cherche en vain quoi faire, les paparazzis commencent à me poser leurs questions stupides. Qu'est-ce que je fais là ? Est-ce que je suis devenu alcoolique pour boire si tôt dans la journée ? Ma carrière est-elle ruinée pour que je sois planqué ici ?

Je fais demi-tour et leur claque le lourd battant au nez. Travis me détaille, une lueur énigmatique dans son regard sombre. Je me passe les mains dans les cheveux, elles tremblent tellement que je dois m'y reprendre à plusieurs fois pour attraper mon téléphone. C'est dingue comme en seulement quelques semaines j'ai oublié ce que c'était d'être oppressé par ces vautours. Je compose machinalement le seul numéro que je connaisse par cœur et mon interlocuteur décroche à la troisième sonnerie.

– Vince, c'est la merde. Ils m'ont retrouvé et je sortais d'un bar.

Le silence interminable qui me répond fait augmenter ma panique.

– Merde, tu es mon agent tu m'as dit que tu avais tout prévu si le fait que j'étais ici venait à se savoir !

– Oui, Logan, j'avais prévu un communiqué expliquant que tu avais décidé de prendre un peu de recul pour t'investir à l'université de Wintergreen ! Pas pour picoler dans un bar comme un alcoolique ! Je te jure que si je ne connaissais pas ta mère, ça ferait longtemps que je t'aurais jeté en pâture aux loups.

J'encaisse cette réflexion en déglutissant avec difficulté, avant de contre-attaquer :

– Et moi je crois qu'il est temps que tu mérites le salaire mirobolant que je te verse ! Tire les ficelles que tu veux, mais j'ai besoin d'être à un rendez-vous dans vingt minutes. Je dois être tranquille ce soir également, j'ai une soirée importante de prévue. Le matin aussi, je ne veux pas qu'ils me prennent en photo, ni à Wintergreen... Bref, démerde-toi pour qu'ils me foutent la paix. Menace toutes les agences de procès s'il faut, je m'en fous !

Sans lui laisser le temps de répondre, je raccroche, le peu de contrôle que j'avais encore filant entre mes doigts. Je sais que ce que je lui demande est impossible. Il ne pourra pas les empêcher de prendre leurs putains de photos. C'est maintenant que mon anonymat se fait la malle que je rends compte à quel point j'aimais ça. Instinctivement, je touche la poche intérieure de mon manteau désespérément vide.

– Ça ne serait pas la solution, tu sais.

Je l'aurais presque oublié celui-là. Pourtant Travis est là, en train de me regarder comme si j'étais un spécimen rare.

– J'en ai rien à foutre de tes conseils, tu ne sais même pas ce que je traverse.

– Tu veux sérieusement me faire croire que tu ne sens pas déjà l'effet que te ferait un rail de coke ? La sensation incroyable de la montée, l'arrêt de tes tremblements, de tes cauchemars et de cet état à la limite de dépression dans lequel tu es constamment ?

Je l'écoute sans broncher. Ce qu'il décrit est exactement ce qui tourne en boucle dans ma tête. La tentation est si forte que j'ai dû mal à desserrer les mâchoires pour lui répondre.

– Mais tu sais aussi ce qui suit cette puissance ? La descente. À chaque fois que tu cèdes et que tu prends de cette merde, tu glisses un peu plus vers cet enfer personnel qu'on a tous à l'intérieur de nous. Et quand je vois le regard hanté que tu trimballes depuis que tu as foutu les pieds ici, le tien ne doit pas être beau à voir. Donc reste loin de la « Dame blanche » et toutes ses autres copines... Maintenant suis-moi.

Sans m'attendre, il file derrière une porte que je n'avais jamais remarquée. Après un instant d'hésitation, je lui emboîte le pas. Je le retrouve dans une allée à l'arrière du bar, il se tient devant une moto. Je n'y connais rien en bécane mais celle-ci est juste sublime. Le logo Harley-Davidson étincelle sur le réservoir noir.

– Je vais t'amener là où tu as besoin d'aller...

– Je sais conduire une moto, j'ai dû apprendre pour les besoins d'un tournage, je le coupe en m'avançant pour toucher le cuir du siège.

Mais avant que j'aie pu poser mes doigts dessus, Travis m'attrape par le col de mon blouson et me plaque contre le mur derrière moi.

– Ne touche jamais la moto d'un autre sans y avoir été invité. Jamais. Et il est hors de question que quelqu'un d'autre que moi la conduise. Surtout pas avec de la neige sur la route. Alors tu vas être sage et poser ton cul sur la place qui t'es réservée : celle de la salope, me nargue-t-il en désignant la place arrière.

Avant que je puisse lui répondre, mon téléphone se met à sonner. Sans quitter le biker des yeux, je décroche.

– Allô ?

– Bonjour Logan, ici le docteur Simon.

– Salut Doc, je suis en chemin, j'ai juste eu un contretemps...

– C'est l'euphémisme de l'année, me raille-t-il, votre « contretemps » est venu poser des questions sur vous à la clinique...

– Putain je suis foutu, je lâche en me dégageant des poings de Travis pour m'accroupir. Comment ?

– Respirez, Logan. Il n'y a rien de grave. Et le « comment » n'est pas important, ils sont là. Ce qui sous-entend que vous ne devez surtout pas venir. Nous allons nous arranger autrement, je vous recontacte. Rentrez chez vous, Logan.

Sans plus de cérémonie, il raccroche. Je reste pourtant deux minutes supplémentaires avec le téléphone vissé à l'oreille, essayant de retrouver mon calme. Durant cet intervalle, Travis disparaît à l'intérieur pour ressortir avec son blouson et deux casques. Il me force à me relever et m'en fourre un dans les mains.

– Je me suis arrangé pour qu'on surveille mon bar, mais je n'ai pas toute la journée, me lance-t-il en enfourchant sa moto. Alors grouille-toi de monter derrière moi, qu'on y aille.

Je fais ce qu'il me dit et, après avoir fait démarrer son engin, il me demande où nous allons. Je lui indique la route à prendre et ferme les yeux quand il accélère au départ.

Le trajet jusque chez moi passe en un clin d'œil. Le boucan que nous faisons en arrivant dans l'allée attire Joy sous le porche, curieuse. Elle descend les marches et me reconnaît lorsque j'enlève mon casque.

– L'info a fuité...

Je n'ai pas besoin d'en dire plus elle comprend tout ce que ça va engendrer. Elle prend ma main dans les siennes et la serre pour me communiquer sa compassion. Et le calme que je cherchais à retrouver m'envahit petit à petit.

– Je vais y aller, on m'attend au bar, nous interrompt Travis.

Je m'empresse de lui rendre son casque et de ravaler mon ego pour le remercier de son aide.

– J'aime à penser que tu aurais fait la même chose, me répond-il, sarcastique.

On sait pertinemment tous les trois que si la situation avait été inversée, je n'aurais pas levé le petit doigt.

– C'est mal connaître mon frère, s'interpose Joy en lui tendant la main. Joy Davis.

Après un instant d'hésitation il prend la main délicate de ma sœur pour l'enfermer dans la sienne. Le contraste entre ses doigts tatoués et la peau immaculée de Joy est saisissant. Je me racle la gorge pour leur rappeler ma présence et ils se séparent presque à regret. Un dernier regard en direction de ma sœur et le voilà parti. J'observe cette dernière : un sourire s'attarde sur son visage. Cette journée est déjà une vraie galère, je n'ai pas besoin de rajouter une amourette stupide au milieu de tout ça. Sans ménagement, je nous entraîne à l'intérieur de la maison en attendant l'appel du Doc.

Crystal est assise dans un fauteuil, au téléphone. Elle nous fait signe de venir et met le haut-parleur tout en prévenant son interlocuteur :

– C'est bon Vince, tu peux parler, il est là.

Le ton qu'elle emploie est très éloigné de celui, beaucoup plus tranchant, qu'elle me réserve habituellement. Je m'assieds sur le canapé, Joy préférant rester debout derrière moi.

– Bon, la situation est compliquée et Logan j'aimerais que tu la fermes tant que je n'ai pas fini...

Je ricane, il me connaît bien le bougre, mais il ne me laisse pas le temps de lui dire quoique ce soit avant d'enchaîner :

– D'après ce que j'ai compris, l'info a fuité à cause d'une étudiante de Wintergreen. Il semblerait que tu aies pris un selfie et malgré les règles mises en place, elle l'a publié sur ses réseaux sociaux. La doyenne est en ce moment même en train de faire passer un message sur la radio du campus pour rappeler les règles te concernant, mais le mal est fait.

Avant que je puisse répondre, Joy me met une tape derrière la tête puis commence à faire les cent pas. Elle doit s'inquiéter que « sa couverture » soit grillée...

– Comment ils ont eu l'idée d'aller à la clinique, ça, ça reste un mystère mais de toute façon on n'a pas de temps à perdre avec ça. Là, il va falloir calmer le jeu et éviter un nouveau scandale car tu étais en train de boire en plein milieu de l'après-midi...

– Qu'est-ce qu'on peut faire, Vince ? Va à l'essentiel, s'il te plaît, épargne-nous ta leçon, le coupe Crystal.

Je me fige et je remarque du coin de l'œil qu'il en est de même pour Joy. On regarde notre mère comme si elle venait de se mettre à poil devant nous. D'un geste désinvolte, elle nous fait comprendre de passer à autre chose.

– Hum… Le plus simple serait d'essayer de noyer le poisson ou alors de proposer un autre scoop plus en notre faveur. Il n'y a rien que les gens adorent plus qu'une histoire d'amour tirée d'un film : une célébrité qui fréquente une inconnue. Si tu pouvais essayer de te trouver une minette sympa, bien sous tous rapports, histoire qu'on oublie tes déboires et par la même occasion qu'on redore ton image…

Le hoquet de fureur de Joy m'arrache un sourire. Il ne sait pas ce qu'il vient de dire.

– Tu sais quoi, Vince ? Tu vas pouvoir chercher une meilleure solution ! Je n'ai jamais entendu un truc aussi pathétique, hurle-t-elle, avant de lui raccrocher au nez.

Devant le peu de soutien de Crystal ou de ma part, elle sort de la pièce comme la furie qu'elle est. Je jette un coup d'œil vers ma génitrice ; elle sourit légèrement en regardant dans la direction que ma sœur vient d'emprunter. Quand son visage est détendu comme ça, les souvenirs affluent en moi mais je les bloque rapidement, comme toujours. Mon regard dévie vers la pièce dans laquelle nous sommes. Le salon est souvent la pièce de vie, avec toutes les photos de la famille. Pourtant ici il n'y en a aucune, on pourrait croire qu'il s'agit d'une pièce d'un appartement témoin… Avant que je puisse la retenir, la question fuse dans le silence tranquille qui nous entoure :

– Où sont toutes nos photos d'enfance ?

Crystal se redresse dans son fauteuil comme si je l'avais frappée, son regard n'est pas froid au contraire, il me paraît las. Elle me regarde sans rien dire, prend le temps de me détailler. Je me tortille sur le canapé, mal à l'aise. Je n'ai pas envie de l'envoyer chier, au contraire je suis tellement paumé en ce moment que j'aimerais avoir de nouveau cinq ans et qu'elle me prenne dans ses bras.

Je secoue la tête pour me rappeler que ça fait longtemps que je n'ai pas eu ce genre de relation avec Crystal et ce n'est pas près de se reproduire. Elle se lève doucement pour contourner le canapé et, à ma plus grande surprise, elle pose ses mains sur mes épaules. Je me fige, telle une statue, arrêtant même de respirer. D'une voix douce elle finit de m'achever :

– Malgré tout ce que tu peux penser de moi, je vous ai toujours protégés, ta sœur et toi. Vous n'imaginez même pas jusqu'où j'ai pu aller...

Une pression de ses mains me fait comprendre où elle veut en venir. Elle n'a pas besoin de le préciser, je sais très bien à quoi elle fait allusion. On n'en a jamais parlé et je me demande si elle va enfin se livrer.

– Donc je ne te laisserai pas tomber. Tu es le bienvenu ici, tu es chez toi autant que Joy. Essaie juste de ne blesser personne, le temps que tu seras avec nous.

Sans un mot, elle s'éloigne mais juste avant de quitter la pièce elle lance :

– Pour les photos, je n'ai pas pu les récupérer quand on a quitté Amarillo. C'est l'un de mes plus grands regrets, j'aimerais me replonger dans tes yeux d'enfant, quand tu m'aimais encore...

Je relâche d'un coup mon souffle, les yeux brûlants. Bordel ! Si je m'étais attendu à ça en me levant ce matin... Le choc me coupe les jambes pendant quelques minutes mais un SMS du Doc me ramène à la réalité.

Doc Simon, 16 h 10 :

On va suspendre les visites à la clinique pendant un temps et on fera ça en visio en attendant que tout se tasse. Je vous appelle demain à midi pour remplacer la séance d'aujourd'hui.

Quand je m'écroule sur mon lit ma journée se mélange dans ma tête. Les mots de Crystal, Joy prenant ma défense, les vautours avec leurs appareils photos et le conseil à deux balles de Vince... Trouver une minette, feindre une amourette et redorer mon image. Aussi stupide que ça puisse paraître, je sais que ce conseil est ce qui marcherait le mieux, je sais comment fonctionne la machine qu'est Hollywood. Je ferme les yeux en imaginant tout à fait qui pourrait tenir le rôle de cette fille...

CHAPITRE 21

« It's a bed and a bathroom and a place for the end. I won't be late for this, late for that, late for the love of my life. And when I die alone, when I die alone, I'll be on time[22]. »

The Lumineers, *Cleopatra*

22. « C'est un lit, une salle de bains, un endroit pour la fin. Je ne serai pas en retard pour ça, pour ci, en retard pour l'amour de ma vie. Et quand je mourrai, seul, quand je mourrai, seul, je serai à l'heure. »

LOGAN

Joy crispe ses poings de manière incontrôlée, le regard perdu dans le paysage qui défile par la fenêtre. Le trajet qu'on effectue est très court mais elle m'ignore, toujours en colère malgré le temps qui passe. Cela fait deux jours que l'information de ma présence en Virginie est partout dans la presse people. Il ne leur aura pas fallu longtemps pour trouver Crystal et donc Joy. Vince n'a rien pu faire contre ça. Lundi, quand elle retournera en cours, plus rien ne sera comme avant.

Alors que je me gare dans une allée, elle s'apprête à sortir quand j'attrape son poignet. L'expression sur son visage en aurait fait reculer plus d'un, mais je la connais trop bien pour me laisser avoir.

– Je vais le dire encore une dernière fois : je suis désolé, Joy. Si j'avais pu faire les choses autrement, tu sais que je l'aurais fait... Jamais je n'ai cherché à te faire souffrir tu le sais ?

Elle examine mes doigts toujours enroulés autour de son bras, puis après ce qui me semble une éternité elle pousse un soupir à fendre l'âme.

– Tu as intérêt à me pourrir pour mon anniversaire, la pilule ne va pas passer toute seule, ironise-t-elle.

– Tout ce que tu veux, je rétorque instantanément.

– Tout ?

Je me contente de hocher la tête, certain de pouvoir assumer tout ce qu'elle me demandera. Elle se libère de ma poigne pour attraper son téléphone et sans me dire ce qu'elle fait, elle appelle quelqu'un en FaceTime. Le visage de Crystal apparaît à l'écran.

– Tu as oublié quelque chose, Joy ?

– Non, maman, je voulais t'annoncer que Logan m'a offert mon cadeau d'anniversaire un peu plus tôt !

La confusion passe sur les traits de notre mère, je ne peux pas vraiment la blâmer l'anniversaire de Joy étant en juillet. La tension monte en moi en attendant le verdict.

– D'accord... l'invite-t-elle à continuer.

– On va partir juste tous les trois en road-trip à la découverte de notre pays !

Je manque de m'étouffer avec ma salive en entendant quel cadeau désire ma petite sœur. L'expression de Crystal n'est pas très différente de la mienne, mais la joie qui irradie de la personne qui nous lie encore nous fait ravaler les paroles qu'on aurait pu échanger.

– On pourra peut-être passer par Amarillo, je n'ai pas de souvenirs de l'endroit où je suis née...

Joy continue à parler mais je ne l'entends plus, mon cœur bat trop vite à mes oreilles et si j'en crois ce que je vois en jetant un œil au téléphone, je ne suis pas le seul. Bordel, cette gamine va nous achever.

– On verra ça ce soir, quand tu rentreras Joy, la coupe Crystal. En attendant j'ai besoin d'un verre. Ou de trois ou quatre...

Sur ces paroles, elle raccroche, nous laissant interdits. Je lève les épaules comme si c'était normal et sors de la voiture. On se dirige rapidement vers la maison, il fait encore très froid en ce début de février. La porte d'entrée s'ouvre avant que j'aie le temps de sonner ; le même gamin que la dernière fois nous regarde, un sourire plaqué sur les lèvres.

– Dépêchez-vous, la partie va commencer ! lâche-t-il en attrapant la main de Joy pour la tirer à l'intérieur.

Je suis le mouvement plus doucement, pour trouver toute la petite troupe rassemblée dans le salon. En plus de la famille Slade, *Craig* est présent, il aide même ma sœur à enlever son manteau en précieux gentleman qu'il est. C'est ce moment précis que choisit Riley pour débarquer avec un plateau rempli de trucs à grignoter. *Une minette sympa, sans histoire.* Je ne suis pas sûre que cela s'applique à Riley mais elle était déjà dans mon viseur, autant que ça serve réellement à autre chose qu'à mon bon plaisir. Je m'approche d'elle rapidement pour lui prendre le plateau, le sourire aux lèvres. Le trouble qui passe dans ses yeux me ferait rire si je n'étais pas prêt à passer la vitesse supérieure avec elle. Je pose la nourriture sur la table avant de saluer tout le monde et d'enlever mon manteau.

– Alors Logan tu es prêt à te faire laminer ? me lance Miles.

Je rigole de bon cœur en remontant les manches de ma chemise sur mes avant-bras.

– Je ne me coucherai pas sans me battre tu sais...

– Ça n'en sera que meilleur alors, lâche Jamie en faisant rire tout le monde.

C'est ainsi que se déroule ma première soirée jeux chez les Slade. Joy est une habituée et je n'ai pas résisté à partager ce moment avec eux. Au fur et à mesure que la partie de Monopoly avance, je prends mes aises, savourant la présence des gens qui m'entourent, la bière fraîche et les délicieux en-cas maison. Je passe également beaucoup de temps à observer Riley qui, lorsqu'elle est dans son élément, se détend de manière imperceptible pour certains. Mais pas pour moi. Je le vois à l'absence de tension dans ses épaules et ses yeux sont plus « clairs » que d'habitude. Elle surprend mon examen et, au lieu de détourner le regard, je prends une grande gorgée de ma bière. Elle me regarde faire sans bouger. Quand je repose ma bouteille sur la table, la magie se brise ; elle se lève brusquement. Joy qui s'apprête à jeter les dés s'arrête et tout le monde regarde Riley. Le rouge lui monte aux joues et je m'en voudrais presque si elle n'était pas aussi jolie ainsi. Elle marmonne quelque chose à propos des boissons puis s'éclipse dans la cuisine, je me lève à mon tour.

– Je vais l'aider.

Je la trouve dans la pièce voisine, les mains appuyées sur l'évier, la tête baissée. Je m'accoude sur l'îlot central, laissant ainsi un espace suffisant entre nous.

– Alors comme ça, tu fuis ?

Elle se retourne d'un bond, la respiration plus rapide.

– Non, je fuis pas, je suis venue chercher de nouvelles bouteilles.

– Je vois... Et tu comptes les faire sortir par magie de l'évier ? je la taquine.

L'incompréhension laisse place à l'exaspération en quelques secondes. Elle est tellement expressive, plus qu'elle ne le croit.

– Puisque tu es là, rends-toi utile et viens me donner un coup de main.

Elle n'attend pas ma réponse, fonce vers une porte dans un coin de la pièce et disparaît. Intrigué, je la suis pour découvrir un escalier qui descend très certainement dans un sous-sol. Le tintement caractéristique de bouteilles en verre se fait entendre et je m'approche d'elle alors qu'elle est à moitié penchée dans un gros frigo.

Quand elle se retourne elle ne s'attend pas à me trouver si près d'elle. Elle se fige, mais ne recule pas. Son regard remonte lentement le long de mon torse pour venir se planter dans le mien. Aucune peur. Ce simple constat fait naître une vague de chaleur inexplicable dans ma poitrine. Sa bouche s'ouvre, comme si elle allait parler mais aucun mot ne sort. Mes yeux s'attardent sur sa bouche que j'ai envie d'embrasser. Je ne fais rien pour cacher mon envie, pour voir comment elle va réagir. C'est à mon tour d'être étonné quand elle fixe rapidement mes lèvres. Est-ce qu'elle en a envie elle aussi ?

Je me penche tout doucement vers elle lui laissant tout le temps du monde de m'arrêter, je suis tout proche d'elle quand...

– Tout va bien en bas, vous avez besoin d'aide ? demande Jamie depuis l'étage.

On sursaute tous les deux, et je recule rapidement pour mettre une distance correcte entre nous. Riley me fourre dans les bras les bouteilles qu'elle tenait avant d'en attraper d'autres.

– Non, on arrive tout de suite !

Je reste interdit. Quand elle me dépasse et remarque que je ne la suis pas, elle perd patience.

– Tu viens ou quoi ?

Je prends tout mon temps pour me retourner avant de lui lancer un sourire charmeur.

– Tu te rends compte que tu viens de me toucher, intentionnellement, et que tu n'y as même pas réfléchi ? je lance en montrant les bières dans mes bras.

Elle fronce les sourcils.

– Je ne t'ai pas touché, tout juste effleuré dans le meilleur des cas...

– Tes mains m'ont touché à plusieurs endroits, crois-moi, je la coupe.

Cette sensation laisse sur moi comme une brûlure. Je pourrais dessiner sur ma peau les endroits où ils se sont posés. Un petit sourire apparaît sur son visage et sans un mot, elle me plante là. Il me faut quelques secondes pour me reprendre, je ne m'attendais pas à ressentir un tel trouble à un simple toucher. Mais dès que Riley est concernée, rien n'est normal, je devrais le savoir. J'avais déjà eu des frissons quand elle avait accepté de faire un check avec moi. Mais ici les sensations sont à un niveau supérieur car c'était *son choix* de me toucher.

Quand je rejoins toute la troupe, je suis acclamé par Austin qui me saute dessus pour prendre une bouteille de Coca. Riley prend bien soin de ne pas me regarder et je n'ai pas envie de la taquiner devant tout le monde. Après avoir déposé mon butin, je m'assieds à ma place, juste en face de mon obsession du moment, qui me jette un bref coup d'œil. Il ne me faut que trois tours supplémentaires pour être complètement fauché et ainsi perdre la partie. Jamie ne m'épargne pas et me propose même de miser avec du vrai argent.

Je rigole de bon cœur en déclinant néanmoins la proposition. C'est au tour du plus jeune de lancer les dés, il se lève de sa chaise et sautille sur place tout en embrassant les dés. Il met tellement d'engouement dans son jeté que l'un des petits cubes traverse le plateau de jeu sans s'arrêter. Lorsque je m'aperçois qu'il va tomber de la table, je me penche pour essayer de le rattraper. J'abats ma main mais Riley tente de faire la même chose, au même moment. Quand ma paume se referme sur le dé, ses doigts se posent sur les miens. Nos regards s'aimantent et j'ai l'impression que toute la pièce retient son souffle.

Cela fait beaucoup pour une seule soirée, surtout pour Riley ; même pour moi. Mais elle me surprend une fois de plus, il n'y a aucune peur dans son regard. Elle retire doucement sa main ; je fais de même, attrape le petit objet avant de le faire tomber dans sa main toujours ouverte. Après un sourire elle brise le silence :

– Fais attention, Munchkin, la prochaine fois on pourrait te disqualifier !

– Quoi ? C'est quoi cette règle ? Elle ment, maman, hein ? questionne Austin.

Mais sa mère a la main sur le cœur et regarde toujours sa sœur, inquiète.

– Bien sûr qu'elle ment, intervient *Clay*, tu sais à quel point ta tante est mauvaise perdante !

La tension s'envole soudain et je m'adosse à ma chaise jusqu'à la fin de la partie, rigolant de temps à autre. Pourtant mes pensées sont loin du jeu, elles sont interdites au moins de dix-huit ans et j'espère un jour les réaliser.

◆ ◆ ◆

Quand l'air frais me balaye, je ne peux retenir un frisson, et par réflexe Joy se colle contre moi. Je referme mes bras sur elle jusqu'à la voiture où on se sépare pour monter chacun de notre côté. Quand je claque la portière, je remarque que Riley nous regarde depuis le porche, on la salue avant que je n'entame la marche arrière pour nous ramener chez nous. Il ne faut pas dix secondes à ma sœur pour me tomber dessus :

– Qu'est-ce qui se passe avec Riley ?

Je fais mine de ne pas comprendre ce qu'elle me demande en espérant qu'elle n'aille pas plus loin.

– Arrête ton char, Logan ! Comment as-tu pu toucher Riley sans que la soirée se termine en bain de sang ?

– En bain de sang, carrément ? je la taquine.

– Ouais, je t'aurais égorgé et Miles aurait fini le travail...

Je pouffe, mais je sais qu'il y a un fond de vérité derrière ses paroles désinvoltes. Ils tiennent tous vraiment beaucoup à Riley. Je crois que d'une façon bien tordue, c'est aussi mon cas.

– Je ne sais pas, je n'ai pas essayé de la toucher je visais le dé c'est tout, je réponds en toute sincérité.

Je suis souvent calculateur, mais là, c'est la vérité. Joy ne me croit pas tout à fait si je me base sur le regard qu'elle me jette mais elle n'ajoute rien. Rapidement, nous arrivons à la maison et on se dépêche d'entrer. Certaines pièces sont encore allumées, et un fond de musique émane de l'étage. On se regarde brièvement et on se positionne l'un en face de l'autre : une main à plat et notre autre poing fermé dessus.

– 1, 2, 3 ! on lance en même temps en tapant.

J'ouvre ma main en position ciseaux et Joy en feuille. Je lève les bras en l'air, victorieux pendant qu'elle souffle, dépitée. On a toujours résolu les choses comme ça quand on était plus jeunes. Il faut croire que les vieilles habitudes reprennent le dessus.

– Sur ce, jeune servante, je te laisse éteindre les lumières pendant que je vais me coucher.

Elle me tire la langue avant de foncer vers la cuisine alors que je monte à l'étage. Je file dans ma chambre et dès que je passe la porte, j'enlève mon manteau pour le jeter dans un coin tout en me débarrassant de mes chaussures d'un coup de pied. Je sors mon téléphone de la poche arrière de mon jean pour le poser sur ma table de nuit.

C'est alors que je les vois.

Trois petits sachets. Vides.

Mon ventre se serre quand je réalise ce que ça veut dire. Crystal a trouvé la drogue que j'ai achetée lors de la soirée du 31 décembre. Mon cerveau s'emballe quant à ce qu'elle va faire de cette information. Informer Vince ? Tout balancer à la presse à scandale ?

Non.

Je fronce les sourcils ; quelque chose ne colle pas. Crystal aime les victoires propres, elle m'aurait attendu ici pour me dire elle-même ce qu'elle allait faire, histoire que je puisse angoisser avant que la merde ne me tombe vraiment dessus. Je sors en trombe de ma chambre pour me diriger vers la sienne et j'ouvre la porte sans même frapper. Je balaye rapidement la pièce du regard mais elle n'est pas là, malgré la musique qui émane de son tourne-disque, mais de la lumière filtre sous la porte de sa salle de bains privative. En trois enjambées, je traverse la pièce pour essayer d'ouvrir la porte mais elle est fermée à clé. Je tape sur le battant en bois.

– Crystal ?

Rien.

Je recommence à frapper plus fort, l'angoisse augmentant d'un cran.

– Crystal, bordel, ouvre cette porte !

Le bruit attire Joy qui débarque en me faisant les gros yeux, mais mon expression la coupe dans son élan. Elle comprend instantanément que quelque chose ne va pas.

Elle s'approche de moi, une main sur la poitrine, comme si elle essayait de retenir son cœur d'en sortir.

Mes coups redoublent sur cette putain de porte au point de me faire mal à la main et le silence glaçant qui me répond me fait monter les larmes aux yeux. Je sais qu'il faut que je réussisse à entrer dans la salle de bains, mais une part de moi souhaite juste attraper Joy et l'emporter loin d'ici.

– Maman, s'il te plaît, réponds-moi, je lâche la voix enrouée.

Le hoquet qu'émet Joy en m'entendant prononcer le mot « maman » me déchire le cœur mais me donne le courage qu'il me manquait. Je recule d'un pas et balance un coup de pied dans la porte. Il m'en faut deux de plus pour qu'elle cède complètement.

Je n'étais pas prêt à découvrir le spectacle qui se dissimulait dans cette pièce. Crystal est au sol, à côté des toilettes, dans sa robe de chambre noire. Ça empeste le vomi et son visage est dissimulé derrière ses cheveux. Je me rue dans la pièce, suivi de près par ma sœur. Je me jette au sol et attrape le corps inanimé de ma mère. Je dégage son visage et quand je tombe sur ses yeux grands ouverts, le soulagement s'abat sur moi.

Jusqu'à ce que je découvre qu'ils ne regardent rien. Juste le vide.

Le cri que pousse Joy au moment où elle comprend que notre mère est décédée me hantera jusqu'à ma propre mort.

CHAPITRE 22

« Death inspires me like a dog inspires a rabbit. Death inspires me like a dog inspires a rabbit. Can you save, can you save my, can you save my heavy dirty soul? Can you save, can you save my, can you save my heavydirtysoul? For me, for me[23]*. »*

Twenty One Pilots, *Heavydirtysoul*

23. « La mort m'inspire comme un chien inspire un lapin. La mort m'inspire comme un chien inspire un lapin. Peux-tu sauver, peux-tu sauver mon, peux-tu sauver mon âme si corrompue ? Peux-tu sauver, peux-tu sauver mon, peux-tu sauver mon âme si corrompue ? »

RILEY

Je fixe le plafond depuis ce qui me semble être une éternité. Impossible de ne pas me repasser en boucle la soirée qui vient de s'écouler. Si je me concentre suffisamment je peux encore sentir la main de Logan sous la mienne ou sentir son parfum boisé lorsque nous étions au sous-sol. Mon comportement avec lui est tout simplement hallucinant, j'ai dû me retenir plus d'une fois de me pincer pour vérifier que j'étais bien réveillée... Mais Jamie m'a vite fait redescendre sur terre après le départ de la fratrie Davis en me posant cent questions. J'ai été obligée de m'enfuir dans ma dépendance pour l'arrêter. Je plains Miles qui doit en subir les conséquences encore maintenant.

Franchement, je n'arrive pas à comprendre pourquoi j'ai moins peur de Logan que des autres. Est-ce que c'est parce qu'il ne connaît pas mon passé ? Même s'il doit me trouver bizarre, comme tous les gens qui croisent ma route, avec un peu de chance il ne se rend pas encore compte du point auquel je suis brisée. En un flash, je repense à la crise que j'ai faite il n'y a pas si longtemps chez lui ou au fait qu'il ait compris que je connaissais Nikki, la dealeuse de Roanoke.

– Ouais tu peux toujours rêver Riley. Il sait que tu es complètement barrée... je murmure dans le noir.

Pour autant, il ne fuit pas. Au contraire, il est là tous les matins à m'attendre pour courir en ma compagnie. Avec moi. Alors qu'il pourrait faire ça avec n'importe qui d'autre. Bordel, on parle quand même de Logan Colins, le mec doit être sur les fonds d'écran de toutes les gamines du monde entier. Il faut que j'arrête de me faire des plans, d'ici quelque temps il va retourner à Los Angeles, loin de tout ça. De moi. Et je devrai trouver un nouveau rythme, seule.

D'un coup de pied, je repousse ma couette pour me lever, je déteste ne pas trouver le sommeil. J'ai l'impression de perdre quelque chose. Cette inconscience bienvenue après une journée qui met mes nerfs à vif, même ça, je n'y aurai pas droit cette nuit. Lorsque mes pieds touchent le sol froid, je lâche un juron, me dépêche d'enfiler une paire de chaussettes et de passer un gros pull bien chaud. Je suis en train de me pencher vers une lampe pour l'allumer quand j'entends du bruit devant chez moi. Je me fige, l'oreille aux aguets. Mon cœur se met à battre plus fort et ma respiration s'accélère sans que je ne puisse rien maîtriser. Je me redresse doucement, comme si le moindre son pouvait trahir ma présence.

Au bout de quelques secondes de silence, je me détends en prenant une longue inspiration jusqu'à ce qu'on frappe soudain à ma porte. Le sursaut, ainsi que le petit couinement que je pousse me donne envie de me donner des baffes. La règle numéro un dans ce genre de situation est de faire le moins de bruit possible pour qu'on oublie notre présence. Peut-être que si je ne réponds pas, la personne s'en ira. Mais il semblerait que ça soit trop demander puisqu'à peine cette pensée quitte mon esprit que des nouveaux coups retentissent.

– Putain, je chuchote, les mains de plus en plus moites.

Sur la pointe des pieds je me déplace dans la chambre jusqu'à mon fauteuil derrière lequel j'attrape une batte de baseball. Le cœur battant à tout rompre, je m'approche de la porte en serrant de toutes mes forces mon arme improvisée. Je ne suis plus qu'à un mètre quand un nouveau coup, plus franc, manque de me faire défaillir. Je jette un coup d'œil à mon téléphone resté sur la table de nuit. Peut-être que je devrais appeler Miles ou le FBI. Toutes ces pensées s'envolent lorsque j'entends mon prénom :

– Riley ?

Je ne reconnais pas tout de suite sa voix, elle est plus rauque qu'il y a quelques heures à peine. Pourtant je suis sûre que c'est Logan, alors instantanément je perds ma position défensive, lâche ma batte qui tombe à mes pieds quand je franchis la distance qui nous sépare. Je tourne le verrou puis ouvre le battant à la volée et le découvre, les mains tenant l'encadrement en bois de ma porte. Il semble essoufflé, sa tête est penchée vers l'avant et j'ai l'impression qu'il titube. Il redresse lentement le visage vers moi mais je ne distingue pas vraiment ses traits, il fait trop sombre.

– Tu as ouvert, me dit-il, surpris.

– En même temps, tu tambourines comme un taré depuis une heure, c'est difficile de faire autrement, je rétorque en espérant détendre l'atmosphère pesante.

Avant que je puisse réagir, il se penche un peu plus vers moi et un relent d'alcool me fait froncer le nez.

– J'ai besoin de toi.

Il me confesse ça sur un ton qui semble le surprendre lui-même. Je tâte le mur à côté de moi pour trouver l'interrupteur. Quand la lumière jaillit dans la pièce, elle nous fait grimacer de concert. Je m'adapte plus vite que lui, et ce que je vois devant moi fait remonter le stress d'un coup. Il a les yeux rouges, gonflés et le poids du monde semble peser sur ses épaules. Il a l'air anéanti.

Qu'est-ce qui se passe, bordel ?

– Logan, pourquoi tu es là ?

Il fronce les sourcils comme s'il ne comprenait pas question.

– Je te l'ai dit, j'ai besoin de toi, répond-il en se redressant complètement.

Il lâche l'encadrement et fait un pas dans ma chambre, me forçant à reculer d'autant. Il y a quelque chose qui ne va pas et plus le temps passe, moins l'idée de lui avoir ouvert ma porte me semble bonne.

– En quoi je peux t'aider et pourquoi tu es aussi essoufflé, bon sang ?

Un sourire passe sur son visage avant de mourir la seconde suivante.

– J'ai couru jusqu'ici.

Je le détaille complètement et ce que je vois renforce mon sentiment de malaise. Il est en chaussettes et ne porte pas de manteau.

– Tu es au courant qu'il doit faire moins mille dehors et tu cours sans chaussures ?

Il semble perdu en regardant ses pieds, comme si lui-même ne comprenait pas comment il a pu sortir comme ça.

– J'étouffais. J'ai eu besoin de sortir de cette maison. Trop de monde...

C'est à mon tour d'être larguée. Crystal organisait-elle une soirée elle aussi ? Je sais que ça lui est déjà arrivé par le passé, mais Joy m'en parlait des semaines avant que ça se produise. Ça ne peut pas être ça. Soudain l'angoisse me fait oublier mes propres peurs ; je m'avance vers lui et l'attrape par le bras.

– Est-ce que Joy va bien ? Logan, regarde-moi ! Où est Joy ? je lance avec plus d'agressivité que prévu.

– Elle... Elle va bien. Maison.

Ses mots sont de plus en plus décousus et il ne décroche pas les yeux de mes doigts sur son bras. Soudain je me rends compte de ce que je fais et retire ma main comme si je m'étais brûlée, le faisant sursauter. Je m'apprête à lui tirer les vers du nez, mais je m'interromps quand il se met à pleurer. Pas des petites larmes, mais de vrais torrents. Son corps est secoué par les sanglots et ma panique atteint un niveau dangereux. Je ne supporte peut-être pas le contact humain mais les débordements d'émotions, ce n'est pas mieux. Je regarde partout autour de moi en espérant trouver une solution miracle, quand il tombe à genoux, à mes pieds.

Putain.

Je m'apprête à aller récupérer mon téléphone pour appeler Joy et lui dire de venir chercher son frère quand il m'emprisonne dans ses bras et plante son visage dans mon ventre.

Ma gorge se serre instantanément, mon cœur semble rater plusieurs battements avant de partir dans une course folle. Tout mon être se paralyse en un instant.

C'est trop. Beaucoup trop.

Des petites étoiles dansent devant mes yeux, me rappelant que j'ai besoin d'oxygène pour vivre et, même si cela me demande un effort surhumain, j'y parviens. Les tremblements de Logan se transmettent au mien alors que je me sens sombrer dans un abîme sans fond. Je suis replongée dans un passé que je fais tout pour fuir et je me hais pour ça. Pour ne pas réussir à bouger un seul muscle et le forcer à me lâcher. Ne pas réussir à faire fonctionner mes cordes vocales pour lui hurler de me laisser ou simplement crier un mot : non.

Le vent glacial de ce mois de février s'engouffre dans la dépendance et même ça, je ne le sens pas, tellement j'ai l'impression que mon corps est en feu. Logan ne remarque rien de ce qui est en train de se passer, à quel point il me fait du mal. Il me serre même de plus en plus fort, ses sanglots diminuant petit à petit. Mais il est trop tard pour moi, le mal est fait. J'ai de nouveau quinze ans et je n'ai aucune force contre lui. Il n'écouterait pas si je lui demandais d'arrêter.

Ça n'a jamais servi à rien.

– Riley...

Mon nom dans sa bouche me donne des frissons de dégoût et je sens la bile remonter dangereusement. J'arrive à sentir à travers mon pull son souffle chaud sous mon nombril, je crispe les poings alors que des larmes naissent au coin de mes yeux. S'il me couchait sur le sol, là tout de suite, je serais à sa merci...

NON !

J'ai l'impression que j'ai hurlé ce mot, alors que je ne l'ai prononcé que dans ma tête. Mais cette fois-ci, il me donne le pouvoir d'agir. J'étais amorphe, la seconde d'après j'agrippe ses épaules et le repousse de toutes mes forces. Il ne cède pas au premier coup, ses mains s'agrippent même plus fortement à mes hanches. J'aurai très certainement des bleus dans quelques heures mais ce n'est pas grave.

Plus jamais.

Alors je me mets à le rouer de coups, le forçant à lâcher prise. Mes cordes vocales me brûlent et je m'aperçois que je hurle à chaque coup que je porte. Il finit par tomber à la renverse sur le goudron devant ma porte, l'incompréhension se lit sur son visage. Mais je n'en ai rien à foutre s'il ne comprend pas qu'il vient de tout saccager. Alors que je lève le pied pour l'abattre sur sa cheville qui est encore chez moi il réagit plus vite et la retire vivement, hors de portée. Il est en train d'essayer de se relever quand je ferme violemment la porte. Mes mains tremblent quand j'essaie de pousser le verrou. J'ai tout le juste de temps d'y arriver quand le premier coup s'abat sur le bois.

– Riley ! Ouvre cette putain de porte !

Je m'adosse contre elle, les larmes roulant sur mes joues. Chaque coup secoue mon dos en même temps.

– S'il te plaît, Riley, j'ai besoin de toi. C'est tout.

Mes pieds cèdent sous moi et je glisse par terre me recroquevillant sur moi-même, les sanglots m'empêchant de respirer comme il le faudrait.

– Tu ne comprends pas... Je n'allais pas te faire de mal... Je voulais juste... de l'aide.

Ce sont les derniers mots que je l'entends prononcer avant que les coups sur ma porte ne reprennent. J'en viens à me demander si elle va résister quand je perçois la voix de Jamie, puis de Miles. Au-delà de la panique, une vague de soulagement me submerge. Si Jamie est là, tout va bien se passer. Rien de mal ne peut m'arriver, si ma sœur est là.

Je ne comprends pas ce qu'ils se disent, en revanche mon dos douloureux me fait prendre conscience du fait que les coups ont cessé. J'aimerais pouvoir me lever et me rouler en boule dans mon lit, mais c'est au-dessus de mes forces. Alors je m'allonge devant ma porte, en chien de fusil, et mes yeux se posent sur la batte de baseball seule au milieu de ma chambre, inutile.

Au bout de ce qui me semble une éternité, trois petits coups résonnent contre le battant. Cette fois, je ne sursaute pas car je sais que c'est Jamie, ce qui est confirmé par sa voix qui me dit :

– Riley... C'est moi. Il est parti, tu veux bien m'ouvrir, ma puce ?

Une larme s'écrase sur le sol quand j'ouvre la bouche pour lui répondre.

– Je ne peux pas.

Je ne sais pas comment elle m'entend mais c'est le cas.

– OK, alors je vais m'asseoir juste devant ta porte et quand tu seras prête, tu m'ouvriras et je prendrai soin de toi. D'accord ?

– D'accord.

Il me semble que je mets une éternité à lui répondre ce simple mot, car ma force diminue de plus en plus alors que je m'enfonce dans de sombres pensées. J'y entends la voix de Logan me hurler encore et encore : « J'ai besoin de toi. » Ce soir j'ai l'impression que malgré ma victoire sur mes peurs, j'ai perdu beaucoup au change. Et Logan aussi.

CHAPITRE 23

« I'm coming up only to hold you under. I'm coming up only to show you wrong and to know you is hard and we wonder to know you all wrong we were[24]. »

Band of Horses, *The Funeral*

24. « Je ne surgis que pour te maintenir sous l'eau. Je ne surgis que pour te montrer le mauvais et te connaître est difficile, et on se demande comment savoir à quel point nous sommes mauvais. »

LOGAN

Si je dois serrer une main de plus, je crois que je vais vomir. Sans déconner, qui a imposé cette lente torture d'accepter les condoléances de gens que je ne connais pas ? Joy se tient à côté de moi, le regard dans le vide, souriant quand il faut, mais sa présence se limite à ça. Je ne pense pas renvoyer une meilleure image, il n'est que 11 heures et j'ai déjà bu mon poids en alcool. Malgré ça, je supporte difficilement cette matinée.

L'enterrement de Crystal a été sans fioriture, une cérémonie rapide au cimetière et c'était fini. Comme ça. Sans un mot ou sans que le monde s'arrête de tourner. Ça fait cinq jours que je l'ai trouvée dans cette putain de salle de bains. Cinq jours que j'ai du mal à respirer. Cinq jours que je suis seul dans cette baraque car Joy n'a pas supporté d'y rester. Je sais qu'elle loge chez les Slade et je suis soulagé qu'elle soit entourée comme il faut. Je la revoyais pour la première fois aujourd'hui et les ravages du deuil sont déjà parfaitement visibles...

Elle était trop jeune quand notre père est mort, ses souvenirs sont flous. En revanche, elle prend cette épreuve de plein fouet. J'essaie de me convaincre que je suis au-dessus de tout ça, que ça ne me touche pas, pourtant la vérité est tout autre. Je chiale comme un putain de gamin quand je suis seul. Mon cœur me fait mal à en crever mais il est hors de question que je montre cette souffrance. Alors je plaque une expression neutre sur mon visage, mon métier me sert au moins à ça aujourd'hui.

– Logan je peux te parler, s'il te plaît ? me demande Vince, m'arrachant à mes pensées.

D'un mouvement de tête, je lui indique de me suivre et on se dirige dans le petit cellier derrière la cuisine, on y sera tranquilles. Vince pousse la porte derrière moi et prend appui sur un des gros meubles en bois patiné qu'adorait Crystal. Une boule se forme dans ma gorge et je suis obligé de prendre plusieurs grandes inspirations afin de retrouver un peu de calme.

– Je suis désolé de te parler de ça maintenant, mais je n'ai pas vraiment le choix.

Je serre les mâchoires. Quelle merde va encore me tomber sur la tronche ?

– Il y a des photos de la cérémonie qui traînent déjà sur Internet... Je vais faire en sorte que ça soit rapidement supprimé, mais il vaudrait mieux que Joy ne tombe pas dessus.

Crevards.

Ils ne peuvent pas nous laisser en paix dans un moment pareil ? Je hoche la tête, je ne fais pas confiance à ma voix.

– J'ai fait ce que j'ai pu pour accélérer la procédure pour l'autopsie mais je ne garantis rien. Les délais normaux sont généralement de plus d'un mois...

Je n'ai pas besoin qu'un bout de papier me dise que c'est ma faute si Crystal est morte. C'était ma drogue, je l'ai achetée. Le regard que m'a jeté Joy quand je l'ai avoué à la police a suffi à me donner envie de crever à mon tour.

– Il faut aussi que vous vous décidiez à propos de la maison. Elle est entièrement payée bien sûr, mais il y a des grosses rénovations à faire et...

– Je paierai ce qu'il faut si Joy veut garder la maison, je m'occuperai de tout. Il faudrait aussi transférer l'argent du compte de notre mère sur celui de Joy.

Je m'interromps en voyant la grimace de Vince.

– Quoi ?

– Il n'y a plus rien sur le compte de Crystal, il est même à découvert d'après sa banque.

Je reste interdit quelques secondes avant de me reprendre. J'ai vraiment besoin d'un verre, bordel !

– J'ai fait un chèque de cent mille dollars il y a tout juste deux mois. Ma mère était dépensière, mais pas à ce point, je crache.

Le regard que me jette Vince à ce moment-là me donne envie de m'enfuir en courant, de monter dans un avion et de ne plus jamais revenir. Je n'ai pas le courage d'entendre ce qu'il a me dire, pourtant je reste cloué au sol.

– Crystal n'a jamais encaissé le chèque, Logan...

C'est quoi, ce bordel ? Bien sûr qu'elle l'a encaissé, pourquoi ne l'aurait-elle pas fait ? Vince doit lire mes questions sur mon visage car il s'approche de moi pour poser les mains sur mes épaules.

– Elle n'aurait jamais fait ça, c'était... ta mère et elle t'aimait à sa façon. Et si pour ça elle devait tenir le mauvais rôle, ça lui allait.

Je vais définitivement vomir. D'un mouvement d'épaule je me dégage de sa poigne et m'éloigne d'un pas. Je passe les mains dans mes cheveux, complètement paumé. J'ai besoin d'air. Sans m'excuser, je sors de la pièce, attrape au passage une bouteille de whisky dans la cuisine noire de monde. Je suis presque arrivé à la porte d'entrée quand Joy m'interpelle.

– Pas maintenant, je lâche.

– Mais...

– Bordel, Joy, pas maintenant !

Elle recule, choquée par mon ton et ses yeux se remplissent de nouveau de larmes. Bien joué, mec. Je reprends mon chemin avant que quelqu'un d'autre ne m'arrête. Tout en slalomant entre les voitures et la neige entassée, je bois directement au goulot, je ne sens même plus la brûlure caractéristique de l'alcool. C'est bien dommage, j'aurais aimé que ça apaise celle qui ravage mon cœur.

Alors que je m'enfonce dans les bois ou la neige se fait plus rare, je remarque un peu tard que je ne suis pas seul. Le spot est déjà pris.

Riley.

Elle me remarque au même moment et se lève d'un bond du tronc d'arbre sur lequel elle était assise. Ce même tronc qui l'a fait trébucher il n'y a pas si longtemps. Quelle ironie. En temps normal, elle aurait détourné le regard, mais vu que je suis un enfoiré, j'en profite. Je la détaille de haut en bas, elle porte une tenue noire toute simple mais qui lui correspond bien. Un pantalon un peu large, un pull assez près du corps pour que je le remarque et une longue veste ouverte. Tout à coup, je me sens con dans mon costume sur mesure qui vaut plusieurs milliers de dollars...

Les souvenirs de la dernière fois que je l'ai vue ressurgissent. Je bois une nouvelle gorgée en essayant de les noyer. Quel con j'ai été. Je ne sais pas pourquoi je suis allé chercher du réconfort chez elle. Riley est encore plus pétée que moi. Résultat, j'ai un énorme bleu sur mon épaule droite et ma fierté est encore roulée en boule dans un coin. Je regarde mes doigts qui portent eux aussi les stigmates de cette nuit-là. Je sais que j'ai abusé à taper à ce point sur sa porte, mais j'étais dans un état second, et l'alcool ne m'a pas aidé.

Je ne sais pas depuis combien de temps on est là comme deux cons à se regarder, sans oser faire un pas de plus. Il faudrait que je m'excuse, mais je n'en ai pas la force. Je veux juste cuver, seul, et espérer que demain arrive plus vite. Si possible oublier cette journée merdique, voire la dernière semaine...

– Je suis désolée.

Mes yeux se reposent sur Riley, comme pour vérifier que j'ai bien entendu et que ce n'est pas l'alcool qui me donne des hallucinations auditives.

– Pour l'autre soir. Je... Je ne pouvais pas savoir, se justifie-t-elle.

– Quoi ? Que ma mère venait de crever sur le sol de sa salle de bains ? Non effectivement tu ne pouvais pas savoir, je persifle.

La voir tressaillir face à la violence de mes mots me fait du bien. Je suis tordu, putain.

– En même temps tu ne m'as pas laissé beaucoup de temps avant de me rouer de coups.

Ses joues se teintent de rouge et j'aimerais pouvoir les toucher pour vérifier si elles sont aussi chaudes qu'elles en ont l'air. Mais je me retrouverais certainement étendu sur le sol avant d'avoir levé la main.

– Je t'avais dit de ne jamais me toucher sans que je t'y autorise.

– Oh, excuse-moi, Riley de ne pas avoir pensé à toutes tes règles stupides, le soir où ma mère est morte. Mais je vais tâcher d'y penser pour la prochaine fois !

Elle ouvre la bouche pour rétorquer, mais elle se décourage et baisse la tête. Super Logan, tu fais un carton plein aujourd'hui : d'abord Joy, maintenant Riley. Même si à travers les brumes de l'alcool et de la tension de la matinée, je me rends compte que j'agis comme un vrai connard, je n'ai pas la force de faire des efforts.

– Maintenant si tu pouvais te tirer d'ici, j'aimerais être seul.

– Évite de boire toute la bouteille pour que Joy n'ait pas deux enterrements la même semaine, me balance-t-elle en me fusillant du regard.

Touché.

Plutôt crever que reconnaître que ses mots ont fait mouche, alors je dresse mon majeur, ce qui lui fait lever les yeux au ciel. Puis elle amorce un geste afin de me contourner pour retourner dans la maison. Mais une partie de moi n'a pas envie qu'elle me laisse seul, c'est la première fois que je me sens un tant soit peu vivant depuis plusieurs jours. Lorsqu'elle parvient à mon niveau, j'attrape son poignet.

Pour ma défense, je ne m'attendais pas à ce qu'elle réagisse si vite et le whisky a ralenti mes réflexes. Mais en un mouvement habile de poignet, elle se libère et me fauche les jambes. Par je ne sais pas quel miracle, elle accompagne ma chute, ce qui m'évite de m'éclater complètement au sol. Mais elle ne perd pas de temps, elle me retourne et me fait une clé de bras, son genou vient dans la seconde suivante s'enfoncer dans mon dos me faisant grimacer.

– Putain, mais qu'est ce qui ne va pas chez toi, Logan ! siffle-t-elle. Tu ne comprends pas ce que veut dire : « pas toucher » ?

Un caillou s'enfonce dans mon visage et l'odeur de terre humide emplit mes narines. Je remarque que ma bouteille est en train de se vider toute seule un peu plus loin, ce qui m'agace plus que de me retrouver plaqué au sol par une fille pesant cinquante kilos. Je me tortille un peu en espérant trouver une position moins inconfortable mais elle raffermit sa prise, et bordel, ça fait mal.

– Donc, toi tu as le droit de me toucher sans ma permission, c'est ça l'histoire ?

– Ce n'est pas pareil, tu as commencé... Je ne fais que me défendre, ajoute-t-elle après une hésitation.

– C'est ce que tu te dis pour te rassurer ? Car j'ai remarqué que je suis la seule personne que tu n'hésites pas à tripoter, Riley.

– Je ne...

Elle n'a pas le temps de finir sa phrase qu'un bruit que je ne connais que trop bien se fait entendre. Celui d'un déclencheur d'appareil photo. De ma position, je ne repère pas le paparazzi mais vu la réaction de Riley je parie qu'elle, elle l'a vu. J'imagine d'ici le cliché du mec... Si je n'avais pas à ce point mal au bras, je pourrais en rire, mais j'ai peur que le moindre mouvement me pète le poignet. Vince va devoir gérer une autre merde aujourd'hui, je ricane intérieurement.

– Riley, qu'est-ce que... Oh mon Dieu ! Arrête ça tout de suite !

En un instant, le poids sur mon dos disparaît ainsi que la tension sur mon bras. Le temps que je me lève pour épousseter mon costume, Jamie est devant moi. Je crois qu'on arrive tous les deux au même constat, il est foutu. Il est déchiré à plusieurs endroits et ça ne me fait ni chaud ni froid, contrairement à elle.

– On te remboursera, m'offre la sœur de Riley.

Cette dernière se tient plusieurs pas derrière elle, les pieds écartés et les poings fermés comme si elle se préparait à se battre.

– Entre nous, vous n'en avez pas les moyens.

Je peux nettement voir que ma réponse provoque un électrochoc, mais elle se reprend vite.

– Envoie-nous la note, nous paierons, peu importe le temps que ça nous prendra mais nous ne voulons pas avoir de dette, tranche-t-elle.

La colère dégouline de Riley, je ne l'ai jamais vue comme ça. Comme si tout le feu qui brûlait en elle était enfin en train de goûter à la liberté. Je suis surpris de la trouver magnifique, je penche la tête sur le côté pour la regarder. Oui, elle est belle. Pas d'une beauté à défiler sur les podiums, mais belle quand même.

– Riley, retourne à l'intérieur, s'il te plaît. Joy a besoin de toi.

– Mais...

– Tout de suite, la coupe Jamie d'un ton ne laissant pas de place à l'argumentation.

Après un dernier regard meurtrier, elle se détourne pour se diriger vers la maison. Je la suis des yeux aussi longtemps que possible. Dès le moment où elle disparaît de mon champ de vision, l'étau autour de ma poitrine se resserre. Je n'avais même pas remarqué qu'il n'était plus là, mais maintenant qu'il est de retour j'ai l'impression que je ne réussirai plus à respirer normalement un jour.

– Je ne sais pas ce que tu cherches à faire Logan, mais Riley est fragile. J'ai eu le docteur Simon au téléphone, il m'a expliqué ses inquiétudes concernant ton amitié avec ma sœur. J'ai décidé de ne pas l'écouter car j'ai vu le bien que tu lui faisais. Elle a beaucoup changé en deux mois, et je sais que c'est en partie grâce à toi. Alors ne me fais pas regretter ma décision.

Quand deux doigts claquent devant mes yeux, je me rends compte que je regardais encore dans la direction où Riley s'est enfuie. Je baisse la tête pour regarder droit dans les yeux de Jamie. Ils sont verts, de la même teinte que ceux de sa sœur et ils font battre mon cœur un peu plus vite.

– Je suis sérieuse Logan. Tu ne me connais pas beaucoup mais je ferai tout, et je dis bien tout, pour protéger ma sœur. Compris ?

J'ai beau ne pas être complètement maître de moi, je sais reconnaître une menace et surtout malgré les apparences, je ne suis pas complètement stupide. Je hoche la tête tout en enfonçant les mains dans les poches de mon pantalon. Elle maintient le contact encore quelques secondes avant de conclure :

– On va y aller. Joy va rentrer avec nous, elle est la bienvenue aussi longtemps qu'elle le voudra. On prendra bien soin d'elle.

Ne me l'enlevez pas.

Voilà ce que j'ai envie de lui hurler, je n'ai pas envie de passer une nuit de plus, seul, dans cette maison. Mais au lieu de le lui dire, je serre les dents.

– Tu ferais bien d'appeler tes amis de Los Angeles pour venir te tenir compagnie, tu ne devrais pas être seul non plus. Je suis sûre que tu dois avoir une charmante petite copine qui doit espérer que tu l'appelles.

L'image de Lauren passe brièvement dans ma tête. Je pourrais l'appeler en effet, je suis presque sûr qu'elle est entre deux tournages. Ça me ferait le plus grand bien de me perdre entre ses cuisses et d'arrêter de penser à tout ce bordel qu'est devenue ma vie. Je prends une grande inspiration pour retrouver un semblant de calme, mais il vole en éclats sur les derniers mots que prononce Jamie avant de s'en aller.

– Je parle au nom de toute ma famille, on est vraiment désolés pour ta perte. Crystal était une femme au caractère de feu et c'est terrible qu'elle soit partie comme ça.

Quand je suis sûr d'être seul, je tombe à genoux en manque d'air, les larmes dévalent mes joues. Personne ne me présenterait ses condoléances s'ils savaient que c'est ma faute si elle est morte.

La culpabilité est une vraie salope. On a beau entendre que ce n'est pas notre faute et le savoir parfois, dès que nos défenses faiblissent un peu, elle charge. Pour tout ravager sur son passage.

J'essaie de survivre depuis le mort de Crystal mais je me demande comment je tiens encore debout. Je déteste la moindre partie de moi et je ne comprends pas comment ma sœur peut supporter ne serait-ce que ma vue. Cela doit constamment lui rappeler que c'est moi qui ai contribué à la mort de notre mère, seule dans sa salle de bains.

Je me demande si je ne rendrais pas service à tout le monde en disparaissant à mon tour.

CHAPITRE 24

« No fair... You really know how to make me cry, when you give me those ocean eyes. I'm scared. I've never fallen from quite this high, falling into your ocean eyes. Those ocean eyes[25]. »

Billie Eilish, *Ocean Eyes*

25. « C'est pas juste... Tu sais comment me faire pleurer en m'offrant ces yeux océan. J'ai peur. Je ne suis jamais tombée d'aussi haut, tombée dans tes yeux océan. Ces yeux océan. »

RILEY

L'appréhension me serre le ventre alors que je me gare dans l'allée devant chez moi. Même les deux heures que je viens de passer à la salle de sport de Wintergreen n'ont rien changé. Aujourd'hui, Joy doit recevoir les résultats de l'autopsie de Crystal et tout le monde dans la maison Slade retient son souffle. On sait tous plus ou moins ce que dira ce foutu papier mais ça n'empêche pas que de le voir écrit noir sur blanc apportera très certainement un point final à cette tragédie. D'après ce que j'ai lu sur Internet, la procédure a été accélérée grâce au statut de Logan. Entre autres choses.

Je secoue la tête pour éviter que mes pensées dérivent vers lui et me mettent à terre ou me fassent bouillir d'une colère à peine contenue. D'un même mouvement, j'attrape mon sac de sport et sors de la voiture avant de me diriger vers la maison d'un pas vif. Une dernière grosse inspiration me donne la force de pousser la porte d'entrée.

Pas un bruit.

C'est comme ça depuis presque dix jours, depuis que Joy a emménagé ici. Même Austin limite au maximum le bruit qu'il fait le week-end. Ce n'est pas peu dire quand on connaît la tornade qu'est mon neveu. Je pose mes affaires dans l'entrée car je ne compte pas m'attarder, je dois aller me doucher, mais la faim me tiraille le ventre. Quand j'arrive dans la cuisine je suis surprise d'y trouver Jamie.

– Tu n'es pas censée être avec tes amies en train de faire je ne sais quelle activité sociale ? je demande en m'avançant vers le frigo.

– Si par « activité sociale », tu entends prendre le thé et discuter, alors oui, c'était prévu. Mais le facteur est passé plus tôt que prévu...

La bouteille d'eau se fige à mi-chemin vers ma bouche. Je plante mon regard dans celui de ma sœur pour obtenir une confirmation.

Merde.

Joy a reçu le rapport d'autopsie et je n'étais pas là.

Toute envie de boire, ou de manger, me quitte instantanément et je m'écroule sur une chaise à côté de Jamie.

– Comment elle va ?

– Je ne peux pas te répondre, elle est dans sa chambre. Elle n'est pas descendue depuis qu'elle a ouvert la lettre.

Par un geste réflexe, je remonte ma capuche sur ma tête, avant de poser le front sur mes bras sur l'îlot central. Quelques secondes plus tard, la main de Jamie me caresse le dos en signe d'apaisement. Je me crispe dans un premier temps avant de forcer mes muscles à se relâcher les uns après les autres.

Après ce qui s'est passé avec Logan dans ma dépendance, je me fais violence pour surmonter ma peur du toucher de l'autre. J'ai commencé avec Austin, puis Jamie, et enfin Miles en augmentant la durée de mes contacts par exemple, ou en les acceptant tout simplement. *Baby step,* comme dirait le Doc. Je mentirais en disant que c'est facile, mais chaque jour est un peu plus simple que le précédent et je ne désespère pas d'être de nouveau normale, un jour. Il faut dire que mes proches prennent leur mission très au sérieux mais n'en abusent pas non plus. Ils me connaissent suffisamment pour savoir que je ne pourrai pas changer en l'espace de quelques jours. Mais je progresse, je progresse vraiment.

– Qu'est-ce que tu ferais à ma place ?

– J'irais proposer à ma meilleure amie de boire le thé dans le salon en ma compagnie.

– Une activité sociale, en somme...

– C'est ça, me répond-elle en pouffant tout en se levant. Je m'occupe de préparer le thé, file.

Poussant en grognement, je me redresse et traîne des pieds jusque dans la cage d'escalier. Je peux le faire, le premier pas est toujours le plus difficile. Quand j'arrive sur le palier à l'étage, je remarque que la porte de mon neveu est ouverte. Je m'approche et le découvre en train de lire tranquillement sur son lit. Cet enfant est beaucoup trop sérieux. À son âge, je devais très certainement passer mes journées dehors...

– Hey, Munchkin, qu'est-ce que tu fais ?

Il ne me répond pas tout de suite, il prend le temps de finir sa page avant de lever les yeux vers moi.

– Je lis.

Ce qui est sûr, c'est que je n'avais pas la langue aussi bien pendue que lui... Mais je décide d'entrer dans son jeu.

– C'est vrai ? C'est à ça que servent les trucs que ta mère t'achète ?

Il lève les yeux au ciel avant de me sourire puis de me chasser d'un mouvement de main.

– Je suis dans un passage trop cool, je te raconterai plus tard.

Message reçu : « Laisse-moi tranquille. »

Je rebrousse chemin en direction de la chambre d'amis, qui était la mienne jusqu'à ce que je demande à transformer le garage pour en faire mon espace. Je détends mes épaules comme avant un exercice physique, car je ne sais pas dans quel état sera Joy. Dire que ça m'angoisse serait un euphémisme, mais c'est ma meilleure amie, elle a besoin de moi. Prenant mon courage à deux mains, je toque deux fois et je l'entends m'autoriser à entrer.

Elle est couchée sur le côté, face à la porte. Son regard se plante dans le mien à l'instant où je pénètre dans la pièce. Ses yeux sont rougis par les larmes, mais elle ne semble pas complètement perdue comme ces derniers jours. Je viens m'étendre face à elle, dans la même position. Entre nous se trouvent des feuilles de papier que je n'ose pas regarder, je préfère qu'elle m'en parle d'elle-même.

Une larme s'échappe de son œil, glisse sur l'arête de son nez et vient mourir sur l'oreiller. Comment font les gens pour gérer toutes les émotions des autres en plus des leurs ? Ça doit être épuisant... Je me sens tellement démunie, j'aimerais avoir des mots magiques à prononcer pour lui enlever sa peine. Pourtant je suis bien placée pour savoir qu'on n'est pas dans un conte de fées.

J'ai beau me creuser la tête, aucune phrase ne me paraît adéquate pour briser le silence oppressant de cette chambre. Alors je fais la seule chose qui pourrait sortir Joy de son état, je pose ma main sur la sienne. Je lis clairement le choc sur son visage, avant qu'elle ne baisse petit à petit son regard sur mes doigts.

Même si ça me demande beaucoup d'efforts je ne bouge pas, je rajoute même une petite pression pour lui transmettre mon soutien. Un sourire, trop rare, ces derniers jours, étire ses lèvres. C'est déjà ça de pris.

– Overdose. Drogue et alcool, lâche-t-elle soudainement, me faisant sursauter.

Il me faut quelques instants pour comprendre ce qu'elle vient de me dire. Je me contente de hocher la tête, même si je ne suis pas sûre qu'elle le voie.

– Au moins maintenant, tu sais.

– Ça ne rend pas les choses plus simples, mais bizarrement je suis... soulagée de savoir.

Je crois comprendre ce qu'elle veut dire : ne pas connaître les causes du décès d'un proche doit certainement nous ronger de l'intérieur.

– Tu as appelé ton frère pour le lui dire ?

Elle secoue la tête. Un tiraillement dans la poitrine me rappelle mon comportement, le jour de l'enterrement. Ce mec a sérieusement besoin d'apprendre à respecter les limites, mais il a le droit de savoir pour Crystal, pour pouvoir lui aussi avancer dans son deuil. À l'instant où je vais insister, Joy intervient :

– La drogue lui appartenait, tu sais... Sur le rapport, il est marqué que les pilules étaient coupées avec une drogue trop pure. Le mélange avec l'alcool a été explosif.

Je la laisse exprimer ce qui la maintient couchée sur ce lit. Et la rancœur envers son frère est omniprésente.

– De toute façon, il a dû recevoir le même courrier que moi, s'il n'est pas complètement bourré dans un bar.

Son ton est tranchant et je retiens de peu une grimace. Il paraît logique qu'elle ait vu les nombreuses photos de Logan qui traînent sur le Net. Il est soit en compagnie de la fille que j'ai vue chez lui la dernière fois, soit complètement seul, mais dans un état lamentable. Il y a même quelques clichés où on le voit vomir sur un trottoir. Rien de très glorieux mais chacun fait son deuil comme il peut. Pour Logan, entre sa célébrité et ses nombreux problèmes personnels, j'ai l'impression que ça a été la goutte de trop. Quand je l'ai quitté dans cette forêt, j'ai eu envie de faire demi-tour pour aller m'excuser, mais je n'en ai pas eu le courage. Il me pousse dans mes retranchements. Bordel, en deux mois il m'a fait plus de mal que toutes les personnes réunies dans cette maison ! Du coup, ne sachant plus comment me comporter quand il est là, j'ai arrêté de courir avec lui. Je suis même allée jusqu'à changer mon circuit pour ne pas repasser devant chez lui.

Je sors de mes pensées quand Joy retourne sa main sous la mienne pour entrelacer nos doigts. Mon pouls s'accélère, mais je contrôle la panique qui menace de naître en plongeant dans ses jolis yeux bleus. Au-delà de sa peine, je perçois une sérénité qui réchauffe un peu mon cœur, alors je me détends.

– Ma sœur nous a préparé du thé, si ça te dit, je lui propose.

– Ça lui ressemble d'essayer de tout arranger avec du thé.

Je rigole doucement avant de me lever, rompant le contact entre nous.

– Il n'y a qu'une chose à faire pour voir si ça marche : tester.

Je lui adresse un dernier sourire avant de quitter la chambre et de descendre en espérant qu'elle se joigne à nous. Quand j'arrive dans le salon, Jamie a déjà presque tout disposé sur la table basse devant le canapé. Je file dans la cuisine pour l'aider à finir de préparer ce moment improvisé qui, je l'espère, permettra à Joy de respirer le temps d'un après-midi. C'est les mains chargées d'un plateau avec des fruits et gâteaux que je reviens dans la pièce, suivie de Jamie. On se fige toutes les deux en voyant Joy assise sur le canapé. Ses jambes sont ramassées sous elle et elle est recouverte d'un plaid comme si elle voulait disparaître dedans ; mais elle est là. Jamie me donne un petit coup de coude, peu subtil, dans les côtes pour me faire avancer.

Je m'assieds à distance raisonnable de ma meilleure amie qui me sourit tristement.

– Qu'est-ce qui te ferait plaisir, Joy ? lui demande-t-elle.

– Euh... Je ne sais pas du tout, je ne suis pas une grande adepte de thé en temps normal...

Elle a l'air presque gênée de dire ça, ce dont je me moquerais volontiers gentiment. Je me retiens de justesse en me penchant vers les différents sachets de thé pour choisir mon préféré. Feuilles de framboisier et hibiscus.

– Je suis plus tisane pour ma part, lorsque Jamie me force à boire de l'eau chaude je choisis celle-là. Elle est vraiment bonne.

– Un peu de respect pour ta grande sœur, je te prie, Riley.

Joy suit notre échange avec attention et cet examen me gêne pour je ne sais quelle raison. Peut-être car elle doit penser à son propre frère et au peu de liens qu'ils ont depuis quelque temps ?

– Je veux bien tenter ta tisane, Riley. Comme ça, si j'aime pas, ce ne sera pas la faute de Jamie mais la tienne.

J'ouvre la bouche comme sous le coup d'une profonde indignation, pendant que Jamie s'exécute et nous sert toutes les trois. Le temps que nos boissons infusent, personne ne parle, mais pour une fois le silence n'est pas écrasant. Même si je cherche néanmoins à le briser pour maintenir une ambiance un peu détendue :

– Comment se passe les cours, Joy ? Riley m'a dit que tu avançais bien dans les recherches pour le spectacle.

Bien. Un sujet plus ou moins neutre et qui passionne Joy. Même si Jamie passe sous silence le fait que je me suis battue pour que ma meilleure amie ne reprenne pas les cours si tôt. Mais rien n'y a fait, quelques jours après le décès de sa mère elle était de nouveau à la fac. Le seul avantage de cette terrible perte est que personne n'a osé venir lui poser des questions sur son frère. La présence de Logan étant publique, il n'a pas fallu longtemps pour que les photos de Joy et Crystal fassent surface dans la presse.

– Oui, ça va, le plus compliqué est qu'il me faut trouver un partenaire capable de faire ce que j'ai en tête, lui répond-elle en s'animant.

– Un vrai exercice de voltige, je plaisante.

Une lueur d'amusement passe dans ses yeux avant qu'elle n'attrape sa tisane pour boire une première gorgée. Ma sœur et moi retenons notre respiration, guettant sa réaction.

– Merci Jamie, c'est vraiment bon et ça me fait du bien.

– Tu me dois vingt dollars, me lance-t-elle.

– Quoi ? On n'a rien parié du tout.

– Si, tu n'étais juste pas au courant, répond-elle en se levant pour disparaître en direction de la cuisine.

Je secoue la tête en souriant. Ma sœur est une vraie plaie quand elle s'y met, mais je ne pourrais pas vivre sans elle.

– Tu as de la chance de l'avoir, tu sais.

Je tourne le visage vers Joy, il n'y a aucune tristesse ou rancœur dans ses paroles. Juste un simple constat.

– Et je suis chanceuse de t'avoir, termine-t-elle.

Ma poitrine se gonfle d'une émotion si intense que je me retiens de poser la main dessus. Elle sait l'importance de notre amitié pour moi, mais je ne prends jamais le temps de le lui dire. La sonnette retentit soudain. Je m'apprête à me lever quand Jamie nous crie qu'elle s'en occupe.

Quelques instants plus tard, Caleb apparaît, le téléphone plaqué sur l'oreille. Je ne suis pas vraiment surprise de le voir ici, il est passé tous les jours pour prendre des nouvelles de Joy. Il est étonné, en revanche, de la trouver dans le salon. Il se contente d'un hochement de tête pour me saluer avant d'aller la prendre dans ses bras. Cet homme est la gentillesse incarnée, et cela se confirme quand Jamie revient avec une assiette remplie de donuts. Mon ventre vide gronde face à cette nourriture grasse et je me rue dessus dès qu'ils sont à ma portée.

– Oui, je comprends. Je vous tiendrai au courant le plus rapidement possible... Merci à vous aussi, termine Caleb en raccrochant. Désolé, je devais finir cette discussion.

– Tu es tout excusé, merci, je lui réponds en montrant le gâteau dont j'ai déjà dévoré une moitié.

– Je suis heureux de te voir ici, poursuit-il à l'attention de Joy.

Elle lui répond d'un petit sourire avant de plonger dans sa tasse. Il remercie Jamie qui lui apporte une tasse de café. On se met à discuter de tout et de rien, jusqu'à ce qu'Austin débarque en trombe et saute sur le canapé, s'étalant à moitié sur Joy. Je m'apprête à le gronder quand je la vois fondre sur lui pour une session en règle de chatouilles.

Mon neveu rigole tellement fort en tentant mollement de se débattre que ça en devient contagieux. Lorsque le rire de Joy se joint aux nôtres, l'amour que je porte à Austin est multiplié. Il va mériter un méga donut en récompense !

– Pitié ! Je me rends, déclare-t-il, les joues rouges et des larmes de joie au coin des yeux.

– Tu t'es bien défendu, mais je suis imbattable au jeu des chatouilles. J'ai tout appris de Logan...

À l'évocation de ce prénom, son sourire se fane un peu mais ne disparaît pas.

L'après-midi file à toute vitesse et je me prends à savourer ce moment avec mes amis et ma famille. Lorsque Caleb doit partir je le raccompagne jusqu'à la porte avec l'intention de lui parler d'une idée pour le spectacle, mais il me coupe l'herbe sous le pied

– Tu te souviens de mon coup de fil de tout à l'heure ? commence-t-il. C'étaient les recruteurs avec lesquels je travaille dans ma compagnie à New York. Je leur ai parlé de ce que tu avais mis en place cette année et il se trouve qu'ils cherchent quelqu'un capable de porter un œil neuf sur un de leur projet pour la rentrée...

De surprise, je hausse les sourcils. Il ne pense pas sérieusement que je suis prête à quitter la sécurité que j'ai ici pour une ville comme New York. Cela doit parfaitement se lire mon visage parce qu'il ajoute en souriant :

– Prends le temps d'y réfléchir au moins...

– C'est tout réfléchi, c'est non, je rétorque.

Il lève les yeux au ciel avant de se retourner pour partir.

– Je vais faire comme si je n'avais rien entendu. Ils n'attendent pas de réponse définitive avant le spectacle de mai de toute façon. Tu leur communiqueras ta décision ce soir-là.

ALICIA GARNIER

Quel enfoiré ! Je n'en reviens pas qu'il m'ait piégée comme ça ! Il ne perd rien pour attendre. En attendant, je claque la porte derrière lui. La vengeance est un plat qui se mange froid, Caleb.

CHAPITRE 25

« I wanna tell you everything will be fine but I'm afraid that it's a waste of your time. Let me out, I'm lost in the words, don't know how I ended here trapped in a blur[26]. »

MØ, Foster the People, *Blur*

26. « Je voudrais te dire que tout va bien se passer mais je crains que ça te fasse perdre ton temps. Laisse-moi partir, je suis perdu dans mes mots, je ne sais pas comment je me suis retrouvée prisonnière de ce brouillard. »

LOGAN

– Plus fort ! j'ordonne.

Lauren obéit dans la seconde qui suit, sa poigne se raffermit sur ma queue et elle se met à la sucer avec avidité. Mon crâne vient taper sur le repose-tête derrière moi. Notre position n'est pas idéale, coincés sur nos sièges, le volant entravant mes jambes. Je suis pratiquement sûr que le pommeau de vitesse doit être en ce moment précis enfoncé dans son ventre. Mais elle n'en a rien à faire, au contraire, je sais que ça l'excite que n'importe qui puisse nous surprendre. Même si je me suis garé sur un parking un peu en retrait près de l'énorme bâtiment vitré qu'est la bibliothèque...

Putain.

J'avais presque oublié combien elle était douée pour tailler des pipes et combien c'était bon, surtout juste après avoir tapé un peu de coke. J'empoigne ses cheveux pour la maintenir en place et commence à bouger les hanches comme je peux. Elle se laisse faire, acceptant tout ce que j'ai à lui donner. Même si cela veut dire baiser sa bouche pulpeuse sur le parking d'une fac...

Une brûlure caractéristique naît rapidement au creux de mes reins, ce qui me fait accélérer le mouvement. Je ne préviens pas que je vais bientôt éjaculer car ça ne changerait rien. Lauren adore avaler et je ne vais pas m'en plaindre, surtout à ce moment précis. Mes poussées deviennent désordonnées, je suis lancé dans une course à l'orgasme et je ne compte pas m'arrêter. Un dernier va-et-vient et c'est l'explosion ; je me répands au fond de sa gorge plusieurs fois. Je m'effondre sur mon siège, le cœur battant la chamade, la respiration chaotique et la sueur coulant le long de ma nuque. Je garde les yeux fermés pour savourer les dernières parcelles de jouissance. Lauren se redresse, ce qui me force à ouvrir les yeux, et la première chose que je vois, c'est la voiture devant nous.

Un sourire satisfait étire mes lèvres, ça faisait longtemps que j'avais envie de salir un peu l'image parfaite de l'université Wintergreen... C'est chose faite et j'espère pouvoir embarquer Lauren dans une pièce tranquille durant la journée pour inaugurer un bureau ou une porte. Mais comme pour me ramener brutalement sur terre, j'aperçois Riley assise dans un gros fauteuil derrière l'immense baie vitrée de la bibliothèque. Elle est en train de lire quand elle est rejointe par quelqu'un. Elle ne me voit pas, puisqu'elle est en train de parler avec *Carlos*. Non, elle *rigole* avec lui.

En un instant toutes les bonnes sensations qui parcouraient mon corps s'envolent. Je me rhabille en quatrième vitesse pendant que Lauren remet du rouge à lèvres. Sans l'attendre, je sors de ma caisse, prêt à les rejoindre avant de me figer au son de la voix de ma partenaire.

– Tu en veux un peu ?

Je me penche dans l'habitable au moment où elle sniffe de la coke directement sur son ongle manucuré. Le sachet est posé sur mon siège, mes doigts tremblent d'anticipation quand je les referme dessus. Rapidement, je verse un peu de poudre blanche entre mon pouce et mon index et j'inspire. La brûlure passagère est bien vite remplacée par l'excitation de sentir de nouveau ce rush prendre possession de moi. Après lui avoir rendu sa réserve de C, je me redresse, offrant mon visage au ciel et laissant le soleil le caresser. Il fait encore froid en cette fin février, alors je savoure chaque rayon de chaleur. J'aurais presque envie de rester là, mais ce n'est pas possible. Lauren me tire de ma béatitude en claquant la portière. Je l'imite avant de contourner la voiture pour l'attraper par la main et la guider vers le Centre des beaux-arts où je suis supposé bosser un peu. Même si cela fait quinze jours que je n'y ai pas foutu les pieds car tout le monde me demande de « prendre du temps ».

J'ai eu envie de revenir simplement pour être entouré, plusieurs fois. J'ai cru devenir dingue dans cette baraque, seul. Ce sentiment de vide qui m'a envahi a bien failli me rendre dingue, jusqu'à ce que Lauren débarque. Elle aurait déjà dû repartir mais je m'accroche à elle comme à une bouée. Sans elle, je ne suis pas sûr d'arriver à maintenir la tête hors de l'eau. Je resserre mes doigts autour des siens lorsque je pousse la porte de la salle de théâtre que je connais comme ma poche maintenant.

Instantanément, tous les regards se portent sur nous et des chuchotements peu discrets s'élèvent. Du coin de l'œil, j'aperçois Lauren redresser le menton et un sourire aguicheur se peindre sur ses lèvres. Celles qui étaient autour de ma bite, il y a seulement quelques minutes, toujours gonflées à cause du dur labeur qu'elles ont fourni. Je sens le début d'une érection naître dans mon boxer à la pensée de ce que je veux bientôt lui faire. Cette journée promet d'être intéressante...

Je suis sorti de mes pensées par Miles qui remonte l'allée d'un pas vif. Il jette un rapide regard à Lauren en hochant la tête, puis il me tend la main.

– Salut Logan. Je croyais que tu ne reprenais les cours que la semaine prochaine...

– Ouais, mais j'ai eu envie de venir plus tôt et de montrer à Lauren ce qu'on fait ici...

– Lauren Spencer, au cas où vous ne m'auriez pas reconnue, m'interrompt-elle.

– Je sais qui vous êtes, mademoiselle Spencer et vous pouvez rester aujourd'hui, mais pas plus, lui répond-il avant de se tourner vers moi. Tu sais que le spectacle doit rester secret le plus longtemps possible.

Miles a toujours été plutôt cool avec moi, avant même de savoir qui j'étais mais il est clair que je suis une épine dans son pied aujourd'hui. Je ne sais pas pourquoi ça me touche, mais c'est le cas. Pourtant je n'en laisse rien paraître, au contraire je lève les yeux au ciel avant d'entraîner Lauren sur des sièges à l'écart des autres. Je me vautre dans le mien, l'image même d'un mec qui s'ennuie profondément. Alors que, pour être honnête, malgré la brume dans laquelle je me trouve, j'ai l'impression de revivre un peu. C'est parce que je suis là où je suis censé être, ou bien mon rail commence à faire effet.

Je n'ai pas le temps de trouver une réponse : déjà la porte par laquelle nous sommes arrivés quelques minutes avant s'ouvre. Riley et l'autre enfoiré débarquent, les bras chargés de cartons. Elle me repère immédiatement et se fige au milieu de l'allée. Son regard passe de moi à Lauren, plusieurs fois, avant de se ficher dans le mien. Elle lit en moi comme dans un livre ouvert. Elle sait que j'ai replongé et je vois la déception se peindre sur son visage, ce qui m'agace. Putain, elle n'a pas le droit de me juger, pas en ce moment alors que tout le monde m'a laissé seul dans cette baraque. À quoi est ce qu'ils s'attendaient, tous ? Lorsque Lauren se retourne pour regarder ce qui a attiré mon attention, Riley se reprend et rejoint Miles. Elle garde la tête baissée, mais malgré ça, mon cœur s'accélère alors que je la suis des yeux. Tout le reste s'efface un peu plus à chaque seconde qui passe. Il n'y a plus qu'elle et moi.

En seulement dix jours, je prends les changements en plein ventre. Son visage est moins creusé et les cernes sous ses yeux sont moins présents. Ses fringues sont trop larges pour que je sois sûr qu'elle a pris du poids, mais je serais prêt à le parier. Rien que sa façon de se tenir un peu plus droite que d'habitude, montre une certaine assurance qu'elle n'avait pas il y a encore un mois.

L'envie d'aller lui parler, pour prendre de ses nouvelles et obtenir les réponses à mes questions se fait plus forte. Mais quand je repense à nos deux dernières entrevues, je doute qu'elle ait envie de me parler. Ou de me voir. Une de mes jambes se met à sautiller nerveusement, je sais que je ne suis pas le bienvenu ici et, bordel ça fait mal.

La routine que j'avais mise en place me permettait d'éloigner, même temporairement, mes démons. Avec le décès de Crystal, tout a volé en éclats et il ne m'aura pas fallu longtemps pour me tourner vers le seul remède que je connais : la drogue. Même si cela doit détruire tout ce que j'ai construit ici. Ce n'est pas bien grave, ce n'est pas comme si j'avais prévu de rester...

– Rappelle-moi déjà pourquoi on est là et pas chez toi ? Ou, encore mieux, dans un avion direction L.A. ? me demande Lauren en glissant sa main le long de ma cuisse.

– J'ai un contrat avec eux.

– Arrête tes conneries, Logan. Vince pourrait faire sauter ce truc en deux minutes. Tu es là parce que tu en as envie.

J'ouvre la bouche pour protester, mais aucun mot ne quitte ma bouche. Pourtant, il est hors de question que je reconnaisse ça, surtout avec les oreilles indiscrètes qui traînent partout ici. Tout en regardant Miles diriger la troupe de théâtre sur scène je lâche :

– Je ne peux pas laisser Joy, pas après ce qui s'est passé...

Son éclat de rire me prend au dépourvu, et lorsqu'elle plonge son regard dans le mien un éclair de cruauté y passe furtivement.

– Elle t'a laissé seul, elle. Elle n'en a rien à foutre de toi. Et tu le sais.

J'accuse le coup. Que pourrais-je répondre à ça alors qu'elle a parfaitement raison ? Je n'ai pas parlé à ma sœur depuis les funérailles, elle ne prend jamais mes appels donc j'ai arrêté d'appeler. Elle doit gérer son deuil comme elle peut... Est-ce que ma solitude est à ce point visible ? La panique me gagne progressivement et les sautillements de ma jambe redoublent d'intensité. En un geste réflexe, je plonge la main dans la poche intérieure de mon blouson et referme les doigts sur le sachet qui s'y cache. La sensation qui déferle en moi, quand je me rends compte que j'ai à ma disposition de quoi enfouir toutes ces émotions me soulage autant qu'elle me fout la gerbe. Pourquoi est-ce que je n'arrive pas à tout plaquer et retourner à ma vie d'avant ?

Malgré mes efforts je ne parviens pas à quitter le regard dur de Lauren. Elle ne compte pas retirer ce qu'elle vient de dire et elle n'est même pas désolée. Je déglutis difficilement et je suis sur le point de me barrer quand une voix douce m'en empêche.

– Logan ?

Je tourne la tête si vite dans sa direction qu'une vive douleur au niveau de ma nuque me fait grimacer. Riley se tient au bout de la rangée de sièges attendant visiblement que je lui réponde.

– Quoi, bordel ?

– Tu peux venir, s'il te plaît ? On a besoin de toi puisque tu es là, enchaîne-t-elle, sans s'émouvoir de mon ton.

Je suis sur mes pieds en une demi-seconde, comme si j'avais attendu cette proposition depuis une éternité. Alors que je m'avance vers elle, son froncement de sourcils me fait ralentir. Une fois que je suis devant elle, elle se décale pour me laisser sortir avant de barrer le chemin à Lauren. Je n'avais pas remarqué qu'elle me suivait, trop concentré sur Riley.

– Logan, seul. Je n'ai pas besoin de vous.

– Je suis d'aussi bon conseil que Logan, se renfrogne Lauren.

– Peut-être, mais je me fous de ton avis, lui balance Riley avant de tourner les talons et d'attraper mon bras pour m'entraîner à sa suite.

Puis elle s'arrête de nouveau pour jeter un coup d'œil en direction de l'actrice.

– Il t'en reste un peu là, lui indique-t-elle en tapotant son nez.

Je n'ai pas besoin de me retourner pour savoir que c'est faux, mais le petit hoquet paniqué qui me parvient me fait jubiler. Riley reprend tranquillement son chemin et je la suis jusqu'à un coin un peu en retrait d'où elle observe souvent la scène. Alors que je m'apprête à la remercier, elle me plante un doigt dans la poitrine.

– Tu ne devrais pas être ici, pas dans cet état. Putain, tu t'es regardé dans un miroir récemment ?

Outch.

– Bonjour à toi aussi, Slade...

– Je suis sérieuse, Logan. Il faudrait être aveugle pour ne pas voir que tu es complètement défoncé.

– Tu parles en véritable connaisseuse ?

Mes mots font mouche, je le vois à la crispation qui la fige en une seconde. Un feu dangereux naît dans son regard. Allez vas-y Riley, énerve-toi. Sauve-moi.

– Va te faire foutre.

– J'adorerais, tu viendrais avec moi ?

Parfois, j'aimerais pouvoir arrêter d'être un connard, mais il semblerait que ça soit hors de ma portée. J'ai toujours utilisé les points faibles des autres quand j'en avais besoin et j'en ai un paquet concernant ma victime du jour.

– Quoi ? je chuchote en m'inclinant vers son oreille. Tu n'as pas envie de me sentir entre tes cuisses ? En toi ?

Cette fois-ci, quand elle me repousse violemment, j'y suis préparé et je l'encaisse sans trop reculer. Ses joues sont rouges, et si je me fie à son expression, elle me frapperait s'il n'y avait pas autant de monde. J'ai envie qu'elle craque, qu'elle me blesse. Peut-être que ça fera taire la souffrance que je me trimballe depuis beaucoup trop longtemps.

– Tout va bien ici ?

– Oui, *Chase*, tout va bien. Slade et moi, on discute, c'est tout, je réponds sans perdre du temps à le regarder.

– Caleb. Il me semble pourtant t'avoir déjà dit mon prénom plusieurs fois.

Je me retourne, agacé, pour lui faire face.

– Je m'en tamponne de ton nom, mec. Et si tu ne l'as pas encore compris, c'est que tu es un peu long à la détente.

Sans attendre sa réponse, je regarde de nouveau Riley qui n'a pas bougé, les poings toujours serrés le long de son corps.

– Alors ta réponse ? j'insiste.

Ma langue franchit mes lèvres pour les humidifier et son regard suit mon geste un instant. Dans mon état, il ne m'en faut pas plus pour recommencer à bander. Cette fille possède un pouvoir sur mon corps ; je ne sais si c'est le fait qu'elle est si différente des autres, mais personne ne m'a autant excité sans finir dans mon lit !

– Laisse-la tranquille !

Putain ce mec va se retrouver au sol avec le nez pété s'il continue et Riley doit le voir car elle intervient :

– C'est bon Caleb, tout va bien. Comme il l'a dit, on discute simplement.

– Tu es sûre ? insiste-t-il.

Elle se contente de lui sourire en guise de réponse. Ouais, ce mec va mourir s'il reste plus longtemps. J'ai besoin de soulager mes nerfs ! Je l'entends s'éloigner et avant que Riley ne puisse dire un truc qui clôturerait ce moment, je prends les devants.

– On pourrait faire ça dans une des salles de classe vides ou dans ma caisse, ou ici-même si tu es du genre...

– Jenkins, me coupe-t-elle.

Mon cerveau *freeze*. Je ne m'attendais pas à ce genre de réponse.

– Quoi Jenkins, c'est qui ça ?

– C'est mon nom, tu n'arrêtes pas de m'appeler Slade. Mais je m'appelle Riley Jenkins.

Après un soupir à fendre l'âme, elle s'avance vers moi, se hisse sur la pointe des pieds pour atteindre mon oreille.

– Tu peux jouer les enfoirés autant que tu veux avec moi, mais Joy doit arriver d'une minute à l'autre. Je ne crois pas que tu souhaites qu'elle te voie comme ça. Et le fait que tu n'y aies pas pensé prouve à quel point tu es défoncé. Pour le bien de tout le monde, rentre chez toi, Logan.

Ces mots me blessent autant que si elle m'avait roué de coups. Le fait qu'ils soient à peine chuchotés leur donne une portée encore plus grande. D'autant plus qu'elle a raison, à aucun moment je n'ai pensé à Joy.

Elle me plante là comme un con, lâchant une dernière phrase :

– Et ramène ta Barbie, tant qu'à faire...

La colère prend possession rapidement de moi. Contre elle, contre moi, contre la terre entière. Sans accorder un regard à qui que ce soit, je remonte l'allée au pas de charge, attrapant Lauren au passage. Quand je sors du théâtre, je respire difficilement. Il me faut une échappatoire à ce bordel. J'essaie d'ouvrir plusieurs portes, mais toutes me résistent. Quand enfin une cède, je jette un coup d'œil dedans, c'est une espèce de réserve. Ça fera l'affaire.

Je nous enferme dedans et au sourire aguicheur que me lance Lauren, elle sait très bien ce que je veux. J'écrase ma bouche sur la sienne, tandis qu'elle descend ma braguette pour m'empoigner. Son grognement quand elle me trouve déjà dur et prêt m'envoie une décharge électrique. Je me sépare d'elle, la retourne et remonte sa jupe sur ses hanches. Ses fesses galbées se tendent vers moi, je ne suis pas surpris de la trouver sans sous-vêtements. En l'occurrence, ça m'arrange. Dans un éclair de lucidité, j'attrape une capote dans mon portefeuille. Je déchire l'emballage avant de dérouler la protection de latex sur ma queue ; l'instant suivant je plonge en elle. Je plaque une de mes mains sur sa hanche pour imposer mon rythme et la deuxième vient étouffer les cris qu'elle lance. À chaque poussée, je m'enfonce un peu plus loin en elle, et dans le dégoût de moi-même.

CHAPITRE 26

« There must be something in the water 'cause everyday it's getting colder and if only I could hold you you'd keep my head from going under... Maybe I, maybe I'm just being blinded by the brighter side of what we had because it's over[27]. »

Lewis Capaldi, *Bruises*

27. « Il devait y avoir quelque chose dans l'eau parce que le froid est plus intense chaque jour et si je pouvais m'accrocher à toi, je garderais la tête hors de l'eau... Peut-être que je, peut-être que je suis aveuglée par ce qui est le plus éblouissant entre nous, parce que c'est fini. »

LOGAN

Je n'ai pas la moindre idée de l'heure qu'il est ; le jour se lève timidement alors que je me tiens devant cette maison. J'ai essayé de résister, de ne pas venir, mais depuis ce qu'elle m'a dit hier je ne suis plus tout à fait moi-même. Riley m'obsède bien plus que je ne le laisse croire. Agacé, je passe une main dans mes cheveux qui doivent être complètement décoiffés maintenant.

Il s'agit probablement d'une grosse erreur de venir chez elle, je n'ai pas envie d'un nouvel incident qui aurait pour seul résultat un rejet de sa part. Mes mains tremblent et je les serre l'une contre l'autre comme pour les réchauffer. Sauf que je sais que ce n'est pas le froid qui provoque ça, mais plutôt le fait que je n'ai rien pris depuis la dernière fois avec Lauren dans la voiture. Tout s'est passé très vite après qu'on a quitté la réserve ; elle avait un avion dans l'après-midi. On est donc rentrés chez Crystal où je l'ai observée rassembler ses affaires, un verre d'alcool à la main. J'essayais de trouver les mots qui la feraient rester mais je savais qu'elle ne raterait pour rien au monde l'audition qu'elle avait dans deux jours. Lauren est ambitieuse et je ne m'amuserais pas à me mettre en travers de sa route.

Je n'étais pas sûr de vouloir qu'elle reste. Elle n'est pas la solution. C'est sur ce constat que j'ai fini par la déposer à ce petit aéroport paumé. Lorsqu'elle a essayé de m'embrasser, j'ai adroitement esquivé pour déposer mes lèvres sur son front. Après ça, je me suis barré sans un regard en arrière. La soirée reste assez floue et lorsque je me suis réveillé, agité, j'ai su ce que je devais faire : parler à Riley. Lui parler vraiment, en arrêtant les conneries.

Pourtant maintenant que je suis là, j'ai du mal à me rappeler mon propre nom. Alors je reste comme un con devant sa porte, la peur au ventre.

– Elle n'est pas là, me lance une voix derrière moi.

Je me retourne vivement pour découvrir Jamie dans une robe de chambre jaune qui, en temps normal, m'aurait agressé la rétine ; mais là je la trouve réconfortante. Je m'avance dans sa direction, pourtant sa posture défensive, les bras croisés et le menton haut, n'a rien d'engageant. À un mètre d'elle, je m'arrête en essayant de plaquer un sourire sur mon visage. Si je me fie à son expression, ce n'est pas une réussite, alors je tombe le masque. Elle m'observe, en silence, durant ce qui semble une éternité, puis d'un mouvement de tête elle m'invite à la suivre à l'intérieur. Je pénètre dans ce qui se révèle être la cuisine.

– Thé ou café ?

– Café, s'il te plaît, je lui réponds en me raclant la gorge.

Nous n'échangeons plus aucun mot, le temps qu'elle prépare deux grands mugs du breuvage noir. Quand elle me tend la tasse fumante, je la remercie d'un hochement de tête, à court de mots.

– Viens avec moi dans le salon, on y sera mieux.

En mode pilote automatique, je lui emboîte le pas et vais m'asseoir à côté d'elle sur le canapé. La première gorgée, bien que brûlante, me redonne un peu vie. Je sens le café descendre le long de mon œsophage pour atterrir dans mon estomac vide depuis un moment. Il faut dire que ces dernières semaines, j'ai plus rempli mon corps de poudre et de liquide que de nourriture digne de ce nom.

– Tu as une tête de déterré, Logan, m'attaque-t-elle.

– Je n'arrive pas à dormir dans cette baraque depuis... depuis Crystal, j'avoue.

Cette confession me surprend autant qu'elle ; je ne m'attendais pas à dire tout haut ce qui me bouffe depuis des jours et des jours. J'ai bien essayé d'aller à l'hôtel, mais être enfermé dans une si petite pièce n'a fait qu'augmenter la sensation d'étouffement que je ressens à longueur de temps.

– On ne se connaît pas bien tous les deux, mais on aime Joy comme si elle était un membre de notre famille. Donc je suppose que tu en fais un peu partie aussi. Je n'ai pas d'autre chambre, mais j'ai ce canapé qui est super confortable si tu veux te joindre à nous, me propose-t-elle en tapotant le coussin sur lequel elle est assise.

L'effet de cette proposition est étrange : j'ai l'impression que quelqu'un vient de me trouver dans les tréfonds de l'enfer pour me montrer le chemin de la sortie. L'étau de ma poitrine se desserre un tout petit peu, je ne veux pas céder à l'espoir trop tôt.

– C'est gentil, mais je ne veux pas m'incruster chez vous...

– Tu as une autre solution ?

Je n'ose pas lever les yeux car je sais qu'elle est en train de me jauger et je n'ai pas envie de connaître la sentence. Elle ne se rend pas compte de l'importance qu'a sa suggestion pour moi. J'ai besoin d'une pause dans cet enfer qu'est ma vie et elle me l'offre par pure gentillesse. Pour qu'elle ne voie pas l'émotion qui me gagne, j'observe la pièce et plus particulièrement les photos qui trônent sur le manteau de la cheminée. Je ne distingue pas ce qu'elles représentent, mais je suis persuadé qu'elles montrent une famille unie.

Un cadre, en particulier, attire mon attention et je ne résiste pas à l'idée de l'admirer de plus près. Je reconnais Riley en tenue de *cheerleader*. Si je ne la connaissais pas si bien, je ne l'aurais pas reconnue tout de suite tellement elle est différente. *Pulpeuse* est le premier mot qui me vient en tête ; *joyeuse*, ensuite. Le sourire qu'elle arbore, figé à jamais, me semble étrange, déplacé. Je ne l'ai jamais vue avec cette expression. Elle paraît tellement insouciante.

– Elle adorait ça, m'explique Jamie qui m'a rejoint sans que je m'en rende compte.

– J'avoue que je ne pensais pas qu'elle était du genre à secouer des pompons.

– Et pourtant, elle l'était. J'ai l'impression que c'était il y a une vie entière...

Elle semble tellement triste en disant cela que je détache mes yeux de la jeune Riley pour plonger dans ceux de sa sœur. Une profonde émotion, dévastatrice, se lit sur ses traits alors qu'elle attrape la photo pour la regarder de plus près.

– Elle était toujours excitée d'aller à l'entraînement. C'est là-bas aussi qu'elle s'est découvert une passion pour le chant.

– Riley chante ? je lâche, sonné.

– Elle chantait, oui. Sa voix était si douce, si apaisante et en même temps puissante. Elle a réussi à me tirer les larmes plus d'une fois, mais ne lui dis rien, c'est notre petit secret, plaisante-t-elle.

Je me mords la langue pour ne pas poser le millier de questions qui me viennent en tête. Comment Riley a-t-elle pu passer de la jeune adolescente, pleine de vie à la personne que j'ai rencontrée il y a deux mois ? Jamie repose doucement le cadre avant d'aller se rasseoir sur le canapé. Après un dernier coup d'œil à ce sourire que je ne suis pas près d'oublier, je l'imite. Ses yeux sont perdus dans le vague, comme si elle n'était pas tout à fait là, et je ne peux pas la blâmer. Je n'aurais pas non plus envie d'être avec moi, si les rôles étaient inversés. Je vais me grouiller de boire le contenu de ma tasse et me tirer d'ici le plus vite possible quitte à me cramer la gorge.

– Il lui enseignait le piano depuis des années.

Ces mots me paralysent avant même que j'en comprenne leur sens. Le ton qu'emploie Jamie semble venir d'outre-tombe et me glace les sangs. Je n'ose presque plus respirer et c'est dans un souffle que je m'exprime.

– Jamie, tu n'es pas obligée...

– Elle, qui depuis qu'elle est gamine adorait jouer, n'arrive même plus à s'asseoir devant maintenant. Il a tout brisé, me coupe-t-elle.

Je ne sais plus où me mettre. D'un côté je sais que si je reste, j'aurai enfin les réponses à mes questions concernant Riley. Mais de l'autre j'ai l'impression de la trahir si j'apprends son histoire d'une autre bouche que la sienne.

– Je n'avais rien remarqué, je crois que c'est ça le pire et qui fait que je m'en veux encore après toutes ces années. Elle continuait à aller en cours, à ses répétitions, mais peu à peu, elle s'éteignait. Lorsque je lui posais des questions, elle restait évasive, ou partait s'enfermer dans une pièce de la maison. Quand j'en parlais à notre mère, elle balayait le problème comme si ce n'était rien ; c'est vrai qu'elle n'était pas la meilleure mère du monde. Avec le recul, je me suis rendu compte que ma sœur mourait à petit feu sous les yeux de sa propre famille et que personne ne réagissait. On était trop concentrées sur nos petites existences personnelles.

Une larme solitaire dévale sa joue tandis qu'un nœud serre mon ventre. Je ne suis pas du tout certain d'avoir envie d'écouter la suite. Cependant, je serre les dents et je ne l'arrête pas quand elle reprend après un instant :

– Les choses ont basculé le jour où ma mère a ramené son nouveau copain à la maison. Sur le moment je n'ai pas compris ce que le prof de piano faisait là, puis quand j'ai percuté, je me suis disputée avec elle. Je lui en voulais de prendre ça à ma petite sœur. Elle avait le don de tout détruire et le piano était important pour Riley. Quand j'ai enfin regardé dans sa direction, elle était livide et l'expression sur son visage... jamais je ne pourrai l'oublier. Riley est alors devenue l'ombre d'elle-même. Elle a quitté l'équipe de *cheerleaders*, a arrêté de chanter à la chorale de l'école. C'est à peu près à cette époque qu'elle a commencé à porter des vêtements beaucoup plus larges que d'habitude et elle désertait autant que possible le domicile. La seule chose qu'elle avait conservée, c'était le piano. Stephen, son prof, insistait pour continuer les cours à la maison avec elle. J'entendais ces foutues mélodies pendant des heures, certains jours...

Son regard dérive vers l'imposant piano noir qui trône un peu plus loin dans le salon avant de revenir vers moi. Mon cœur bat de plus en plus vite, j'ouvre et ferme les poings de manière incontrôlée. Je sens que je vais avoir du mal à encaisser ce qui va suivre.

– Un jour, je suis rentrée plus tôt de la fac car je ne me sentais pas bien. Je ne le savais pas encore, mais j'étais enceinte d'Austin à l'époque, m'explique-t-elle en souriant.

Je me rends compte seulement maintenant combien elle était jeune quand elle est devenue mère. Ça a dû chambouler beaucoup de plans ; surtout si elle était à l'université.

– Quand j'ai ouvert la porte, j'ai tout de suite entendu un bruit que je n'ai pas réussi à identifier. Alors je me suis approchée du salon et je les ai vus.

Sa voix devient rauque, sous le coup de l'émotion et ma gorge se serre. Je n'ai pas besoin qu'elle continue, je devine où se dirige son récit. Mais comme si les mots étaient coincés en elle depuis trop longtemps, elle ne peut pas s'arrêter :

– Il la maintenait plaquée de force sur le ventre, contre le piano... je revois ses mains enfoncées dans son dos et il... il la violait. J'ai marqué un temps d'arrêt qui me semble interminable aujourd'hui, jusqu'à ce que je croise le regard de Riley. Il était éteint, vitreux, comme si elle n'était pas dans la pièce, en train de vivre cette atrocité. Des larmes tombaient sur le piano, c'est ce qui m'a donné la force d'agir. J'ai attrapé une lampe et j'ai fracassé le crâne de ce monstre avec ; il s'est effondré, inconscient. J'ai mis plusieurs minutes à ramener Riley dans la réalité. Quand elle a compris que j'étais là, le choc et la honte transpiraient de tout son être. Je n'ai pas réfléchi je l'ai prise avec moi et on est parties chez Miles. Elle avait tout juste seize ans.

Si je continue, je vais finir par me péter les dents tellement je contracte les mâchoires. J'ai envie de buter ce mec de mes propres mains, de voir la vie s'éteindre dans ses yeux, exactement comme il a tué la joie de vivre d'une jeune fille, comme il a anéanti Riley. Je me repasse en mémoire les souvenirs que j'ai de ces deux mois comme un film. Le comportement de Riley prend tout son sens et je me déteste encore un peu plus pour avoir été un tel enfoiré avec elle. J'ai besoin de connaître toute l'histoire maintenant.

– Il a été arrêté ? je demande d'une voix dure.

Elle se contente de hocher la tête dans un premier temps. Je la comprends, elle doit revivre toute cette période et je sais que ça n'a pas dû être facile pour elle avec une grossesse à gérer en plus.

– Il est toujours en prison à l'heure actuelle, mais notre propre mère était dans son camp. Elle nous a traitées de menteuses. D'après elle, nous étions jalouses de ce qu'elle vivait. J'ai eu beau lui hurler au visage que son mec avait violé sa fille pendant plus de cinq mois, de manière répétée, elle n'a jamais voulu me croire. Je crois que c'est ce qui a fini d'anéantir Riley. Elle s'est enfermée dans une bulle, s'est réfugiée dans des excès que je n'ai pas envie de te raconter. Il nous a fallu, à Miles et moi, des mois avant que l'on arrive à sauver l'essentiel en déménageant ici et même après, on a dû lutter...

Le silence qui s'abat entre nous est presque palpable tant il est oppressant. Je me sens comme un con incapable de sortir quoi que ce soit, mais quels mots prononcer après une telle histoire ? Je fixe ma tasse de café, qui doit être froid depuis un moment, espérant y trouver une réponse. Je finis par dire, sans réfléchir :

– Riley est une battante, si elle a pu se relever après ça elle se relèvera de tout ce que la vie pourra lui jeter à la tronche.

Le regard que me lance Jamie à ce moment m'épingle sur place, je n'ose pas bouger alors que j'ai envie de courir pour évacuer la rage qui bout en moi.

– Ne la blesse pas. Jamais. Sinon, c'est ton crâne que je fracasserai la prochaine fois, tu m'entends ?

En sachant tout ça, je ne vois pas comment je pourrais supporter de faire souffrir Riley. J'ai plutôt envie d'aller me jeter sous les roues d'un bus pour me repentir des saloperies que je lui ai déjà faites. Je baisse la tête, accablé de remords. Elle sait que je n'ai pas été tendre avec sa sœur et elle m'en veut, c'est normal.

On entend alors du bruit dans la cuisine et une seconde plus tard, Riley débarque, essoufflée, les joues rougies, en tenue de course. Elle s'arrête quand elle nous découvre sur le canapé, ce qui me fait bondir sur mes pieds comme si nous avions fait quelque chose de mal. Ce qui au fond est le cas quand j'y pense. Jamie se relève plus lentement en levant les mains comme pour ne pas effrayer sa sœur. J'essaie d'afficher une expression neutre, mais toutes mes émotions sont sens dessus dessous et je lis sur son visage qu'elle a compris que je suis au courant. Je m'attends à des hurlements, mais elle murmure à Jamie :

– Comment as-tu pu ?

CHAPITRE 27

« Forget you, I can't forget you. Truth is I'm dishonest, 'cause I'm always scared to get too deep. Truth is that I want this, 'cause I always see you in my sleep[28]. »

Sabrina Claudio, *Truth Is*

28. « T'oublier, je ne peux pas t'oublier. En vérité, je ne suis pas tout à fait sincère parce que j'ai peur de plonger trop loin. En vérité, je veux cela parce que je te vois tout le temps dans mes rêves. »

RILEY

Ma vision s'étrécit, tandis que mon cœur tambourine contre ma cage thoracique. J'ai l'impression que tout se passe au ralenti et en même temps en accéléré. J'ai déjà vécu cela, je sais que c'est l'adrénaline dans mes veines qui en est responsable. Couplé à la fureur qui m'habite on obtient un combo gagnant : une Riley instable.

La journée avait pourtant bien commencé, jusqu'à ce que je fasse un crochet par la maison avant de filer à la douche après mon footing matinal. Il ne m'a fallu qu'un regard vers Logan, puis Jamie pour comprendre l'évidence que j'avais sous le nez. La pitié d'un côté et la culpabilité de l'autre. Il n'y a pas trente-six raisons pour lesquelles ils auraient ce comportement me concernant. Ma sœur n'a pas pu la fermer, elle a raconté *mon* passé à Logan.

Elle n'a aucun droit de faire ça.

C'est mon histoire, pas la sienne.

Ma poitrine se soulève et s'abaisse de plus en plus en vite, alors que Jamie tente un pas vers moi.

– Si j'étais toi je n'avancerais pas plus, je la menace. Je t'ai posé une question, tu as intérêt à me répondre, et vite. Comment tu as pu faire ça ?

– Riley, je suis dé...

– Surtout ne t'avise pas de me dire que tu es désolée. Putain, Jamie tu crois que ça suffit d'être désolée alors que tu cries sur les toits ce qui m'est arrivé comme si tu en avais le droit ?

– Tu deviens injuste là, Logan est la seule personne à qui j'ai expliqué... la situation.

– C'est une de trop, bordel !

Je hurle ce dernier mot au risque de réveiller tout le monde. Je m'en fiche, la colère me fait trembler, la honte aussi, toujours bien présente. Elle ne m'a jamais quittée, c'est pour ça que je n'en parle pas. La dernière chose dont j'ai envie, c'est de gérer l'après-révélation. Je n'ose plus regarder en direction de Logan, je n'en ai pas besoin je sais ce qu'il est en train de se dire. D'abord, c'est la pitié qui l'emporte : la pauvre petite victime, elle me fait de la peine. Puis viennent les questions : mais est-ce qu'elle ne l'a pas un peu cherché ? À cet âge-là, toutes les filles aiment l'attention des hommes plus âgés. Comment était-elle habillée ? Est-ce qu'elle a vraiment dit non ?

La bile remonte dans ma gorge et je me demande un instant si je ne vais pas vomir sur le tapis blanc de Jamie. Elle le mériterait, putain ! Je n'en reviens pas que ma sœur m'ait trahie de la sorte, jamais ça ne m'avait traversé l'esprit qu'elle puisse en parler. Encore moins à Logan !

– Tu es la personne la plus égoïste que je connaisse, Jamie. Si j'avais su que tu me planterais un couteau dans le dos comme ça, je serais restée chez notre mère. Comme quoi la pomme ne tombe jamais loin de l'arbre, hein ?

Je ne me maîtrise plus à ce stade, je crie à m'en blesser les cordes vocales. Sous le choc de mes mots, elle se rassied sur le canapé, une main plaquée sur la bouche. C'est un coup bas, je le sais et les larmes qui dévalent ses joues maintenant me prouvent que j'ai raison. *Bien.* Je n'avais encore jamais abattu cette carte-là, car la comparer à notre mère, ce n'est pas rien. Le sentiment de victoire qui m'envahit de la voir dans cet état me dérange mais seulement une seconde. Après je pense à ce qu'elle a fait. Alors souffre comme je souffre, *grande sœur*.

– Riley... intervient Logan.

– Toi, ferme-la ! Je ne veux pas de ta pitié. D'ailleurs, dégage d'ici !

– C'est quoi ce bordel ?

Je tourne vivement la tête pour remarquer qu'on a du public. Merveilleux ! Toute la famille est au complet pour assister à ce massacre. Joy et Austin se tiennent un peu en retrait sur les dernières marches de l'escalier alors que Miles s'assied à côté de sa femme pour la prendre dans ses bras.

– Riley, qu'est-ce que tu as fait, encore ? lâche-t-il en me fixant.

C'est à mon tour de reculer d'un pas, sous le choc. C'est forcément moi la responsable de toute cette merde ? Dans la tête de mon beau-frère, je ne peux qu'être la méchante de l'histoire. Un rire proche de l'hystérie m'échappe quand je reprends :

– Sympa, Miles. Tu arrives dans une pièce avec trois personnes et c'est moi que tu juges coupable de tout. Ça montre bien ce que tu penses de moi derrière tes bonnes manières...

Une vive douleur au niveau de mes deux mains attire mon attention et quand je les ouvre je remarque plusieurs marques profondes, presque violettes, en forme de demi-lune. Je serre si fort les poings que j'ai imprimé mes ongles dans ma paume. Soudain, l'air qui entre dans mes poumons se raréfie. J'ai besoin de sortir d'ici et vite. Sans un regard en arrière, je me précipite vers la cuisine puis dehors. L'air frais me fait du bien même si cela ne me permet pas de mieux respirer.

Il faut que j'arrive à me calmer, à retrouver un souffle normal, mais c'est impossible. Toute la stabilité que j'ai mis des années à bâtir vient de s'effondrer sans pouvoir l'éviter. Au contraire, j'ai tout fait pour accélérer sa destruction, en baissant ma garde avec cette fouine de Logan. Je me rue sur la porte de ma dépendance et avant que je ne puisse la refermer une main se plaque dessus.

Logan.

Il me repousse, forçant le passage, avant de refermer derrière lui.

– Riley, il faut que tu te calmes, tu respires beaucoup trop vite.

Sa voix me paraît venir de loin et en même temps c'est comme s'il venait de chuchoter cette phrase au creux de mon oreille. Tout est trop fort, trop près, trop loin. Trop tout. Mon cœur s'est lancé dans une course folle et me retrouver dans la même pièce que Logan n'aide pas, même si c'est le cadet de mes soucis. Les larmes me montent aux yeux alors que je me gratte la gorge, impuissante. Puis tout à coup, je perds l'usage de mes mains. Devant nos regards horrifiés, elles se tétanisent en forme de pince, malgré mes efforts je les contrôle plus.

« Je vais mourir » tourne en boucle dans ma tête. Je me demande même si je ne le dis pas à haute voix.

Après toutes ces années de lutte, c'est comme ça que je vais partir.

Sauf que je n'ai pas envie de mourir.

Je veux vivre.

– Putain, Riley, regarde-moi !

Les larmes m'empêchent de bien le voir, mais je le devine devant moi. L'instant d'après mes jambes cèdent sous mon poids et je me sens tomber. Logan me prend dans ses bras et accompagne ma chute au sol, il m'installe en travers de ses jambes comme un bébé. Puis, plus violemment que nécessaire, il m'agrippe le visage en le compressant avec force.

– Respire, tu m'entends ? Respire. Tout va bien. Respire, juste respire.

Le calme dans ses yeux orageux m'hypnotise alors je l'écoute et je respire. La goulée d'oxygène qui franchit mes lèvres me donne l'impression d'inspirer pour la première fois ; comme un nouveau-né. Alors je ne m'arrête pas malgré les étoiles qui dansent devant mes yeux, je reste concentrée sur sa voix et son regard.

– Continue, ne t'arrête pas. Tout va bien. Tu es en sécurité. Je te tiens.

Ces trois derniers mots brisent un barrage en moi, je sens la montée d'émotions s'abattre sur moi comme un raz-de-marée. Le sanglot qui sort de ma bouche n'a rien de délicat, au contraire. Mais je m'en fous, et il semblerait que lui aussi puisqu'il referme son étreinte sur moi, me plaquant contre son torse. Je niche ma tête dans son cou et je pleure. Je pleure comme cela ne m'est pas arrivé depuis des années, et durant tout ce temps, il me répète la même phrase.

Je te tiens.

Il me faut une éternité pour arriver à me calmer. Je suis lessivée, mon cerveau ne me sert plus à rien, il semble aussi vide que moi. Mon monde se résume à la chaleur des bras de Logan autour de moi, sa joue contre ma tête. Je sens son souffle sur mon crâne et bizarrement ça m'apaise un peu plus. Je n'ai pas envie de réfléchir au fait que je suis calme, lovée contre son corps. J'aurai le temps d'y penser plus tard.

– J'ai ruiné ton pull, je lâche en reniflant.

Son rire vibre contre mon oreille, je n'avais jamais fait attention à quel point ce son était beau.

– J'en ai plein d'autres, ce n'est pas grave. Tu... Ça va mieux ?

– Ça ira, j'esquive.

Un long silence s'installe à nouveau, me plongeant dans un demi-sommeil réparateur. Je n'ai pas été aussi bien depuis longtemps. Pourtant je sais que je dois briser cette paix.

– Tu ne dois pas avoir envie d'être ici je suppose...

Il recule un peu avant de poser un doigt sous mon menton, me levant le visage jusqu'à ce que nos regards se verrouillent. Ses yeux sont rouges et lumineux. A-t-il pleuré ? Sans réfléchir, j'effleure du bout des doigts ses cils, intriguée. Aussi léger que soit mon toucher il tremble avant de fermer les paupières.

– Je ne voudrais être nulle part ailleurs, tu m'entends ?

Je hoche la tête contre son épaule, mais je ne suis toujours pas convaincue, je me dois d'insister.

– Mais tu sais maintenant. Ce qu'il m'a fait, que je suis brisée...

De nouvelles larmes jaillissent sans que je puisse les retenir et surtout je n'en ai pas envie. Doucement Logan les essuie, une à une.

– Tu n'es pas brisée, Riley, murmure-t-il. Ce qu'il t'a fait est... horrible mais ça ne change rien tu es toujours Riley. Est-ce que ça me donne des envies de meurtre ? Oui. Est-ce que je vais avoir besoin d'un immense verre d'alcool pour digérer la nouvelle ? Oui. Est-ce que j'ai envie de me frapper pour mon comportement ? Oui. Est-ce que ça me fait passer l'envie de te serrer contre moi ? Non.

Une chaleur naît au niveau de mon nombril avant de s'étendre jusqu'à irradier tout mon corps. J'avais besoin d'entendre ces mots sans le savoir. Ils m'englobent dans leur douceur pour ne plus me lâcher. Jamais je n'aurais parié sur Logan Davis pour m'aider dans un moment pareil. La vie est pleine de surprise. Je retiens tout juste un bâillement, j'ai besoin d'une bonne douche et de plusieurs heures de sommeil.

– Tu sais que Jamie et Miles ne pensaient pas à mal, pas vrai ?

Mon corps se crispe à la mention de ma sœur et de mon beau-frère. Ma colère à leur égard n'a pas complètement disparu apparemment.

– Calme-toi, Riley. J'ai raison et au fond de toi, derrière ta montagne de rancœur, tu en as conscience. Si tu en veux à quelqu'un, c'est à toi-même à cause de ce que tu as dit.

– Depuis quand tu es devenu psy ? je le taquine après une hésitation.

– J'apprends vite et le doc Simon parle beaucoup.

Je pouffe contre son cou. Il a raison en ce qui concerne mon ancien thérapeute. Il peut tenir des heures, ce mec est inépuisable.

– Je l'aime beaucoup, il m'a beaucoup aidée autrefois.

– Ce n'est pas un mauvais gars, c'est sûr. Mais il m'en fait baver, alors je réserve mon verdict final pour le moment. D'autant plus qu'avec son histoire de cicatrice, j'ai de la peine pour lui donc la balance est faussée.

Je fronce les sourcils, perdue. Je me redresse un peu pour vérifier s'il se moque de moi.

– Sa cicatrice ? Qu'est-ce qu'elle a ?

C'est à son tour d'être surpris, il semble presque mal à l'aise, ce qui renforce ma curiosité.

– Tu n'es pas au courant que c'est son père qui l'a coupé car il avait des yeux bleus ?

Les yeux manquent de me sortir du crâne avant que je n'explose d'un rire libérateur sous le regard perplexe de mon acolyte.

– Quand tu veux, tu partages la blague, hein...

Son expression limite boudeuse renforce mon état et ça me demande pas mal d'énergie pour arrêter de glousser.

– Je connais son père, c'est l'un des hommes les plus adorables que cette terre ait porté. Cette cicatrice est due à un accident de vélo lorsqu'il était jeune.

Il reste bouche bée avant de se renfrogner.

– Il s'est payé ma tronche quoi, conclut-il.

– On dirait bien, je rigole. Il a dû trouver un moyen pour percer ta carapace je suppose. J'ai eu droit à un truc du genre aussi.

Son regard se fait plus sérieux tout à coup et je m'arrête. Le rouge me monte aux joues lorsqu'il m'observe avec attention, mais je ne baisse pas le regard.

– N'arrête jamais de rire, Riley, tu es faite pour ça.

Je dois être écarlate jusqu'à la racine de mes cheveux. Je n'accepte jamais facilement les compliments et encore moins venant d'un homme comme Logan. Peu à peu, je prends conscience de tous les points où nos corps se touchent, mais il n'y a aucune panique en moi, à peine une légère surprise. Je vois son regard clair, il n'y a aucun danger dedans. Je pourrais mettre ça sur le compte de la fatigue, mais je crois qu'il est temps de m'avouer que tout le monde n'est pas comme *lui*, mon violeur. Que chaque personne que je croise n'a pas vocation à me blesser. Tout se bouscule dans ma tête et je sature un peu. Il ne doit pas être plus de 9 heures du matin et la journée a déjà été rude. J'ai envie de retourner me coucher, mais je ne veux pas perdre cette connexion, qui se terminera en même temps que notre étreinte. Égoïstement, j'ai envie de prolonger ce contact dont je me suis trop longtemps privée. Je ne quitte pas ses yeux un instant, de peur de tout perdre encore une fois.

– Riley Jenkins, j'aimerais t'embrasser et je voudrais que tu ne flippes pas trop à ce propos, d'accord ?

Mon cœur manque un battement, mes lèvres s'entrouvrent mais je n'éprouve aucune angoisse. Je hoche la tête puis le regarde s'approcher lentement de moi, je repère même quelques paillettes d'un bleu sombre dans ses yeux avant de fermer les miens. Quand ses lèvres se posent sur mon front, je ne sais pas si c'est le soulagement ou la déception qui me submerge en premier. Puis il répète l'opération sur mes pommettes avant de reposer sa joue sur mon crâne. Tout contre sa poitrine, j'entends, non je sens, à quel point son cœur bat vite et je suis contente de voir que je ne suis pas la seule à être complètement bouleversée par ce qu'on vient de vivre.

CHAPITRE 28

« So I've been hoping for months, hoping for years, hoping I might forget. Aw, but it don't get much dumber, it don't get much dumber, than trying to forget a girl when you love her. And I, yeah, I still need you, but what good's that gonna do? Needing is one thing, and getting, getting's another[29]. »

OK Go, *Needing/Getting* (video version)

29. « Cela fait des mois, des années, que j'espère pouvoir oublier. Oh, cela n'est pas plus idiot, ce n'est pas plus idiot que d'essayer d'oublier une fille dont tu es amoureux. Eh oui, j'ai toujours besoin de toi, mais quel bien cela peut m'apporter ? Avoir besoin de quelqu'un est une chose, mais l'obtenir, l'obtenir en est une autre. »

LOGAN

Je regarde les premières lumières du jour filtrer par la fenêtre qui me fait face. J'adore ce moment où le monde se réveille doucement. Tous les habitants de la maison ne seront pas levés avant plusieurs heures, puisque nous sommes samedi alors je profite de ce calme apaisant. Le rythme quotidien s'est assoupli depuis quelques jours car ce sont les vacances, et je tâche de mettre ce repos forcé à profit. Je remue sur le canapé qui me sert de lit. Jamie ne m'a pas menti : je dors comme un loir sur ce truc.

Je n'ai pas réussi à quitter la maison après mon rapprochement inattendu avec Riley. Elle avait besoin de moi et moi d'elle. Alors j'ai commencé à guérir ici. Ça n'a pas été facile. J'ai dû reprendre depuis le début tout le travail que j'avais accompli. Le Doc n'a pas été ravi mais il a accepté de me reprendre en consultation et m'a encouragé comme au premier jour. Les *cravings* ont été terribles, la première semaine, j'ai cru avoir grippe et gastro en simultané mais ma sœur et Riley ont fait front commun et m'ont soutenu. L'envie est toujours présente, me faire une trace m'obsède dès que je ne fais rien ; je sais que la route est encore longue, mais j'ai bon espoir que cette fois-ci soit la bonne.

La famille Slade a également été un énorme soutien ; je me suis beaucoup rapproché de Jamie. L'ambiance était tendue au début, mais maintenant on est comme les deux doigts de la main. Joy redevient à son rythme ma Jojo, certaines choses entre nous sont brisées, très certainement à jamais à cause de ce qui s'est passé avec Crystal, mais d'autres naissent. Elles sont différentes mais dans le bon sens du terme. Puis, il y a les hommes Slade… Austin est celui qui m'a donné le plus de fil à retordre, il ne voyait pas d'un bon œil ma relation avec sa tante, quelle qu'elle soit. Ça m'aura coûté plusieurs sorties au cinéma pour le convaincre que je n'étais pas si mauvais au fond.

Et bien sûr, il y a Riley… Je ne sais pas comment décrire ce que nous partageons. Nous ne sommes pas un couple, mais nous ne sommes pas que des amis non plus. On avance tous les jours en mode *baby step*, comme elle me le répète sans cesse. Il ne s'est rien passé de plus entre nous que ce qui a eu lieu dans sa dépendance, mais elle m'autorise à lui prendre la main ou lui faire un câlin de temps en temps. Sa progression est impressionnante et pas qu'avec moi : sa famille aussi a le droit à plus d'affection de sa part. J'aime voir à quel point elle redécouvre les bienfaits d'une simple caresse. Elle a ce petit air étonné sur le visage qui est absolument craquant.

La sonnerie de mon téléphone me sort de mes pensées. Je me jette dessus pour le faire taire, mais quand je vois le nom de Vince, je décroche.

– Tu travailles à cette heure-ci ? Il est quelle heure chez toi ?

– Quatre heures du matin, mais je ne t'appelle pas pour discuter décalage horaire. Pourquoi tu ne réponds pas aux nombreux mails que je t'ai envoyé ces dernières semaines ? attaque-t-il.

Je grimace tout seul dans le salon, les yeux posés sur le manteau de cheminée, puis sur la photo de Riley. Cela suffit pour que je retrouve le sourire.

– Je suis plutôt occupé ici, avec le spectacle qui approche et ma cure de désintox.

Il m'a fallu un moment pour admettre que j'étais dépendant et je sais que c'est un combat que je devrai mener toute ma vie. Mais plus les jours passent et plus je me sens prêt à me battre pour rester clean. Mes proches le méritent.

– Oui, bon... Je t'ai envoyé plusieurs offres pour shooter des pubs ou pour des couvertures de magazines avec interviews. Maintenant que le secret de ta cure n'en est plus un, les demandes des journalistes affluent. Ça pourrait vraiment être bénéfique pour ton image d'en faire quelques-unes.

Je me pince l'arête du nez. Je n'ai pas le cœur de lui avouer que je n'ai lu aucun de ses e-mails avant de les supprimer. J'ai plus d'argent que je ne pourrai jamais en dépenser, je n'ai pas besoin de ça. Mais l'inquiétude que j'entends dans sa voix et le fait qu'il soit encore au travail à cette heure-ci me font culpabiliser.

– Le spot publicitaire pour le parfum, *Danger*, c'est un cachet à plusieurs centaines de milliers de dollars, Logan, insiste-t-il.

– Je sais, je grogne. Mais je devrais venir à L.A. pour tourner ça et j'ai pas le temps là, on verra après la mi-mai.

– C'est dans deux mois, Logan, ils n'attendront pas et tu le sais aussi bien que moi.

Il a raison, comme toujours. Si je veux encore avoir du travail en tant qu'acteur il va falloir que je recommence à montrer mon visage ; ça fait bientôt quatre mois que j'ai quitté la Californie. Ce n'est jamais bon de partir aussi longtemps dans un monde où tout est remplaçable.

– Renvoie-moi les informations, je regarderai ça dans la journée et je te réponds avant ce soir. Parole de scout.

– Parfait, on se reparle dans quelques heures alors.

Sans plus de cérémonie, il raccroche. J'ai appris, avec les années, à ne pas lui en tenir rigueur. D'un mouvement souple, je rejette la couverture pour me lever. Je m'étire de manière minutieuse car j'ai une longue journée qui m'attend et elle va être plus que chargée. Je vais jusqu'à la cuisine où je me fais couler un café avant de m'asseoir sur l'un des tabourets qui fait face à l'îlot central. Je jette un regard dehors, le soleil pointe à peine le bout de son nez, ça va être agréable de courir par ce temps. Les températures remontent doucement et c'est appréciable de ne plus avoir besoin de courir avec bonnets et gants !

Riley m'a aidé à reprendre la course. Je ne pensais pas que ça serait si dur, c'est fou comme on peut vite perdre le rythme sans entraînement régulier. Maintenant, je m'en sors beaucoup mieux même si je ne joue toujours pas dans la même équipe que Riley. Elle croit que je n'ai pas remarqué qu'elle lève le pied pour moi, mais après avoir couru pendant plusieurs mois à côté de quelqu'un, on remarque ce genre de détails. Comme le fait qu'elle adore commencer à s'entraîner avec sa capuche relevée pour qu'elle tombe d'elle-même dès ses premières foulées. Ou encore la jolie teinte rosée de ses joues qui ne disparaît pas avant au moins une heure après la fin de notre exercice physique. J'enregistre des tonnes de petites informations de ce genre au fil des jours et mon mémo mental commence à être plein à craquer. Celle qui m'a le plus touché est que Riley a décidé d'un nouveau tracé pour notre jogging. On ne passe plus du tout devant chez Crystal et je l'en remercie chaque jour car c'est encore trop compliqué pour moi. Je n'y ai pas remis les pieds depuis que je suis allé chercher en quatrième vitesse mes affaires pour les amener ici.

Joy m'a demandé plusieurs fois de l'accompagner au cimetière mais j'en suis incapable. La culpabilité me ronge encore. Le doc Simon a beau me dire que ce n'était pas ma faute, c'est quand même moi qui ai acheté cette putain de drogue, et c'est moi qui l'ai si mal planquée dans ma piaule. Certes, je n'ai pas forcé Crystal à la prendre, mais ça revient au même pour moi. Peu importe ce qu'ils me disent tous, j'ai ma part de responsabilité dans ce qui est arrivé et je ne sais pas si je pourrai me pardonner un jour.

Mon téléphone émet un bip m'annonçant l'arrivée d'un nouvel e-mail, je l'ouvre pour voir qu'il s'agit du récapitulatif de l'offre pour la pub du parfum. Mais mon attention est tout de suite attirée par la photo en pièce jointe. Je clique dessus pour l'agrandir et la surprise me gagne quand je m'y découvre en compagnie de Riley, en train de courir. Je ne sais plus ce qu'elle était en train de me dire, mais elle me regarde avec un petit sourire mutin alors que je ris aux éclats. J'observe le cliché pendant quelques instants supplémentaires avant de le fermer pour consulter l'e-mail et lire ce qu'a rajouté mon agent.

Est-ce que ça fait partie du plan pour « redorer ton image » ?

La discussion qu'on a eue il y a presque deux mois me revient en mémoire : « *Si tu pouvais essayer de te trouver une minette sympa, bien sous tous rapports, histoire qu'on oublie tes déboires et par la même occasion qu'on redore ton image...* » Je secoue la tête, pour Vince il y a toujours une raison derrière chaque comportement. Pour le moment, je n'ai pas envie de me confier à propos de Riley, c'est ma bulle personnelle. Elle est encore trop fragile pour que j'en parle à mes proches et surtout il n'y a rien d'officiel. Alors je ne réfléchis pas vraiment quand je lui réponds :

On va dire ça... À ce soir !

Riley a eu du mal à s'habituer à la présence encore persistante de certains paparazzis mais la plupart des clichés ne voient pas le jour dans la presse car je ne suis plus tendance pour le moment. J'ai juste peur que ça explose le jour où je retournerai à Los Angeles. Vince fait du mieux qu'il peut pour réguler tout ça, mais il n'est pas magicien et puis la liberté de presse n'existe pas pour rien, même pour ces tabloïds

J'ai presque fini mon café lorsque Miles fait irruption dans la cuisine, les cheveux en pétard, les yeux encore collés. Un tee-shirt *Star Wars* et un vieux jogging complètent le tableau. Je plonge mon nez dans ma tasse pour dissimuler mon sourire. Ce mec est un grand enfant pour certaines choses. Sa créativité vient peut-être de là d'ailleurs, il a su garder cette innocence qu'ont les gamins. Il suffit de le voir avec son fils pour comprendre qu'il s'éclate autant que lui à construire des trucs en Lego.

– 'jour, grogne-t-il en se faisant couler un expresso.

– Bien dormi ?

– Jamie m'a piqué la couette toute la nuit. Encore. Et toi, toujours à l'aise sur le canapé ?

– Oui, nickel.

Je me tais un instant, hésitant sur ma prochaine phrase. Jamie m'a déjà envoyé bouler lorsque j'ai évoqué l'idée, peut-être que son mari sera plus ouvert.

– Crache ta pastille, mec. Si tu voyais ta tête, on dirait que tu aides Austin à faire un devoir d'histoire.

Je souris en repensant à ce moment mémorable pour eux, traumatisant pour moi.

– OK, je suis là depuis quinze jours, Joy depuis plus d'un mois et Jamie n'accepte pas le moindre dollar...

– Et tu crois que je vais m'opposer à une décision de ma femme ? se moque-t-il avant de boire une gorgée.

C'est mal parti, cette histoire. Je ne peux pas rester chez eux s'ils n'acceptent pas que je les aide financièrement un minimum.

– Ça pourrait être notre secret ? Elle n'a pas besoin de tout savoir non plus, j'avance.

Un jet de café se répand sur l'îlot central. Miles s'étouffe avec la gorgée qu'il était en train de boire. Enfin avec ce qu'il en reste, la majorité étant sur le meuble.

– Conseil : ne cache jamais rien à ta moitié. Elles finissent toujours par savoir, d'accord ? Toujours. Et encore moins aux filles Jenkins, elles sentent un mensonge à vingt kilomètres...

Il me confie ça sur un ton paternel qui me hérisse le poil, tout en nettoyant sa connerie. Je ne sais pas ce qu'il sait de Riley et moi, mais on dirait qu'il me donne sa bénédiction d'une certaine façon.

– Alors il va falloir qu'on trouve un terrain d'entente tous les trois, car ni Joy ni moi ne voulons rester ici aux frais de la princesse, je conclus, déterminé.

Il n'a pas le temps de répondre, Austin débarque en dérapant à côté du frigo. En voilà un qui déborde d'énergie quelle que soit l'heure de la journée. Il attrape une brique de lait tandis que son père lui donne un bol et une boîte de céréales. Il grimpe sur le tabouret à côté de moi et commence à se servir son petit déjeuner. Il n'a pas enfourné sa première cuillère qu'il nous abreuve déjà des détails de son rêve dans lequel il était capitaine d'un bateau de pirates.

– Je me suis réveillé juste au bon moment alors que mon équipage allait me jeter par-dessus bord ! Les traîtres, se plaint-il. Papa, c'est ton tour de choisir un mot.

Je lance un sourire en direction de Miles qui se frotte le crâne tout en attrapant la petite jarre en verre contenant les mots que rajoute Jamie tous les jours. Il en sort un papier. Austin est suspendu aux lèvres de son père.

– Voyons voir ce qu'on a pioché : « froussard », annonce-t-il à l'instant où Jamie entre à son tour dans la cuisine.

Elle embrasse mari et enfant avant de me tapoter gentiment le dos en passant derrière moi pour se diriger vers la machine à expresso. Durant les quinze minutes qui suivent on parle de tout et de rien, puis je me lève en même temps qu'Austin car il va être l'heure pour moi d'aller courir. Quand je suis sûr que de jeunes oreilles indiscrètes ne traînent pas, je me plante face aux Slade pour dire d'une voix sans appel :

– Les études coûtent cher et Austin est un gamin qui ira loin. Alors si vous ne voulez pas de mon argent, prenez-le pour lui et mettez-le de côté. Je n'ai jamais endossé les chèques de la fac, il me suffit d'un coup de fil pour qu'ils soient réédités à votre nom, j'annonce en levant la main, intimant ainsi le silence à Jamie. Réfléchissez-y, c'est tout.

Sans un mot de plus, je quitte la pièce pour revêtir ma tenue de sport dans la salle de bains avant de me rafraîchir. Cinq minutes plus tard, je suis dehors et alors que j'avance vers sa dépendance, Riley en sort. Elle n'est pas surprise de me trouver là, au contraire, et elle me sourit gentiment avant de refermer sa porte.

– Prêt ? me demande-t-elle

Un simple hochement de tête suffit pour lui donner ma réponse. Pourtant, on reste figés tous les deux et je la regarde comme si cela faisait des semaines que je ne l'avais pas vue. Ses yeux verts brillent dans le soleil matinal, ses cheveux sont tirés en arrière en une queue-de-cheval qui révèle son visage. Je m'approche tout doucement d'elle pour ne pas l'effrayer. Cette précaution n'est plus vraiment nécessaire, mais elle me tient à cœur, j'ai trop abusé par le passé et je veux faire les choses bien maintenant.

Elle est étonnée, pourtant elle me laisse attraper sa capuche et la remonter sur son crâne sans rien dire.

– Maintenant, on peut y aller, je murmure.

La lueur qui passe dans son regard me fiche un coup au cœur et je ne résiste pas à l'envie d'attraper doucement sa main. Elle enlace nos doigts spontanément. Voilà, là, on est prêts.

On gagne la route, ensemble, paume contre paume. Elle ne me lâche que pour commencer à courir. Je la laisse partir devant, un sourire niais plaqué sur le visage. Il me tarde de voir sa réaction face à ce que je lui réserve demain...

CHAPITRE 29

« Go the doors are close to heaven, they said we could be better. Ours hearts told our heads to let go so it's better than regretting and we won't be forgetting as we walk out this world on our own[30]. »

Shake Shake Go, *Doors to Heaven*

30. « Va, les portes du paradis sont fermées, ils disent qu'on pourrait faire mieux. Nos cœurs conseillent à nos têtes de laisser tomber, c'est mieux que d'avoir des regrets et nous n'oublierons pas alors que nous marchons de nous-mêmes dans ce monde. »

RILEY

6 h 28

Une nouvelle journée s'annonce. J'émerge de sous mon oreiller pour éteindre mon réveil avant de m'écrouler de nouveau sous la chaleur de ma couette. Aujourd'hui est le dernier jour de vacances et je m'étais promis une grasse matinée pour changer un peu, mais hier soir je n'ai pas eu le cœur d'annuler notre rendez-vous hebdomadaire, à Logan et moi. Et puis de toute façon, je n'ai jamais réussi à supprimer mon alarme, comme si j'avais encore besoin de me protéger de ce qui survenait souvent à 6 h 30...

Je grogne en roulant sur le dos, définitivement réveillée, cette fois-ci. Malgré les progrès de ces derniers mois et surtout des dernières semaines, j'ai encore de grosses fêlures. Il n'existe peut-être aucun remède pour les réparer, mais ce n'est pas grave, je peux vivre avec, un peu plus légère à chaque victoire que je remporte en réalisant quelque chose de nouveau.

Voir Logan lutter chaque jour pour surmonter son addiction me donne la force qu'il me manquait parfois. Même si je suis passée par là, la situation était différente. Oui, j'ai déconné avec la drogue et l'alcool. Oui, j'ai noyé mes problèmes dedans, mais lorsque j'ai tout arrêté, je n'ai pas eu de crises de manque car je ne me mettais pas la tête à l'envers tous les jours. J'avais encore ce besoin d'être maîtresse des événements, de garder un contrôle même partiel sur ma vie. Ce que n'a pas fait Logan. Même si, en cas de crise, l'alcool ou la drogue peuvent apparaître comme un réflexe, une solution, mais je lutte aussi fort que possible pour ne pas replonger.

Pourtant cette fois-ci, il essaye vraiment. Il se confie de temps en temps, sur des petites anecdotes de sa vie en Californie, mais il ne s'ouvre que peu sur ce qui fait qu'il est lui. Un être complexe et perdu mais profondément gentil une fois qu'on a percé sa carapace. J'aime passer du temps avec Joy et lui ; plus je les vois interagir et plus je me demande comment j'ai fait pour ne pas remarquer leur lien de parenté. Ils se ressemblent tellement.

Je souris en repensant à la soirée jeux d'hier soir. Cette fois-ci, on jouait à Twister. Pour des raisons évidentes, j'ai préféré laisser ma place et dicter les positions et couleurs. Qu'est-ce qu'on a rigolé ! Surtout quand le visage de Logan s'est retrouvé collé dans le cou de Caleb. Un souvenir immortalisé dans mon téléphone. Si un jour, on s'embrouille je pourrai le menacer d'imprimer cette photo et de la placarder sur tout le campus ! Je pouffe en me levant, sachant pertinemment que je ne ferais jamais une chose pareille. Pourtant, j'adorerais voir son expression en découvrant le pot aux roses ! Je suis presque sûre que Jamie et Joy m'aideraient.

Tout en me dirigeant vers ma salle de bains, je repense à la discussion que nous avons eue, ma sœur, Miles et moi. Ça n'a pas été très joli dans un premier temps, puis les excuses et les pleurs ont suivi. J'ai même échangé ma première étreinte avec mon beau-frère, ce jour-là. J'ai vraiment été horrible de leur cracher ces choses au visage, surtout devant Austin. Pourtant je me connais, j'attaque très fort quand je me sens désemparée. Il faudrait vraiment que j'apprenne à maîtriser mes réactions. Un jour, j'y arriverai, je n'ai pas le choix de toute façon. Une part de moi en veut toujours un peu à Jamie d'avoir raconté mon histoire, mais finalement, je ne regrette pas car c'est ce qui a provoqué mon rapprochement avec Logan. Même si pour le moment je ne veux pas trop réfléchir à tout ça.

Je retourne dans ma chambre, m'apprêtant à poursuivre mon rituel avec le choix d'une musique et le rendez-vous avec mon miroir lorsqu'on toque à ma porte. Un coup d'œil vers mon réveil m'apprend qu'il n'est que 6 h 45. Une voix chaude que je connais par cœur et qui me fait sourire lance alors :

– J'espère pour toi que tu n'es pas encore au lit, Riley.

Je lui ouvre, arborant un large sourire. Logan apparaît, déjà vêtu d'un jean sombre et d'un manteau en cuir qui souligne parfaitement sa silhouette sportive.

– Bien. Tu ne dors pas, constate-t-il en prenant appui sur le chambranle. Changement de programme aujourd'hui.

Je fronce les sourcils. Il sait que je ne suis pas une grande fan des surprises ; j'aime tout prévoir et tout contrôler. La tension qui me gagne me pousse à me tordre les mains. Cela ne lui échappe pas et il les prend dans les siennes. Mon cœur redouble de vitesse, comme toujours dès qu'il me touche, mais pas à cause de la panique. J'évite de m'interroger sur la cause de cet emballement, j'ai trop peur de la réponse.

– Avant que tu te fasses un monde de catastrophes là-dedans, me dit-il en tapotant mon crâne, je te conseille juste de t'habiller chaudement. On va faire quelque chose de vraiment chouette. Je te laisse dix minutes, et on se retrouve ici même.

Sans attendre, il referme lui-même la porte, ne me laissant pas voix au chapitre. Je reste interdite avant de me mettre à sourire bêtement. Une minute plus tard, je retourne ma garde-robe pour trouver quelque chose à mettre, chaud mais présentable. Alors que je m'apprête à m'habiller, mon reflet dans le miroir me coupe dans mon élan.

Un tiraillement dans ma poitrine me pousse à suivre mon rituel. Comme si ne pas le faire pouvait entraîner quelque chose d'horrible. Je me précipite vers mon lecteur CD que j'allume sans prendre le temps de regarder ce qu'il y a dedans. *Writer in the Dark* de Lorde emplit ma chambre alors que je me tiens devant mon miroir. Après une brève inspiration, j'enlève mon bas de pyjama, puis mon haut. Je me retrouve, comme tous les matins, en culotte face à mon reflet.

Ce que j'y vois m'étonne d'abord : mes os sont beaucoup moins saillants qu'il y a quelques mois, ma poitrine légèrement plus bombée et mes joues, moins creusées. Je me souviens de l'une des séances avec le docteur Simon lors de laquelle nous avions parlé de mon corps et de mon obsession à le garder le plus « plat » possible. J'avais détesté aborder ce sujet avec lui, c'était trop personnel, trop risqué de parler de mon corps avec un homme. Mais j'avais serré les dents et répondu à ses questions. Lorsqu'à la fin, il avait dit que ma perte de poids fulgurante revenait à la perte d'une armure, j'en étais restée bouche bée. Puisqu'elle me faisait défaut, autant m'en débarrasser, quitte à faire souffrir mon corps au passage. Œil pour œil, en somme. J'avais refusé de le revoir pendant plus de trois semaines après cette analyse que je pensais erronée.

Le temps m'a prouvé qu'il avait raison, une fois de plus. Je ne me serais jamais vraiment rendue malade car je devais être capable de fuir en cas de besoin. Et ça demande de la force. Mais dans ma tête, le fait de voir mon corps devenir presque androgyne me permettait de ne plus avoir peur du regard des hommes que je croisais. Ce qui est complètement absurde, quand j'y repense mais c'était un mécanisme de défense dont j'avais besoin à l'époque. Je sais que je ne redeviendrai jamais aussi... voluptueuse, mais je peux accepter de ne plus avoir que la peau sur les os. Alors, même si je m'entraîne toujours autant, je fais en sorte de me nourrir en conséquence. Logan veille au grain depuis qu'il habite ici, il se fait un devoir de me servir une portion supplémentaire que je finis rarement.

Je pose les mains sur mes hanches pour détailler une dernière fois mon reflet avant de me saisir d'une ceinture thoracique. Voilà une autre chose dont je n'arrive pas à me séparer et je ne sais pas si je pourrai un jour. Ma poitrine était ce qu'*il* préférait chez moi, *il* me le disait à chaque fois. Alors je suppose que ça prendra plus de temps pour moi d'accepter cette partie de mon corps. Une fois bien harnachée, je me dépêche d'enfiler un jean, lâche juste ce qu'il faut, ainsi qu'un tee-shirt et une veste à capuche noire. Après avoir enfilé mes chaussures, j'attrape un coupe-vent, vert sombre pour compléter ma tenue. Avant de partir je m'empare de mon portable, de lunettes de soleil et d'un bonnet.

Le soleil m'agresse dès que je mets un pied dehors. Logan n'est nulle part en vue, mais je descends l'allée pour voir s'il ne m'attend pas un peu plus loin. Je le trouve en effet en train de patienter le long du trottoir, nonchalamment assis sur une moto. Je me fige quand je vois les deux casques en équilibre sur les rétroviseurs.

– Avant de dire non, écoute au moins ma proposition, me lance-t-il un sourire dans la voix.

– Tu as intérêt à être sacrément convaincant car il est hors de question que je monte sur ce truc, je réplique en m'arrêtant devant lui.

Il me sourit avant de se reprendre.

– Je ne connais pas bien la région et j'ai entendu parler d'un spot à voir absolument. J'ai envie de le découvrir avec toi.

Sa sincérité me coupe dans mon élan, je ne m'y attendais pas.

– Tu triches, je marmonne.

– Je suis un acteur, c'est mon job de tricher.

– Voilà qui est rassurant... Et d'abord, tu sais conduire une moto ? Et où en as-tu trouvé une ici ?

D'un mouvement souple, il se penche pour attraper une de mes mains et crocheter ses doigts aux miens. Je sais qu'il essaie de me perturber, pour que j'oublie le stress de me retrouver collée à lui pendant Dieu sait combien de temps sur cet engin de malheur.

– J'ai dû passer mon permis pour un tournage et c'est un ami qui m'a donné un contact.

– Un ami ? Tu as des amis hormis ceux qui sont à l'intérieur de cette maison ? je le tacle.

Il porte sa main libre à sa poitrine comme si je l'avais blessé.

– C'est le dernier jour des vacances, après c'est une grande ligne droite jusqu'au spectacle. J'ai envie de faire quelque chose de sympa avec toi avant...

Il ne termine pas sa phrase, il n'en a pas besoin. « Avant que je parte » est suspendu entre nous. Mon cœur se serre en imaginant que le temps que je passe avec lui est compté et c'est la raison pour laquelle je reste murée dans le silence.

– Allez Riley, s'il te plaît ? insiste-t-il en me faisant une moue d'un enfant de trois ans.

Le pire dans tout ça, c'est qu'il reste séduisant...

– D'accord, je concède, mais tu as intérêt à nous ramener en un seul morceau !

– Deal !

Sans perdre de temps au cas où je changerais d'avis, il me met le casque sur la tête et va même jusqu'à m'attacher lui-même la lanière sous le menton. Puis il fait de même avec le sien avant d'enfourcher la moto. Avec un sourire presque aussi éblouissant que le soleil, il me fait signe de monter derrière lui. L'espace entre son dos et les deux sacoches noires attachées de chaque côté de la bécane ne me laisse pas beaucoup de place. Respirer sans le toucher ne sera pas possible.

– Tu n'as qu'un mot à dire pour que je m'arrête. On ira à ton rythme, Riley, je te le promets.

Et je le crois.

Aussi simplement que ça. Dès qu'il fait démarrer la moto, je grimpe derrière lui en prenant appui sur ses larges épaules. Quand je m'assieds, je m'aperçois que j'ai plus d'espace que prévu, ce qui me rassure sans pour autant calmer mon pouls. C'est une sensation particulière d'avoir le corps de Logan entre mes genoux sans me sentir menacée d'une quelconque manière. Peut-être le fait qu'on soit dehors ou qu'il me tourne le dos. En tout cas, je maîtrise la situation... pour le moment.

Après avoir fait vrombir une dernière fois la moto, il accélère doucement. Je tiens trente mètres tout au plus avant de l'enlacer de peur de tomber. Les tremblements de son dos m'informent qu'il rigole, le traître. Si je n'avais pas peur de bouger je lui flanquerais un bon coup dans le ventre. Mais vu qu'il a ma vie entre ses mains, je vais éviter de le déconcentrer.

On avale les kilomètres, ça doit bien faire dix minutes qu'on roule. J'occupe mon cerveau comme je peux en décomptant le temps.

– Riley, si tu serres encore un peu plus, je ne pourrai plus respirer, me crie-t-il.

Je relâche un tout petit peu mon étreinte quand il pose sa main sur les miennes. Elle est chaude, ce qui fait remonter un frisson le long de mon échine. Il trace inconsciemment des ronds sur ma peau et ça me détend peu à peu. La tension dans mes épaules se relâche et ma position sur la moto se décrispe.

– Et si tu ouvrais les yeux pour voir ? me lance-t-il.

Sans réfléchir, pour éviter de perdre mon courage, je lui obéis. Tout d'abord, je ne vois que du vert, avant de comprendre qu'il s'agit d'arbres. J'ai l'impression qu'ils défilent à une allure folle, alors que notre vitesse est raisonnable. Logan ne jouerait pas à ça. Alors, je me redresse pour décoller ma joue de son dos, le vent siffle immédiatement dans mes oreilles. Il me fouette le visage, mes yeux s'humidifient mais je les garde grands ouverts. J'inspire à pleins poumons l'air frais de ce début mars, et j'ai l'impression de ne pas m'être sentie aussi vivante depuis longtemps. Mon regard bondit d'un endroit à l'autre ; je me gorge de toute la beauté de cette route perdue au milieu des arbres. Un oiseau, sans doute effrayé par le bruit du moteur, s'envole non loin de nous avant de disparaître de ma vue.

Comme lui, j'aimerais voler, sentir le vent supporter mon poids. La sensation sur la moto me donne un aperçu de ce que ça doit être. Avant de me décourager, je dénoue mes mains du ventre de Logan. Comme s'il savait ce que j'ai en tête, il attrape mon genou pour me maintenir. Lentement j'écarte les bras comme un oiseau et lève les yeux au ciel. Logan choisit ce moment pour accélérer un peu et je pousse un long cri. Entre appréhension et libération. Il me faut un temps pour entendre par-dessus le vacarme du vent que mon partenaire du jour crie en chœur avec moi.

◆ ◆ ◆

Le reste du trajet se passe de manière beaucoup plus calme. On ne se parle pas beaucoup car il faut crier et on préfère savourer ce moment autrement. En pressant nos mains ou en échangeant des coups d'œil dans les rétroviseurs. Soudain, Logan me tapote le genou pour attirer mon attention. On passe rapidement devant le panneau m'indiquant enfin où nous sommes : Smith Mountain Lake.

J'ai entendu parler de cet endroit à plusieurs reprises, mais je n'ai jamais eu le courage de venir jusqu'ici. Je reste pantoise devant le paysage qui s'offre à moi. Il n'y a pas grand monde, certainement car il est encore tôt, mais je parie que ce lac doit être bondé dès que les températures s'élèvent. Je descends de la moto pour m'avancer vers la gigantesque étendue d'eau. Au loin, on distingue des montagnes ; des milliers d'arbres montent la garde sur les cimes et une brume matinale danse, nimbant les lieux d'une atmosphère irréelle. On aperçoit des habitations, mais rien ne trouble le calme des eaux qui brillent de mille feux sous les rayons du soleil. Les poils de mes bras se hérissent sous le coup de l'émotion.

Soudain, Logan se tient à mes côtés, lui aussi soufflé par le paysage que nous avons sous les yeux.

– Tu savais ? je demande simplement.

– Non, on m'avait dit que c'était beau, surtout le matin, mais je ne m'attendais pas à ça, confesse-t-il dans un souffle.

On admire le monde s'éveiller durant de longues minutes, nous gorgeant de cette vue. Puis, gentiment, Logan me saisit la main pour me faire remonter sur la moto. Il s'empare d'un papier dans son blouson de cuir, mais je n'arrive pas à lire par-dessus son épaule. Nous repartons, mais au lieu d'emprunter le sentier par lequel nous sommes arrivés, il s'engage dans un chemin de terre pour arriver devant un grand portail qu'il ouvre grâce à un code. Mon intuition se confirme quand on dépasse de plus en plus d'allées privées : nous sommes en train de faire le tour du lac.

Je distingue l'accès à une sorte de ponton, près duquel nous nous garons. Sans l'attendre, je cours sur les planches de bois. La vue est encore plus stupéfiante que tout à l'heure. Ici tout est plus sauvage : peu de monde a accès à cet endroit, ce qui me conduit à m'interroger sur les moyens dont disposait Logan pour nous amener ici. Je me retourne et l'aperçois un peu plus loin, assis sur une serviette à quelques mètres du lac, une tasse de café à la main.

Je salive d'avance à l'idée de boire ce doux nectar. Lorsque je le rejoins, il tapote la place à côté de lui sur la serviette. Une fois que je suis assise, il me sert une tasse de café qu'il conservait dans une bouteille isotherme. Quand je m'en saisis, je plaque mes mains sur le plastique pour réchauffer mes doigts.

– Tu crois qu'elle est à combien ?

D'un mouvement de la tête, je lui montre l'eau calme qui clapote sur la berge.

– Je ne sais pas. Pas bien chaude en tout cas, me répond-il en réprimant un frisson rien que d'imaginer la température.

Je bois une gorgée de mon café qui me revigore instantanément. Si j'avais su que cet endroit somptueux n'était qu'à une heure trente de Madison, je serais déjà venue. Si seulement je ne m'étais pas empêchée de vivre pendant si longtemps...

– Serais-tu frileux, ô grand acteur hollywoodien ? je le taquine pour ne pas me laisser emporter par mes sombres pensées.

– Je vis en Californie, est-ce que ça répond à ta question, Jenkins ?

Sa repartie me fait rire car je sais que je l'ai vexé. Il ne m'appelle par mon nom de famille que lorsqu'on s'agace mutuellement. Je n'arrive pas à retenir mon rire, ce qui me vaut un regard noir de sa part.

– Je prends sur ma journée d'hier pour tout organiser, je me lève aux aurores pour rouler dans le froid pour que tu te moques de moi ?

– Tu t'attendais à autre chose ? je le nargue.

Derrière mon humour se cache une vraie question. Il me connaît suffisamment pour savoir qu'il ne faut pas me mettre la pression sur quoi que ce soit. Mais son étonnement ne me paraît pas feint quand il me rétorque :

– Un simple merci devrait faire l'affaire.

Souriante, je bois une nouvelle gorgée de mon café avant de plonger mon regard dans le lac et les arbres qui l'entourent.

– Je te remercie de m'avoir amenée ici, c'est magnifique, je lui dis en posant brièvement la main sur son bras.

Il me répond d'un simple hochement de tête avant de se détourner pour admirer la vue. J'aime ces moments où l'on n'a pas besoin de se parler, juste à « être ». En écoutant les sons de la nature qui s'éveille, je me fais la promesse de revenir ici à l'automne ; les couleurs doivent être magnifiques. J'attrape un caillou à côté de moi et le jette dans l'eau. Logan se lève d'un bond pour éviter les éclaboussures, me faisant sursauter.

– Relax, c'est que de l'eau ! Je vais finir par croire que tu ne sais pas nager...

– Je nage parfaitement bien, je te remercie, je n'ai juste pas envie de me geler les grelots.

L'image qui s'affiche sur ma rétine à cet instant n'a pas de prix. J'explose si fort de rire que les habitants de la maison devant laquelle nous sommes passés tout à l'heure doivent m'entendre. Mais c'est plus fort que moi et l'air courroucé de Logan ne m'aide pas à me calmer.

– D'accord, tu l'auras voulu, balance-t-il en enlevant sa veste en cuir, son pull, puis rapidement ses chaussures.

J'arrête de rire pour le regarder, interloquée. Il est en train d'enlever ses chaussettes quand je retrouve l'usage de la parole.

– Mais qu'est-ce que tu fous ? je m'exclame en me levant. Tu es malade il fait moins huit mille !

– Tu as bafoué mon honneur de mâle alpha, il faut que je le regagne maintenant.

Tout ce que je parviens à répondre est un simple : « Hein ? » avant qu'il ne coure en direction de l'eau, encore à moitié habillé. Le cri qu'il pousse quand ses pieds touchent l'eau glacée n'a rien de dominant, mais il ne s'arrête pas. Bientôt, il a de l'eau jusqu'aux hanches, puis il plonge.

– Alors, c'est qui le patron ? me crie-t-il.

– Celui qui va attraper une pneumonie ?

– À ton tour maintenant, continue-t-il comme si je n'avais rien dit.

Je retourne sur la serviette, plantant mes chaussures dans le sol et croisant les bras.

– Me force pas à venir te chercher Riley, ça serait encore pire.

– Garde tes menaces pour d'autres. Tes lèvres virent au bleu ! Je le vois d'ici ! je lui lance en levant les bras au ciel.

Pourtant, il ne bouge pas. Il se contente de remuer les bras et de me dévisager au point que le rouge me monte aux joues. Il ne bougera pas, tant que je ne l'aurais pas rejoint, quitte à tomber en hypothermie.

– Tu m'emmerdes, Davis !

En quelques gestes vifs et rageurs, je retire les mêmes vêtements que lui. Je frissonne dans l'air frais, alors que je n'ai pas encore touché l'eau. Allez, je peux le faire, dans quelques minutes ça sera fini. Je marque un arrêt juste devant le lac, pour rassembler mon courage puis je ferme les yeux et entre dans l'eau. Comparé à mon couinement, le cri de Logan avait tout de celui d'un mâle alpha, en fait. L'eau atteint à peine mes genoux mais je sais déjà que je ne pourrai pas aller plus loin. Je suis en train d'amorcer un demi-tour quand la voix grave de Logan me surprend, juste à côté de moi :

– Oh non, tu ne vas pas t'en sortir comme ça...

Tout ce que je retiens, ce sont les bras qu'il referme sur moi et la morsure de l'eau sur mon corps. Je me débats instantanément, pas parce que j'ai peur mais parce que je suis gelée ! Ce traître me libère vite et comme j'ai encore pied, je surgis du lac. Dès que l'air frôle mon visage, je me mets à claquer des dents et je dois m'y reprendre à plusieurs reprises pour réussir à articuler une phrase compréhensible.

– Tu... Je... Un jour ! je le menace, un doigt pointé dans sa direction.

Quand j'ai de l'eau au niveau du nombril, il m'oblige à me tourner vers lui. Ses lèvres tirent vers le violet sombre et son corps est parcouru de tremblements, mais il s'en moque. Son regard est planté sur mon ventre, je baisse les yeux pour découvrir que mon tee-shirt est remonté et que ma ceinture thoracique est en partie exposée. J'hésite entre m'enfuir et replonger pour ne plus croiser son regard. La honte m'oppresse, mon menton tremble, mais ce n'est pas dû qu'au froid ou à mes vêtements trempés.

– Riley, regarde-moi.

Je secoue la tête, le regard perdu sur ma ceinture ; l'effroi m'engouffre.

Soudain, les mains de Logan attrapent mon tee-shirt et le déroulent lentement afin de dissimuler ce que je cache. Enfin, en partie, car il est tellement moulant qu'on devine les contours de la ceinture, mais c'est déjà mieux. Un doigt sous mon menton me force à relever le visage, mais je ferme les yeux dans ma grande lâcheté.

– Riley, insiste-t-il d'une voix profonde.

C'est son ton qui me fait céder. Je tombe directement dans son regard bleu teinté d'orages. Les émotions y défilent beaucoup trop vite pour que je puisse les définir.

– Je vais t'embrasser Jenkins, mais avant je tenais à te dire que tu es magnifique comme tu es. Tu... Tu es tellement forte.

Les larmes me montent aux yeux en entendant cette déclaration ; puis il dépose un baiser sur mon front. Il reste plus longtemps que prévu, au point que je me mets à compter les pulsations rapides de mon cœur. J'oublie le froid ; pour rien au monde, je ne voudrais briser ce moment. J'agrippe son tee-shirt trempé pour qu'il ne s'éloigne pas alors qu'il pose ses mains sur mes hanches. L'envie me brûle le ventre même si la peur me retient, mais je dois le faire.

– Embrasse-moi, je chuchote.

Je ne suis pas sûre qu'il m'ait entendue jusqu'à ce que je voie son regard dériver vers ma bouche. J'entrouvre les lèvres sous le coup de l'émotion. Ses yeux fouillent les miens une dernière fois, à la recherche d'une permission silencieuse que je lui accorde en écrasant mes lèvres sur les siennes.

CHAPITRE 30

« I'll hold ya, I won't hold you down. I'll carry ya but keep your feet on the ground, yeah. Oh, hold me, don't hold me down. Love me, but don't let me drown[31]. »

The Teskey Brothers, *Hold Me*

31. « Je te tiens, je ne te lâcherai pas. Je te porterai, mais je te remettrai sur tes pieds. Oh, tiens-moi, ne me laisse pas tomber. Aime-moi, mais ne me laisse pas me noyer. »

LOGAN

– Non ! Non, non et non !

Je lève les yeux au ciel pour la millième fois de l'après-midi. Je ne vois pas le visage de Riley, mais je parie que l'agacement la gagne elle aussi. Joy n'arrive pas à sélectionner une musique pour son passage lors du spectacle et elle rejette chaque proposition. Caleb retient difficilement une grimace, très certainement car il est juste à côté de ma sœur sur le canapé, tandis que Riley et moi nous sommes un peu plus loin.

– Joy, prends le temps d'y réfléchir, tu pourrais faire une magnifique prestation sur celle-là, insiste Jenkins, d'une voix enrouée.

– J'ai dit non ! On l'a déjà entendue cent fois, j'ai envie de me démarquer, pas d'être une parmi tant d'autres.

– Tout sera en *live,* c'est déjà une grosse démarcation et des ajustements pourront...

– Ne t'y mets pas, Caleb.

Le ton tranchant de Joy coupe le sifflet à tout le monde et de là où je me tiens la crispation des épaules de Riley est évidente. À l'abri des regards indiscrets, je caresse doucement le bas de son dos en signe d'apaisement. Je n'en reviens pas de pouvoir faire ce genre de geste avec elle et pourtant... Elle décale juste un peu son genou pour l'appuyer contre le mien. En réponse mon cœur s'accélère et me ramène à dimanche dernier.

Logan et Riley, cinq jours plus tôt

Notre premier baiser n'a rien de délicat, nos bouches se pressent violemment l'une contre l'autre tandis qu'elle serre un peu plus fort mon tee-shirt. Mes doigts se referment sur ses hanches pour m'assurer qu'elle est bien là et qu'il ne s'agit pas d'un autre rêve. Si je devais me réveiller, là, tout de suite, je ne sais pas si je le supporterais. Car même si c'est un échange rude, on est en train de s'embrasser. Nos lèvres bougent à l'unisson comme si elles avaient toujours fait ça. Nos respirations se sont accélérées, dans ma poitrine c'est un véritable concert. Riley allume un incendie en moi, mais je ne peux pas y céder, pas encore. À regret, je mets fin à ce moment en me reculant juste un peu. Elle ouvre aussitôt les yeux, ses pupilles sont légèrement dilatées et sa bouche gonflée. De la pulpe de mon pouce, je la caresse. Ce geste ne m'avait jamais paru aussi sensuel. Le soulagement s'abat sur moi quand je ne découvre aucune trace de peur sur son visage. Elle a aimé ce partage, j'aimerais pousser ma chance et recommencer mais il faut que j'y aille doucement si je ne veux pas tout foirer.

– Ça, c'est ce que j'appelle un premier baiser, je murmure, de la buée s'échappant de ma bouche.

Le sourire dont elle me gratifie me fait frissonner de tout mon corps.

– On vérifie si le second sera aussi bien ? demande-t-elle sur le même ton.

Je mets quelques instants à réagir car jamais je n'aurai imaginé qu'elle me proposerait de recommencer. J'attrape ton visage en coupe entre mes paumes et m'approche doucement d'elle. Je suis à un souffle d'elle, quand elle tourne la tête pour éternuer.

Merde, elle va attraper la mort si on continue.

Elle me regarde avec une petite moue mi-désolée mi-déçue qui me fait fondre. Je l'attrape par les épaules pour la ramener vers la rive. Là, j'enroule la serviette autour de son petit corps. Je tremble comme une feuille, mais elle passe en premier.

– Si on ne tombe pas malades, on sera de vrais champions.

Ses mâchoires claquent trop fort pour qu'elle puisse me répondre et je me maudis un peu plus. Je l'aide à renfiler ses affaires, ce qui n'est pas simple puisqu'elles sont en partie trempées. J'enfourche ma moto en grimaçant ; le trajet va être long et inconfortable. Pourtant, juste avant que je ne démarre, elle se penche vers mon oreille pour prononcer quelques mots que je n'oublierai jamais :

– Merci, ça en valait vraiment la peine.

Comme prévu, conduire une moto avec des vêtements humides n'a rien de confortable et lorsqu'on arrive à Madison, je ne sens plus mes jambes. Mais le regard que m'a jeté Riley avant de disparaître dans sa dépendance me fait vite oublier ce petit désagrément.

◆ ◆ ◆

Depuis ce matin-là, je suis sur un fil, en équilibre entre mes désirs et les barrières que je m'impose pour ne pas précipiter les choses. Laisser Riley venir à son rythme est important pour moi, je veux faire les choses bien. Elle le mérite. On n'a pas encore discuté de ce qu'on était l'un pour l'autre, mais ce n'est pas plus mal : les étiquettes ça ne me réussit pas vraiment. La famille Slade ainsi que Joy nous regardent bizarrement, comme s'ils s'attendaient à ce qu'on leur annonce qu'on va se marier ou une connerie de ce genre. Si ça ne tenait qu'à moi, je leur raconterais qu'on s'est embrassés, histoire qu'ils nous foutent la paix, mais j'ai appris que le jardin secret de Riley était précieux. Je ne commettrai pas l'erreur de lui laisser croire que je ne l'ai pas compris.

J'ignore donc les regards en coin à chaque fois que je l'effleure ou les murmures quand on quitte une pièce ensemble. Même si depuis l'épisode du lac, on a à peine échangé quelques baisers, ça vaut de l'or pour moi. Je sais quelle montagne Jenkins a dû gravir. Le plus compliqué reste nos rencontres sur le campus de Wintergreen ; j'essaie de ne pas l'approcher parce que la tentation est trop forte... Cette fille est devenue ma nouvelle drogue. Je le sais, car le manque se fait vite sentir quand elle n'est pas là. Le docteur Simon ne voit pas ça d'un très bon œil, mais il ne dit rien. Pour le moment.

– Au lieu de rêver, tu ne voudrais pas, je ne sais pas moi... te rendre utile, Logan ?

La pique de ma sœur me sort de ma rêverie et je plante mon regard dans le sien. Elle a toujours été comme ça, quand elle stresse elle perd ses moyens et devient infecte. Tout le monde en fait les frais et je commence à saturer.

– Quand tu arrêteras de te conduire en mini-dictatrice, j'y réfléchirai, je lui balance.

Ses joues se colorent immédiatement et ses yeux me lancent des éclairs, mais j'ai l'habitude, il m'en faut plus pour qu'elle m'impressionne. Riley essaie de dissimuler son rire derrière une quinte de toux et Caleb me regarde comme si je ne portais pas de pantalon.

– Écoute-moi bien, Logan...

– Non, Joy, c'est toi qui vas m'écouter. Tu es entourée comme personne ne l'est et tu trouves le moyen de rejeter en bloc la moindre suggestion. Et si pour commencer tu cherchais des idées de ton côté ou au moins considérais celles qui te sont proposées plus de deux nanosecondes ?

Mon ton est doux, je ne cherche pas à la blesser. Depuis le décès de notre mère, elle n'est plus la même. Aucun de nous deux ne l'est. Mais son comportement commence à me taper sur le système, il est temps qu'elle se ressaisisse avant de finir comme moi il y a quelques mois. Perdu et seul.

– Logan, intervient Riley en posant la main sur mon bras pour m'inciter à m'arrêter.

Les yeux de ma sœur se posent automatiquement sur sa main, des larmes envahissent ses yeux, mais elle ne flanche pas. Quand Riley remarque la réaction de Joy, elle la retire aussitôt mais je l'empêche de s'éloigner de moi. J'enlace nos doigts ; le message est très clair. Elle se fige à mes côtés, attendant comme moi la réaction de Joy. Caleb, lui, regarde vers la cuisine comme s'il rêvait d'y être.

Les larmes coulent sur ses joues, mais un sourire timide fait son apparition.

– Vous comptiez nous l'annoncer quand ? demande-t-elle.

Riley se contente de hausser les épaules au moment où je réponds « bientôt ». Joy essuie ses joues du revers de sa manche avant de respirer un grand coup.

– Je suis désolée. Ce truc me rend chèvre, avoue-t-elle en désignant toutes les feuilles étalées devant nous.

– C'est normal... Si tu m'avais vu le jour où j'ai dû choisir la musique pour ma prestation ! Une vraie diva, avoue Caleb en posant une main sur son front dans une posture très dramatique.

Je n'aimerai jamais ce type, mais je le tolère. Depuis que Riley et moi sommes... plus. Je me sens beaucoup moins menacé par cet Apollon de la danse. Oui, c'est comme ça que les étudiantes le surnomment, sur le campus. Riley et Joy le raillent assez à ce sujet pour que je retienne l'information.

– Comment tu es passé outre ? je lui demande.

Il me regarde comme pour jauger la sincérité de ma question. J'ai envie que Joy trouve sa foutue musique, qu'on puisse passer à autre chose, mais d'un autre côté je sais à quel point ça jouera un rôle important dans sa future carrière.

– J'ai laissé ma meilleure amie choisir pour moi. Elle avait des goûts sûrs et quand elle m'a fait sa proposition j'ai tout de suite su que c'était le meilleur choix pour moi, finit-il par me répondre.

Joy boit ses paroles comme si c'était le Messie, avant de planter son regard dans celui de Riley.

– Ce rôle te revient, maintenant. Je te jure d'accepter la prochaine proposition que tu me feras. Mais s'il te plaît, fais en sorte que ça soit original comme tu sais si bien le faire.

D'un simple hochement de tête, Riley accepte sa nouvelle mission. Tout le monde sait qu'elle ne décevra pas Joy, même si elle a peu de temps pour trouver la bonne mélodie. C'est dans ce silence intense que Jamie débarque, un plateau géant dans les bras. Elle remarque immédiatement nos doigts enlacés mais reste silencieuse.

– J'ai préparé du thé pour vous redonner des forces, nous explique-t-elle en posant le tout sur les feuilles de travail. Vous avez besoin d'une pause, à moins que vous n'ayez trouvé depuis tout à l'heure ?

– Non, toujours pas, répond Joy en secouant la tête, penaude. Enfin si, je dois accepter la prochaine suggestion de Riley, alors elle doit se surpasser.

Aucun de nous ne comprend ce que marmonne Riley en retour. Pour lui montrer mon soutien, je caresse l'intérieur de sa paume de mon pouce.

– Il ne suffit pas de trouver la chanson, il faut également décider qui jouera ou chantera sur scène le soir du spectacle, intervient Caleb.

– Pourquoi tu ne participerais pas, Riley ? Ça fait tellement longtemps qu'on n'a pas entendu ta jolie voix.

Le regard de reproche que je lance à Jamie en aurait fait reculer plus d'un mais pas elle, elle se contente de m'ignorer. Ramener cette partie de la vie de Riley au centre de l'attention n'est pas l'idée la plus brillante qu'elle ait eu ces jours-ci. Comme je m'y attendais, Riley enlève sa main de la mienne et se lève comme pour s'enfuir. Les deux sœurs ne sont séparées que par la table basse quand la réponse claque dans le salon :

– Non.

Un simple mot et pourtant je pourrais presque goûter sur ma langue l'amertume et la colère qu'il contient. Je bande mes muscles comme si j'allais devoir intervenir pour séparer les sœurs Jenkins. Même si Riley fait des progrès hallucinants, il y a des limites qu'elle n'est pas prête à franchir ; qu'elle ne franchira peut-être jamais. Je sais comme il est difficile de gravir une nouvelle montagne alors qu'on n'a pas encore récupéré de la précédente ascension ; je ne lui jetterai pas la pierre.

– J'ai toujours voulu t'entendre chanter, insiste Joy d'une petite voix. Si tu faisais ça pour moi, je serais prête à danser la Macarena.

– Non.

– Je ne te pensais pas peureuse, Riley, lance Caleb.

Connard.

Je m'apprête à intervenir pour lui dire de fermer sa bouche quand Riley se plante devant lui. Il ne quitte pas sa position décontractée sur le canapé, il va même jusqu'à étendre son bras derrière ma sœur.

– C'est moi la peureuse alors que tu refuses d'être son partenaire depuis des semaines ? attaque-t-elle.

Surpris, je hausse les sourcils. Je n'avais pas cette information et toutes les personnes présentes ici se sont bien gardées de me mentionner ce petit détail. Une raison de plus de ne pas apprécier ce mec en tutu.

– OK, articule-t-il prudemment avant de se lever à son tour.

Riley est obligée d'incliner la tête pour le regarder. Il se penche vers elle presque jusqu'à ce que leurs nez se touchent. Une rage sourde se répand en moi en un instant et alors que je m'apprête à lui faire bouffer sa petite moue, la main de Jamie se pose sur mon épaule m'obligeant à rester assis. Ça me demande un effort surhumain de rester le cul vissé sur le canapé, mais je laisse trente secondes à ce type pour reculer, sinon je l'y forcerai.

– Vu qu'on est tous les deux des « peureux », je vais te proposer un défi. Si tu chantes pour elle, je danserai avec Joy.

Il s'éloigne, un sourire satisfait aux lèvres. Ma sœur est toujours bouche bée. Elle regarde Riley comme si elle détenait toutes les clés de l'univers. Ce qui est un peu le cas maintenant que cet enfoiré l'a piégée. Riley, soufflée, se laisse tomber sur le canapé, les paumes plaquées sur les yeux. Comme si tout cela n'était qu'un rêve et qu'elle allait se réveiller d'ici peu.

C'est plus fort que moi, je me rapproche et me saisis de son poignet. Elle lève brusquement la tête, alors je lui adresse un regard rassurant. Pourtant à l'intérieur de moi, c'est la panique, j'ai envie de tous les engueuler, quand je les vois la pousser comme ça. Mais après tout, n'est-ce pas ce que je lui ai fait subir durant quatre mois ? Lui faire franchir des caps qu'elle ne se pensait pas capable de surmonter ?

– Tu peux le faire, j'ai confiance en toi. On a tous confiance en toi, je murmure pour qu'elle seule m'entende. Je serai à tes côtés tout le temps, tu pourras même m'imaginer nu, si ça t'aide le soir du spectacle.

Elle pouffe et je sais instinctivement que Caleb et Jamie viennent de remporter une victoire. Il lui faut quelques minutes encore avant de relever la tête et de déclarer :

– Je choisis la chanson, les musiciens, et tu ne critiques rien, impose-t-elle à Joy.

– Tout ce que tu veux, répond instantanément cette dernière.

– Bon. Alors je sais déjà avec qui je veux travailler.

Et juste comme ça, Riley accepte de monter sur scène dans un peu moins de deux mois pour chanter devant une salle comble.

La fierté qui se répand dans ma poitrine me fait flancher. Riley Jenkins a la force et le courage de vingt personnes. Plus je la vois et plus je me demande comment j'ai pu ne pas m'en rendre compte avant. C'est une battante.

Et je suis en train d'en tomber amoureux.

CHAPITRE 31

« You set my soul alight,
glaciers melting
in the dead of night
and the superstars sucked
into the supermassive.
Supermassive black hole.
Supermassive black hole.
Supermassive black hole[32]. »

Muse, *Supermassive Black Hole*

32. « Tu mets le feu à mon âme, tu fais fondre les glaciers au cœur de la nuit et tu aspires les superstars dans le supermassif. Le supermassif trou noir. Le supermassif trou noir. Le supermassif trou noir. »

RILEY

Je me défoule sur le sac de frappe. Heureusement, la salle de sport de Wintergreen a tout ce qu'il faut, ça m'évite de devoir trouver un autre endroit. Après les cours, j'ai ressenti le besoin de venir me vider la tête ici et j'ai perdu la notion du temps. Mes bras me crient que cela fait des jours, alors que je sais qu'au fond seulement quelques heures se sont écoulées. Cela faisait longtemps que je n'avais pas repoussé mes limites comme ça et je dois avouer que ça fait du bien. La musique que j'ai lancée en début de session hurle toujours, couvrant la mélodie qui vient d'une des pièces plus loin dans le couloir.

Caleb et Joy s'entraînent sur la chanson que j'ai choisie. Hormis nous trois et Miles, personne ne sait de quoi il s'agit. Je tiens à ce qu'on garde le secret, afin que les autres découvrent tout le soir du gala. Une goutte de sueur coule de mon front jusque dans mon œil, m'obligeant à m'arrêter un instant pour m'essuyer le visage avec une serviette et boire un peu d'eau.

Ce petit moment de répit me fait le plus grand bien et c'est avec une nouvelle motivation que je reviens vers le sac. Le premier coup se répercute jusque dans mon épaule et me tire une grimace mais je n'arrête pas pour autant. Au contraire, je corrige ma position et réattaque, encore et encore.

La boxe m'a toujours aidée à me concentrer quand mes pensées me perturbent. Aujourd'hui, c'est le stress de savoir que je vais devoir recommencer à chanter. Quand j'ai annoncé mon choix hier, les yeux de Joy se sont illuminés et Caleb s'est contenté d'un petit sourire. Miles s'est mis en quête des parfaits musiciens alors que je les ai déjà, mais je n'ai pas voulu outrepasser mes fonctions en lui imposant des noms. De toute façon, il y a de grandes chances pour qu'on choisisse les mêmes personnes.

Je n'en reviens pas : je vais remonter sur scène. Même si avec les jeux de lumières que j'ai en tête, toute l'attention se portera sur les danseurs, cela n'empêche pas mon cerveau de carburer. Je suis plus forte qu'avant et surtout entourée. Non pas que je ne l'étais pas à l'époque, mais c'est différent. Il n'y avait pas Logan par exemple. Il est très attentionné avec moi, mais j'adore les moments où sa prudence le quitte et qu'il m'attire dans un coin tranquille pour m'embrasser. Jamais trop longtemps et jamais sans m'avoir prévenue de ses intentions. « Je vais t'embrasser, Jenkins » est devenu ma phrase préférée. Je ne sais pas où on va tous les deux et une part de moi ne veut pas le savoir, je préfère me concentrer sur le moment présent. Il me fait du bien quand il est là, c'est tout ce que j'ai envie de retenir. Pas le fait que cette histoire pourrait se terminer avant d'avoir vraiment commencé. Car si je me suis habituée à ses mains sur moi et à ses baisers, je ne peux pas plus pour le moment. Ma panique n'est jamais loin et je ne peux pas me battre contre deux angoisses en même temps. Je deviendrais folle et échouerais pour les deux. Alors une chose à la fois : d'abord reprendre les leçons de chant et ensuite...

Je n'arrive même pas à penser le mot, je suis encore loin de franchir le cap de me retrouver nue face à un homme. Aussi gentil, soit-il.

– Je crois qu'il a eu son compte, me crie une voix pour couvrir la musique.

Je me retourne brusquement, essoufflée et transpirante. Logan me regarde depuis l'autre bout de la pièce, parfait dans son blouson en cuir, les lunettes de soleil encore sur le nez. Il baisse un peu le volume avant de me décocher un sourire qui m'envoie des papillons dans le ventre. Ça me paraît toujours aussi surréaliste que cet homme ait envie d'être avec moi. On parle quand même de Logan Colins. Ce mec a la moitié des filles d'Amérique qui rêvent de finir dans son lit, et pourtant, c'est à moi qu'il sourit.

– Un dollar contre tes pensées...

– Crois-moi, tu serais déçu, j'esquive en enlevant mes gants. Comment ça s'est passé ?

– Bien. Le Doc est content, mes analyses sont satisfaisantes et les *cravings* deviennent moins forts. Ce n'est pas fini, mais il y a du mieux, me raconte-t-il en s'approchant de moi. Et toi ? Besoin de te défouler ?

On regarde en direction du sac qui continue de se balancer.

– Ouais, quelque chose comme ça...

– Où sont Caleb et Joy ? me questionne-t-il pour changer de sujet.

Je l'en remercie car je n'ai absolument pas envie de lui avouer à quoi je réfléchissais avant qu'il n'arrive.

– Dans le studio, un peu plus loin, ils répètent.

– Je suppose que je n'ai pas le droit d'aller les voir ? me nargue-t-il.

Je grimace. Logan fait partie de ceux que je ne veux pas mettre dans le secret. J'ai envie qu'il prenne toutes les émotions d'un coup quand tout sera parfait. Pas avant. Je me dandine d'un pied sur l'autre, mal à l'aise.

– Hey, Riley, je plaisantais. Il n'y a aucun problème, je peux attendre deux longs mois avant de découvrir ce que vous nous réservez, me rassure-t-il en me prenant par la taille.

– Je suis couverte de sueur, tu ferais mieux de me lâcher...

– Ça m'est égal, je t'accepte comme tu es. Même odorante et collante.

Choquée, je mets un instant à comprendre qu'il se moque de moi. Je le frappe sur le bras pour l'obliger à me lâcher, ce qu'il fait en se massant l'endroit où mon coup l'a atteint.

– Tu as une sacrée force, Jenkins. On s'entraîne un peu tous les deux ?

Je le contemple dans sa tenue de ville. Sous son blouson de cuir, il porte une chemise blanche et un jean brut. Je hausse un sourcil comme pour lui signifier qu'il n'est pas prêt à se confronter à moi, ce qui le fait rire. Il va jusqu'à une chaise pour enlever chaussures, manteau et lunettes. Puis il roule les manches de sa chemise sur ses avant-bras ; sa peau dorée apparaît peu à peu et mon cœur se met à battre plus vite.

– On va jouer à un petit jeu, commence-t-il en avançant vers moi d'une démarche presque féline. Pour avoir le droit de frapper dans le sac, on devra répondre à une question de l'autre.

Des alarmes se déclenchent dans ma tête, tous les voyants sont au rouge. C'est sûrement une très mauvaise idée, mais mon côté curieux a envie d'en découvrir plus sur lui. Il ne me faut pas longtemps pour savoir de quel côté la balance va pencher. Je vais jusqu'à un placard pour trouver une paire de gants que je lui jette. Il l'attrape adroitement avec un sourire ravi aux lèvres.

– Pose-moi la question que tu veux.

Il y a tellement de possibilités que la tête me tourne. Je sautille sur mes pieds en détendant ma nuque comme si on allait vraiment se battre.

– OK. Pour quelle connerie exactement tu as été envoyé ici ? Il y a de bien meilleurs centres de désintox en Californie qu'ici, je lâche.

Ma question le désarçonne ; je le vois à la manière dont un masque tombe sur ses traits. Il a cette expression à chaque fois qu'on se sépare pour entrer en cours.

– Tu frappes fort, Riley.

Je hausse les épaules, innocente. Je ne fais qu'appliquer les règles de son jeu. Le temps passe et je ne suis pas sûre qu'il me réponde quand sa voix profonde se fait entendre par-dessus la musique :

– Je partais en vrille. Ce qui impliquait de me foutre dans le nez tout ce qu'on mettait à ma disposition et d'enfoncer ma bite dans toute personne consentante.

Sans attendre de réaction de ma part, il se déchaîne sur le sac de frappe. Cela me laisse le temps de me reprendre. Je me doutais que c'était un homme avec... de l'expérience. Mais pas à ce point. Mon cœur part dans une course folle quand je l'imagine comparer ce qu'il connaît à ce qu'on partage depuis quelques jours seulement. Le rouge me monte aux joues et mes doutes reviennent en force. Je commence à faire les cent pas devant lui pendant qu'il enchaîne les coups. Lorsque je crois enfin être capable de lui parler, je me plante devant lui. Il s'arrête instantanément pour me regarder ; les épaules basses il semble attendre le verdict.

– Alors ?

– OK.

– C'est tout ? Un simple « OK » alors que je viens de te dire que je sautais tout ce qui bougeait ? Et la drogue ?

Il semble hésiter entre la suspicion et le soulagement. Peu importent les mots que je dirai à ce moment précis, il ne me croira pas. Alors je poursuis le jeu dangereux dans lequel on s'est jetés.

– À toi.

Sa question fuse si vite que je n'ai pas le temps de reprendre ma respiration.

– Est-ce que tu as eu un autre homme après *lui ?*

Il n'a pas besoin de préciser de qui il parle, on le sait tous les deux. Si mes yeux pouvaient tuer, très certainement que Logan serait étendu au sol à ce moment précis. Au lieu de quoi, il me regarde sans flancher, attendant que je sois aussi honnête qu'il l'a été. Au fond, il connaît déjà la réponse, mais je me doute qu'il a besoin d'une confirmation. Si nous devions aller plus loin ensemble, ça aurait une importance toute particulière pour moi. Et pour lui, si j'en crois sa tension. Je me positionne, prête à frapper le sac mais avant, je lâche :

– Non.

Il me faut de longues minutes pour me canaliser, Logan ne fait rien pour m'arrêter, au contraire, il maintient le sac de frappe pour me faciliter la tâche. Quand, à bout de souffle, je recule, je me sens vidée mais dans le bon sens du terme. Il me regarde avec ce petit sourire en coin que j'adore, il ne semble pas rebuté à l'idée que la dernière personne à m'avoir touchée soit... Je secoue la tête pour chasser cette pensée.

– Ton plat favori ?

– Des macaronis au fromage, me répond-il sans hésiter avant d'enchaîner : Ta couleur préférée ?

– Le vert sombre. Ta musique ou groupe préféré de tous les temps ?

– Ben Harper. Le métier que tu rêvais de faire enfant ?

– Fermière. Un livre que tu aurais adoré écrire ?

– Le *Kama Sutra.*

Nos rires couvrent la musique et au même moment, Joy et Caleb débarquent. Ils semblent crevés mais satisfaits et pas surpris de nous trouver tous les deux ici. Pourtant la tenue de Logan n'est pas vraiment faite pour la boxe.

– On a fini, nous informe ma meilleure amie. Tu es prête ?

Après un rapide coup d'œil en direction de son frère, je peux voir qu'il est aussi déçu que moi de ne pas poursuivre notre petit jeu.

– J'arrive. Donne-moi le temps de m'habiller.

À nouveau seule avec lui, je le regarde contourner le sac et passer ses bras autour de moi.

– J'ai encore une question pour toi, j'ai le temps de la poser ?

Je hoche la tête en guise de réponse.

– Qu'est-ce qui est le plus important pour toi dans une relation ?

Je prends le temps de réfléchir même si c'est une évidence à mes yeux. Mais je ne voudrais pas le faire fuir...

– La confiance, j'avoue finalement. J'ai du mal à la donner comme tu as pu t'en rendre compte. Du coup je ne pardonne pas facilement, voire pas du tout, si on me blesse.

– Est-ce que tu me fais confiance, Riley ?

– Bizarrement, oui.

Et c'est la pure vérité. Si je ne lui faisais pas confiance, je ne serais pas seule avec lui, dans une salle où la musique est suffisamment forte pour couvrir certains bruits.

Logan Davis est entré dans ma vie en fracassant toutes mes défenses sans que je ne comprenne comment il a réussi ce tour de magie. Ses mains quittent mes hanches pour cueillir mon visage, comme si c'était la chose la plus fragile de ce monde.

– Je vais t'embrasser, Jenkins.

Je souris toujours quand il pose ses lèvres sur les miennes, je vais même jusqu'à passer mes mains derrière sa nuque. Tout en dévorant ma bouche, il caresse mes joues avec une délicatesse qui me serre le cœur. Je me rends compte alors qu'il ne me poussera jamais à faire quelque chose dont je n'ai pas envie. Sexuellement parlant s'entend. Pour ce qui est du reste, il est le premier à me demander de me surpasser et de vaincre toutes mes peurs.

Une force que je n'ai pas ressentie depuis des années m'encourage à tenter une nouvelle expérience. Quand ma langue touche ses lèvres, il pousse un grognement qui me fait trembler tout entière. C'était le signal qu'il semblait attendre, car sans hésiter, il approfondit notre baiser ; nos langues se lancent dans un ballet sensuel. Mes doigts fourragent dans ses cheveux, ma respiration devient chaotique mais je n'ai absolument pas envie d'arrêter. On pourrait rester comme ça des jours. C'est pourquoi je suis déçue lorsqu'il s'écarte un peu. Son regard brille de mille feux et sa voix est grave lorsqu'il me dit :

– J'adorerais continuer aussi longtemps que tu veux, mais ma sœur t'attend toute seule sur le parking. Et si mes souvenirs sont bons, tu es de corvée de repas ce soir...

J'appuie mon front contre son torse ; il a raison sur toute la ligne. Je m'écarte de lui à regret et on se rhabille rapidement avant de quitter le local de sport. Alors qu'on se sépare sur l'aire de stationnement, il m'arrête une dernière fois pour déposer un baiser chaste sur ma joue.

– On se retrouve à la maison, me dit-il.

La maison. J'aime qu'il dise ça. Qu'il se sente chez lui au milieu de notre famille. Alors que je me retourne pour filer vers ma place de parking, il m'interpelle une nouvelle fois.

– Hey, Jenkins, on mange quoi, ce soir ?

– Des macaronis au fromage, je réponds sans me retourner mais j'imagine très bien son sourire.

Lorsque j'arrive à la voiture, Joy m'attend, assise sur le capot. Je déverrouille les portières pour qu'elle puisse me rejoindre à l'intérieur. On sort rapidement du campus alors qu'elle me raconte les progrès de sa chorégraphie.

– Il me tarde qu'on commence les répét' avec toi, en *live*. Ça rajoutera une âme à notre prestation. Tu ne peux pas savoir à quel point je suis heureuse de ton choix musical et que tu acceptes de te produire en public.

– Ne t'emballe pas trop. Tout ça est un plan diabolique de ma sœur pour nous ridiculiser, je grince.

Devant son regard septique j'en rajoute une couche.

– C'est vrai, je chante comme une casserole...

Le rire cristallin de Joy résonne dans l'habitacle et j'abandonne ma fausse mauvaise humeur. Je plane trop haut sur mon nuage de toute façon. Elle se penche vers moi pour me claquer une bise rapide sur la joue comme si c'était un geste qu'on avait fait cent fois. Sans quitter la route des yeux, je touche de mes doigts l'endroit qu'elle vient d'embrasser, perdue dans mes pensées.

– Riley... Je suis désolée...

– Non, ne t'excuse pas. C'était parfait, je lui réponds en attrapant sa main. Merci d'être enfin spontanée avec moi, même si je sais que tu te retiens encore et je t'en remercie. Un jour, tu pourras me sauter dessus pour une bataille de chatouilles, je te le promets.

Son air passe d'ému à mutin en une fraction de seconde.

– Prépare-toi à faire pipi dans ta culotte, ma vieille, je suis imbattable.

CHAPITRE 32

« Oh feel our bodies grow and our souls they blend. Yeah love I hope you know how much on it my heart depends. But I guess that's love. I can't pretend. I can't pretend[33]. »

Tom Odell, *Can't Pretend*

33. « Oh tu sens comment nos corps grandissent et nos âmes se mélangent. Oui, mon amour, j'espère que tu sais à quel point mon cœur dépend de ça. Mais je crois que c'est l'amour. Je ne peux pas faire semblant. Je ne peux pas faire semblant. »

LOGAN

L'explosion fait sursauter Joy qui est assise à mes côtés. Je rigole. En guise de représailles, elle me donne un coup dans les côtes que j'accepte sans broncher. Ces moments où son insouciance refait surface sont de plus en plus fréquents, ce qui rassure tout le monde. Tous les adultes de la maison Slade sont rassemblés sur le canapé pour regarder un film. Ce soir, c'est Miles qui devait choisir, alors on est devant un de ses « classiques » préférés : *Independance Day*.

Austin l'a tellement vu qu'il a préféré aller jouer dans sa chambre. Ce gamin ne cesse de me surprendre par sa maturité et son sérieux pour son âge. Même si, pour contrebalancer, il a des périodes où il enchaîne les caprices selon les dires de ses parents. En tout cas, je n'ai jamais assisté à ce genre de scène et pourtant, ça fait un mois que je crèche sur le canapé.

Lorsque Jamie et Miles ont finalement accepté de toucher les chèques de la fac à ma place, un poids a quitté mes épaules. Joy a également été soulagée de savoir qu'elle n'était pas obligée de partir tout de suite. Ce qu'elle ne sait pas encore, c'est que j'ai déjà négocié qu'elle puisse rester jusqu'à la fin de l'année scolaire si elle en ressent le besoin. Il y a peu de chances qu'elle remette les pieds dans la maison de Crystal et je ne peux pas l'en blâmer car je n'y arrive pas non plus. On a dû s'y rendre, il y a quelques jours, pour récupérer des affaires. J'en ai profité pour remballer le peu que j'avais amené pour ne plus avoir à y retourner. Cette maison me fiche des frissons. Comme si notre mère était encore dans cette baraque et qu'elle essayait de m'en chasser à chaque fois que je posais un pied sur le perron.

Plus les jours passent et plus je me dis que je n'aurai jamais assez de toute une vie pour remercier Riley et sa famille de l'aide qu'ils nous fournissent. Ils ne parlent jamais de Crystal, hormis si Joy lance le sujet. Ils nous laissent faire notre deuil à notre rythme tout en étant là, si jamais on a besoin de vider notre sac. Je préfère gérer ça seul, mais ma petite sœur ne fonctionne pas de la même façon. Je sais que Riley et elle sont déjà allées au cimetière pour déposer des fleurs, j'en ai été incapable. J'ai préféré boire un Coca chez Travis, à *The Anarchy*, en les attendant.

Le barman a semblé surpris de me revoir chez lui après un si long silence radio, et encore plus que je commande une boisson sans alcool. Mais il n'a rien dit, il s'est contenté de me servir et de discuter avec moi de la moto qu'il m'a prêtée, il y a quelques semaines.

– Toi, tu n'es plus avec nous, me chuchote Riley à l'oreille.

Je me tourne vers elle en souriant. Elle est emmitouflée dans un plaid et une grosse veste à capuche. Elle disparaît presque sous la quantité de tissus qui la recouvre mais elle semble tellement bien que je ne la chambre pas. La révélation qu'elle m'a faite hier m'a volé quelques heures de sommeil. Je n'ai pas arrêté de penser au fait qu'elle n'a connu personne depuis que l'autre crevard a abusé d'elle. Même si je m'en doutais, en avoir la confirmation m'a donné encore plus envie de tuer ce mec de mes propres mains. Il lui a volé l'innocence de son adolescence mais aussi toutes les expériences qu'elle aurait dû vivre dans sa vie de jeune adulte. Qui peut être assez tordu pour faire ça à une ado de quinze ans, putain...

Du dos de la main, je caresse sa joue, en plongeant mon regard dans le sien. Elle mérite tellement mieux que moi pour lui faire découvrir les plaisirs de la sexualité. Mais si c'est ce qu'elle veut, je suis prêt à être celui qui lui transmettra tout ce que je connais en la matière. Le fait qu'elle n'ait pas été écœurée en entendant ma confession sur mes exploits passés m'a retourné le cerveau. Je suis en train de me brûler les ailes mais je m'en fous, j'accepterais d'être consumé en entier pour échanger un baiser comme celui d'hier dans la salle de boxe. Riley Jenkins s'est infiltrée sous ma peau et peu à peu, dans mon cœur.

Ses yeux m'interrogent silencieusement mais je dissimule mon trouble en accentuant mon sourire. Aucun de nous deux ne regarde le film dans lequel cris et explosions s'enchaînent. On est de nouveau dans notre bulle et je ne suis vraiment bien que dans ces moments-là... Mais comme toutes les bonnes choses ont une fin, la nôtre est interrompue par Austin qui débarque en courant pour attraper la main de sa tante et essayer de la déloger du canapé.

– Tatie, viens ! Ce soir, le ciel est *mémorable*, explique-t-il en insistant sur ce dernier mot à mon intention.

– Bien joué, champion, j'acquiesce.

Un regard en direction de Jamie m'apprend qu'elle sourit, tout en faisant mine de continuer à regarder l'écran. Le nouveau mot du jour était « mémorable » et c'était à mon tour de lui expliquer sa signification.

– J'arrive, Munchkin, vas-y je te rejoins.

Sans se faire prier, il repart aussi vite qu'il est arrivé. Avec un sourire d'excuse, Riley se lève quand Joy l'interpelle.

– Je peux venir ? J'entends parler de ces soirées sur le toit depuis des années et je suis curieuse...

– Si Joy peut venir, moi aussi ?

Riley nous regarde en souriant avant de remonter sa capuche sur sa tête.

– Je vais demander à Austin, il a son mot à dire lui aussi.

On la regarde disparaître dans l'escalier et il me semble qu'elle met une éternité à redescendre, puisque Will Smith a le temps de nous faire rire plusieurs fois à des blagues qu'on connaît déjà tous.

Si je n'étais pas à ce point physiquement conscient de sa présence dans une pièce, je ne l'aurais pas repérée. Riley se tient sur les premières marches, silencieuse, en nous observant, un petit sourire aux lèvres. Quand nos regards se croisent, elle me fait signe, le pouce levé : on peut les rejoindre. À pas feutrés, elle repart de là où elle venait.

– J'espère que ça vous plaira autant qu'à nous, déclare Miles.

– Oh oui, nous n'avons eu qu'une seule fois l'autorisation d'y aller mais ça en valait le détour, ajoute Jamie.

Joy et moi montons ensemble dans la chambre d'Austin, mon bras passé sur son épaule. En haut, ils ne sont nulle part en vue. Seule une petite lampe à lave orange est allumée, ce qui donne à la pièce une atmosphère paisible. Joy se détache de mon étreinte pour s'approcher de l'unique fenêtre, et après un dernier sourire dans ma direction, elle se faufile dehors. Le fin rideau blanc bouge légèrement à cause de la brise fraîche qui entre dans la pièce. Je ne porte qu'un tee-shirt, je vais me les geler, mais ça me donnera une occasion de me serrer contre Riley.

Lorsque je passe la tête par l'ouverture, le spectacle que j'ai sous les yeux fait exploser mon cœur. Austin est entouré de Joy et Riley, deux grosses couvertures les recouvrent ; ils se tiennent les mains sans échanger un mot. Leurs yeux sont rivés vers le ciel, attentifs. Celle qui fait battre mon cœur plus vite incline la tête vers moi et d'un geste déterminé tapote la place libre à sa gauche. Je ne me fais pas prier pour la rejoindre et me plaquer contre elle.

J'avais raison, il fait super froid, mais la couverture et la chaleur de Riley m'empêchent de claquer des dents. À tâtons, elle trouve mes doigts, referme les siens dessus mais elle laisse nos mains au chaud. D'une caresse, je l'en remercie. Il est hors de question que je brise le silence qui nous unit, alors je lève enfin les yeux vers les astres.

Ma respiration se bloque dans ma gorge. Je ne m'attendais pas à ça. Des milliers d'étoiles scintillent au-dessus de nous et la lune, remplie seulement d'un quartier, brille de façon éclatante. À Los Angeles, il y a trop de lumière et de pollution pour qu'on puisse bien voir le ciel alors je n'ai jamais pris la peine d'essayer. Si j'avais su à côté de quoi je passais, j'aurais cherché un spot pour m'étendre dans l'herbe et lever le nez. Je resserre mes doigts sur ceux de Riley, pour lui témoigner mon émotion ; elle me répond de la même manière.

On reste ainsi de longues minutes jusqu'à ce que la petite voix de Austin surgisse des profondeurs des couvertures.

– À votre avis, combien de temps met la lumière des étoiles pour nous atteindre ?

– N'essaie pas de les piéger, petit monstre, réplique Riley, un sourire dans la voix.

– Comment ça ? intervient Joy.

– La lumière des étoiles qu'on regarde a mis plusieurs années-lumière à nous parvenir. Enfin, ça dépend de sa position dans la galaxie, bien sûr. Par exemple, on sait que la lumière du soleil met environ huit minutes à toucher la terre alors qu'il n'est qu'à cent cinquante millions de kilomètres !

Je fronce les sourcils, pas sûr de comprendre ce qu'il essaie de nous expliquer et, comme pour faire écho à mes pensées, ma sœur lance :

– Attends, tu es en train de me dire qu'il y a un décalage entre ce qu'on voit et la réalité ?

– Oui, répond simplement Austin. Si une étoile est à dix années-lumière de nous, sa lumière ne nous atteindra que dix ans plus tard.

– Mais ça veut dire qu'elle pourrait avoir disparu entre-temps et on ne le saurait pas, j'interviens de plus en plus perplexe.

– C'est la beauté de la chose, m'explique Riley. En observant le ciel, on regarde le passé sans réellement s'en rendre compte.

Sa réponse résonne un moment dans ma tête. Jamais je ne m'étais demandé si la lumière du soleil ou des étoiles n'était pas immédiate. Je suis soufflé qu'Austin sache déjà tout ça à son âge, j'aurais adoré que quelqu'un m'apprenne ce genre de leçon plus jeune. Mes yeux passent d'une étoile à l'autre en me demandant laquelle n'est plus réellement là sans qu'on le sache encore. Il y a de quoi se déclencher une sacrée migraine...

– C'est bientôt l'heure du chocolat chaud ?

Riley rigole gentiment avant de lâcher ma main pour ébouriffer les cheveux de son neveu. Puis elle s'extirpe de sa place pour rentrer.

– Attends-moi, je viens t'aider, lâche ma sœur en partant à sa suite.

Il ne reste plus qu'Austin et moi sur le toit. La place qu'occupait Riley est encore chaude et j'y pose ma main. Je salive d'avance à l'idée de boire une boisson chocolatée dans la fraîcheur de cette soirée.

– C'est beau, hein ? demande-t-il.

– Oui, je réponds simplement.

J'espère qu'à l'avenir, je prendrai le temps d'observer les astres de temps en temps afin de « regarder le passé ». Ça a quelque chose d'angoissant mais aussi étrangement d'apaisant. La sonnerie de mon téléphone ruine ce moment de calme et je me dépêche de le sortir de la poche de mon jean. Le nom de Vince clignote sur mon écran, j'hésite à l'envoyer sur ma messagerie, mais au dernier moment je décroche.

– Salut, Vince.

– Miracle, il prend l'appel ! Je n'y croyais plus !

– Pardon, mais tu sais ce que c'est...

– Oui, oui tu passes ton temps à courir et à donner des conseils, j'ai bien compris...

Sa remarque me pique au vif, il n'a pas à juger la vie que je me construis ici. Après tout, c'est lui qui m'y a envoyé.

– Tu voulais quelque chose Vince ? je rétorque d'un ton plus froid.

– Le contrat pour la pub a été accepté avec nos termes, le tournage commence dans moins d'une semaine.

La nouvelle me tombe sur l'estomac et soudain je ne suis plus sûr d'avoir envie de boire quoi que ce soit. Je me redresse, la couverture glisse sur mes jambes, je passe une main dans mes cheveux, sous le coup de l'agitation.

– Tu as au moins essayé de négocier un report ?

Le silence à l'autre bout de la ligne est une réponse en soi. Je laisse échapper un juron.

– Je viens de t'envoyer les modalités du tournage et ton billet d'avion.

Billet d'avion au singulier. Il ne prévoit pas mon retour ici en Virginie. Avant de dire des choses que je regretterai probablement dans quelques heures, je raccroche. La dure réalité vient taper à ma fenêtre, il va être temps de reprendre le cours de ma vie à Los Angeles. Que j'en ai envie ou pas, Vince va me remettre sur le devant de la scène. La pression autour de ma poitrine augmente avec les secondes qui défilent. Je ne sais pas quelle va être la réaction de Riley quand je vais lui annoncer que je dois repartir en Californie plus tôt que prévu et que je ne sais pas si je pourrai revenir.

Le tempo dans ma poitrine devient vite désordonné, je suis complètement perdu dans mes pensées quand Austin me rappelle sa présence à mes côtés.

– Tu sais que d'ici quelques années, je serai aussi grand et costaud que toi... Et si tu blesses ma tatie, je te mettrai une raclée si grosse qu'elle s'inscrira dans le Livre des records tellement elle sera *mémorable*. Compris ?

Si j'en crois son air déterminé, il pense chaque mot qu'il vient de prononcer. Moi qui croyais qu'on s'entendait mieux, tous les deux... Si seulement il savait que j'ai envie de me frapper pour ne pas avoir été plus ferme avec Vince... Maintenant que le contrat est signé, je n'ai pas d'autre choix que d'y aller.

Quand les filles reviennent avec les boissons, ni Austin ni moi ne leur racontons l'appel téléphonique qui a eu lieu. Au contraire, on se force tous les deux à sourire et à profiter du reste de la soirée, mais le cœur n'y est plus.

Ce soir-là quand je me couche, seul, sur le canapé, je ne suis qu'à moitié surpris d'être tenté de trouver de la came pour tranquilliser mon corps et mon esprit. Mais l'image de Crystal, étendue dans sa salle de bains, surgit devant mes yeux, me coupant cette envie. Les larmes coulent le long de mes tempes et lorsque je sombre enfin, je sais ce que je dois faire.

CHAPITRE 33

« I know the places you go to hide, I've been in all those rooms I know what that's like staring at paint as you watch it dry. But don't forget your room is right next to mine and you can lay by me. If that is something you would need, yeah, lay by me, if you need. You can[34]*... »*

Ruben, *Lay By Me*

34. « Je sais où tu vas te cacher, j'y suis allé avant toi. Je sais ce que ça fait de fixer la peinture quand elle sèche. Mais n'oublie pas que ta chambre est juste à côté de la mienne et que tu peux t'allonger près de moi. Si c'est quelque chose qui t'aide, alors viens t'allonger près de moi, si tu en as besoin. Tu peux... »

RILEY

Mes pieds foulent le sol avec un rythme soutenu ; seule la lampe frontale éclaire le chemin dans ce sous-bois. L'aube se lève à peine alors que je cours déjà depuis quarante-cinq minutes. Je n'ai pas réussi à fermer l'œil de la nuit, alors je me suis habillée et je suis sortie ; il n'était même pas 4 heures. Ma respiration forme des petits nuages de buée avant de disparaître dans l'air. Cela fait déjà quelques minutes que mes jambes sont de plus en plus lourdes, mais je ne suis pas d'humeur à écouter mon corps.

J'ai essayé pourtant de ne pas laisser le départ imminent de Logan m'affecter. Je savais qu'il partirait un jour, même si nous avions tous cru que ça serait après la représentation de mai. La colère que j'ai piquée à son annonce a surpris tout le monde, moi la première. Alors, je me suis rabattue sur une excuse toute prête : son poste d'assistant dans notre département. Même la doyenne n'a pas bronché quand il lui a annoncé la nouvelle la semaine passée ; un sourire accompagné d'une poignée de main, c'est tout ce qu'il a fallu. Miles et Joy ont essayé de me rassurer en me disant qu'on pourrait continuer à travailler avec lui via FaceTime par exemple.

La vérité que tout le monde a comprise, c'est que je n'ai pas envie qu'il parte à cause de ce qu'on partage. J'ai peur de retomber dans mes travers loin de lui... et lui aussi. C'était si simple de compter sur « nous » ces dernières semaines que j'ai presque oublié ce que c'était de ne pas l'avoir dans ma vie. Une larme glisse sur ma joue, que j'écrase d'un geste vif tout en sautant par-dessus un rondin de bois. Un de mes genoux flanche lors de la réception, je me rattrape comme je peux en plantant mes mains dans la terre. Je me relève tant bien que mal en testant mon articulation : il n'y a pas de casse mais la douleur est là. Je reprends mon chemin mais en marchant cette fois-ci, récupérant une respiration plus calme.

Juste avant l'embranchement qui me conduira à ma destination, je remarque un sentier assez large pour qu'une voiture y passe. Je ne l'avais pas vu la première fois que je suis venue ici, mais aujourd'hui les rayons naissants du soleil percent à travers les arbres, comme un signe. Après une hésitation, je décide de l'emprunter. Une vingtaine de mètres plus loin une magnifique maison bleu ciel émerge des bois. Toutes les fenêtres sont fermées et aucune voiture n'est garée devant, alors je m'approche un peu plus. Elle est immense, les murs en pierre sombre contrastent avec la couleur vive du bois, je la contourne pour en découvrir plus. La vue qui s'offre à moi est tout simplement magnifique, encore plus que celle que j'ai partagée avec Logan.

Le lac Smith Mountain semble tout droit sorti d'un rêve. J'éteins ma lampe avant de la retirer. Je reste plantée là, à reprendre mon souffle. Puis, timidement, je m'approche de l'escalier qui permet de descendre jusqu'au lac, où une plateforme en bois accueille un abri. Une fois près de lui, je suis déçue de remarquer qu'il n'y a rien dedans, mais j'en profite quand même pour m'asseoir et savourer ce moment hors du temps. Je regarde le soleil continuer sa lente ascension et inonder l'endroit de ses rayons dorés. Les montagnes, collines et arbres se parent de couleurs, comme s'ils reprenaient vie.

Je prends alors mon téléphone pour immortaliser cette vue et remarque plusieurs SMS non lus ; tous de Logan.

Logan, 6 h 11 :
Tu ne m'entends pas toquer à ta porte ?

Logan, 6 h 13 :
Riley ?

Logan, 6 h 17 :
D'accord… Je me suis permis d'entrer et tu n'es juste pas là. Ta voiture a disparu aussi, est-ce que tout va bien au moins ?

Son dernier message date d'il y a douze minutes et, puisqu'une image vaut mille mots, je prends une photo du paysage et la lui envoie. Moins d'une minute plus tard, mon portable vibre. Je n'ai pas besoin de regarder pour savoir que c'est lui alors je décroche, mais je ne parle pas.

– Tu aurais pu me prévenir, je serais venu, tu sais, commence-t-il.

– Tu as un avion à prendre ce matin…

Je déteste ces non-dits entre nous et ces silences qui s'éternisent depuis qu'il m'a annoncé son départ. Mais rien n'y fait, mon cœur est bien trop lourd pour jouer la comédie.

– La vue est différente de celle de la dernière fois, tu as découvert un nouveau spot ?

– Ouais. Juste un peu avant, il y a une magnifique maison, elle est bleu ciel et blanche avec des murs en pierre à certains endroits. Elle a aussi une espèce de ponton couvert, c'est là que je suis.

– Tu vas te faire chasser quand ils vont te trouver sur leur ponton, rigole-t-il.

– Nan, on dirait qu'elle est vide.

Comme moi aujourd'hui. Je sais que ça ira mieux dans les jours qui viennent mais les prochaines heures vont être merdiques. J'en ai conscience et lui aussi.

– Tu vas me manquer, Riley.

Sa voix chaude résonne à mon oreille, je ferme les yeux pour la savourer un peu plus longtemps. Une larme solitaire dévale ma joue, pourtant je ne fais rien pour dissimuler ma tristesse, ici il n'y a pas de témoin. Juste moi et l'immensité de ce lac.

– Au revoir, Logan, je lance avant de raccrocher.

Je jette mon téléphone un peu plus loin que nécessaire. Je suis persuadée de l'avoir entendu dire mon prénom avant que la communication ne soit coupée. Un premier sanglot me secoue lorsque je rassemble mes jambes sous mon menton. Je pose alors ma tête sur mes genoux et me laisse submerger par ma peine.

◆ ◆ ◆

– Tu en penses quoi Riley ?

– De quoi ? je lance en papillonnant des yeux pour me concentrer sur Miles.

– Des bas résille que je rêve de m'acheter ce soir, répond-il le plus sérieusement du monde.

Une vision que je préférerais ne jamais avoir eue me passe en tête, me traumatisant à jamais.

– Bien, maintenant que j'ai ton attention : je sais que le départ de Logan t'affecte mais on a du pain sur la planche.

Je me renfrogne en relevant ma capuche sur ma tête. J'aurais dû rester sur ce foutu ponton et ne pas rentrer pour le premier cours de la matinée. Mais Miles compte sur moi, je ne pouvais décemment pas le planter aujourd'hui, alors que Logan a déjà déserté. Comme je l'avais imaginé, la journée a été une vraie torture et je ne suis pas mécontente qu'elle soit bientôt finie. J'ai envie de rentrer à la maison, me faire couler un bain et tout oublier.

– Vas-y, je t'écoute, je m'entends néanmoins dire.

– Donc, comme je te le disais, on a pensé que pour le passage de danse numéro six, il faudrait les faire entrer par la gauche, mais...

– Il y a encore un embouteillage à cause des décors du duo numéro cinq, je finis à sa place en me redressant, me rendant compte de ce problème qu'on ne suspectait pas.

– Bingo. Faut qu'on revoie ça avant que ça ne se crêpe le chignon en coulisse durant les répétitions.

Je pouffe car cela s'est déjà produit et ce n'était pas beau à voir ! Il a raison, on doit résoudre ce problème avant demain pour tester la nouvelle version et que les élèves aient le temps de s'y habituer. On planche dessus pendant ce qui doit être une bonne heure, on passe en revue tous les intervenants que ça concerne : musiciens, techniciens, danseurs... Mais on a une parade.

J'étire mon dos douloureux à force d'être restée penchée si longtemps sur le bureau de Miles. On n'est pas souvent dans cette pièce, même si c'est un endroit qui nous est réservé, il y a même nos noms sur la porte. Pourtant on préfère être dans la salle de spectacle, là où notre magie opère vraiment. Toutefois, je suis soulagée d'être ici, dans cette pièce confinée et non dans un espace ouvert. Les photos de notre famille trônent un peu partout et surtout, je n'ai pas de souvenirs de Logan ici.

– Allez ça suffit, ta sœur va nous fouetter si on n'est pas rentrés dans la demi-heure...

– Ce que vous faites dans votre intimité ne me regarde pas, je le taquine.

– Ah ah ah ! Oh ! En revanche, ça me rappelle cette fois où...

Je bondis sur mes pieds comme si j'étais montée sur ressort tout en me bouchant les oreilles. Comme à l'accoutumée j'entame une série de « lalalalalala » pour couvrir la confidence, très probablement sexuelle, incluant ma sœur. L'avantage de ne pas avoir de sac à main, c'est que j'ai toujours tout sur moi, je peux donc m'enfuir sans avoir besoin d'y réfléchir à deux fois.

Une fois dans ma voiture, la lassitude me tombe dessus, mais je la chasse vite. Je ne peux pas me laisser abattre comme ça, ce n'est pas bon. Dès demain, je remets en place mes rituels. Si je ne le fais pas, autant baisser les bras tout de suite. Or, je suis une battante donc je vais relever la tête et mettre un pied devant l'autre.

Forte de cette décision, j'entame le chemin pour sortir du campus de Wintergreen, la voiture de Miles dans mon rétroviseur. Quand, vingt minutes plus tard, on se gare dans l'allée, je suis beaucoup plus calme. Mon beau-frère arrive à ma hauteur et, après une légère hésitation, il m'attrape par l'épaule. Ce genre de chose est toujours un peu bizarre entre nous, mais on fait des efforts tous les deux et c'est comme ça qu'on entre par la porte de derrière.

Jamie, Austin et Joy sont dans la cuisine en train de rigoler en écoutant mon neveu qui raconte une histoire avec une multitude de détails et de grands gestes.

Je dépose rapidement un baiser sur la joue de ma sœur, qui a dû apprendre mon escapade de ce matin, avant d'aller me servir un grand verre d'eau que je bois d'une traite. À l'odeur je sais déjà ce qu'on va manger, mais je m'approche de la casserole et soulève le couvercle pour en avoir le cœur net. Des effluves épicés m'assaillent pour mon plus grand bonheur. Ma sœur est au courant et elle m'a préparé mon plat du réconfort : un dhal.

Durant le repas, je me surprends à rigoler avec tout le monde. Je note néanmoins le regard vague de Joy mais très vite, elle participe à la discussion comme si de rien n'était. Il faudra que je parle avec elle, mais pas ce soir. J'ai besoin d'être un peu seule pour consolider certaines fondations en moi. Après avoir salué tout le monde, je pars me réfugier chez moi. À peine la porte de la dépendance fermée, mon sourire se fane.

Sans perdre une seconde, je me débarrasse de mes vêtements en les laissant à l'endroit où ils tombent. L'émail blanc glacé de la baignoire me fait frissonner quand je m'installe dedans. J'ouvre rapidement le robinet et laisse l'eau recouvrir progressivement mon corps. J'aime ce moment où elle bouche mes oreilles, quand tous les sons superflus se taisent. Il n'y a plus que moi, les battements de mon cœur et ma respiration. Je ferme les yeux pour me concentrer sur ces signes évidents de vie à l'intérieur de mon corps.

Certes, ça fait mal que Logan soit parti, mais ce n'est pas vraiment étonnant non plus. Sa vie n'est pas ici. C'est un acteur mondialement connu, bon sang ! Comment ai-je pu penser qu'il pourrait se satisfaire d'une petite ville comme Madison ? De moi ? Ces pensées tournent en boucle dans ma tête tout le temps que dure mon bain, mais quand je sors de l'eau je me sens comme purifiée, plus calme. Un peu comme si mes peines étaient restées dans la baignoire et s'évacuaient en même temps que l'eau.

La fatigue se fait sentir et il est temps pour moi de ranger mon bordel de tout à l'heure. Heureusement que ma chambre n'est pas grande, sinon je m'étalerais encore plus. Quand je suis satisfaite du résultat, je prends ma lecture en cours avant de me glisser sous ma couette.

Cinq minutes plus tard, un bruit assourdissant me fait sursauter. Je me redresse d'un bond à l'instant où une lumière blanche illumine la pièce. Puis vient le bruit de la pluie.

– Un orage, chouette ! Pile ce qui me manquait, j'ironise en m'écroulant sur mon lit avant de poser un oreiller sur ma tête pour atténuer le bruit.

Fausse bonne idée puisque, rapidement, je m'agace de la situation et jette le pauvre objet à l'autre bout de la pièce avec un cri rageur. Je remarque alors que mon téléphone est allumé et m'indique l'arrivée d'un SMS. Mon cœur s'accélère en voyant l'expéditeur :

Logan, 0 h 54 :
Toc toc ?

J'aimerais ne pas avoir envie de sourire ou de lui répondre mais mes doigts pianotent d'eux-mêmes.

Riley, 0 h 55 :
Qui est là ?

Je me ronge l'ongle du pouce en attendant sa réponse.

Logan, 0 h 56 :
Un homme particulièrement fatigué, trempé et qui a besoin d'un câlin.

Je relis son message essayant de comprendre ce qu'il veut me dire. Est-ce que je dois lire quelque chose entre les lignes ?

Logan, 0 h 58 :
Jenkins, j'ai envie de t'embrasser. Ouvre cette porte...

Comme pour me prouver que ce n'est pas une blague, deux petits coups résonnent à ma porte. Je suis debout avant d'avoir pu cligner des yeux, la tête me tourne légèrement quand je me précipite pour déverrouiller le battant. En effet, il est bien là. Dégoulinant d'eau, avec un sourire fatigué, un sac de voyage dans une main et une grosse valise dans l'autre. Sans réfléchir, je lui saute dessus et noue mes bras autour de son cou. Sous l'effet de la surprise et de mon poids, il recule, nous entraînant sous la tempête qui fait rage. Je suis trempée en quelques instants, mais je n'en ai rien à faire car je plaque ma bouche sur la sienne. J'entends le bruit que font ses affaires en tombant au sol et enfin ses mains se referment sur moi.

Ce baiser n'a rien à voir avec ceux qu'on a pu échanger auparavant, il est empreint d'urgence, de besoin et d'un sentiment que j'ai peur de nommer. Je recule juste un peu pour voir son beau visage, nos souffles rapides se mélangent. Une odeur que je ne lui connais pas l'imprègne tout entier.

– Je vais partir plus souvent, si c'est l'accueil auquel j'ai droit en revenant, me lance-t-il d'un ton qui fait se recroqueviller mes orteils.

– Repose-moi, qu'on puisse rentrer se mettre à l'abri.

– Vos désirs sont des ordres, Madame.

Je l'aide à transporter son sac à l'intérieur et lorsqu'il referme la porte derrière lui avant d'allumer, je ne peux retenir un sourire. Une sorte de gêne mêlée de pudeur m'empêche de faire un autre pas vers lui. La dernière fois qu'on est entrés dans cette pièce, de nuit, tous les deux, je l'ai foutu dehors en le frappant.

– Tu permets que je prenne une douche rapidement ? Ils m'ont aspergé de leur parfum toute la journée...

– Oui. Oui, bien sûr. Il y a des serviettes dans le meuble à gauche du lavabo.

– Merci, me répond-il, en déposant un baiser sur mon front sur son passage.

Le temps que dure sa douche, je change de pyjama car l'autre est trempé. Quand il réapparaît, mon cœur a retrouvé un rythme plus ou moins normal et je l'attends, assise en tailleur sur mon lit. Il porte un tee-shirt gris qui semble tout doux, un jogging noir et rien de plus. De voir ses pieds nus me perturbe pour je ne sais quelle obscure raison alors je relève les yeux.

– Ça t'a fait du bien ? La douche, je précise en voyant son sourire coquin pointer le bout de son nez.

– Oui, merci de m'avoir autorisé à te piquer ta salle de bains. Tu permets que je m'assoie à côté de toi ?

Je déglutis péniblement en hochant la tête. Je sens le matelas s'affaisser à ma gauche sans oser regarder dans sa direction.

– Si ça te pose un problème, Riley, tu n'as qu'un mot à dire...

– Non, je le coupe, je suis contente que tu sois là.

Prenant mon courage à deux mains, je m'allonge sur le côté en lui faisant face. Très vite, il m'imite et son regard gris me scrute, à la recherche du moindre signe d'inconfort chez moi. Dire que cela fait seulement vingt-quatre heures que je ne l'ai pas vu, j'ai l'impression que cela fait bien plus. Je ressens le besoin de passer mes doigts sur sa pommette pour m'assurer que ce n'est pas un rêve.

– Je te promets que je te raconterai tout demain. Ce soir, j'ai juste envie de dormir, le décalage horaire aura eu ma peau. Je voulais juste t'embrasser avant d'aller m'effondrer sur mon canap' adoré, m'explique-t-il en replaçant une mèche de cheveux derrière mon oreille.

Il doit sans doute y avoir une histoire assez exceptionnelle derrière son retour soudain dans ma vie mais je ne vais pas m'en plaindre. Il est là, c'est le principal, le reste peut attendre. Je suis en train de chercher le courage en moi pour lui faire une requête quand il m'annonce d'une voix rendue rauque par l'émotion.

– Ne me dis plus jamais « Au revoir, Logan » comme tu l'as fait ce matin, d'accord ?

Sa peine est parfaitement visible, il ne fait rien pour la dissimuler alors je m'approche de lui pour poser chastement les lèvres sur les siennes.

– Dors ici avec moi ce soir, s'il te plaît, je lâche dans un souffle.

– Riley...

– En tout bien tout honneur, j'ajoute rapidement, j'ai besoin de t'avoir près de moi ce soir. Si je me réveille dans la nuit, je te trouverai à mes côtés et je saurai que tout ça n'est pas qu'un rêve.

Il semble peser le pour et le contre, comme si je lui avais demandé de désamorcer une bombe, armé seulement d'un trombone. Je suis pratiquement sûre qu'il va refuser quand il lâche :

– D'accord, mais à une condition.

– Laquelle ?

– C'est toi qui fais la petite cuillère !

Nous éclatons de rire alors que j'éteins la lumière, bien plus sereine que la dernière fois que j'ai fait ce geste.

CHAPITRE 34

« I've been dreaming 'bout us working hard and saving it up. We'll go and see the man on the moon, my girl we've got nothing to lose. Cold nights and sunday mornings on your way out of the grey. I've got time, I've got love, got confidence you'll rise above. Give me a minute to hold my girl. Give me a minute to hold my girl[35]. »

George Ezra, *Hold My Girl*

35. « J'ai rêvé de nous, on travaillait dur. On ira voir l'homme sur la lune, ma belle, on n'a rien à perdre. Des nuits froides et des dimanches matin vers la sortie du gris. J'ai du temps, j'ai de l'amour, la confiance que tu t'élèveras. Donnez-moi une minute pour serrer ma copine dans mes bras. Donnez-moi une minute pour tenir ma copine dans mes bras. »

LOGAN

Je suis en train de lire sur le lit de Riley quand on frappe à la porte. Un coup d'œil au réveil m'apprend de qui il s'agit, alors je me lève d'un mouvement fluide pour aller ouvrir la porte ; mon rendez-vous est pile à l'heure. Joy m'adresse un grand sourire et je ne peux que lui rendre la pareille. Je ne sais rien refuser à cette gamine, qui n'en est plus une.

– Prête à aller à ta répétition ?

– Oh que oui ! m'annonce-t-elle, en sautillant.

Je me retourne pour attraper une veste et les clés de ma voiture. Mes affaires sont éparpillées dans la dépendance depuis que j'y ai élu domicile. Cela fait un mois maintenant que je suis rentré en catastrophe pour retrouver la femme que j'aime. Je n'ai toujours pas trouvé le courage de le lui dire mais je ne perds pas espoir de bientôt y arriver. J'ai bien essayé, mais je me suis dégonflé au dernier moment, détournant son attention en l'embrassant par exemple.

– Tu sais qu'aujourd'hui, on fait le test en *live* et que Riley va chanter pour vérifier si on doit procéder à des ajustements ?

Je me fige, un seul bras dans une manche de ma veste. Non, je n'avais pas cette information, mais cela explique pourquoi cette répétition est un samedi et que je sers de chauffeur. Miles et Riley ont dû bosser toute la matinée ensemble, peut-être même avec la prof de chant, Arizona.

– Je comprends mieux l'état de stress de Riley durant notre footing. Elle m'a traité d'idiot empoté quand j'ai dérapé sur un gravier dans une descente.

– Sérieux ? me demande-t-elle avant d'exploser de rire.

– Sois gentille avec moi sinon je ne t'emmène pas...

– Pas cool de jouer sur ça !

– Il va falloir songer à passer ton permis, ma grande.

Pour toute réponse, elle me tire la langue avant de faire demi-tour, m'indiquant ainsi que la conversation est terminée. Je finis donc de m'habiller avant de fermer la porte derrière moi. Ma sœur m'attend déjà dans la voiture, ceinture attachée, prête au départ. Je m'assieds à mon tour avant de mettre le contact et de reculer dans l'allée.

– Ceinture, m'ordonne Joy.

– J'allais le faire, c'est juste qu'elle me gêne pour faire la marche arrière, je lui explique avant de clipper la ceinture

– Tst, tst, toujours une bonne excuse, ce Logan...

Préférant ne rien répondre, je m'engage sur la route qui nous mènera au campus. Nous roulons depuis quelques minutes à peine quand mon portable sonne dans ma poche. Par réflexe, je le sors, avant que ma sœur ne me l'arrache des mains.

– Les yeux sur la route, s'il te plaît. C'est Vince, je décroche ?

– Non ! je hurle avant de grimacer.

Merde. Je viens de me griller. Hormis Riley, personne n'est au courant de ce qui s'est réellement passé le mois dernier. La sonnerie s'arrête mais le hoquet de Joy attire mon attention. Elle a le nez plongé dans mon smartphone.

– Dix-huit appels manqués sur les deux derniers jours seulement ! Il y a peut-être un problème...

Je plaque mon crâne sur l'appui-tête puis prends une profonde inspiration, avant de nous garer sur le bas-côté.

Je vais avoir besoin de toute mon attention pour mener à bien cette discussion.

– J'ai menti à Vince. Je lui ai dit que je rentrerais à Los Angeles le 25 avril, s'il m'autorisait à revenir le mois dernier.

– Mais on est le 27, me dit-elle, perdue.

– Ouais... Je n'ai aucune envie d'y retourner mais je n'avais pas prévu qu'il planifie une tonne d'interviews pour les jours suivant mon retour potentiel. Ça fait quarante-huit heures que je m'attends à le voir débarquer ici. Pour le moment, il se contente de me harceler.

– Donc tu le fuis, en fait... Ça ne te ressemble pas vraiment, Logan, me reproche-t-elle.

– Crois-moi, tu arrives bien après la bataille, Riley me fait la morale depuis un mois... C'est juste que tout va si bien pour toi, pour moi, et pour Riley. Je n'ai pas envie de tout foutre en l'air... pas cette fois-ci, je confesse.

Elle semble méditer mes paroles, car quand elle tourne son visage vers moi, une émotion brille dans son regard si semblable au mien.

– Tu l'aimes, pas vrai ?

Je ferme les yeux en entendant cette phrase. Pourquoi est-ce que c'est si simple à dire pour elle et un enfer pour moi ?

– Putain, oui. À un point que tu n'imagines même pas, je lâche dans un souffle.

Sa petite main vient serrer la mienne qui était restée sur le volant.

– Est-ce que tu le lui as dit ?

Mon silence est éloquent.

– Riley mérite de savoir. Je suis quasi sûre qu'elle ressent la même chose pour toi.

Je tourne si violemment la tête vers elle que ma nuque proteste.

– Elle te l'a dit ?

– Non, avoue-t-elle. Mais je vous observe en train de roucouler toute la journée. Il faudrait être aveugle pour ne pas voir que vous êtes dingues l'un de l'autre.

Du haut de mes vingt-cinq ans, je rougis comme un écolier. J'espère qu'elle a raison car il va falloir que ça sorte, sinon je vais finir par lui dire que je l'aime en lui demandant de me passer le sel durant un repas avec toute la famille. Avec une dernière pression sur mes doigts, elle ajoute un « Parle-lui » avant de se réinstaller confortablement dans son siège. Je reprends mes esprits avant de poursuivre notre route. En apercevant le cimetière, je me raidis.

Je passe devant tous les jours et je détourne le regard à chaque fois. Je croise les doigts pour que Joy ne dise rien car je ne suis pas prêt à aborder ce sujet-là avec elle. Le temps semble faire son œuvre chez elle. Cela fait un peu plus de deux mois maintenant que l'enterrement a eu lieu, et même si elle sera toujours un peu triste, le fait d'être aussi entourée chez les Slade l'aide.

Pour ma part, c'est un peu plus compliqué, la culpabilité me ronge toujours mais j'y travaille deux fois par semaine avec le Doc, alors je ne perds pas espoir. On arrive très vite sur le campus et je me gare sur le parking, prêt à descendre quand elle m'arrête.

– Oh non, cher grand frère ! Riley me tuera si tu mets un pied dans le bâtiment. Alors file, elle me ramènera. Et arrête de bouder, ça ne te va pas, se moque-t-elle.

Elle sort de la voiture et récupère son sac sur la banquette arrière, puis elle se penche par sa fenêtre restée ouverte.

– Merci de prendre soin d'elle, elle en avait terriblement besoin. Je suis heureuse que ça soit toi qui lui apportes ce dont elle a besoin. Les deux êtres que j'aime le plus, heureux, ensemble.

Un nœud d'émotions obstrue ma gorge, m'empêchant de lui répondre. Je me contente d'un hochement de tête suivi d'un sourire. Je la regarde s'éloigner vers le Centre des beaux-arts tandis que mon cœur se gonfle d'amour et fierté mélangés. Celui qui obtiendra toute l'attention de ma sœur sera un sacré veinard.

◆ ◆ ◆

Quand Riley, accompagnée de Miles et Joy, franchit la porte, je suis sur le canapé avec un Austin endormi sur mon épaule. Jamie est montée se coucher tôt, prétextant un mal de tête, et on a décidé de regarder *Transformers* mais il a sombré à la moitié du film. Je n'ai pas eu le courage de le réveiller et puis j'aime bien *Bumblebee*... Miles est le premier à débarquer dans la pièce et à nous repérer.

Il retourne dans la cuisine pour indiquer aux filles de baisser d'un ton. Ils reviennent tous les trois un instant plus tard, le même sourire attendri collé au visage. Je lève les yeux au ciel avant de chuchoter :

– Il pèse trois tonnes, je n'ai pas réussi à le bouger...

Miles s'approche de moi pour passer un bras sous le dos et les jambes de son fils puis le soulève facilement.

– Il faut la super force d'un papa pour y arriver, voilà tout. Bonne nuit, tout le monde.

On le regarde disparaître dans l'escalier, puis Riley s'écroule à mes côtés et Joy nous regarde en souriant.

– Quoi ? lui lance sa meilleure amie.

– Rien, se défend un peu trop vivement ma sœur. Je vais vous laisser, je suis crevée moi aussi.

– Tu chantais du Disney à tue-tête il y a deux minutes, corrige Riley.

– Justement, tu ne sais pas l'énergie que ça demande d'arriver à chanter *Supercalifragilisticexpialidicious* !

Avec un grand sourire elle nous plante là en fredonnant la chanson de Mary Poppins.

– Bravo, je l'ai en tête maintenant, je bougonne.

– Bienvenue dans ma vie, réplique tragiquement Riley. Ça te dit qu'on aille chez nous ?

Chez nous. Comment deux si petits mots peuvent-ils me mettre K.O. ? Interprétant mal mon silence, Riley tente un rétropédalage.

– À moins que tu ne préfères rester ici et regarder la fin de...

Je la fais taire d'un baiser rapide avant de me lever et d'ajouter :

– J'ai envie de rentrer chez nous, viens.

Le sourire qu'elle me renvoie aurait pu me faire fondre si je n'étais pas déjà complètement amoureux d'elle. Elle glisse sa main dans la mienne en m'entraînant derrière elle. Quand on arrive à la dépendance, elle file dans la salle de bains, me laissant un moment de répit pour mettre mon plan en action. Je l'ai appelé : « Arrêter d'être un trouillard et enfin avouer mes sentiments à la fille que j'aime. »

J'entreprends de faire les cent pas autour de notre lit. Je n'en reviens pas de dormir avec elle depuis des semaines sans qu'il se soit rien passé. Ce n'est pas l'envie qui m'en manque, mais je veux que ça vienne d'elle, à son rythme, et je suis prêt à attendre le temps qu'il faudra. Il faut qu'elle le sache, que je ne lui dis pas ça pour qu'on couche ensemble. Car elle est ce qui m'est arrivé de mieux dans la vie, je n'ai jamais été aussi bien, ou proche de quelqu'un.

Totalement perdu dans mes pensées, je sursaute lorsqu'elle revient dans la pièce, douchée et vêtue de son pyjama.

– Stressé, Davis ? me taquine-t-elle en me contournant pour se faufiler de son côté du lit.

– Pas du tout, je mens en enlevant mon jogging pour me retrouver en boxer et tee-shirt avant de me glisser sous la couette à mon tour.

Elle s'installe dans « notre » position comme elle l'aime l'appeler. Face à moi, les mains jointes sous sa joue, et je l'imite. J'aime ce moment de la journée où on se retrouve juste tous les deux dans notre bulle.

– Comment c'était, de chanter sur scène ?

– Étonnamment bien. Je ne m'attendais pas ce que ça me revienne si vite. Mais j'adorais tellement ça avant... avant qu'il ne gâche tout.

Je ne peux m'empêcher de la toucher pour lui montrer que je suis là, que tout ça est de l'histoire ancienne. Ses yeux se perdent dans le vague, comme si elle revivait une scène passée.

– La première fois qu'il m'a touchée, je n'ai pas compris tout de suite ce qui se passait. Pourquoi mon prof de piano avait-il besoin de poser sa main sur ma cuisse ? J'avais quinze ans, j'avais seulement échangé quelques baisers avec Tony Rolo, je ne savais rien des désirs d'un homme. La fois suivante, j'ai commis l'erreur de venir directement après un entraînement de *cheerleader*, alors cette fois-ci, quand il a posé sa main sur ma cuisse, rien ne l'a empêché de remonter plus haut. Il m'a dit que si j'étais sage et que si je ne disais rien, il ne raconterait pas à tout le quartier combien j'étais une fille facile, comme ma mère.

Mes mâchoires me font un mal de chien à force d'être aussi comprimées. Je dois me mordre l'intérieur des joues pour ne pas l'interrompre, je ne suis pas sûr de vouloir savoir tout ça. Mais si elle me parle ce soir, c'est qu'elle doit avoir besoin de me confier son histoire. Alors je respire lourdement et je la ferme.

– Donc je me suis tue. J'avais honte de la réputation de ma mère, je ne voulais pas qu'on puisse penser... Bref, ça a été ma seconde erreur. Quand il a compris que je ne dirais rien il est monté d'un cran, il a glissé sa main sous l'élastique de ma culotte et m'a pénétrée de ses doigts.

L'intonation de sa voix est tellement froide et détachée que des frissons me parcourent l'échine. On dirait qu'elle raconte des faits qui ne lui sont pas arrivés personnellement ; elle semble réciter un discours qu'elle connaît par cœur à force de l'avoir répété.

– À partir de là, j'ai toujours fait attention à ne venir qu'en jean chez lui, quitte à faire un détour avant de venir prendre mes leçons. J'aimais tellement jouer, c'était la seule chose dont j'étais fière. Ça m'avait demandé tellement d'heures d'entraînement et de sacrifice que je ne voulais pas le laisser gagner. Pendant un temps, tout s'est calmé, il ne m'approchait plus et je pensais que c'était fini. Jusqu'à ce qu'il devienne le petit copain de ma mère.

Je suis à deux doigts d'écraser ma bouche sur la sienne pour la distraire et la ramener ici avec moi, dans la lumière. Dès demain, je vais parler à Joy et Miles : c'est une idée pourrie de la pousser à chanter, ça fait remonter bien trop de merde à la surface.

– La première fois qu'il m'a... violée, je n'ai pas eu le temps de faire quoi que ce soit. Je me suis réveillée et il était déjà nu sur moi en train de me tripoter. Avant que je ne puisse me ressaisir, il m'a mis une main sur la bouche et s'est enfoncé en moi d'un coup. J'ai eu l'impression que ça durait des heures alors que non, j'avais les yeux rivés sur le réveil. Quand il a terminé, il m'a dit de fermer ma gueule, que je n'étais qu'une sale traînée qui passais mon temps à l'aguicher avec mon corps tout en courbes. Le pire dans tout ça, c'est que j'ai cru que c'était ma faute. Celle de cette poitrine, que je savais trop généreuse pour mon âge, de mes hanches larges, j'ai eu honte de tout.

Ma vue se brouille, les traits du visage de Riley deviennent flous et ce n'est pas plus mal. L'entendre me confesser tout ça me détruit à petit feu ; je suis tellement impuissant. J'aurais aimé la connaître à l'époque et faire quelque chose. Je comprends mieux l'enfer dans lequel a dû avancer Jamie...

– Il m'a violée à plusieurs heures de la journée, mais le matin... débarquer à 6 h 30 tapantes semblait être ce qu'il préférait. Il sifflotait toute la journée quand il venait tôt dans ma chambre. Tu m'as demandé une fois pourquoi je réglais mon réveil à 6 h 28, voilà la réponse. Tous les soirs, je m'endormais en me disant que le lendemain s'il venait, je serais prête, je serais forte et je le repousserais. Mais il suffisait que j'entende ses pas dans le couloir pour que mon corps se paralyse.

Un souvenir lointain fait écho à cette même peur, à ces pas dans le couloir qui pouvaient ôter tout courage de mon corps. Mais je chasse bien vite cette pensée, je dois rester concentré sur Riley pour le moment.

– En tout, il m'a violée à vingt-sept reprises en l'espace de cinq mois. Je le sais car j'ai noté chaque date dans un carnet que je gardais précieusement. Ils s'en sont servis lors de sa garde à vue pour le faire avouer.

Soudain son regard semble reprendre vie, elle se rend compte de mes larmes et du point auquel son histoire m'a heurté. Elle semble d'abord confuse, puis elle rougit.

– Pardon, je ne pensais pas que...

– Tais-toi, Riley, je lui ordonne doucement.

Elle m'obéit aussitôt et j'en profite pour me rapprocher lentement d'elle. L'odeur suave de son gel douche m'emplit les narines, je me sens à la maison quand cette fragrance m'entoure.

– Ne t'excuse jamais pour ça. Tu as le droit de me raconter tout ce que tu as envie, je serai là pour t'écouter. Mais là, j'ai besoin de te serrer dans mes bras, d'accord ?

Elle acquiesce, alors je ne perds pas de temps et je referme mon étreinte sur son corps mince qui a perdu toute trace de ces formes qu'elle a appris à haïr. Elle agrippe mon tee-shirt dans ses petits poings, et la dernière phrase qu'elle murmure explique son besoin de me parler justement ce soir.

– Il y a tout juste huit ans, mon enfer commençait. Je l'ai laissé poser sa main sur ma cuisse il y a huit ans jour pour jour. Et pour la première fois depuis cette date, je n'ai pas passé la journée cloîtrée chez moi. Au contraire, j'ai chanté sur scène, chose que je ne pensais plus jamais faire. Et regarde-nous : je suis dans tes bras, plus sereine que jamais. Je pense qu'on peut dire que cet enfoiré vient de perdre la partie.

Je recule juste un peu pour la regarder dans les yeux et lui avouer mes sentiments.

– Je suis tellement fier de toi, Jenkins, tu n'imagines pas à quel point… Je t'a…

– Est-ce que tu veux bien me garder contre toi encore un moment ? me coupe-t-elle.

Je ravale ma déclaration, juste à temps, lui souris et la berce. Je ne sais pas à quel moment je m'enfonce dans le sommeil, toujours dans cette position, mais je suis sûr qu'elle est déjà dans les bras de Morphée elle aussi.

CHAPITRE 35

« I know it hurts, you know I'd quench that thirst (I can treat you better than her). You say you're lonely. I say you'll think about it. 'Cause you're the only one who resonates that chase, mouth open like ahh[36]. »

FKA Twigs, *Two Weeks*

36. « Je sais que ça fait mal, tu sais que j'étancherais cette soif (je te traiterai mieux qu'elle). Tu dis que tu es solitaire. Je dis que tu y penseras. Car tu es le seul qui fais écho à cette chasse, la bouche ouverte comme ah. »

RILEY

– S'il doit me soulever encore une fois, je suis sûre que mes côtes vont se briser.

Je jette un coup d'œil à Joy, puis à ses pieds nus qui trônent sur mon tableau de bord.

– Ce sont tes pieds qui m'inquiètent, pas tes côtes, personnellement. On dirait qu'un sadique s'est acharné dessus.

– Les risques du métier, me répond-elle comme si ce n'était rien.

Pourtant ils ne sont pas jolis à voir. Les heures intensives de répétition à deux jours du gala s'enchaînent à une vitesse folle et j'ai refusé d'en faire plus aujourd'hui. Si je dois chanter encore une fois cette chanson, je vais piquer une crise de nerfs. J'ai embarqué ma meilleure amie en direction de la maison pour un peu de repos. Les essuie-glaces sont à leur vitesse maximum et pourtant je n'y vois pas grand-chose. On met deux fois plus de temps que d'habitude pour arriver à Madison, ce qui rajoute à ma lassitude. Quand enfin je coupe le contact, je ferme les yeux un instant, écoutant seulement le bruit de la pluie sur le toit de la voiture.

– Dans un peu plus de quarante-huit heures tu seras libre, ça fait quoi ?

– Je pourrais te retourner la question, je pouffe en la regardant.

Elle fait mine de réfléchir sérieusement alors qu'on sait toutes les deux quels sont ses objectifs.

– New York m'appelle ! J'espère que les recruteurs vont aimer ma prestation...

– Si ce n'est pas le cas, je te promets de les taper jusqu'à ce qu'ils changent d'avis !

– Tu ferais ça pour moi ? rétorque-t-elle en rentrant dans mon jeu.

– Tu n'as qu'un mot à dire et je leur saute dessus, je réplique d'une voix que j'espère grave.

On se regarde avec sérieux un instant avant d'éclater de rire. Mes yeux se perdent dans le vide, la pluie continue à tomber à torrent ne me donnant pas envie du tout de sortir.

– Je rêve de pouvoir me téléporter dans ma chambre...

– À qui le dis-tu ! je lâche en remontant ma capuche.

C'est une bien maigre protection contre ce qui nous attend dehors, mais au moins je ne suis pas en petite tenue de danse comme Joy. Je la nargue quand même, ce qui me vaut un regard noir.

– Trois...

– Deux, continue-t-elle une main sur la poignée.

Je l'imite en rentrant la tête dans les épaules.

– Un !

D'un même mouvement, on sort de la voiture. Instantanément la pluie s'abat sur nous, et malgré le vacarme ambiant, j'entends le juron que pousse Joy. Sans attendre, je cours en direction de ma dépendance qui se trouve plus loin que la porte d'entrée de la maison. Je l'ai presque atteinte quand la voix de Joy m'interpelle ; je m'arrête en dérapant sur le bitume détrempé pour me retourner. Elle se tient déjà à l'abri du porche et lance avec un grand sourire :

– Alors cette capuche ?

La garce.

Son rire m'accompagne sur les derniers mètres. Il faut que je m'y prenne à deux fois pour réussir à mettre la clé dans la serrure. Je me rue dans la salle de bains pour me débarrasser de mes vêtements trempés et m'éponger rapidement le corps et les cheveux. Je ne suis plus vêtue que d'un boxer noir et d'une ceinture thoracique de la même couleur quand je retourne dans la partie principale de la dépendance.

Alors que je me dirige vers ma commode, mon regard est attiré par ma collection immense de CD. Impulsivement, je me détourne de mon chemin pour m'arrêter devant et trouver ce que j'ai envie d'écouter. Quand j'insère le disque dans le lecteur, je souris déjà. J'aime beaucoup l'univers de FKA Twigs mais surtout une chanson que je peux écouter en boucle sans me lasser : *Two Weeks*. Après être sûre d'avoir enclenché le mode *repeat*, j'attends sagement que les premières paroles résonnent dans la pièce.

Le contraste entre la douce voix de la chanteuse et les paroles me fait frissonner, à moins que ça ne soit le fait que je sois encore en sous-vêtements au milieu de ma chambre. Pourtant ça m'est égal, je me laisse porter par la musique et commence à bouger sur place en chantant doucement en écho. Mes bras se lèvent au-dessus de ma tête en rythme avec la cadence lascive de ce titre. Durant quelques instants, je ferme mon cerveau à tout le reste et ça fait un bien fou.

Sans crier gare, la porte principale s'ouvre, brisant la magie du moment et un Logan aussi trempé que moi quelques minutes plus tôt, entre. Il ne me repère pas tout de suite, figée dans un coin de la pièce. Il semble trop occupé à se secouer pour enlever son blouson, puis ses boots. C'est seulement à ce moment-là que je repère les écouteurs dans ses oreilles ; il n'entend pas la musique, qui aurait pu l'alerter de ma présence. Donc, lancé, il continue à se débarrasser de ses vêtements, en commençant par son pull et son tee-shirt qu'il retire d'un même mouvement.

Son dos musclé m'apparaît plus clairement que jamais. On fait toujours attention pour qu'il n'y ait pas trop de peau visible entre nous, même si cela fait deux mois qu'il dort ici. On a instauré des limites tacites et on s'y est tenus. Jusqu'à aujourd'hui. Mon cœur bat plus vite en imaginant sa réaction quand il va finir par se retourner et me trouver à moitié nue. Avec un peu de chance, il va continuer directement dans la salle de bains, comme je l'ai fait, et ne me verra pas.

Au moment où cette idée me traverse l'esprit, il entame un demi-tour dans ma direction, ses doigts défaisant les premiers boutons de son jean. Quand il m'aperçoit, sa première réaction est de sursauter, puis de froncer les sourcils avant de se figer à son tour. Je sens physiquement son regard parcourir ma peau nue, provoquant une douce chaleur en moi. Pas le genre de brûlure qui me paralysait il y a seulement quelques mois, non, une caresse comme celle du soleil sur ma peau en été, éveillant des sensations dans mon bas-ventre.

Ma bouche s'entrouvre quand ses yeux remontent doucement le long de mon corps avant de se planter dans les miens. Son désir est parfaitement visible. S'il fait des efforts au quotidien, il laisse tout sortir maintenant. Les émotions que je lis dans son regard me percutent de plein fouet ; il fait même un pas dans ma direction avant de s'arrêter à nouveau. Comme si une guerre se livrait en lui, pendant que de mon côté j'observe son torse doré, ses abdos dessinés et le début d'un V pointant sous son boxer. Je suis persuadée d'être écarlate à ce moment précis car entre les paroles plus que suggestives que j'écoute, le regard de Logan et les sensations dans mon corps je ne sais plus où donner de la tête.

« *Higher than a motherfucker, dreaming of you as my lover*[37]. »

J'ai moi aussi la sensation d'être droguée ; j'ai envie de toucher la peau de Logan, de connaître la caresse de mes doigts glissant sur ce torse. De connaître l'odeur de sa peau après la pluie, de savoir ce que je ressentirais s'il me caressait. Je respire de plus en plus vite en laissant se propager ce *désir*. Il est temps que j'admette que Logan m'attire, pas seulement en tant que personne mais aussi en tant... qu'amant. L'air autour de nous semble s'électriser alors que je fais un pas dans sa direction.

Il n'en fallait pas plus pour le sortir de sa transe, car à l'instant où je m'avance, il secoue la tête avant de se retourner, vif comme l'éclair. Le sentiment de rejet que j'éprouve est d'une telle violence que j'en titube. Je sens mon menton trembler sous le coup de l'émotion, mais je ne quitte pas son dos des yeux. À quel moment me suis-je trompée ?

– Je suis désolé, crie-t-il en me faisant sursauter.

Après un juron qui aurait pu me faire sourire, il retire ses écouteurs pour les glisser dans la poche de son pantalon.

– Je n'aurais pas dû te regarder comme ça... excuse-moi, Jenkins.

---

37. Plus stone qu'un enfoiré, rêvant que tu es mon amant.

Il ne se rend pas compte que ses mots sont autant de coups de poignard dans ma poitrine. Pourquoi est-ce qu'il ne pourrait pas avoir envie de moi ? En quoi est-ce mal ? Plus confuse, et blessée à mesure que le temps s'écoule, je m'approche rageusement de ma commode. J'en sors un tee-shirt au hasard pour le passer en hâte. Il est tellement grand qu'il m'arrive à mi-cuisse, mais j'enfile quand même un pantalon de pyjama pour me cacher autant que possible. Ça m'apprendra à croire qu'un homme comme Logan pourrait avoir envie de moi, de ce corps sale. Il faudrait être sacrément tordu pour avoir envie de passer après *lui*.

Ma colère me fait serrer les poings, mais ce n'est rien à côté de la tristesse qui s'abat sur moi. D'ici je peux lire la tension qui habite Logan, ses épaules sont contractées ; sa tête est basse et il respire vite.

– Tu peux te détendre je suis habillée, je crache dans sa direction.

Le regard qu'il me lance lorsqu'il se retourne ne me dit rien qui vaille. Lorsqu'il ouvre la bouche, je le devance.

– Ça va mieux, tu n'as plus l'horreur qu'est mon corps sous les yeux ? J'ai oublié que monsieur Collins est habitué à un autre standard !

– Riley... me prévient-il.

– Logan... je dis sur le même ton.

Je sais que c'est enfantin mais je n'y peux rien. Il m'a blessée et je ne sais pas comment réagir. Entre ce que je ressentais il y a quelques minutes et maintenant, mon cœur ne sait plus que faire et moi non plus. Je suis perdue et j'ai envie de me terrer sous ma couverture pour n'en ressortir que d'ici une dizaine d'années.

« *Flying like a streamer thinking of new ways to do each other, mouth open, you're high*[38]. »

La chanson continue à tourner en boucle dans la pièce ; je regrette déjà de l'avoir choisie.

– Tu ne me facilites pas la tâche, putain, lance-t-il en passant la main dans ses cheveux.

– Excuse-moi ? je réplique, piquée au vif. Tu es chez moi ici, donc si tu as un problème avec moi, ou mon corps, la porte est juste derrière toi.

L'expression irritée de Logan devient perplexe.

– Attends. Pourquoi tu crois que j'ai un problème avec ton corps ?

– Difficile de croire autre chose après une réaction aussi violente que celle que tu viens d'avoir, je crie en levant les bras en l'air.

Je suis préparée à toutes les reparties possibles, sauf à son éclat de rire. C'est à mon tour d'être confuse ; je sens ma colère se ratatiner lorsqu'il s'arrête aussi soudainement qu'il a commencé.

– Jenkins... si je me suis détourné, c'est pour ne pas *te* gêner. Si tu savais ce qui m'est passé par la tête quand je t'ai vue dans cette tenue tu n'aurais aucun doute quant à mon envie de te coucher sur ce lit pour les heures à venir.

– Mais... je m'obstine en secouant la tête comme pour nier ses paroles.

– Il n'y a pas de « mais », c'est la vérité. Mais s'il te faut une preuve physique, en voilà une, grogne-t-il en déboutonnant son jean.

---

38. « Volant comme un voilier en pensant à de nouveaux chemins l'un vers l'autre, la bouche ouverte, tu es stone. »

Lorsqu'il en entrouvre les pans, j'aperçois son boxer gris mais surtout l'érection qui le déforme. Sans aucune pudeur, je fixe la preuve évidente de son désir pour moi sans comprendre comment cela est possible. Après tout ce que je lui ai raconté, il devrait prendre ses jambes à son cou ! Malgré mon insistance, il ne fait rien pour se dissimuler à mon examen, il se contente d'attendre. Quand enfin je remonte vers ses yeux, je vois une flamme dangereuse y danser.

– Comme je le disais, je crève d'envie de... Mais je ne veux pas te presser, termine-t-il après une hésitation.

– Je suis désolée, j'ai cru que tu me rejetais, j'avoue du bout des lèvres.

– Pose la question la prochaine fois.

Le reproche est perceptible dans sa voix tandis qu'il referme les boutons de son pantalon. J'ai envie d'aller vers lui mais je n'ose pas, de peur de détruire un peu plus l'équilibre précaire dans lequel on se trouve.

« *Smoke on your skin to get those pretty eyes rolling*[39]. »

Je me détourne pour éteindre cette putain de chanson qui est en train de rendre cette discussion encore plus gênante qu'elle ne l'est, quand il m'arrête.

– Non, laisse-la... Elle est intéressante je trouve.

– Te fous pas de moi, Logan ! je le menace.

– Je suis sincère. Je ne pensais pas que t'écoutais ce genre de musique. Vous êtes pleine de surprises, mademoiselle Jenkins.

39. « Fumer sur ta peau, pour faire rouler ces beaux yeux. »

– Qu'est-ce que c'est censé vouloir dire, ça ? Que je ne peux pas apprécier des...

– Pitié, Riley, la ferme.

Son ton n'a rien de méchant, il a même un sourire en coin accroché aux lèvres. Je tente de respirer tranquillement plusieurs fois, mais c'est impossible entre la course folle de mon cœur et mes pensées qui vont dans tous les sens : je suis en feu.

– Pourquoi tu rentres si tôt ? je le questionne pour essayer de me calmer.

– Je pourrais te poser la même question, me répond-il en croisant les bras sur son torse.

– J'ai demandé la première !

Bon Dieu, j'ai l'impression d'avoir l'âge d'Austin et de me chamailler avec un garçon. Pourtant rien chez Logan ne me rappelle un enfant, c'est un homme. Que ce soit sa carrure, ses muscles ou son érection. Comme s'il devinait mes pensées, il se mord la lèvre pour se retenir de rire.

– Si je réponds à ta question, je gagne le droit de faire un pas vers toi.

– Pourquoi ? je rétorque, soudain sur la défensive.

– Car j'ai eu une longue journée et j'ai vraiment, *vraiment,* envie de t'embrasser.

À l'évocation de ce baiser à venir, je passe la langue sur mes lèvres ce qui attire son attention. C'est fou ce qu'il fait chaud dans cette pièce soudain !

– Alors ? Tu as envie de jouer avec moi, Jenkins ?

Le sous-entendu est plus qu'évident, mais j'ai envie de ce baiser alors je hoche la tête.

– C'était ma dernière séance avec le Doc aujourd'hui. Après m'avoir remis mes derniers examens, il m'a dit de dégager de son bureau et de me tenir à carreau, m'explique-t-il en faisant un pas.

Il ne m'avait pas dit qu'il terminait aujourd'hui, j'aurais pu faire en sorte de préparer un repas ou quelque chose pour l'occasion.

– À mon tour, reprend-il. Comment tu as pu croire que je ne te désirais pas ?

OK. Je l'ai blessé. Je baisse les yeux, gênée.

– Car, même si on s'embrasse de temps en temps et qu'on dort ensemble depuis deux mois on n'a jamais discuté de ce qu'on était l'un pour l'autre. Et de ce que ça représentait pour nous.

Je n'ose toujours pas relever le regard quand je fais un pas en avant en enchaînant directement sur ma question.

– Pourquoi tu as eu une dure journée ?

– J'ai enfin appelé Vince, expédie-t-il en avançant. Est-ce que tu aimerais qu'on ait une étiquette, toi et moi ? Que je dise à tout le monde que tu es ma petite amie ? Car si c'est ce que tu veux, je le ferai.

Son intonation attire mon attention et l'émotion que je lis sur son visage me fait l'aimer un peu plus. Je n'ai pas besoin de déclaration publique, je voudrais simplement savoir s'il partage mes sentiments. Mais je n'ai pas le courage de me jeter à l'eau, du moins pas aujourd'hui. On verra bien comment il réagira samedi soir...

– Non.

Un seul mot qui semble pourtant le secouer entièrement.

Merde.

Une fois de plus, j'ai été maladroite. Je triture mes doigts dans ce silence inconfortable.

« *My thighs are apart for when you're ready to breathe in*[40]. »

Comme envoûtés par les paroles, on inspire lourdement tous les deux en même temps. On ne se regarde plus, on se teste pour savoir lequel de nous deux va craquer le premier. Je rêve de me réfugier dans ses bras et de l'embrasser jusqu'à oublier mon propre nom. Il décroise enfin les bras, me permettant d'admirer la vue une fois de plus. Le désir que je sens grandir en moi m'inquiète un peu. C'est la première fois que je ressens ça. Je ne suis pas sûre de savoir le gérer comme il faut.

– En fait, j'ai changé d'avis, arrête cette musique, s'il te plaît, lâche-t-il d'une voix lourde de sens.

J'hésite, car si je bouge je perds le jeu et je n'en ai pas envie, au contraire, je veux voir jusqu'où ça va aller.

– Est-ce que tu me désires car je ne suis pas comme toutes tes autres conquêtes ? je demande timidement.

Comme si ma question n'était pas assez claire, je mime une grosse poitrine pour être sûre de bien me faire comprendre. Il me détaille de la tête aux pieds, telle une énigme qu'il n'arrive pas à décoder. S'il savait à quel point je suis moi-même perdue... Pourtant ce que je ressens pour lui est ce qui me maintient ancrée dans le moment présent.

« *High motherfucker, get your mouth open, you know your mine*[41]. »

---

40. « Mes cuisses sont ouvertes pour le moment où tu seras prêt à inspirer. »
41. « Stone, enfoiré, garde la bouche ouverte, tu sais que tu m'appartiens. »

– C'est toi qui me plais Riley, ta personnalité, ton humour noir, tes insécurités, ton amour pour ta famille et pour ma sœur ; tout ça fait que j'aime être avec toi. Et pour être honnête, ça fait des mois que je vois tes fesses courir devant moi, donc oui, j'ai envie de les empoigner une bonne fois pour toutes.

Je ne m'attendais pas à une telle franchise et je ne peux pas cacher mon émoi quand il avance d'un nouveau pas. J'évalue la distance encore entre nous ; il reste de quoi se poser plusieurs questions mais je n'ai plus envie de parler... Est-ce que c'est mon expression qui me trahit ? Je ne sais pas, mais Logan semble me comprendre sans que j'aie besoin de parler puisqu'il lâche un « Fait chier, ce jeu » avant de se diriger vers moi.

CHAPITRE 36

« I'll admit, for a moment
I felt so afraid just o show
you the mess that I made.
There are pieces I usually
hide but when you collect me
with your steady hand with
a language that I understand
I feel put back together
inside[42]. »

Ben Platt, *Ease My Mind*

---

42. « Je dois reconnaître que pendant un instant, j'ai eu trop peur de te montrer le bordel que j'ai semé. Il y a des morceaux que je cache d'habitude, mais quand tu les as rassemblés de ta main ferme en me parlant dans une langue que je connais, j'ai eu l'impression d'être réparé, à l'intérieur. »

LOGAN

Je ne m'arrête que lorsque nos orteils se touchent presque. Ses magnifiques yeux verts sont fixés sur moi, sa bouche est légèrement entrouverte, ses joues rosées. Bordel, comment peut-elle douter de sa beauté et de mon envie d'elle ? Si elle était une autre femme, je l'aurais déjà plaquée contre un mur pour m'enfoncer en elle depuis bien longtemps.

Mais pas Riley. Non, avec elle je veux faire ça bien et surtout j'ai l'intuition que je ne me lasserai pas d'elle. Ce n'est pas comme d'habitude lorsque la personne que j'ai en face de moi pourrait être une autre. Maintenant je veux être avec elle, et seulement elle. Même si ça m'a effrayé au début, aujourd'hui ma seule crainte, c'est de mal m'y prendre et de détruire ce qu'on a. La pression autour de cette « première » fois est assez flippante mais j'essaie de ne pas trop y penser : j'aviserai au moment où ça se produira.

– Tu as triché, tu m'as volé au moins deux questions...

– Pose-moi toutes les questions que tu veux, Riley, mais d'abord embrasse-moi.

Le petit sourire qu'elle essaie de retenir me fait craquer, je ne résiste pas à le toucher de mon pouce. Ce que je n'avais pas prévu est que Riley tourne doucement la tête pour embrasser mon doigt. Ce simple geste, innocent en soi, déclenche une réaction en chaîne : ma poitrine se gonfle d'un coup, mon cœur tape plus fort, plus vite et mon érection durcit un peu plus. Je vais devoir reculer si je ne veux pas faire de conneries, comme l'attraper sous les cuisses pour la plaquer contre moi. Je ferme les yeux en essayant de penser à autre chose mais les paroles de la chanson qui tourne en boucle dans la chambre m'empêchent de faire redescendre l'excitation.

Soudain, les deux mains de Riley se posent sur les miennes. J'ouvre les yeux sous l'effet de la surprise. Avec des mouvements prudents, elle guide mes paumes sur ses hanches avant de faire remonter ses ongles le long de mes bras. Elle avance avec une lenteur qui fait naître des frissons à chaque endroit qu'elle effleure. Elle atteint tout juste mon biceps, quand trois petits coups sur la porte nous arrêtent.

– Pas maintenant ! je lance assez fort par-dessus mon épaule.

– Allez Logan, ouvre, il pleut ! insiste Joy. J'ai à manger pour trois !

Je soupire, abattu ; elle ne va pas lâcher l'affaire. Je m'apprête à lui dire de rentrer quand Riley se détache de moi et me contourne, pour aller ouvrir la porte. Je distingue ma sœur sous un parapluie ; elle remarque immédiatement que je suis torse nu, avant de reporter son attention sur sa meilleure amie. Je suis trop loin pour entendre ce qu'elles chuchotent alors j'en profite pour éteindre la musique que je n'écouterai plus jamais de la même manière...

Lorsque la porte se referme, je m'attends à trouver ma sœur dans la pièce mais seule Riley se tient au milieu de la chambre dans ses vêtements bien trop grands pour elle. Le cœur battant, la voix rauque, je lui demande :

– Où est Joy ?

– Je lui ai demandé de nous laisser du temps. Rien que nous deux.

Sa réponse me laisse sans voix. Est-il possible qu'elle ait envie de moi autant que j'ai envie d'elle ? Je ne peux pas me permettre de faire fausse route sur ça, même si mon érection, elle, croit déjà avoir remporté la partie.

– Et qu'est-ce que tu voudrais faire de ce temps à deux ?

Ses joues se colorent légèrement, mais elle passe son tee-shirt par-dessus sa tête, sans baisser les yeux.

Oh putain...

Alors qu'elle commence à dégrafer sa ceinture thoracique, je sors de ma torpeur et fonce vers elle. Cette fois-ci, je ne m'arrête pas, je cueille son visage et plaque mes lèvres sur les siennes. Ses mains s'agrippent à mes cheveux, répondant à chacun de mes assauts. Les scratches frottent contre la peau nue de mon torse, ce qui me fait lâcher un grognement.

Très rapidement nos gestes sont moins précis, moins doux surtout lorsqu'elle darde sa langue dans ma bouche. Je me délecte de son goût et ne peux retenir un râle de satisfaction. Je délaisse son visage pour agripper ses hanches et la plaquer contre mon sexe. J'ai besoin de la sentir contre moi ; si je pouvais faire fusionner nos deux corps, je le ferais. Je délaisse à regret ses lèvres pour plonger dans son cou ; je l'embrasse, le lèche, pour finir je mordille toute peau à ma portée.

Riley se laisse faire, savourant mes baisers, soupirant de plus en plus fort. J'ai eu de longs mois pour réfléchir à ce que je voudrais lui faire, mais il va falloir que je choisisse quel scénario je souhaite mettre en pratique. Je passe derrière elle ; elle bascule la tête sur mon torse me permettant d'accéder à toutes les parties de son corps. Et j'aime ça, putain, que j'aime ça !

Lentement, je caresse ses côtes pour qu'elle puisse localiser mes mains à chaque instant et peu à peu, je m'approche des attaches de sa ceinture. À aucun moment je ne détecte chez elle un mouvement de recul alors je défais le premier lien, puis le deuxième et enfin le troisième. Quand la ceinture tombe à nos pieds, j'ai la meilleure vue de l'univers. Ses seins sont petits et magnifiques. Je ne peux me retenir de les empoigner et de titiller ses tétons grâce à mes pouces.

– Oh... soupire-t-elle. Je ne savais pas...

Ces trois derniers mots percent le brouillard de désir qui m'entoure et la cruelle vérité me tombe dessus. Riley n'est pas vierge au sens physique du terme, mais c'est tout. Elle a encore tout à découvrir, je veux être le premier et le dernier à lui fait ressentir le plaisir que peuvent se donner deux corps nus, l'un contre l'autre. Je tombe alors à genoux et la fais se retourner. Quand elle est de nouveau face à moi, je n'hésite pas une seconde à embrasser son ventre, son nombril, tandis que ses petites mains fourragent de nouveau dans ma tignasse. Je me délecte de sa peau et je me redresse un peu plus sur mes genoux pour être à hauteur de sa poitrine ; elle est encore plus belle vue d'ici.

– Jenkins, est-ce que tu as besoin que je t'explique ce que je compte te faire avant de *réellement* le faire ?

Elle semble touchée par ma demande et s'incline jusqu'à ce que nos lèvres ne soient plus qu'à un souffle les unes des autres.

– Je te fais confiance, je sais que tu sauras t'arrêter si c'est... trop.

Sur ce dernier mot, elle m'embrasse tendrement, mais j'en veux plus. Sa confiance me touche au plus profond de mon âme et j'ai besoin de partager les sensations qu'elle me procure. Je me détourne de ses lèvres pour poser les miennes sur son sein droit. De ma main gauche, je la maintiens contre moi. Je me fais un devoir de découvrir ses deux seins de ma bouche, puis de mes dents et enfin de ma langue.

Tantôt Riley fond avant de se tendre subitement. Elle est tellement réactive qu'il me tarde de voir ce que ça va donner quand je serai en elle. Je lève les yeux pour la regarder à travers mes cils. Sa bouche est entrouverte, ses pupilles dilatées et surtout, elle est toujours là, avec moi. Je n'ai pas oublié ce que m'a raconté Jamie sur le regard absent de Riley quand elle l'a trouvée avec cet enfoiré.

Doucement, je me relève en continuant de l'embrasser jusqu'à retrouver sa bouche tentatrice. Riley est moins passive, ses mains glissent le long de mon dos, puis sur mon ventre avant de toucher mon visage. J'aime tellement sentir ses doigts sur moi. Qu'elle n'ait pas peur de se laisser aller dans mes bras me prouve toute la confiance qu'elle m'accorde. Tout en continuant à dévorer ses lèvres, je la fais reculer jusqu'à ce que l'arrière de ses jambes bute contre le lit.

– Allonge-toi, je reviens, je la préviens.

Je me dépêche de retourner vers mon blouson qui gît en tas humide sur le sol. J'en sors mon portefeuille dans lequel se trouve un préservatif dont je me saisis rapidement.

La luminosité dans la pièce baisse dangereusement avec la tempête qui fait toujours rage derrière les rideaux. J'ai envie de la voir entièrement nue, comme en plein jour, mais cette ambiance tamisée est peut-être idéale pour une première fois. Avant de la rejoindre sur le lit, je quitte mon jean et ne garde que mon boxer. Je m'installe entre ses jambes écartées, et d'un geste que j'espère discret, je dépose la capote sous l'oreiller à côté d'elle. Je place mes coudes de chaque côté de son visage pour ne pas peser de tout mon poids sur elle, mais à ce stade, elle ne peut plus douter du désir qu'elle m'inspire. Je vois ses yeux briller tandis que ses mains jouent nerveusement sur son ventre. Elle n'essaie pas de cacher sa poitrine, elle est juste anxieuse de connaître mon prochain geste. Et si elle savait ce que j'ai en tête, elle quitterait certainement cette chambre.

– Toujours avec moi, Riley ?

Elle hoche la tête, mais j'ai besoin de l'entendre me le dire. Alors je baisse la tête jusqu'à mordiller un téton et elle se cambre comme par réflexe, ce qui me provoque des picotements directement dans les reins.

– Je vais continuer ce petit jeu jusqu'à ce que tu me répondes, Jenkins...

– Oui, grogne-t-elle.

– Oui quoi ? j'insiste.

Soudain une vive douleur au niveau du crâne me fait grimacer. Elle continue de me tirer les cheveux jusqu'à ce que nos regards se croisent.

– Oui, je suis avec toi, Logan.

Abandonnant toute réserve, je l'embrasse encore, forçant le barrage de sa bouche de ma langue pour aller retrouver la sienne et se lancer dans une danse fiévreuse. Puis, je descends le long de son corps, embrassant sa poitrine, puis son ventre. Quand mes doigts crochètent les élastiques de son pantalon et de sa culotte, je marque un temps d'arrêt. C'est la confiance que je lis dans ses yeux qui me donne le courage de lui enlever ses derniers vêtements. Elle est nue devant moi. Rien n'aurait pu me préparer à ce spectacle ; elle est fine mais musclée et ces derniers mois lui ont fait du bien. Lorsque je l'ai vue à demi vêtue d'une brassière de sport, ses os étaient beaucoup plus saillants.

Mon corps, comparé au sien, paraît imposant, comme si je pouvais la briser d'un seul mouvement, mais un mot de sa part pourrait avoir le même effet sur moi. Alors j'attrape son mollet et le guide jusqu'à ma bouche avant de déclarer :

– Je sais que tu as dit que tu me faisais confiance, j'en ai encore plus besoin maintenant.

Une lueur d'inquiétude passe sur son visage avant qu'elle ne se détende et articule un simple « OK ».

Je commence donc par embrasser sa cheville avant de remonter vers mon but. Quand je dépasse son genou, elle respire plus fort et se tortille sur le matelas, alors de ma main libre je la maintiens doucement en place, en posant mes doigts sur sa hanche.

Quand j'embrasse l'intérieur de sa cuisse, je sais qu'il va falloir que je fasse vite avant que son cerveau et sa timidité ne reprennent le dessus. Alors sans la prévenir, je glisse ma langue entre ses plis intimes en plaçant ses jambes sur mes épaules pour me donner un meilleur accès.

– Putain !

On est loin du soupir de tout à l'heure ; il s'agit d'un cri qui me fait sourire contre son intimité. Ses doigts se logent de nouveau dans mes cheveux, me maintenant alors que je poursuis mon exploration. Je prends un plaisir fou à l'entendre gémir, à la voir se tortiller sous moi et elle n'a encore rien vu, me dis-je en remontant vers son clitoris. Je l'aspire entre mes lèvres, ce qui me vaut le son le plus doux du monde : Riley gémissant mon nom. En réaction, je grogne tout contre elle avant de replonger ma langue en elle, allant de plus en plus loin pour la préparer. Putain, je pourrais faire ça toute la journée sans me lasser.

– Logan ?

Son intonation me fait relever instantanément la tête, sur le qui-vive. Est-ce que j'ai été trop loin ?

– Oui ?

– Je... Je ne sais pas comment te dire...

Je me redresse pour la laisser respirer, si ça peut l'aider. Elle lève les yeux vers le plafond avant de se couvrir de ses mains comme pour se dissimuler à ma vue.

– Riley, si tu ne me parles pas, je ne peux pas t'aider, je l'encourage doucement.

– J'ai commencé à ressentir une sensation bizarre pendant que... enfin, tu vois. J'ai eu l'impression que si tu continuais j'allais exploser, ça m'a fait peur, me confesse-t-elle, toujours cachée.

Je suis heureux qu'elle ne me voie pas, parce que je reste interdit avant de me reprendre. Je rampe sur elle jusqu'à la recouvrir et retire ses mains.

– Riley, est-ce que tu as déjà eu un orgasme ?

Elle n'a pas besoin de me répondre, son visage parle pour elle. Je me sens encore plus honoré de pouvoir lui offrir cela.

– Il n'y a pas de honte à avoir, mais si tu me le permets, j'aimerais vraiment te faire jouir, Jenkins.

Malgré l'obscurité, je suis sûr qu'elle rougit en entendant mes mots, mais je continue tranquillement à caresser son visage de mes pouces, en attendant sa réponse.

– D'accord, mais tu me promets que ça ne fait pas mal ?

– Promis, laisse-toi aller et savoure, je lui réponds en embrassant ses lèvres.

Je ne comptais pas m'attarder, mais elle me surprend en approfondissant notre baiser. Elle se goûte ainsi sur ma langue et ça m'excite terriblement. Je ne sais pas d'où vient cette idée, mais je suis persuadé d'avoir trouvé en Riley mon égal. Il me tarde de pouvoir tout explorer avec elle. On s'embrasse encore quelques instants avant que je ne retrouve ma place entre ses cuisses. Et cette fois, plus rien ne m'arrête. Rapidement ses halètements reprennent, m'indiquant ce qu'elle aime. Je tourmente son clitoris tantôt de ma langue, tantôt de mes dents. Riley n'est plus qu'une boule de nerfs, à vif, elle n'est pas loin du précipice, mais elle semble résister. Alors tout contre sa peau humide, j'articule :

– Lâche prise Riley, je suis là, je te rattraperai.

Et juste comme ça, elle explose contre ma langue. Je ne la quitte pas du regard, je veux graver en moi son expression quand elle jouit. Sa tête bascule en arrière, paupières closes, sa bouche hurlant mon prénom. Si je n'étais pas à ce point concentré sur son plaisir, j'aurais pu jouir à cette vue. Mon excitation est à son summum, mais je lui laisse le temps de redescendre en picorant son ventre, puis ses seins.

– Wow, lâche-t-elle en reprenant ses esprits.

Je rigole doucement contre son cou avant d'y déposer un baiser humide.

– Je ne me permettrais pas de te dire : « Je te l'avais dit » mais...

Sans me laisser le temps de finir ma phrase, elle attire mon visage vers le sien pour m'embrasser. En un instant le feu dans mes veines se réactive, mon érection est plaquée contre son ventre. Je suis quasi sûr qu'elle la sent pulser à travers mon boxer. Elle ne prendra pas les devants, pas encore, donc c'est à moi de mener la danse, mais ça ne me dérange pas. Chaque chose en son temps, aujourd'hui c'est moi qui mène et qui sait, demain ça sera peut-être Riley !

Je commence doucement à me frotter contre elle, créant une délicieuse friction pour moi et certainement une douce torture pour elle. Pourtant, rapidement ses hanches se joignent aux miennes et si je ne quitte pas rapidement ma prison je vais devenir fou. Alors d'un seul mouvement je me relève pour ôter le dernier rempart entre nous. Les yeux de Riley se posent directement sur ma queue et si je n'étais pas à ce point à l'aise avec la nudité je pourrais être gêné. Je m'étends aussitôt sur elle, entre ses jambes, où j'ai l'impression qu'est ma place. Je déchire l'emballage du préservatif et le déroule sur mon érection. Je suis prêt, mais avant toute chose je veux m'assurer qu'elle l'est aussi, alors je reprends mes caresses sur son corps, à petits coups de langue, de dents et de baisers, je détends de nouveau son corps.

La fièvre monte de plus en plus en moi et je glisse une main entre nous pour vérifier qu'elle est bien prête tout en dévorant son sein. Elle est trempée, ce qui me rassure et j'en profite pour la pénétrer d'un doigt, puis de deux. Quand je suis enfin satisfait, je saisis ma queue à sa base pour la placer juste comme il faut contre l'orée de son sexe.

– Prête ? je lance tout en fixant cet endroit où l'on va bientôt s'unir.

Le silence qui me répond me glace instantanément les os. Je lève les yeux en direction de son beau visage pour découvrir qu'elle fixe le plafond. Mon cœur se brise en un millier de morceaux.

Putain, non.

Tout mais pas ça !

J'attrape son menton pour pouvoir plonger mes yeux dans les siens et je comprends ce qu'a voulu me décrire Jamie. Je n'oublierai jamais le néant de son regard. Riley n'est plus là et je ne sais même pas quand je l'ai perdue.

J'allume la lampe de chevet pour tenter de la ramener à moi. Ça n'a pas l'effet escompté alors je roule sur le côté en l'emportant au passage, je la serre contre mon torse tout en la berçant. Je prends le temps de nous recouvrir de la couette pour qu'elle n'ait pas froid.

– Riley, reviens-moi, s'il te plaît. Je suis là, tout va bien. Excuse-moi si je suis allé trop vite. Je t'aime, s'il te plaît, reviens-moi.

Elle met une éternité à bouger enfin un peu. Je ne suis pas surpris lorsqu'elle explose en sanglots, puisque je pleure aussi.

CHAPITRE 37

« When I don't know what to say, when I don't know what to do, there's a room I need to sit in. Surrounded by my favorite view and I need a hand to hold, someone to tell the truth, would it be okay if I came home to you[43]? »

Sigrid, *Home To You*

43. « Quand je ne sais pas quoi dire, quand je ne sais pas quoi faire, il faut que j'aille m'asseoir dans cette pièce. Entouré par ce paysage que j'adore et j'ai besoin de tenir une main, de quelqu'un à qui dire la vérité. Est-ce que tu serais d'accord pour que je rentre à la maison avec toi ? »

RILEY

Une vive douleur derrière mon œil me fait grimacer alors que je n'ai pas encore émergé de mon sommeil. Les souvenirs d'hier soir me reviennent par vagues. Tout avait si bien commencé, on peut même dire que j'ai fait un pas de géant en ce qui concerne ma relation avec Logan et pour surmonter mes peurs. Mes joues s'échauffent au souvenir des sensations qu'il m'a procurées avec le feu d'artifice final qu'a été mon premier orgasme. Puis est venu le même froid glacial que lorsque j'étais avec *lui*... J'ai eu beau me répéter qu'il s'agissait de Logan, je me suis sentie glisser sans pouvoir me raccrocher à quoi que ce soit. Rapidement sont arrivés les pleurs, qui ont fini par m'épuiser

Je me souviens des bras de Logan autour de moi, de ses mots rassurants mais c'est tout. Je n'ose pas ouvrir les yeux de peur de sa réaction, d'autant plus qu'il n'y a pas un bruit dans la chambre. Il doit encore dormir. Je reste immobile, perdue dans mes pensées, jusqu'à ce que le réveil se mette à sonner. J'entends Logan remuer et grogner, le temps de l'arrêter. Puis, il retombe à côté de moi. Je n'ose pas bouger, je respire à peine, j'attends sa réaction. S'il décide de partir, je préfère ne pas le...

Soudain le bruit du déclencheur d'un appareil photo me fait perdre le fil de mes pensées, puis sa voix grave, pleine de sommeil, me ramène à lui.

– Je sais que tu es réveillée, Riley...

Comment le sait-il alors que je me tiens dos à lui ? J'entrouvre difficilement un œil avant de rouler sur moi-même pour lui faire face. La fatigue marque ses traits et je ne suis pas sûre d'avoir meilleure mine après avoir autant pleuré. Pourtant son visage reste beau et ce n'est que maintenant que je remarque que je suis encore nue sous les draps ; je me doute que lui aussi. Je comprends mieux pourquoi il se tient à l'autre bout du lit ; il doit flipper que je reparte en crise et je ne peux pas garantir que ça n'arrivera plus.

– Bonjour, me dit-il en souriant.

– Je suis désolée, je lâche dans un souffle.

Les émotions remontent d'un coup en moi et je ressens le besoin de m'excuser d'avoir gâché ce moment si important pour nous.

– Riley, on n'a pas besoin d'en parler maintenant.

– Si justement, j'insiste. J'avais... Non. *J'ai* envie de toi, mais je suis cassée.

Cet aveu m'arrache la gorge. Honteuse, je baisse les yeux, comme si soudain la main de Logan était devenue la chose la plus intéressante de la chambre.

Cette même main remonte doucement dans ma direction, jusqu'à atteindre mon bras pour le caresser. Des frissons éveillent ma peau sur son passage, il continue son chemin jusqu'à effleurer mon téton par-dessus le drap. En réponse, il se contracte, ce qui est parfaitement visible.

– Tu es loin d'être cassée, Riley. Et on y arrivera, ça prendra le temps qu'il faudra, on ira à ton rythme. Je suis prêt à t'attendre si tu veux tenter l'aventure à mes côtés.

Ma poitrine se contracte à ces mots. Je relève les yeux pour plonger dans son regard bleu gris. Il semble serein malgré sa déclaration. Je repense au Logan que j'ai rencontré, il y a cinq mois : arrogant, addict et franchement détestable. Il n'a rien à voir avec la personne qui se tient devant moi aujourd'hui. Lui aussi a vécu une profonde révolution en venant à Madison.

– Et si ça ne marche jamais ? je lui demande d'une petite voix.

– On avisera en temps et en heure. Mais ce n'est pas le plus important, le sexe, tu sais. Certes c'est un moment intense entre deux personnes, mais on a partagé tellement plus en deux mois...

– Est-ce que c'est OK si je me blottis contre toi, tout de suite ?

Il ouvre grand ses bras en une invitation silencieuse, alors je me rapproche de lui. Quand je colle mon corps nu contre le sien avant de poser ma tête sur le même oreiller que lui, je suis surprise de sentir son cœur taper fort contre mon sein.

– Tu seras toujours la bienvenue dans mes bras, Jenkins.

Je savoure notre étreinte et la chaleur de sa peau contre la mienne jusqu'au moment où on ne peut plus repousser l'heure de se lever. Ce qui me permet de voir que le côté pile de Logan est tout aussi plaisant que le côté face. Nous aimons beaucoup trop notre rituel pour y couper, alors après un passage à tour de rôle dans la salle de bains, on part courir.

Ce matin, je décide de ne pas ralentir le rythme, mais au contraire de tester ses limites physiques. Je cours comme lorsque je suis seule et je suis fière de le voir me suivre aisément. Il a vraiment retrouvé une santé et une part de moi est très heureuse d'y avoir contribué. Si, au début, on a été une torture l'un pour l'autre, aujourd'hui on est une vraie force, en couple. Trop rapidement à mon goût, notre entraînement prend fin. Nous sommes en sueur, mais heureux.

Sous la douche j'étire mes membres et lorsque je me rince, je me rends compte que mon entrejambe a conservé une certaine sensibilité. Un sourire me gagne. Je n'ai pas tout perdu hier soir, la preuve flagrante palpite en ce moment même en repensant à ce qu'il m'a fait.

– Riley, si tu ne te grouilles pas de sortir de la douche, je m'incruste dans la tienne, me lance Logan en tapant sur la porte.

Je lève les yeux au ciel. Il ne le fera jamais, pas sans ma permission. Un éclair d'inquiétude me traverse lorsque je me demande s'il ne se prive pas en étant avec moi. Il ne peut pas se permettre d'être spontané, comme me rejoindre sous la douche si l'envie lui prend, par exemple. Après tout, quel mal y a-t-il à tenter cela ?

– Incruste-toi alors, je m'entends lui répondre.

La seconde d'après, la porte s'entrouvre juste assez pour que j'aperçoive la moitié de son visage.

– Est-ce que j'ai bien entendu ou je souffre d'hallucination auditive ?

– Ça dépend. Si c'était une proposition à me rejoindre sous la douche, alors tu as bien entendu.

Il se déshabille en un battement de cils. Quand il est debout, son corps me domine encore plus que lorsque nous étions allongés, mais ça me réconforte plus que cela ne m'effraie. Il faut juste que j'évite de trop regarder vers le sud pour ne pas être prise de palpitations...

– À quoi dois-je cet honneur ? me demande-t-il, l'eau éclaboussant sa peau.

– La vérité ?

– Toujours.

Son sourire est à tomber et une fois de plus, je me demande ce qu'il fait là, avec moi, mais je ne vais pas m'en plaindre.

– Je pensais à hier soir et à mon premier orgasme.

– Et ? m'invite-t-il à continuer.

– Et... à quel point j'ai aimé ça.

Le regard qu'on échange me donne chaud et l'eau qui dégouline le long de mon corps me donne envie de me liquéfier à mon tour.

– Tu voudrais retenter le coup ?

Sa question me prend de court et mon cœur s'accélère non pas de peur... mais d'envie.

– Ici ? je couine

Il hoche la tête en s'avançant vers moi. Mes yeux papillonnent malgré moi vers son sexe qui commence à se redresser avant que je ne les plante brusquement dans les siens.

– Je ne suis pas sûre de... tu sais...

– Je suis un grand garçon, Jenkins, je peux m'occuper de toi *et* de moi en même temps.

Je reste bouche bée, l'image qui se faufile dans mon esprit me clouant sur place. J'ai définitivement beaucoup trop chaud et je ne suis pas sûre de tenir longtemps sur mes jambes.

– Alors ? me tente-t-il, à un souffle de m'embrasser.

– D'a... D'accord, je bégaye.

Ses lèvres se posent furtivement sur les miennes avant qu'il ne s'accroupisse devant moi. Le regard qu'il me jette en posant ma cuisse sur son épaule me fait fermer les yeux avant même le premier coup de langue.

◆ ◆ ◆

Je regarde les techniciens enlever les décors pour installer rapidement celui du tableau suivant. Les changements que l'on a effectués fonctionnent bien et pour le moment, tout se déroule à merveille. Je suis perdue dans mes pensées quand Joy se jette sur le fauteuil à côté de moi. Je l'ai évitée depuis ce matin, mais je savais que viendrait le moment où elle me confronterait.

Rien que de penser à ce que m'a fait son frère quelques heures plus tôt, je rougis. Alors je serre les dents, prête à l'affrontement, quand elle place son portable devant moi. Je plisse les yeux pour voir ce qu'elle me montre. Il s'agit d'une photo Instagram d'une fille de dos en train de dormir. Puis mon regard tombe sur le nom du compte : Logan Collins. Quant à la légende, elle est aussi sobre qu'intrigante : « Elle ». Le souvenir de Logan prenant une photo ce matin refait surface. Je la détaille plus longuement, il n'y a pas de doute c'est bien moi. Bizarrement je ne ressens aucune gêne, certainement car je suis de dos et donc méconnaissable. Mais le fait que grâce à cette photo, il crie au monde entier que nous sommes ensemble me donne chaud et froid en même temps. Il y a déjà plus de quatre mille commentaires en dessous que je ne veux pas lire, je préfère rendre sagement son portable à Joy.

– Doooooonc... Hier soir... commence-t-elle.

– Il ne s'est rien passé, je m'empresse de répondre.

Son sourcil arqué me prouve qu'elle n'est pas dupe et ma meilleure amie n'est pas du genre à baisser les bras facilement. Tout comme son aîné.

– Pas dans le sens où tu l'entends. Il s'est passé des choses, mais mon cerveau a pris le dessus et j'ai refait un épisode.

– Oh Riley... murmure-t-elle en attrapant ma main. Tout va bien ? Tu veux que je casse la gueule à mon frère ?

– Non, il a été parfait. Vraiment, j'ajoute devant son regard dubitatif. Il a été attentionné et très patient. Il va me falloir encore quelques essais pour aller jusqu'au bout, je suppose.

– De quoi parlez-vous ?

Caleb surgit de nulle part, nous faisant sursauter toutes les deux.

– De rien ! on répond en chœur et un peu trop vivement pour ne pas éveiller son intérêt.

Pour m'éviter de répondre à ses questions, je me lève comme si j'avais la mort aux trousses, j'attrape des documents au hasard sur la table devant moi et cherche Logan du regard. Je le découvre près de la scène, en compagnie de Miles. Il m'accueille avec un sourire poli mais ses yeux me racontent une tout autre histoire. Mon cœur ne va pas se remettre de ce yoyo émotionnel. Miles est appelé derrière le rideau pour régler un problème, alors on se retrouve seuls.

– Ta sœur m'a montré ton compte Instagram. Intéressante, ta dernière photo.

– Tu aimes ?

Il ne se démonte pas, le bougre, et ne semble pas le moins du monde gêné d'avoir été pris la main dans le sac. Il se penche même vers moi comme pour examiner les feuilles que je tiens toujours, et me chuchote :

– Je sais comment me faire pardonner si jamais tu es fâchée... On devrait pouvoir s'éclipser un petit quart d'heure.

Est-ce qu'il vient sérieusement de me proposer ce que je pense ? Je serre les cuisses l'une contre l'autre en réaction. Miles choisit ce moment pour m'appeler depuis la scène :

– Oui ? je crie plus fort que prévu en me retournant.

– Tu peux me dire ce que donne l'éclairage depuis le bas ?

J'acquiesce, la respiration rapide, j'essaie de me concentrer sur la mission que m'a confiée mon beau-frère. Mais je sens la chaleur de Logan contre mon bras et lorsque d'un signe, je valide que tout est OK avec Miles, il revient à la charge.

– Il était pour qui ce « oui », Jenkins ? Si c'était la réponse à ma question, je suis prêt quand tu l'es.

– Tu veux ma mort, c'est ça ? je lâche à travers mes dents serrées.

– Non, juste celle de ta petite culotte.

Je le regarde, complètement ébahie par sa repartie quand son téléphone nous interrompt. Je distingue le nom de Vince sur l'écran avant qu'il ne rejette l'appel.

– Tu ne m'as pas dit ce que ça avait donné, d'ailleurs ?

– Il y a eu pas mal de reproches de sa part, il m'a fait un calcul détaillé de tout l'argent que je lui avais fait perdre, avant de me raccrocher au nez.

Il me raconte tout ça comme s'il me parlait d'un film vu la semaine dernière et non d'une discussion avec son agent et ami. Ça me chagrine qu'il ne veuille pas m'en dire plus mais je respecte son choix. Si nous avions été chez nous, j'aurais déposé un baiser au coin de ses lèvres pour lui montrer mon soutien, mais ici je ne peux pas.

– Je voulais te demander un truc : tu te souviens de ce que je t'ai dit hier soir ? me demande-t-il, un peu trop désinvolte pour que je ne le relève pas.

– Il s'en est passé des choses hier soir, tu peux être un peu plus précis ?

– Quand je te tenais dans mes bras, après...

Il n'a pas besoin d'en dire plus pour que je comprenne de quoi il parle. Je réfléchis quelques secondes mais durant cette phase, j'étais enfermée dans mon propre cerveau. Je me souviens de ses lèvres sur mon sein, puis de ses doigts qui me pénètrent et c'est le *black-out* jusqu'à ce que je revienne à moi bien plus tard dans ses bras.

– Non, je suis désolée, je réponds après un moment. Pourquoi ?

Il n'a pas le temps de répondre que Miles m'appelle une nouvelle fois. Son demi-sourire déçu m'alerte mais je ne peux rien faire tout de suite. Je ne baisse pas les bras pour autant, j'aurai le fin mot de cette histoire.

CHAPITRE 38

« Oh, oh, my beating heart wants you and my empty arms need you. Don't you go, please stay and never try to send me away. I've fallen in love with you. I've fallen in love*[44]*. »

Joss Stone, *I've Fallen In Love With You*

44. « Oh, oh, mon cœur palpitant te désire et mes bras vides ont besoin de toi. Ne t'en va pas, je t'en prie, reste et n'essaye jamais de me chasser. Je suis tombée amoureuse de toi. Je suis tombé amoureuse. Je suis tombé amourese de toi. »

RILEY

Les voix provenant de la cuisine me font sourire, Austin est en train de raconter une blague pendant que Jamie essaie de le faire taire pour qu'il mange son petit déjeuner. Miles, Logan et Joy ajoutent leur grain de sel pour entendre la fin de l'histoire. J'aime ce genre de matins, où on est tous complètement détendus, même si je sais que ça ne va pas durer, car ce soir, c'est le gala, et la pression va monter au fil de la journée. Je suis déjà prête à partir. Je n'ai pas faim, j'ai préféré sauter le repas.

Au lieu de savourer ce moment avec ma famille, je suis seule dans le salon et m'approche doucement de cet instrument que j'ai fui durant des années. Il est vraiment imposant, et sa couleur noire tranche nettement avec les tons clairs de la pièce. Je me souviens de la première fois qu'on a visité la maison avant d'y emménager. Il trônait déjà à sa place actuelle. L'agent immobilier nous avait expliqué que la précédente propriétaire ne pouvait pas l'emmener et qu'elle le vendait avec la maison. La vie a un humour qui m'échappe, quand on connaît mon passif lié à cet instrument.

Après une grande inspiration, je m'assieds sur le petit banc juste devant le clavier. Les poings fermés sur mes cuisses, j'essaie de ne pas paniquer alors que je n'ai même pas soulevé le couvercle. Tout en moi indique que je ne pourrai pas le faire, pas aujourd'hui. Je ne sais pas exactement ce qui m'a poussée à venir ici ce matin, j'ai été comme attirée par ce piano que j'évite pourtant en temps normal. Le fait de performer ce soir me perturbe à bien des niveaux, mais une part de moi se sent prête à enfin prendre sa revanche. Je suis confiante, j'ai tellement révisé cette chanson que je la connais par cœur et pourrais la chanter dans mon sommeil.

– Tu vas enfin lever le voile de mystère autour de ce soir ? me demande une voix que j'ai appris à reconnaître entre mille.

– Non, toujours pas.

Je l'entends se déplacer dans la pièce jusqu'à ce que sa chaleur réchauffe mon dos. Ses mains se posent sur mes épaules pour les masser.

– Qu'est-ce qu'il faut que je fasse pour avoir un indice ? J'ai certaines compétences... précises, pour vous faire craquer, mademoiselle Jenkins.

Je pouffe comme une collégienne devant une telle arrogance. Néanmoins, il a parfaitement raison ; il aurait pu me tirer les vers du nez s'il l'avait vraiment voulu.

– Est-ce que tu es prêt à me répéter ce que tu m'as dit de si important l'autre soir et dont je ne me souviens pas ?

J'ai pourtant essayé hier soir, mais il a tout simplement haussé les épaules avant de me souhaiter bonne nuit. Puis il m'a tourné le dos et a éteint la lumière. J'ai passé une bonne partie de la nuit à fouiller ma mémoire, en vain.

Ses lèvres sur mon cou me ramènent au moment présent quand il chuchote :

– Un point partout, balle au centre ?

– Ce n'est pas vraiment équitable, tu auras ta réponse ce soir dans tous les cas, je bougonne.

– Ça fait des semaines que je crève de jalousie que Caleb sache un truc te concernant que j'ignore. Tu dois pouvoir tenir quelques jours de plus...

Dans un soupir, je me lève pour lui faire face. Il semble si détendu dans son jean brut et son pull gris. Je passe mes bras autour de son cou et ses mains se posent sur mes hanches.

– Est-ce que tu me fais confiance, Logan Davis ?

Comme un écho à cette question qu'il m'a posée des dizaines de fois, ma phrase reste suspendue entre nous. En guise de réponse, il m'embrasse doucement, d'abord sur les lèvres puis sur le front.

– J'ai rarement donné ma confiance, mais tu as toute la mienne, Riley.

Mon pouls s'accélère en attendant sa réponse. Il a cette faculté de jouer avec mon rythme cardiaque, au point que ça en devient inquiétant dans certaines situations.

– Alors crois-moi quand je te dis que l'attente vaut le coup.

C'est ce moment que choisit Joy pour débarquer dans le salon, un grand sourire aux lèvres, son téléphone pointé dans notre direction.

– Il y a un article sur vous deux dans un des magazines auxquels je suis abonnée !

Logan se crispe instantanément, avant de reculer pour attraper le smartphone des mains de sa sœur. Le froncement de ses sourcils s'intensifie au fur et à mesure de sa lecture et je jette un coup d'œil inquiet vers Joy. Elle me regarde, aussi perdue que moi, ce qui renforce mon inquiétude.

– Putain, lâche-t-il en rendant son portable à sa sœur avant de sortir de la pièce en vitesse au moment où Jamie crie « Langage ! » depuis la cuisine.

– C'est si horrible que ça ? je demande timidement.

– Non, du tout. Tiens, lis.

En effet, même si cela me fait grincer des dents de voir des photos de nous dans un magazine, l'article n'est pas affreux. Le titre : « Logan Collins, clean, casé et heureux. L'Amérique récupère son enfant chéri ! » n'est pas très subtil. Le reste du texte raconte son arrivée ici, ce qui a provoqué notre rencontre. La fin du texte me fait même sourire :

« Rendez-vous compte, une totale inconnue ! On a vu Logan avec de nombreuses conquêtes au fil des années, toutes faisaient partie de l'industrie du cinéma. Mais admirez le sourire de Logan sur ces photos, il semble plus heureux que jamais avec cette jeune femme dont notre source nous confirme le nom : Riley Jenkins. Elle est plus jeune que l'acteur de deux ans et travaille à l'université de Wintergreen, où il occupe actuellement un poste d'assistant, n'est-ce pas mignon ?

En ce qui concerne le statut de leur relation, il n'y a plus aucun doute sur les sentiments de Logan après la photo qu'il a postée hier sur son compte Instagram ! Voilà une romance que l'on va suivre de près chez *Glam !* car cela nous donne de l'espoir à nous, le commun des mortels. Brad, si jamais tu lis ces lignes, appelle-moi ! »

– Ça aurait pu être pire, non ?

– Ils sont plutôt cool dans ce magazine, oui. Je ne sais pas quelle mouche l'a piqué.

Moi non plus. J'aimerais bien savoir ce qui a pu l'énerver à ce point durant la lecture. Ce ne sont pas les premières photos de nous qu'on voit sur Internet, même si c'est clairement sa photo d'hier qui a mis le feu aux poudres. Je n'ai pas le temps d'y réfléchir plus longtemps, car Miles arrive à son tour pour nous informer qu'on doit partir dans cinq minutes. Logan n'est pas convié à la répétition générale, donc je ne le verrai pas avant ce soir. Je m'empare de mon téléphone et lui envoie un SMS :

Riley, 8 h 37 :
Tout va bien ?

Tout au long de la journée, j'ai beau consulter plusieurs fois mon portable, il demeure sans réponse.

◆ ◆ ◆

– Là, c'est parfait comme ça, murmure Jamie plus pour elle-même que pour moi.

D'un geste assuré, elle place la mèche de cheveux fraîchement bouclée derrière mon oreille. Cette torture dure depuis plus d'une heure et je commence à m'impatienter sur ma chaise. Je me suis habituée au toucher prolongé de Logan, mais ce n'est pas encore le cas pour les autres et j'atteins doucement mes limites.

– Et fini !

– Dieu merci ! je m'exclame en me levant.

– Jamie suffira. Maintenant, penche la tête en avant et passe les doigts dans tes cheveux.

– Tu te moques de moi ? Je suis restée une heure sur cette chaise pour ruiner ton travail, une fois terminé ? je demande, dubitative.

Elle me lance son regard qui veut dire « Obéis, soldat ! ». Austin et moi le connaissons par cœur, alors j'obtempère. Lorsque je rejette ma chevelure en arrière, les boucles sont plus souples, plus naturelles.

– Alors, je n'avais pas raison ?

Au moment où je m'apprête à répondre, Joy entre en fanfare dans la chambre de ma sœur.

– Tadaaaaaaaaa !

Elle tourne sur elle-même pour nous montrer en détail sa tenue de danse. Il s'agit d'une robe dos nu, attachée par un lien autour du cou. Elle se termine par des volants qui lui arrivent à mi-cuisse, ainsi elle reste libre de ses mouvements pour la chorégraphie. La couleur prune fait ressortir sa peau claire et une longue tresse pend sur une épaule. En un mot, elle est ravissante.

– Je croyais que tu détachais tes cheveux, s'étonne Jamie.

– C'est le cas, mais pour éviter qu'ils ne s'emmêlent d'ici là, j'ai préféré les tresser. C'est très joli, Riley. Tu es prête à aller t'habiller ?

Stressée, j'attrape le bas de mon tee-shirt et tire dessus. Je ne suis pas sûre que mon idée soit si brillante que ça, mais je me dois d'essayer. Si je panique dans la salle de bains, j'ai toujours le temps de faire demi-tour. Sans un mot, j'attrape le cintre que m'a préparé ma sœur et vais m'enfermer dans la pièce. Mes mains tremblent lorsque j'enlève mon bas de jogging et encore plus quand je fais passer mon haut par-dessus ma tête. Je me contemple dans le miroir collé sur la porte. Me voilà de nouveau en culotte et ceinture thoracique. Je suis étonnée de l'image que je renvoie à cause du maquillage léger que je porte et des vagues qui font onduler mes cheveux.

– Allez, tu peux le faire, je m'encourage.

Je défais une à une les attaches de ma ceinture pour libérer ma poitrine. Rapidement, j'attrape le vêtement que m'a acheté ma sœur cet après-midi : un soutien-gorge.

Il est tout simple, de couleur noire, sans armature ni rembourrage. Je dois m'y reprendre à deux fois pour réussir à le fermer ; cela fait des années que je n'ai pas eu besoin de faire ce geste. Quand enfin j'y parviens, je suis infiniment soulagée de voir qu'en effet, cela ne fait pas pigeonner ma poitrine et cache bien mes tétons. Il va falloir que je remercie Jamie comme il se doit, elle a rempli sa mission brillamment.

Avant de me dégonfler, j'attrape ma tenue pour l'enfiler. Le tissu glisse sur ma peau et un frisson me parcourt. Je ne suis pas habituée à porter quelque chose d'aussi moulant. Je me place une fois de plus devant mon reflet ; j'ai les yeux baissés sur mes pieds nus. Et si c'était une catastrophe et que cela me faisait partir en crise ? Je pourrais bousiller la grande soirée pour laquelle on a si durement travaillé, tout ça pour quoi ? Être plus féminine !

– À trois, je chuchote. Un... deux... trois !

Je relève les yeux et le choc me coupe le souffle. La transformation est frappante. Je ne ressemble pas à l'ancienne moi, puisque physiquement j'ai beaucoup changé. Je pose les mains sur mon ventre pour vérifier que c'est bien moi que je vois dans la glace, et en effet le reflet suit le moindre de mes mouvements.

J'imagine d'ici la réaction de ma sœur quand elle va me découvrir dans son cadeau de Noël. Je dois avouer qu'elle a vraiment bon goût et que la robe est magnifique. D'un bleu sombre presque noir, avec des manches longues, un col croisé, elle est d'une longueur parfaite, elle m'arrive aux genoux. Un petit sourire s'épanouit sur mon visage et je me prends à espérer que Logan sera agréablement surpris de me découvrir comme ça.

– Tout se passe bien, là-dedans ? me demande Jamie de l'autre côté de la porte.

J'entends l'inquiétude percer dans sa voix, alors j'ouvre la porte. Elle semble dans un premier temps sous le choc, puis porte ses mains à sa bouche, des larmes perlant au coin de ses yeux.

– Si tu pleures, tu vas ruiner ton maquillage, je la préviens d'une petite voix.

– Tu es sublime, me dit-elle sans réagir à ma pique. Il te manque ça et tu seras prête pour aller leur montrer de quoi les Jenkins sont capables.

Je rigole en attrapant la paire de talons qu'elle me tend alors qu'on revient dans sa chambre. Je ne repère Joy nulle part. Étonnée, j'interroge ma sœur.

– Elle est descendue, elle voulait te découvrir en même temps que tout le monde.

Ça lui ressemble bien. Je m'assieds pour glisser mes pieds dans les chaussures que me prête Jamie pour l'occasion. Lorsque je me redresse, je tangue légèrement et me rattrape au dossier.

– Houlà ! Je ne suis pas sûre que ça soit une super idée, les talons...

– Mais si, il faut juste que tu t'habitues et de toute façon, tu resteras juste debout donc pas besoin de savoir défiler avec. Je suis tellement fière de toi, Riley, j'espère que tu le sais.

Le regard qu'on échange en dit plus que n'importe quelles paroles. Sans elle, je ne sais pas si je serais encore de ce monde ; elle m'a redonné vie avec les moyens qu'elle avait à sa disposition. Parfois, j'oublie qu'elle n'a que six ans de plus que moi et qu'elle a dû gérer toute cette situation, elle aussi. Je la prends dans mes bras et son étreinte me donne le courage qu'il me manquait pour descendre.

On se dirige dans le couloir puis, en haut de l'escalier, elle passe devant « juste au cas où ». On entend les voix dans le vestibule. Tout le monde se prépare au départ et une boule de stress joue au yoyo dans mon estomac. Mes jambes ne me semblent pas aussi stables qu'elles le devraient et cela n'a rien à voir avec les chaussures. Quand Jamie apparaît, le silence se fait, puis c'est mon tour et mon regard cherche celui de Logan. Son expression vaut tout l'or du monde. Il n'en croit pas ses yeux et lorsqu'il vient me tendre la main pour les dernières marches, le sourire qu'il m'adresse m'éblouit presque. De son côté, il est à tomber dans son costume gris foncé, mais je n'en doutais pas.

– Je ne t'ai presque pas reconnue, Jenkins. Cette robe te va à ravir.

– Tu n'es pas mal non plus dans ton genre.

Il m'aide à passer ma veste avant de me donner son bras, puis je le laisse nous guider dehors. Sa sœur lève les deux pouces en l'air pour m'encourager. Alors que je m'attendais à ce qu'on monte dans la voiture de mon beau-frère avec les autres, il m'ouvre la portière de la sienne.

– Je me suis dit qu'un peu de calme avant d'arriver là-bas te ferait du bien, m'explique-t-il en haussant une épaule.

– Merci, je lui réponds en m'asseyant dans le véhicule.

Le temps qu'il le contourne pour venir s'y asseoir à son tour, mon cœur bat de nouveau à toute vitesse. Il ne se rend pas compte à quel point ce genre d'attention me touche et si je n'étais pas déjà totalement amoureuse de lui, je le serais maintenant.

– Prête ?

– Oui.

Il démarre sans plus attendre et se gare un peu plus loin dans la rue, le temps que Miles passe devant pour ouvrir le chemin. Aucun bruit ne vient troubler le silence de l'habitacle, ce qui me rend nerveuse.

– Tu as eu mon texto ? je demande, néanmoins.

– Oui, désolé, j'ai oublié de te répondre.

D'aaaaccord. Je regarde par la fenêtre pour ne pas montrer combien sa réponse me chagrine, quand ses doigts se mêlent aux miens.

– Excuse-moi. Ce n'est pas ce que je voulais dire. J'étais au téléphone quand je l'ai reçu, et je me suis promis d'y répondre après. Et puis un truc en amenant un autre, j'ai oublié. Alors, pour répondre à ta question : tout va merveilleusement bien maintenant que tu es avec moi.

Je lui souris, timidement, ne sachant pas quoi répondre. J'ai été stupide de m'inquiéter de sa réaction ce matin et de son silence radio de la journée. Je tire discrètement sur le bas de ma robe qui est remontée sur mes cuisses ; cela ne lui échappe pas.

– Ne prends pas mal ce que je vais dire : tu es magnifique dans cette robe, mais tu l'aurais été tout autant dans tes fringues habituelles.

Je médite ses paroles, pas certaine de savoir quoi répondre. J'ai l'impression de tout prendre mal, ça doit être le stress. Alors, plutôt que de dire quelque chose qu'il ne faut pas, je préfère poser mon front contre la vitre et garder le silence.

– Riley, regarde-moi, s'il te plaît.

Après une hésitation, je m'exécute.

– Je m'y prends mal. Mes grandes déclarations dans mes films sont toujours écrites par des gens qui savent ce qu'ils font, ce qui n'est clairement pas mon cas. Je voulais juste te dire que pour moi, tu es belle dans les vêtements que *tu* choisis de porter, peu importe si c'est un pyjama informe, une tenue de sport, un jean trois fois trop grand ou une robe. Tant que tu es bien dedans, ça me va.

– Je suis bien dans cette robe, même si j'ai une tenue de secours dans un sac au cas où j'attirerais trop l'attention.

Il quitte la route des yeux un instant pour me lancer un regard empreint de sollicitude.

– J'aurais aimé être là quand tu l'as enfilée ; ça devait être quelque chose. Surtout que si j'en crois le peu que j'ai vu tout à l'heure, tu ne portes pas de ceinture…

– Tu as bien vu…

Je murmure dans un souffle, le cœur au bord des lèvres à cause de ce que je m'apprête à ajouter.

– Peut-être que tu pourrais m'aider à l'enlever, ce soir, quand on rentrera, pour rattraper le coup ?

Voilà, la bombe est lâchée et je vois l'effet de mes paroles sur lui. Il passe la langue sur ses lèvres avant de me regarder du coin de l'œil.

– Tu sous-entends bien ce que je crois ? me demande-t-il finalement en se garant sur le parking du Centre des beaux-arts, déjà bien rempli.

Pour toute réponse, je me contente de lui sourire avant de descendre de la voiture, le laissant avec ses suppositions.

CHAPITRE 39

« Darling, so it goes,
some things are meant to be.
Take my hand, take
my whole life too. Oh, for
I can't help falling in love
with you[45]. »

Cover d'Haley Reinhart, *Can't Help Falling In Love*

45. « Chérie, voilà comment ça se passe, certaines choses sont écrites. Prends ma main, prends ma vie entière aussi. Oh, parce que je ne peux pas m'empêcher de tomber amoureuse de toi. Je ne peux pas m'empêcher de tomber amoureuse de toi. »

LOGAN

Il m'a fallu plus d'un quart d'heure pour pouvoir sortir de la voiture après le départ de Riley. Temps où je me suis employé à faire disparaître l'érection qui déformait mon pantalon. Dans ces costumes sur mesure, ce genre de détail est très facilement repérable et je ne pouvais pas me balader comme ça. Je ne sais pas si elle sous-entendait qu'elle était prête à retenter de coucher avec moi, mais ma queue l'a compris comme ça en tout cas.

Ça fait maintenant une heure que le gala a commencé, la salle est pleine à craquer et les applaudissements crépitent à chaque prestation. Comme je n'ai pas assisté à la répétition générale, je découvre en même temps que les autres le résultat final. Je suis à côté de Jamie et Austin, au deuxième rang, avec tous les professeurs de l'université.

Riley et Miles sont dans les coulisses à courir partout pour s'assurer que tout se déroule au mieux. Elle était si adorable avec son gros casque sur les oreilles que j'en souris encore. Je suis surpris par les applaudissements qui se déclenchent autour de moi. Je les imite même si je n'ai pas écouté le chant de la jeune fille qui salue. Je lisse le programme que je tiens dans ma main et l'éclaire avec mon portable. Plus que deux passages et ça sera le tour de Joy, Caleb et Riley. Le stress me gagne comme si c'était moi qui allais monter sur scène. Je frotte mes paumes moites sur mon pantalon, mes jambes ont la bougeotte.

– Tu devrais aller voir si tout va bien derrière, me dit Jamie.

– Tu crois ?

– J'en sais rien, mais tu me stresses alors ça serait bien si tu allais faire un tour, se moque-t-elle.

Après un instant d'hésitation, je décide de l'écouter, mais avant j'ai besoin de récupérer quelque chose.

– Tu peux me donner ce que je t'ai confié ?

– Maintenant ? Je croyais que tu voulais attendre ce soir, me demande-t-elle tout en fouillant dans son sac à main pour en sortir un long écrin.

– J'ai changé d'avis.

Après un clin d'œil, je me lève le temps que le nouvel élève se mette en place. Je me dépêche de remonter la rangée puis je me dirige d'un pas décidé vers le côté de la scène. Quand j'arrive vers le passage du côté gauche, un vigile m'arrête avant de me reconnaître. Il m'ouvre la porte de séparation et je quitte l'ambiance feutrée pour une autre, survoltée. Ça court de tous les côtés, certains révisent une dernière fois, d'autres affichent une mine concentrée ou désespérée. Je presse le pas pour retrouver Riley avant qu'elle ne monte sur scène. Je la trouve en bas de l'escalier menant à la scène avec Caleb et Joy. Ils parlent à voix basse mais n'ont pas l'air inquiets.

– Hey, je lance, en détaillant malgré moi le partenaire de ma sœur.

Il porte un pantalon de la même couleur prune que la robe de Joy et... c'est tout. Son torse puissant et musclé pourrait me filer des complexes si je n'avais pas à ce point bossé ces derniers mois.

– Je voulais vous souhaiter bonne...

– Si tu finis ta phrase je t'arrache la langue, me menace Riley en plaquant une main sur ma bouche.

Je ne peux que saisir une telle opportunité. J'attrape ses doigts puis m'approche de son oreille pour qu'elle seule entende ce que j'ai à lui dire.

– Tu es sûre de vouloir me l'arracher ? Où dois-je te démontrer *encore une fois* combien elle peut être utile ?

Le petit hoquet qu'elle pousse avant de s'éloigner de moi est juste jouissif, ses joues ont pris une jolie couleur rosée et elle n'ose plus me regarder. Ma sœur, elle, ne se prive pas de me fixer comme si elle allait vomir et Caleb regarde ses ongles. Miles arrive alors, nous sauvant d'un moment gênant.

– C'est à vous dans cinq minutes, tenez-vous prêts. Logan, tu devrais retourner t'asseoir à ta place, le spectacle n'en sera que plus beau, dit-il en me balançant une tape dans le dos qui me décolle un poumon.

Je m'approche de Joy pour la prendre dans mes bras et lui témoigner mon soutien, puis je serre la main de Caleb. Je me tourne vers Riley qui semble si petite à ce moment précis que j'ai envie de la prendre avec moi et de m'enfuir d'ici. Mais si elle fait ça, elle pourra vraiment être fière de ce qu'elle a accompli, alors je dois la laisser combattre toute seule sur cette scène. J'attrape ses mains dans les miennes et la tire un peu à l'écart.

– Je suis tellement fier de toi, tu n'as pas idée. Tu vas monter là-haut et on va tous être épatés par ta voix, je commence, nerveux. Je t'ai pris un petit quelque chose pour marquer l'événement.

Je sors l'écrin de la poche intérieure de ma veste. Les yeux de Riley s'agrandissent de surprise quand je le dépose dans ses mains.

– Qu'est-ce que c'est ?

– Ouvre, tu verras bien.

Son expression, lorsqu'elle soulève le couvercle, m'emplit de joie. Elle sort le bracelet en argent de sa boîte pour le regarder de plus près. La petite étoile en argent qui s'y trouve, accroche la lumière.

– Il est magnifique, merci, Logan, chuchote-t-elle tandis que je l'aide à l'attacher à son fin poignet.

– Tu le mérites amplement.

– J'ai aussi une surprise, ce soir. Tu vas enfin découvrir pourquoi j'ai voulu garder la chanson secrète... Je l'ai choisie car elle résume bien ce qui s'est passé entre nous ces derniers temps, m'avoue-t-elle en me regardant droit dans les yeux.

Bordel. De. Merde.

Je ne m'attendais pas du tout à ça. Mon appréhension grimpe d'un cran, mais j'essaie de ne rien laisser paraître. Je me penche lentement vers elle pour l'embrasser quand soudain deux bras me tirent en arrière, m'obligeant à lâcher Riley. J'ai souvent entendu des gens raconter qu'un jour leur vie a dérapé sans qu'ils aient pu empêcher quoi que ce soit. C'est ce qui m'arrive ce soir. Tout va si vite que je n'ai pas le temps de réagir lorsqu'une bouche se plaque sur la mienne et qu'une langue force le passage.

Je repousse l'intruse que je suis sur le point d'envoyer chier quand elle me grille la priorité.

– Salut bébé, heureux de me voir ?

Devant moi se tient une Lauren, vêtue de la robe la plus minimaliste que j'ai pu voir récemment. Je recule comme si elle m'avait brûlé, ne comprenant plus rien à la situation. Qu'est-ce qu'elle fout là, putain ?

– Riley, viens, on doit y aller.

Je me retourne si vite vers ma sœur que je manque de trébucher sur un câble. Le regard qu'elle me jette n'est rien comparé à l'expression du visage de Riley, on dirait qu'elle va être malade. Son teint est livide, sa bouche est entrouverte et elle a une main plaquée sur la poitrine comme si son cœur menaçait d'en sortir.

– Riley ? j'entends dire Lauren. C'est donc toi, la fille que Logan utilise pour se refaire une image de gendre parfait et regagner le cœur de Hollywood ?

– Lauren, ferme ta gueule, je lâche, la colère bouillant en moi. Riley, ce n'est pas ce que tu crois...

– C'est à vous, me coupe Miles. Allez, go, go, go !

Si je n'avais pas déjà envie de tuer Lauren de mes propres mains, le dernier regard que me jette Riley aurait suffi à me filer l'idée. Elle me détaille comme si je venais de lui briser le cœur avant de disparaître en haut des marches. J'hésite une seconde à la rejoindre mais le regard de Miles m'en empêche. À son expression, je sais qu'il a tout vu et qu'il s'est déjà fait son opinion. Sans réfléchir, j'attrape le bras de Lauren et la traîne derrière moi. Dès que nous nous sommes un peu éloignés, je la plaque contre un mur.

– Qu'est-ce que c'était, ça ? Tu te rends compte de ce que tu viens de faire ?

– De quoi tu parles ? se défend-elle. Vince m'a dit que tu m'attendais, que c'était ton idée que je te rejoigne pour ton foutu spectacle !

Vince. Tout s'explique. Voilà sa revanche.

– Comment tu as su pour Riley ?

– C'est partout dans la presse et Vince m'a dit que je pourrais tomber sur elle mais que ce n'était qu'un faire-valoir pour toi.

– Vince est un putain de connard doublé d'un menteur, Lauren, tu devrais le savoir !

Soudain, les applaudissements retentissent, annonçant l'entrée sur scène de la femme que j'aime. Alors j'abandonne Lauren derrière moi, sans un regard, et je cours en sens inverse dans le même couloir qu'un peu plus tôt. Je bouscule le vigile en sortant et m'arrête à bout de souffle sur le côté de la scène.

Riley se tient à quelques mètres de moi, à côté d'un immense piano blanc. Ses mains tremblent alors qu'elle ajuste la hauteur du micro, puis après un regard derrière elle, vers Joy je suppose, elle fait un signe de la tête à la pianiste qui l'accompagne. Dès les premières notes, je retiens mon souffle, et quand la voix de Riley résonne dans la salle, mon cœur s'arrête tout simplement. Je reconnais immédiatement la chanson d'Elvis et mon monde est totalement bouleversé en quelques minutes. C'est une déclaration d'amour qu'elle est en train de faire, et je sais qu'elle m'est adressée. Elle me l'a expliqué pendant des semaines, à sa façon, avant de me l'avouer ce soir.

Pourtant, sur scène, elle semble vivre un calvaire, ses poings sont serrés le long de son corps et ses yeux sont fermés. Comme si elle essayait de s'imaginer ailleurs. Du coin de l'œil, j'aperçois de temps en temps ma sœur et Caleb. Les exclamations venant du public m'indiquent que leur prestation doit être magnifique mais je n'en vois rien. Je n'ai d'yeux que pour Riley, dont les larmes commencent à dévaler les joues à la moitié de la chanson. Sa voix reste pourtant sûre, douce et puissante à fois, comme l'avait décrite Jamie.

Si mon cœur n'était pas déjà en mille morceaux, il se briserait maintenant. Je résiste difficilement à l'envie de monter sur scène pour me jeter à ses pieds et lui expliquer que tout cela n'est qu'un stupide malentendu. Que je l'aime aussi, que je crève d'envie de lui avouer depuis des semaines et que très certainement, je l'aime depuis que je lui ai couru après, chez Crystal.

Mon regard ne la quitte pas un instant, tout le reste est flou. J'oublie ma sœur, Caleb et le public pour me gorger de la voix de Riley me chantant qu'elle m'aime. Comme si elle sentait mon regard sur elle, elle rouvre les yeux pour les planter directement dans les miens. Toute sa tristesse se déverse sur moi, et les larmes perlent à mes cils, prêtes à couler. L'assistance retient son souffle en même temps que moi mais certainement pas pour les mêmes raisons.

« *Darling, so it goes, some things are meant to be*
Take my hand, take my whole life to
For I can't help falling in love with you
Oh, for I can't help falling in love with you. »

Chaque mot se grave dans mon âme au fer rouge, ainsi que le visage de Riley à ce moment précis. Les premiers applaudissements retentissent alors, avant que la salle entière ne se lève pour une *standing ovation* méritée. Elle a été parfaite de A à Z malgré ce qui vient de se passer en coulisse. Ça en dit plus long sur sa force de caractère que n'importe quoi d'autre. En la voyant reculer rapidement afin de sortir de scène, je me précipite de nouveau vers la porte. Une fois de plus le vigile me bloque l'accès.

– J'ai besoin d'y retourner.

– Non.

– Comment ça, non ? je lance, perplexe et en colère.

– Ordre de Miles, on ne doit pas vous laisser revenir pour la soirée.

Je recule comme s'il venait de me frapper avant de relever le menton, prêt à en découdre, quand une petite main se referme sur mon bras. Je me dégage rapidement, craignant qu'il s'agisse de Lauren, mais ce n'est que Jamie.

– Logan, viens avec moi, me dit-elle, nerveuse comme si je lui faisais peur.

Après un regard meurtrier vers le garde qui ne bronche pas, je me laisse entraîner par Jamie qui remonte l'allée au pas de charge, moi à sa suite. Lorsque l'air frais de l'extérieur balaye ma peau, je prends une grande inspiration. J'ai l'impression que je ne respire plus depuis des années. Mes mains arrêtent de trembler et ma colère se calme un peu.

– Il faut que tu t'en ailles, Logan... Je ne suis pas sûre que Riley puisse gérer le reste de la soirée, si tu es là.

Son ton est cordial, ce qui me hérisse les poils.

– Toi aussi tu t'es déjà fait ton opinion hein, Jamie ? je lance, écœuré.

– S'il te plaît, Logan, n'en rajoute pas.

– Que je n'en rajoute pas ? Personne ne me laisse m'expliquer et tu voudrais que je n'en rajoute pas ? j'explose.

Elle recule, surprise par mon accès de colère. Je dois avoir l'air d'un fou furieux à ce moment précis, mais je m'en fous. Tout ce qui m'importe est que je puisse parler avec Riley et tout lui expliquer. Ce malentendu, le rôle de Vince dans tout ça. Quand elle saura, on pourra en rire et je pourrai la ramener à la maison pour lui faire l'amour et lui dire que je l'aime, toutes les secondes s'il le faut.

– Sous le pot de fleurs rose, tu trouveras une clé de secours de la dépendance. Va récupérer tes affaires et dors à l'hôtel pour ce soir, au moins. On y verra tous plus clair demain et on pourra parler. D'accord ? Mais, s'il te plaît, ne gâche pas cette soirée pour Riley ou Joy d'ailleurs, me dit-elle avant de disparaître derrière la porte.

Des larmes trop longtemps contenues coulent sur mes joues tandis que je lève les yeux vers le ciel. Les étoiles scintillent, inconscientes de ma peine, alors que j'ai l'impression que mon cœur va s'arrêter d'une minute à l'autre tellement il me fait mal.

Quand enfin je récupère un semblant de calme, il y a deux choses dont je suis sûr : j'aime Riley, et je ne partirai pas d'ici sans lui avoir parlé. C'est d'un pas décidé que je pénètre de nouveau dans la pénombre de la salle de spectacle, déterminé à la jouer discret jusqu'au moment où je repérerai une faille par laquelle m'engouffrer.

CHAPITRE 40

« But nothin' is better sometimes once we've both said our goodbyes. Let's just let it go. Let me let you go. Quiet when I'm comin' home and I'm on my own. I could lie, say I like it like that, like it like that. I could lie, say I like it like that, like it like that[46]. »

Billie Eilish, *When The Party's Over*

46. « Rien n'est meilleur parfois, lorsqu'on s'est fait nos adieux. Laisse faire. Laisse-moi te laisser partir. Tranquille lorsque j'arrive à la maison et que je suis seule. Je pourrais mentir, dire que j'aime ça comme ça, j'aime ça comme ça. Je pourrais mentir, dire que j'aime ça comme ça, j'aime ça comme ça. »

RILEY

Lorsque la dernière note franchit mes lèvres, j'ai peur que mon corps s'effondre sur cette maudite scène. Sous le vacarme des applaudissements, je reste stoïque, incapable de détacher mon regard de celui de Logan. Même de là où je me trouve, je vois les larmes briller dans ses yeux, tandis que les miennes coulent déjà sur mes joues. Je me suis mise à nu devant lui ce soir, je lui ai avoué mes sentiments alors que tout ça n'était qu'un jeu pour lui. Comment ai-je pu être aussi stupide alors que je savais que notre couple était improbable ?

Malgré mon cœur brisé, je me dis qu'il doit y avoir une explication logique à tout ça, qu'il n'a pas pu jouer la comédie durant plus de cinq mois ! Alors que l'idée me traverse l'esprit, je le revois en soldat, médecin ou encore architecte. Il m'avait pourtant prévenue : c'est son métier de tricher.

– Riley, on doit sortir de scène, me prévient Clarissa, l'élève pianiste de deuxième année.

Comme un robot, je la suis sans rien voir ni entendre de ce qui se passe autour de moi, jusqu'à ce que je sois à l'abri dans la pénombre rassurante des coulisses. Là, je me retrouve dans les bras de Joy, qui m'enveloppe de son odeur de pomme.

– Je suis tellement désolée, Riley, me répète-t-elle en boucle entre deux reniflements.

Du coin de l'œil, j'aperçois Caleb et Miles qui tirent tous les deux des têtes d'enterrement alors que cette soirée doit être un grand événement pour nous. Surtout pour ma meilleure amie qui est en train de pleurer sur mon sort. Je desserre donc ses bras pour la forcer à me regarder dans les yeux. J'enfouis profondément toute la peine et la douleur qui m'enserrent la poitrine, comme je l'ai fait si longtemps, et je lui souris. Elle me regarde comme si un troisième sein venait de me pousser en plein milieu du front.

– Sèche ces larmes, Joy, ce soir on célèbre ta réussite. Vous avez été grandioses, je mens à moitié.

Je connais leur chorégraphie et si je me fie à l'ovation qu'ils ont reçue, le public était conquis.

– Tu es sûre ? me demande-t-elle en s'exécutant.

– Oui.

Trois petites lettres qui m'écorchent pourtant la gorge. Dans tous les scénarios que j'avais envisagés, je n'avais jamais imaginé ressortir de cette soirée le cœur détruit et en mentant à ma meilleure amie. Je sèche à mon tour mes joues avant de me diriger vers Miles et récupère mon casque-micro qu'il tient toujours. Une fois celui-ci positionné sur ma tête, j'entends de nouveau l'équipe technique échanger des informations et me couper du monde qui m'entoure. Plonger dans le travail pour faire taire la douleur, ça aussi je sais faire, ça a quelque chose de rassurant, de familier.

Sur le tabouret, à côté de l'escalier menant à la scène, je récupère mes affaires : un porte-documents en bois sur lequel est clipsé le planning de la soirée, un stylo, une petite lampe de poche et l'écrin de mon bracelet. Je redeviens la Riley Jenkins que j'ai toujours été, effacée mais efficace. Durant les quarante-cinq minutes du show, je gère d'une main de maître le déroulé du gala. Miles ne me quitte pas d'une semelle, même quand on l'appelle ailleurs. Je commence à saturer de sa présence, même si je sais qu'il cherche juste à me protéger. Au fond, j'aimerais être seule. Il me tarde que tout ça soit fini et que je puisse rentrer chez moi.

Je m'immobilise soudain, la boule au ventre : est-ce que Logan sera là ? Va-t-il m'attendre dans cette dépendance qui est petit à petit devenue aussi la sienne ? Mon cœur se met à battre de plus en plus vite et je n'arrive pas à savoir si c'est d'appréhension ou d'espoir. On va devoir se parler pour mettre les choses à plat, même s'il doit pour cela me dire que tout ce qu'on a partagé n'était qu'un jeu pour lui. Au moins, je saurai...

Je repère Caleb un peu plus loin en train de regarder la dernière prestation de danse, l'avant-dernière du gala. Quand il me repère, il se redresse un peu et me sourit tristement.

– Ne t'y mets pas toi aussi, s'il te plaît...

– Désolé, s'excuse-t-il avant de poursuivre : vous pouvez être fiers, vous avez réalisé un spectacle digne des plus grandes écoles de ce pays.

– Tu en doutais ? En tout cas il me tarde que ça soit fini, je ne sens plus mes pieds dans ces chaussures, je confesse en grimaçant.

Il rigole doucement en suivant des yeux la danseuse sur scène. Je me laisse hypnotiser à mon tour durant un instant, jusqu'à ce que le visage de Logan revienne me hanter.

– Tu repars quand pour New York ?

– Demain matin de bonne heure.

– Tu as besoin d'un chauffeur pour l'aéroport ?

– Non, je suis venu en voiture. J'aime rouler, se justifie-t-il devant mon regard ahuri.

Dans mon casque, les ordres fusent pour mettre en place le dernier tableau. On se décale, Caleb et moi, pour ne gêner personne et laisser monter sur scène une violoncelliste nommée Claire, qui est elle aussi en dernière année.

– Tu crois que les recruteurs vont proposer quelque chose à Joy ?

– S'ils ne le font pas, j'y comprends plus rien. Mais dans ce milieu, il vaut mieux ne pas trop avoir d'espoir...

Les premières notes s'élèvent sur la scène, nous imposant un silence respectueux. La mélodie que joue Claire est en adéquation avec mon humeur, mélancolique, presque triste. Caleb reste aussi attentif que moi, on n'échange plus un mot jusqu'à ce que les applaudissements retentissent de nouveau.

J'allume mon micro pour pouvoir parler aux techniciens :

– Préparez vos équipes, les salutations vont commencer, j'ordonne. Pour rappel, on fait rentrer les sections par département et non pas par ordre de passage sur scène.

De nombreux : « reçu » et « OK » me parviennent tandis que le département de danse dont je gère l'entrée sur scène se regroupe dans l'escalier derrière nous. Ce sont les derniers à fouler, pour certains une ultime fois, les planches de cette scène. Même si elle ne me voit pas l'endroit où elle se tient, j'applaudis en même temps que toute la salle une Joy rayonnante au milieu de ses camarades.

Alors que je m'apprête à orchestrer la sortie de tout ce beau monde, Miles m'enlève le casque des oreilles. Il a remis sa veste de costume et s'est même recoiffé quand j'entends depuis la scène la voix de Vivienne qui présentait la soirée :

– Je vais maintenant demander à tous les professeurs et leurs assistants de venir sur scène pour recevoir les applaudissements qu'ils méritent eux aussi.

Je me liquéfie sur place avant d'essayer de faire demi-tour, mais Caleb me barre la route de son large torse, toujours aussi nu que lors de sa prestation de danse avec Joy. Chacun de leur côté, ils me tendent une main que je finis par accepter, la tête basse. Je les laisse m'entraîner sous les feux des projecteurs qui m'aveuglent instantanément. C'est pour ça que j'avais choisi de chanter à l'extrémité droite et avais fait baisser l'éclairage. Je voulais pouvoir distinguer le public.

Est-il encore là ?

Je ne pense qu'à ça, en marchant entre Caleb et Miles. Je salue en même temps que mes collègues avant de me mettre à applaudir comme tout le monde, jusqu'à ce que le rideau se referme définitivement. Tous les participants commencent à quitter la scène dans un gros désordre qui me déplaît fortement, mais à quoi bon ? Tout est fini, on peut enfin souffler. Je reste sur scène, entourée de quelques professeurs. Joy, Caleb et Miles sont également là, l'air ravis de cette soirée. Je pourrais me laisser prendre par leur bonheur et le partager avec eux, mais le cœur n'y est vraiment pas jusqu'à ce que j'entende *sa* voix.

– Riley !

Je me retourne, comme aimantée à lui. Il est à l'autre bout de la scène et s'engage d'un pas décidé dans ma direction. Son regard est rivé sur moi et son expression me fait respirer un peu plus vite. Alors qu'il n'est plus qu'à deux mètres de moi, Caleb s'interpose entre nous :

– Mec, tu ne crois pas que tu en as assez fait pour ce soir ?

– Casse-toi de là, lui balance Logan en essayant de le contourner.

Mais à chaque pas de côté qu'il fait, Caleb se remet sur son chemin.

– Sérieux, *Clint*, ce n'est pas le moment. Dégage.

– Non.

Je devine ce qui va alors arriver. C'est pour ça que je ne crie pas quand le poing de Logan s'écrase sur le visage de Caleb qui perd l'équilibre et tombe sur le sol. L'effroi monte en moi quand je vois le sang couler sur le menton de mon ami. Je me précipite vers lui et m'agenouille à ses côtés, ne sachant pas quoi faire.

– Merde… Putain, je suis désolé, s'excuse Logan en passant les mains dans ses cheveux.

Tout s'est figé autour de nous. On se croirait dans une des scènes qui me serrent le cœur lorsque je lis un roman, sauf que c'est bien réel et que c'est ma vie. J'aide Caleb à s'asseoir avant de me redresser et de planter mon regard dans ces yeux bleu-gris que j'aime tant. Je ne le vois plus qu'avec cette actrice qui l'embrassait et son air embarrassé lorsqu'elle m'expliquait quel était le plan derrière notre relation.

– Va-t'en, je murmure.

Il m'a parfaitement entendue, parce qu'il se pétrifie devant moi.

– Riley, j'ai besoin de te parler… Laisse-moi t'expliquer…

– Non, je le coupe. La dernière chose que j'ai envie de faire, c'est d'écouter encore un de tes mensonges, Logan. Tu crois que je ne me suis pas assez ridiculisée comme ça, ce soir ? Tu viens enfoncer le clou un peu plus ? Il n'y a aucune limite à ton jeu malsain ?

Je crache cette dernière question comme un venin pour lui faire mal autant qu'il m'a blessée en se jouant de moi. Et ça marche. Il recule d'un pas, puis de deux avant de se détourner et de repartir par là où il est arrivé. La boule dans ma gorge grossit au point de m'étouffer, alors je me concentre sur ma respiration pour ne pas m'effondrer sur ce plancher. Je crispe les poings avant de les relâcher puis recommence encore et encore. Si je le pouvais, j'irais courir jusqu'à ce que mon corps s'effondre de fatigue, mais je ne peux pas. Je dois finir ici et, seulement après, je pourrai me changer pour aller me défouler. Peu importe l'heure qu'il sera.

– Je suis désolé, je pensais bien faire.

Je regarde Caleb qui maintient un mouchoir contre sa lèvre. Il a du sang sur le torse mais je ne prends pas la peine de le lui dire.

– Monsieur Brown ?

Caleb se retourne et je me retrouve seule. Tant mieux. Je ne suis pas certaine de supporter une autre discussion faite de « désolé », de « comment vas-tu ? » ou de regards inquiets. Alors que je m'apprête à quitter cet endroit à mon tour, je suis coupée dans mon élan.

– Riley !

Je me retourne vers Caleb. Il est en train de discuter avec une femme et un homme. Tous les deux ont la cinquantaine et leur posture révèle que ce sont des danseurs. Ils ont le même port de tête que Joy ou Caleb. Ce dernier me fait signe de les rejoindre et j'obtempère, le pas lourd. Mon ami fait alors les présentations.

– Madame Roth, monsieur Wells, voici Riley Jenkins, dont nous avons déjà parlé. C'est elle qui a en partie mis en scène le spectacle de ce soir et qui a eu l'idée de mêler les départements.

– Enchantée de faire votre connaissance. Caleb nous a longuement parlé de vous, me lance la femme en me tendant la main.

Sans réfléchir, je la serre, puis celle de l'homme qui l'accompagne avant de me rendre compte de mon geste.

Putain.

Depuis quand puis-je faire ça sans hésiter jusqu'à m'en faire mal au crâne ? Je suis complètement perdue dans mes pensées quand Caleb me tapote le bras pour me ramener au présent. Son regard m'indique clairement que j'ai manqué quelque chose d'important. Je me concentre donc sur les personnes en face de nous. Mme Roth se retient de rire tandis que son partenaire pince les lèvres d'agacement.

– Excusez-moi, la soirée a été très longue.

– Nous comprenons, reprend la femme, nous étions en train de vous dire que nous sommes très intéressés par vos compétences pour un spectacle que nous sommes en train de monter à New York. Accepteriez-vous de passer un entretien auprès de nos équipes déjà en place ?

Même si je comprends ce qu'elle est en train de me dire, j'ai l'impression très étrange qu'elle parle une autre langue. Mon cerveau patauge complètement. Ce qu'elle dit n'a aucun sens, ce n'est pas à moi que les recruteurs doivent faire une proposition mais à Joy.

J'ouvre la bouche pour décliner leur offre quand l'homme intervient, à court de patience devant mon manque de réaction :

– Nous n'avons pas de temps à perdre. Monsieur Brown, vous avez nos coordonnées si nécessaire.

Sans un mot, il se détourne pour quitter la scène et je le regarde partir, la tête inclinée. Sa partenaire le suit après un sourire poli. Caleb reste stoïque à côté de moi, me laissant le temps de trouver mes mots, mais les seuls qui me viennent sont :

– Putain, c'était quoi ça ?

CHAPITRE 41

« They gave me
the heartache and in return
I gave a song. It goes on
and on. Life can get you
down so I just numb
the way it feels. I drown it
with a drink and out-of-date
prescription pills
and all the ones that love me
they just left me on the shelf.
No farewell. So before
I save someone else, I've got
to save myself[47]*. »*

Ed Sheeran, *Save Myself*

---

47. « Ils m'ont brisé le cœur et en échange, j'ai offert une chanson. Cela continue encore et encore. La vie peut t'anéantir alors je fais tout pour atténuer la douleur. Je la noie dans un verre et des médicaments périmés et tout ceux qui m'aiment m'ont mis de côté. Sans adieux. Alors avant que je sauve quelqu'un, il faut que je me sauve moi-même. »

LOGAN

Se faire réveiller par un mal de crâne n'est pas exactement le genre de chose que j'apprécie. Encore moins quand je découvre que je suis couché sur la banquette arrière de ma voiture, de la bave collée sous ma joue. Ma langue semble avoir doublé de volume et je crève de soif. J'essaie de bouger un peu pour me retourner sur le dos mais tout se met à tanguer et un truc s'enfonce dans mon dos. Je galère à le déloger et quand j'y parviens enfin, je constate qu'il s'agit d'une de mes chaussures. Je fronce les sourcils. C'est quoi, ce bordel ?

Puis, comme si j'avais appuyé sur un interrupteur, tous les souvenirs de la veille me reviennent par vagues. Lauren. Riley. La chanson. Caleb. Le rejet de la femme que j'aime. La douleur qui m'enserre la poitrine me rappelle pourquoi j'ai échoué au *The Anarchy* pour sombrer dans l'alcool jusqu'à ce que je ne tienne plus debout. Je n'ai pas de souvenirs de la manière dont je suis arrivé ici ni de la façon dont j'ai enlevé mes pompes.

Soudain, un choc contre ma vitre me fait me redresser beaucoup trop violemment. Travis me regarde, un sourire moqueur sur le visage. Il me fait signe de sortir et sans trop comprendre pourquoi, j'obéis. Le temps que j'enfile mes chaussures et que je parvienne à me désincarcérer de la banquette, il n'est visible nulle part. Je remarque que ma voiture est garée dans l'allée derrière son bar, alors que je suis sûr de ne pas l'avoir laissée à cet emplacement. Un peu plus loin, la porte de service est ouverte et j'entre à l'intérieur, la tête basse.

Travis est derrière le comptoir en train de faire couler un café. Je me laisse tomber sur un des nombreux tabourets au moment où il pose une tasse fumante devant moi. Je le remercie d'un vague grognement avant d'avaler la première gorgée qui me brûle la gorge. La caféine n'aide pas ma migraine mais elle a le mérite de me réveiller enfin.

– Mieux ?

– Si on oublie la nausée et le marteau-piqueur sous mon cuir chevelu, y a du mieux, ouais... Tu ne saurais pas à tout hasard comment j'ai fini dans ton allée ?

– Tu ne te souviens de rien, hein ?

L'inquiétude me tord soudain l'estomac. Est-ce que j'ai fait quelque chose que je n'aurais pas dû ? Riley ne me le pardonnerait pas !

– Détends-toi, Hollywood, je n'ai pas envie que tu gerbes sur mon bar ! C'est moi qui t'ai ramené à ta voiture et qui l'ai déplacée.

– Pourquoi ? je lui demande, curieux.

– Tu n'arrêtais pas de gémir à propos d'une Riley, qu'il fallait que tu lui dises que tu l'aimais... Blablablabla ! Je me suis dit que si tu avais à ce point des sentiments pour elle, il valait mieux que tu discutes avec elle après avoir décuvé.

Les mots me manquent, je ne m'attendais pas à ce que la seule main qui me soit tendue hier soit celle de Travis. Cet enfoiré, aux allures de biker, avec ses bras tatoués, masque en fait un type décent. Si on m'avait raconté ça il y a seulement vingt-quatre heures, j'aurais explosé de rire avant de prendre Riley dans mes bras. Comme si le simple fait de penser à elle pouvait la faire apparaître par magie, mon téléphone posé sur le bar m'indique l'arrivée d'un SMS.

Riley, 9 h 56 :
Tu pourrais être là pour 10 h 15 ?

Ce simple texto suffit à faire tambouriner mon cœur. Si elle était en colère, elle ne m'inviterait pas, non ? En même temps, son message ne laisse rien filtrer de son humeur, mais elle fait un pas dans ma direction, c'est déjà ça. Un coup d'œil vers l'horloge m'apprend qu'il est bientôt 10 heures, si je veux y être à temps, il est urgent que je bouge. Je bois d'un coup le reste de mon café avant de laisser un billet sur le comptoir et de filer vers la sortie. Quelque chose me retient et je me retourne une dernière fois pour lancer un « Merci » avant de m'enfuir.

Le trajet du centre-ville jusqu'à la maison est normalement très court, mais aujourd'hui il me paraît durer une éternité. Mes paumes deviennent moites sur le volant et l'alcool dans lequel baigne encore mon cerveau me rend difficile de préparer un discours qui ferait oublier le fiasco de la veille. Quand je me gare enfin dans cette allée qui a été ma maison pendant trois mois, mon cœur se serre. J'espère qu'il est encore temps de réparer les dégâts et de leur avouer la vérité : si l'idée de me servir de Riley m'a effleuré l'esprit, cela n'était plus d'actualité lorsqu'on s'est embrassés pour la première fois. Je l'aime et j'espère qu'ils pourront tous me pardonner mon comportement lors du gala. Je suis prêt à ramper pour que Riley me pardonne, qu'ils me pardonnent tous.

Sortir de ma voiture me demande un effort et un courage que je n'étais pas certain d'avoir en réserve. Je m'avance vers la dépendance comme un condamné devant un peloton d'exécution. Ça ne va pas être une partie de plaisir, mais le jeu en vaut la chandelle. Alors, après un ultime sursaut d'angoisse, je frappe contre le battant.

Et rien ne se passe.

Je retente une deuxième, puis une troisième fois, mais la porte reste close. J'essaie de l'ouvrir ; elle est fermée à clé. Mon cœur se met à battre plus vite. Riley devrait être là, elle m'a donné rendez-vous. Elle n'a pas pour habitude de trop traîner dans la maison principale après le petit déjeuner, et surtout j'espère que notre discussion n'aura pas lieu devant tout le monde. Non, ça ne lui ressemblerait pas, mais après hier soir, peut-être qu'elle n'a pas envie d'être seule. Je me dirige à contrecœur vers la porte de la cuisine de la maison principale. Alors que je m'apprête à l'ouvrir, comme si j'habitais encore ici, je me retiens. Je ne sais plus si je suis le bienvenu, donc je frappe et patiente. Cette fois, je vois Austin de l'autre côté de la porte vitrée.

Quand il m'aperçoit, son expression se ferme mais il m'ouvre quand même et avant que je comprenne quoi que ce soit, il m'envoie son poing dans le ventre. Il ne me fait pas mal, mais ses mots, en revanche, me mettent à terre :

– Je te déteste ! Tout ça, c'est ta faute ! Je te déteste ! Je te déteste !

J'arrive finalement à le maîtriser, puis je m'accroupis à son niveau pour le regarder dans les yeux. Ils brûlent de rage.

– Austin, calme-toi ! De quoi tu parles ?

– C'est ta faute, si elle part !

De plus en plus confus, je le lâche au moment où Miles arrive pour prendre le petit contre lui, mais Austin lui échappe et disparaît en courant dans la cuisine. Je me relève lentement car le regard du père n'est pas beaucoup plus accueillant que celui du fils. J'entends alors du bruit provenant de la cour devant la maison et je l'aperçois.

Elle est en train de mettre un sac de voyage dans une voiture que je ne reconnais pas, garée dans la rue. Mon cœur fait un plongeon dans ma poitrine quand les mots d'Austin prennent enfin tout leur sens.

– Non.

C'est à peine un chuchotement qui sort de mes lèvres. J'ai l'impression que le peu d'énergie que j'avais s'envole en même temps que Riley referme le coffre. Mes jambes bougent toutes seules, je ne suis plus vraiment aux commandes de mon propre corps. Lorsque j'arrive au coin de la maison, Caleb sort par l'entrée principale et se dirige droit vers Riley qui se retourne enfin... et me voit.

À la manière dont tout son corps se fige je comprends parfaitement que malgré son invitation, elle n'était pas prête à me voir. Pas complètement du moins. Peut-être que j'aurais dû répondre à son SMS et lui annoncer ma venue, mais ça m'a paru tellement logique que je ne l'ai pas fait. C'était une erreur. L'étau dans ma poitrine se resserre un peu plus, m'empêchant de respirer. Notre contact visuel se brise quand elle se tourne vers Caleb pour lui dire quelque chose. Mes poings se crispent, par réflexe, mais se desserrent aussitôt lorsque j'aperçois sa lèvre fendue.

Merde. Je n'y suis pas allé de main morte hier...

Après un hochement de tête sec à l'intention de Riley, il contourne le véhicule pour monter à la place du conducteur. Elle le regarde puis, après une hésitation, plonge ses yeux dans les miens et fait un premier pas dans ma direction.

Il n'en faut pas plus pour que je récupère la mobilité de mon corps, alors je vais à sa rencontre. À chaque pas les traits de son visage se font plus précis et je remarque tout de suite les cernes foncés et la pâleur encore plus marquée de sa peau. Il semblerait qu'on ait tous les deux passé une nuit pourrie.

Bizarrement, ce constat me donne de l'espoir. Si elle a aussi mal dormi que moi, peut-être que tout n'est pas perdu et que ce n'était pas son sac mais celui de Caleb qu'elle a mis dans le coffre ? C'est avec cette nouvelle étincelle d'espoir que je m'arrête devant elle.

Cela ne fait que quelques heures que je ne l'ai pas vue et pourtant, j'ai l'impression que ça fait des jours. Tout en elle m'a manqué et je respire déjà un peu mieux d'être à ses côtés.

– Hey, je lance.

– Tu as l'air crevé, répond-elle.

Une expression de surprise passe sur son visage comme si elle ne s'attendait pas à le dire à voix haute. Forcément, cela me fait sourire, ce qui détend un peu la crispation au niveau de ses épaules. Quelqu'un qui ne la connaîtrait pas aussi bien que moi pourrait passer à côté de ces détails. Pas moi.

– Je n'ai pas beaucoup dormi cette nuit.

– Moi non plus...

Sa confession fait briller un peu plus fort l'étincelle que j'essaie de maintenir en vie. Je me rapproche d'un nouveau pas, entrant dans sa zone de confort, comme pour nous prouver quelque chose. Riley ne recule pas, elle se contente de regarder mon visage comme si c'était la chose la plus importante qu'elle devait faire aujourd'hui. Poussant ma chance un peu plus loin, j'essaie de prendre ses mains dans les miennes ; elle se laisse faire. Le soulagement que j'éprouve manque de me faire tomber à genoux. Mais avant, je dois tout lui expliquer. Les mots sortent de ma bouche en un flot si rapide que je ne suis pas sûr qu'elle comprenne tout.

– Je suis désolé pour hier soir, je te promets que Lauren et moi, on n'est pas en couple. Pas depuis toi en tout cas. Tout ça, c'est une sorte de coup monté de Vince qui n'a pas apprécié que je ne sois pas revenu à temps à L.A. Tu avais raison, quand tu m'as dit que je devrais gérer ça, mais j'ai été lâche, j'ai préféré fermer les yeux en espérant que ça se tasserait tout seul. Si seulement, j'avais su ce qu'il ferait, je te promets, sur la vie de Joy, Riley, que jamais je n'aurais laissé la situation aller aussi loin !

Je m'arrête pour reprendre mon souffle, la peur me forçant à tout déballer tant que j'ai le temps. Mais Riley m'interrompt :

– Je sais, Logan, tu n'as pas besoin de me promettre quoi que ce soit. Je te crois.

Mon cœur rate un battement ; je ne m'attendais à ce qu'elle soit si compréhensive. Je pensais devoir me battre pour qu'elle m'écoute et pourtant elle est là, attendant que je finisse de parler.

– En revanche, je commence en serrant un peu plus fort ses doigts, Vince a bien évoqué l'idée que je me trouve une fille qui m'aiderait à redorer mon image. Je te mentirais en te disant qu'à l'époque, je n'ai pas pensé à toi. Mais à compter du jour où je t'ai prise dans mes bras dans la dépendance, tout a été balayé et c'était juste toi et moi. Rien de plus. Tout était réel.

Je n'ai pas besoin de préciser de quel moment je parle, on sait tous les deux qu'il s'agit de celui où j'ai appris la vérité la concernant.

– Je te le promets.

Je ne peux pas m'empêcher de rajouter ces quelques mots d'une voix rendue rauque par l'émotion. Il faut qu'elle me croie, qu'elle sache que je me mets à nu devant elle, ce que je n'ai jamais fait pour personne. En moi se battent deux émotions : l'espoir et la panique. Le vainqueur dépendra de ce que va dire Riley.

– Comme je te le disais, je te crois, répète-t-elle. Je me doutais qu'il y avait une explication logique derrière tout ça. Mais quand tu es monté sur scène, je n'étais pas encore prête à l'entendre. En rentrant, Miles m'a confié qu'il t'avait suivi hier soir et qu'il a entendu ta conversation avec cette fille, puis Joy m'a expliqué le coup de fil de ton agent. Tu l'as peut-être oublié mais elle était présente cette fois-là.

Les souvenirs de ce moment qui semble appartenir à une autre vie refont surface et je revois Joy en train de hurler sur Vince. Comment ai-je pu oublier ça ?

– Donc je n'ai pas besoin que tu me promettes que tout ça est juste un malentendu pourri, je le sais...

Sa voix se brise soudain et des larmes perlent à ses yeux. Elle se rapproche à son tour, nos chaussures se touchent quand elle dit :

– Mais j'ai besoin que tu me promettes autre chose, c'est pour ça que je t'ai demandé de venir.

– Tout ce que tu veux, je lâche dans un souffle.

– Promets-moi de ne jamais replonger, peu importe ce qui arrive.

Je recule d'un pas, surpris du tournant que prend la discussion, mais elle raffermit sa prise sur mes mains, m'empêchant de me dérober.

– Promets-le-moi, insiste-t-elle.

– Pourquoi ? Tu le verras bien par toi-même...

– Logan ! me coupe-t-elle, impatiente. Promets-le-moi ou mieux, promets-le-toi.

Une larme solitaire coule le long de sa joue, et lentement la panique prend le dessus sur l'espoir. Tout me pousse à ne pas lui répondre, pourtant quand je regarde au fond de ses beaux yeux verts et que j'y lis l'angoisse qu'elle éprouve pour moi, je cède.

– D'accord, je te le promets.

Son sourire n'atteint pas son regard, au contraire, j'y vois même quelque chose s'éteindre. C'est alors que je comprends la vérité que j'ai devant moi depuis le début.

– Tu t'en vas.

Mon ton n'est ni accusateur, ni en colère. Il est vide. Si je m'écoutais, je romprais notre contact pour pouvoir faire les cent pas, passer les mains dans mes cheveux ou hurler jusqu'à m'en briser la voix.

– J'ai parlé au docteur Simon hier soir, esquive-t-elle. Ça fait des années que j'ai son numéro privé pour les urgences, je n'ai jamais osé m'en servir mais là, j'ai su que je devais.

Je fronce les sourcils, plus confus que jamais. En quoi est-ce que le Doc a pu l'aider, au juste ?

– J'avais besoin de trier tout ce qu'il se passait dans ma tête et c'était le seul à pouvoir m'y aider. Il a ce regard extérieur et professionnel sur moi, mes habitudes, mes démons...

Cette dernière confession semble lui irriter la gorge, puisqu'elle essaie de déglutir à plusieurs reprises.

– Riley...

– Laisse-moi finir, s'il te plaît. Sinon je n'en aurai plus le courage, m'avoue-t-elle tandis que de nouvelles larmes roulent sur son visage. Je lui ai tout raconté, de ma vie ces dernières années à ton arrivée il y a quelques mois, en passant par « nous », pour finir par hier soir. Tu sais ce qu'il m'a dit quand j'ai terminé ?

Je secoue la tête, suspendu à ses lèvres.

– « Je suis fier de toi. » J'en suis restée muette tellement je ne m'y attendais pas ! Puis il m'a demandé ce que je comptais faire maintenant. J'ai dit la vérité : je ne savais pas. Et c'était la vérité, j'étais perdue, déchirée entre plusieurs possibilités. Il ne lui a suffi que d'un mot pour que tout se remette en ordre, il l'utilisait souvent lorsque j'étais en thérapie avec lui et pourtant, je l'avais oublié.

Mes mâchoires se crispent en attendant la suite. Pourtant je trouve la force de parler pour l'encourager, c'est à son tour de vider son sac :

– C'était quoi ?

– « Béquille ».

– Quoi ? je lâche, perplexe.

– Il a dû t'expliquer que lorsque tu essaies de te débarrasser d'une dépendance, il est important de ne pas trouver une autre addiction pour compenser. Même si on le fait tous au début, et c'est normal. Le plus important c'est de rebondir vite, grâce à des béquilles temporaires, mais de ne jamais trop compter sur elles.

Mon cerveau tourne à plein régime, j'essaie de comprendre où elle veut en venir mais je suis totalement perdu. Même si je me souviens vaguement du Doc abordant ce sujet.

– Je ne te suis pas. Si tu crois que tu n'es qu'une béquille pour moi...

– Ne me dis pas le contraire, tu en es bien une pour moi ! s'agace-t-elle en haussant le ton.

Sa phrase me blesse plus que je ne l'aurais imaginé. Sous le coup de l'émotion, je la lâche et fais volte-face. L'agitation qui vit en moi prend possession de mon corps et mes jambes tremblent toutes seules, il me faut plusieurs grandes inspirations pour me retenir de me barrer en courant. Soudain, je sens ses bras fins m'entourer et son front se poser entre mes omoplates.

– Je suis désolée, ce n'est pas ce que je voulais dire. Tu n'es pas qu'une béquille, tu es bien plus... Tu m'as permis de briser des peurs dans lesquelles je m'enfermais depuis des années, tu m'as rendue plus courageuse, aussi. Mais tous les deux, on s'est servis de l'autre comme d'une bouée de sauvetage. On s'est accrochés l'un à l'autre pour pouvoir respirer suffisamment longtemps et trouver cette force de nous en sortir. Tu m'as sauvée, n'en doute jamais, et j'espère avoir pu t'aider aussi.

– Je sens ton « mais » arriver à des kilomètres, Riley, je crache, acerbe.

– *Mais,* reprend-elle, imperturbable, on a encore tellement de chemin à parcourir avant d'être complètement guéris. Et si on reste l'un avec l'autre, on ne saura jamais si on est plus qu'une simple béquille pour l'autre. Si la vie nous donne une seconde chance, peut-être qu'on se reverra et qu'on sera tous les deux enfin prêts. En attendant, on se doit à l'un et à l'autre et surtout à nous-mêmes de guérir comme il faut.

– Tu parles de notre couple comme si c'était une putain de maladie ! Comment peux-tu...

Je m'interromps avant de dire des choses que je vais regretter dans la seconde. Pourtant j'ai envie de lui hurler ma colère et ma peine au visage. Elle n'a pas le droit de me tenir dans ses bras et de me dire des trucs pareils. Alors je la force une fois de plus à me lâcher et me mets à aller et venir devant elle.

– On peut aussi traiter ça en adultes et ne pas fuir à la première difficulté !

Ma pique ne la laisse pas indifférente, puisqu'elle redresse les épaules, prête à se défendre.

– Je ne fuis pas, je fais ça pour toi, pour moi, pour nous, rétorque-t-elle. On doit avancer chacun de notre côté. Si on continue comme ça, on pourrait se détruire à la longue. Je ne veux pas te faire porter la responsabilité de mon bien-être et tu ne devrais pas vouloir me faire porter la tienne !

Ses mots me paralysent et je reste figé, une main dans les cheveux. Je me tourne vers elle. Ses joues sont colorées, ses poings serrés mais ses yeux, toujours humides. Elle a aussi mal que moi, mais elle persiste dans cette voie insensée.

– Et donc, ta solution, c'est de te barrer, avec lui ? je lance avec un mouvement de tête en direction de la voiture et de son conducteur qui l'attend.

– Je... Hier soir, j'ai reçu une proposition de la part de la compagnie où travaille Caleb, pour un job à New York... Après réflexion, j'ai pris ça comme l'occasion en or qui me permettrait de me prouver que je peux vivre seule, sans le cocon qui m'entoure ici. C'est un peu le test ultime pour voir si je suis réellement plus forte que mes démons... Tu comprends ?

Une part de moi se révolte contre l'idée qu'elle vive seule dans une aussi grande ville que New York. Quand on connaît le nombre de crimes qui y sont commis, ça a de quoi donner le tournis, alors l'imaginer là-bas me donne des sueurs froides. Ça éveille mon instinct de protection qui me donne envie de l'enfermer dans sa dépendance où personne ne pourra lui faire du mal. Plus jamais. Quand je m'en rends compte, ma colère s'envole d'un coup. Est-ce qu'à trop vouloir protéger une personne, on augmente son calvaire ? Est-ce que Riley a été mon substitut pour décrocher ? Est-ce que je vais pouvoir mettre un pied devant l'autre sans sa présence à mes côtés ? Toutes ces interrogations tournent en boucle dans ma tête, m'empêchant de réfléchir posément. Ses grands yeux verts me sondent, à la recherche de la réponse qu'elle attend toujours.

– Je comprends. Mais... j'ai besoin de toi, Riley, je confesse dans un souffle.

– Je sais, me répond-elle sur le même ton. Je sais.

On se regarde mutuellement, je comprends alors qu'il s'agit certainement de la dernière fois que je la vois. La panique qui a déjà fait dérailler mon cœur prend possession de mes mains, les agitant de tremblements incontrôlés. Elle le remarque tout de suite, et après un sourire triste, en les désignant, elle me dit :

– Tu vois, il faut d'abord que tu guérisses, pour toi et non pour quelqu'un d'autre. Sinon tu l'auras fait pour les mauvaises raisons et tout s'effondrera du jour au lendemain. C'est pour ça que tu dois me laisser partir. Et j'ai besoin que tu m'aides à te laisser partir également.

Je ne résiste plus, m'approche d'elle et prends son beau visage entre mes paumes. Ses yeux sont rougis par les larmes, je ne dois pas être en meilleur état, car malgré l'agonie que je ressens dans tout mon corps, je comprends enfin ce qu'elle veut me dire. Je ne suis pas d'accord avec elle mais elle est persuadée qu'elle doit en passer par là pour vaincre une fois pour toutes ses démons. Je ne peux pas m'opposer à ça, pourtant son départ va me tuer. Notre séparation va me flinguer.

– D'accord, pars.

Mes mots la font fondre en larmes. Je me retiens à peine de lui dire que je l'aime, cela ne servirait à rien. Elle attrape mes mains pour les serrer fort avant de les embrasser rapidement. Puis elle fouille dans une poche de son pantalon pour en sortir une clé que je ne connais que trop bien. C'est celle de sa dépendance. Cela me prouve que son départ est imminent et m'écrase le cœur.

– Utilise-la pour aller récupérer tes affaires. Il est temps pour toi de rentrer chez toi, Logan, me dit-elle avec un sourire triste.

Ma gorge se serre mais j'essaie de ne pas me ridiculiser davantage, je tends la main.

J'ai envie de lui dire tellement de choses en même temps que je reste muet, paralysé entre la douleur que je ressens et la certitude de ce qui est bon pour elle. Alors, après un dernier regard, elle se détourne et trottine vers la voiture avant de s'arrêter subitement. Elle me regarde une dernière fois, comme pour se donner du courage, et elle monte dans le SUV.

Après un ultime sourire qu'elle m'adresse, le véhicule démarre pour bientôt disparaître au coin de la rue. Juste comme ça, une partie de moi vient de mourir. Comme un zombie, je me dirige vers ce qui a été notre refuge durant un temps, puis j'insère la clé dans la serrure et entre.

L'ambiance dans la pièce semble figée dans le temps et impersonnelle. C'est la première chose que je remarque ; il manque des affaires dont Riley ne se sépare jamais telles que ses chaussures de running préférées ou son parfum qui trône toujours sur la commode. Pour en avoir le cœur net, je m'approche du meuble et ouvre les tiroirs presque vides.

Riley est partie.

Je ne peux plus me cacher la vérité. L'absence de sa brosse à dents dans la salle de bains me fait monter les larmes aux yeux. Je reviens dans la pièce principale. C'est trop pour moi. Lorsque mes mollets touchent le lit, je me laisse tomber dessus. Je m'étends de tout mon long dans ce lit dans lequel on a... Non, je ne peux pas penser à ça, ça fait trop mal. À la place, je prends son oreiller pour le plaquer sur mon visage avant d'inspirer. Son odeur me fait autant de bien que de mal et je sens un cri naître dans le fond de ma gorge.

À quel moment on nous prévient qu'aimer quelqu'un peut faire aussi mal ?

Même si je sais que Vince n'est pas réellement responsable de cette situation, je transfère ma colère sur lui, comme un mécanisme de défense. Ce mec va le payer très cher. Après tout, si Lauren n'avait pas débarqué à sa demande, Riley serait restée un peu plus. Même si c'est égoïste, même si c'est mal, c'est ce que j'aurais voulu sans le moindre doute et il m'a volé ce rêve. Il ne se doute même pas de ce qui va lui tomber dessus quand je vais rentrer à Los Angeles. Penser à ma vengeance me fait étrangement du bien et je me calme peu à peu jusqu'à retirer l'oreiller de mon visage pour le poser à côté de moi. Mes doigts rencontrent quelque chose de dur et je me redresse sur un coude pour vérifier de ce dont il s'agit.

L'écrin.

Je n'ai pas besoin de l'ouvrir pour savoir qu'elle y a remis le bracelet, en un ultime rejet. Mais ça veut dire aussi qu'elle savait que je viendrais après son SMS et que je trouverais mon cadeau sur ce putain de lit. C'est le cœur plus douloureux que jamais que je sors ma valise et mon sac de voyage de la penderie et que je commence à fourrer mes affaires dedans rapidement.

Soudain, rester ici sans elle m'est à peine supportable, mais j'ai accumulé beaucoup de choses en quelques mois et tout ne rentre pas dans mes bagages. Je ressors tout pour plier chaque vêtement comme il faut. Cette activité manuelle me permet de débrancher mon cerveau et mes émotions par la même occasion. Mes gestes sont mécaniques, je prends, je plie et je range. Encore et encore.

Jusqu'à ce que je me saisisse d'un tee-shirt qui n'est pas à moi. C'est un de ces trucs immenses que porte Riley pour dormir avec imprimé dans le dos « What ? ». Par réflexe, je porte le tissu à mon nez, mais il sent simplement la lessive. Je ne sais pas pourquoi je le range au milieu de mes affaires avant de fermer valise et sac. Il ne reste plus que la boîte contenant le bracelet de Riley sur le lit, qui me nargue. Je n'ai aucune envie de repartir avec ce cadeau alors je me tourne vers le bureau pour prendre un Post-it et un stylo pour y griffonner rapidement une note. Je colle le petit papier sur l'écrin avec un air résigné avant de le relire une dernière fois :

Je t'ai offert ce bracelet pour symboliser
toutes les épreuves que tu as surmontées.
Tu le mérites. Garde-le et porte-le fièrement.
S'il te plaît.

Logan

Peut-être va-t-elle le vendre, mais au moins je lui aurai laissé un souvenir de moi si elle décide de le garder. Après un ultime tour de la pièce avec mon sac sur une épaule pour être sûr de rien laisser de mon passage ici, j'éteins les lumières avant de fermer la porte à clé derrière moi.

Ce son définitif brise quelque chose en moi. Sans un mot, la tête basse, je tire derrière moi mon immense valise avant de me figer une fois de plus. Joy m'observe depuis la fenêtre de la cuisine. Je vois ses larmes et c'est le coup fatal.

Après un dernier coup d'œil dans sa direction, je m'enfuis littéralement jusqu'à ma voiture dans laquelle je jette mes affaires. Puis, sans un regard en arrière, je démarre en trombe. Je suis à mi-chemin de l'aéroport lorsque ma fureur s'exprime enfin et que je suis obligé de me garer sur le bas-côté pour ne pas causer d'accident.

Le premier coup sur le volant me soulage, les suivants me libèrent chacun un peu plus. Quand le sang coule enfin, la paix me trouve.

CHAPITRE 42

« It never fades away,
it's staying, your kiss like
broken glass, on my skin.
And all the greatest loves end
in violence, it's tearing up
my voice, left in silence.
Baby, it hit so hard, holding
on to my chest. Maybe you
left your mark, reminding
me to forget[48]*. »*

Kygo, *Remind Me To Forget*

48. « Cela ne s'efface jamais, ça reste là, ton baiser est comme du verre brisé sur ma peau. Et toutes les grandes passions finissent dans la violence, cela déchire ma voix, me laisse dans le silence. Bébé, le coup a été si fort, s'imprimant dans ma poitrine. Peut-être que tu as laissé une marque, me rappelant d'oublier. »

RILEY

Trois mois plus tard

Je bascule la tête en arrière, en soupirant, pour profiter du soleil estival. Le mois d'août est déjà bien avancé et je n'aurai pas pu profiter de mon été. Ça fait maintenant deux mois que je vis ici à plein temps et je passe mes journées enfermée dans le bureau qui m'a été attribué. Il s'agit d'une toute petite pièce mais j'essaie de la personnaliser au fil du temps. Si je ne suis pas au travail, je suis chez moi, trop fatiguée pour sortir. Caleb m'avait prévenue qu'ils seraient exigeants et il ne m'avait pas menti.

Je travaille avec Rachel Roth qui était venue se présenter lors du gala du mois de mai. Mon rôle pour le moment consiste à faire le tri de toutes les idées qu'a la compagnie, de voir ce qui serait réalisable ou pas et de sélectionner les candidats pour les auditions. Ce n'est pas forcément ce que j'avais l'habitude de faire, mais c'est différent. Tant mieux. J'enchaîne les heures, oubliant parfois de déjeuner, tellement je croule sous les demandes mais ça me permet de ne pas trop penser.

Caleb, qui est chorégraphe dans la compagnie, s'assure que je suis bien en vie derrière les nombreux dossiers qui recouvrent mon bureau. Il arrive rarement les mains vides, ce dont je lui suis très reconnaissante. Sans lui, je mangerais moins. Même si ma famille me manque, j'aime l'énergie qui se dégage de cette ville, elle m'électrise. Mais j'ai besoin d'un moment de calme avant de rentrer chez moi, alors, si j'ai la chance de finir le travail et qu'il fait encore jour, je me fais un devoir de m'asseoir quelque part et de savourer.

La sonnerie de mon téléphone me sort de mes pensées. C'est un SMS de Jamie dont le véritable auteur est mon neveu.

Sister, 18 h 06 :
Ce soir Mam' fait un dhal ! Tu nous manques !

Je souris en tapant rapidement une réponse.

Riley, 18 h 08 :
Fais honneur au plat et manges-en pour moi, Munchkin ;). Vous me manquez aussi.

Mon départ de Madison a été tout sauf facile. Il m'a fallu toute la patience du monde pour faire comprendre que ce n'était la faute de personne si je partais. Ma famille et mes amis étaient tellement en colère, et ils avaient la trouille pour moi. Mais durant le mois qui a précédé mon déménagement, j'ai su trouver les bons mots et leur faire entendre que c'était mon choix et celui de personne d'autre, que malgré la distance, rien ne changerait. J'ai même réussi, par je ne sais quel miracle, à garder le rendez-vous hebdomadaire avec Austin pour admirer les étoiles. Il m'appelle en FaceTime et me décrit ce qu'il a sous les yeux, je n'ai plus qu'à fermer les miens pour me retrouver à ses côtés. C'est mon moment préféré dans mes semaines interminables. Mon neveu a été le plus dur à convaincre et il m'en a voulu autant que Logan, je pense. Il n'arrivait pas à comprendre pourquoi je faisais « du mal à tout le monde » en commençant par moi-même.

Celui qui dit qu'un enfant ne comprend rien à la vie devrait rencontrer mon neveu... Certes, le catalyseur de ma prise de conscience a été la douleur foudroyante que j'ai ressentie en voyant Logan embrasser une autre femme. Mais ça n'a fait que mettre en lumière une fêlure, une faiblesse que j'essayais de cacher envers et contre tout. La peur de ne pas être capable de m'en sortir seule, sans aide, de ne jamais pouvoir avoir une vie « normale » pour une fille de mon âge. Ma discussion avec le docteur Simon est ce qui m'a poussée dans la bonne direction. Ça n'a pas été simple, j'ai eu des crises d'angoisse monstrueuses les premiers jours et je ne sortais que pour le strict minimum, mais ça va mieux. J'ai des jours avec et des jours sans, tout ne s'est pas réglé comme par magie, mais j'avance quand même comme je peux. Un peu plus forte chaque jour.

Baby step, comme toujours.

– Tu comptes faire la manche ?

J'ouvre un œil pour découvrir Caleb qui se tient en bas des marches sur lesquelles je suis assise. Sa tenue décontractée, short, tee-shirt, claquettes, me fait sourire. Je n'ai pas l'habitude de le voir autrement qu'en tenue de danse.

– Pourquoi tu me donnerais de l'argent ? je le nargue.

– Ça dépend, je gagne quoi en échange ? me demande-t-il en s'asseyant à mes côtés.

– Caleb Brown... Est-ce que tu mélangerais faire la manche et le trottoir ?

Son rire me détend après cette longue journée.

– Tu comptes monter ou pas ?

De son pouce, il montre la porte derrière nous. Celle qui mène à mon petit appartement que je loue à Stephen Wells, l'associé de Rachel. Heureusement qu'il me l'a proposé, sinon je n'aurais pas pu me loger si près de mon lieu de travail. Brooklyn est très recherché ces derniers temps, j'ai eu beaucoup de chance de si bien tomber. Je peux m'y rendre à pied même si ça prend une demi-heure. Je préfère ça au métro... Rien que de m'imaginer, serrée comme une sardine au milieu d'inconnus, durant de longues minutes, j'en ai des palpitations.

– Oui, je voulais juste savourer un peu le soleil. Je vais finir par ressembler à un cadavre si je n'en profite pas tant qu'il est encore là.

– Pas faux... me répond-il tout en suivant du regard une jolie blonde qui passe devant nous en courant.

Ses vêtements extra-moulants doivent être pratiques pour le running, les miens n'ont toujours pas changé. Plus c'est large, mieux c'est. En ce qui concerne mes tenues de boulot, j'ai dû faire un effort comme en attestent mes vêtements du jour. Mon pantalon noir est un peu large sur les hanches avant de se resserrer au niveau des chevilles. Je l'ai assorti à un débardeur gris, lâche, sur lequel j'ai rajouté une chemise blanche à demi ouverte et dont j'ai roulé les manches. Un vrai progrès quand on me connaît depuis plus de deux mois...

– Je ne voudrais pas te priver de ta dose de vitamine D, mais j'ai vraiment faim, insiste Caleb.

– Qu'est-ce qui m'a pris d'accepter d'aller manger en ville avec toi ?

– Tu n'as pas su résister à mon charme ravageur, voilà tout.

– Ou tu m'as vendu les meilleures pâtes de l'univers.

– Ou ça, effectivement, acquiesce-t-il en se levant pour me tendre la main.

Je savoure quelques secondes de plus le soleil sur ma peau avant de l'accepter. Il me relève et c'est ensemble qu'on passe la porte de l'immeuble. Mon appartement se trouve au deuxième, et on se chamaille tout le long du chemin. Je suis contente qu'il fasse partie de ma vie, il a rendu la transition beaucoup plus douce que si j'avais dû la faire seule.

Une fois devant ma porte, j'insère la clé dans la serrure avant de jouer avec le barillet. À force, j'ai pris le tour de main mais la première fois, j'ai cru que je n'arriverais pas à quitter l'appartement. Je dépose mes affaires sur le meuble à l'entrée avant de filer vers la salle de bains attenante à la petite chambre.

– Je me dépêche, je crie tout en fermant la porte derrière moi.

Je me déshabille en quatrième vitesse avant de sauter sous la douche. Alors que l'eau chaude coule sur mon corps, détendant chacun de mes muscles, un reflet attire mon attention. L'étoile du bracelet de Logan brille à mon poignet gauche et, d'un geste inconscient, je la caresse. Au moment de mon départ, je ne savais pas quoi en faire. Que doit-on faire quand on est sur le point de briser le cœur d'une personne ? Cela ne m'avait pas paru correct de le garder mais je n'avais pas la force de le lui rendre en main propre, alors je l'ai laissé sur le lit. Lorsque je suis rentrée deux jours après mon entretien et que j'ai trouvé son mot, j'ai cru m'effondrer pour de bon. J'avais été forte jusqu'à présent mais avec ce petit mot écrit à la va-vite, la réalité m'était tombée dessus. Il était parti, pour de bon. Alors, j'ai attaché son bijou à mon poignet et je ne l'ai plus enlevé. Il me rappelle tous les jours que je peux être fière de mon parcours, comme il me l'a écrit. Son mot est d'ailleurs encadré et est posé sur mon petit bureau, dans ma chambre. Je sais que c'est puéril, mais je n'ai pas pu me résoudre à le jeter.

La température de l'eau devient soudain glacée, ce qui me fait déguerpir avec un couinement. Je me sèche rapidement avant de retourner dans la chambre pour passer une tenue beaucoup plus confortable et « moi » : un vieux baggy que j'ai tellement porté qu'il en est devenu doux, un tee-shirt large ainsi qu'une veste à capuche que je pourrai enlever au besoin. Lorsque j'enfile ma brassière, je souris en pensant au chemin parcouru pour ça aussi : fini les ceintures thoraciques ! Pour être sûre de ne pas craquer, je les ai laissées à Madison. Ce nouveau départ à New York était le moyen pour moi de tracer un trait définitif sur certaines habitudes qui me tiraient en arrière plus qu'elles ne m'aidaient.

J'ajoute une touche de parfum et je retourne dans le salon dans lequel m'attend Caleb, ainsi qu'une jeune femme. Le sourire qu'elle me lance en m'apercevant fait bondir mon cœur de joie : Joy. Elle est ici depuis deux jours pour passer une audition dans notre compagnie et elle rentre des répétitions. Elle porte encore sa tenue de danse. Elle est toujours aussi belle et sa nouvelle coupe de cheveux lui va ravir. Elle les porte maintenant sous les épaules, elle a dit adieu à ses interminables longueurs. En deux enjambées, elle me prend dans ses bras avant de déposer une bise sonore sur ma joue.

– Bonjour à toi aussi, je rigole. Tu es sûre que tu ne veux pas venir ?

– Certaine, je suis crevée et je veux être en forme pour demain. Alors je vais commander à manger et me coucher tôt. Mais file, profite !

Après une ultime moue, je lui obéis et me dirige vers Caleb qui ouvre déjà la porte d'entrée.

– Je ne rentre pas tard, promis, je lui dis en me retournant.

– Mais oui, c'est ça, me répond-elle en m'adressant un clin d'œil qui me fait rougir jusqu'à la racine des cheveux.

Je lui claque la porte au nez avec un peu trop de force, ce qui me vaut un regard suspicieux de Caleb qui est déjà dans la cage d'escalier. Est-ce que j'ai mal interprété cette invitation ? Pour moi, c'est simplement un dîner entre amis, rien de plus. Mon cœur s'emballe dans ma poitrine tandis que je descends à mon tour les marches qui mènent au rez-de-chaussée. Quand on se retrouve dans la rue, le temps s'est légèrement rafraîchi et je suis contente de porter ma veste.

– Alors, où va-t-on, mon capitaine ? je lance en essayant de me détendre.

– Par là, m'indique-t-il en pointant l'autre côté de la rue.

On remonte la rue encombrée pour la traverser. On parle de tout et de rien et ma tension s'envole au fur et à mesure, j'ai été stupide de laisser le clin d'œil de Joy me stresser. Caleb est séduisant, il faudrait être aveugle pour ne pas le voir, mais je ne suis pas prête. Cela ne fait que quelques mois que Logan et moi ne sommes plus ensemble. J'ai besoin de temps pour oublier. *Pour l'oublier lui.*

Quand enfin on arrive à destination, il y a déjà une petite queue devant le restaurant et nous patientons pour pouvoir rentrer à notre tour. D'un geste inconscient, je joue avec le bracelet à mon poignet en rigolant avec Caleb quand mon attention est attirée sur ma droite. Mon cœur semble chuter de plusieurs étages quand je vois ces yeux orageux que je connais par cœur, ces lèvres que j'embrassais il n'y a pas si longtemps. Il me sourit. Je reste stoïque à le regarder jusqu'au moment où le bus sur lequel est placardé son visage démarre.

Ce n'est pas la première fois que je vois cette campagne publicitaire pour un parfum mais je ne m'y fais pas. Pour moi, c'est Logan, *mon Logan,* et pas l'acteur Logan Collins. Caleb qui remarque mon trouble m'attrape par l'épaule pour me serrer contre lui et m'entraîne à l'intérieur du restaurant. Je ne sais pas si je pourrai l'oublier un jour mais je m'y emploie. Même si, pour être honnête, le fait de le croiser à tous les coins de rue, de le voir à la télé, au cinéma ou sur Internet ne m'aide pas. Mais je ne désespère pas, j'ai déjà surmonté pire.

Lorsque je m'assieds en face de Caleb qui me sourit gentiment, je me dis que la vie me donne peut-être une nouvelle chance mais je ne sais pas si je suis prête à la saisir.

ÉPILOGUE

« You looked at death
in a tarot card and you saw
what you had to do,
but nobody knows you now
when you're dying in LA.
And nobody owes you now
when you're dying in LA*[49]*. »

Panic ! At The Disco, *Dying in LA*

49. « Tu as vu la mort dans une carte de tarot et tu as su ce qu'il fallait faire, mais personne ne sait qui tu es maintenant alors que tu meurs à L.A. Et tu n'appartiens plus à personne maintenant que tu meurs à L.A. »

LOGAN

Ce mec est un vrai nez à coke. C'est inscrit sur tout son corps et je me demande si je ressemblais à ça. Pourquoi personne ne m'a dit que ça se voyait à dix kilomètres alors que je pensais être discret ? Je n'écoute même pas ce qu'il me raconte, mais il ne s'en rend pas compte pour autant. Il est bien trop perché pour remarquer que mon attention n'est pas concentrée sur lui.

En effet, je ne pensais pas qu'il aurait le culot de se pointer, pourtant il l'a fait. Vince. Il entre dans la pièce comme si les lieux lui appartenaient, il a toujours eu cette assurance, qui, quand j'étais plus jeune, m'impressionnait. Plus maintenant. Quand il me repère, il n'hésite pas et se dirige directement vers moi, l'air déterminé. Je me renfrogne tout en m'invitant au calme, je ne peux pas faire un esclandre ici, ce n'est ni lieu, ni le moment.

Quand il s'arrête juste devant moi, mes poings sont déjà fermés ce qu'il remarque immédiatement.

– Logan, il faut qu'on parle.

– Je n'ai rien à te dire, hormis de signer ces foutus papiers ! je lâche entre mes dents serrées.

– Tu sais que je ne vais pas faire ça. J'ai promis à ta mère que je veillerais sur toi, je compte bien tenir cette promesse... Encore plus maintenant.

Mes yeux me donnent l'impression de sortir de leurs orbites. Il n'a pas osé mentionner Crystal, ici, devant tout le monde alors que des oreilles indiscrètes sont partout ? Je l'empoigne par le bras pour le conduire à l'écart, plaquant un grand sourire sur mes lèvres lorsqu'on croise quelqu'un. Quand je trouve un recoin, je le lâche comme s'il m'avait brûlé.

– Ne t'avise plus jamais de mentionner Crystal. Jamais, je le menace en me penchant dangereusement vers lui.

Pas inquiet pour un sou, il ne bouge pas, se contentant de me regarder de la tête aux pieds.

– Tu as l'air en forme, ça fait combien de temps que tu es clean ?

Sa question me prend au dépourvu, mais j'y réponds tout de même :

– Bientôt six mois.

Lorsque je suis revenu, la tentation a été forte. J'ai cru craquer à plusieurs reprises, mais je m'accrochais à ce que m'avait enseigné le Doc et je me disais de résister juste un jour de plus. Juste un seul. C'est comme ça que les jours se sont transformés en semaines, puis en mois.

– Je suis fier de toi.

– J'en ai rien à foutre, je réplique en prenant un verre d'alcool sur le plateau d'un serveur qui passe par là.

Il est encore tôt et je ne devrais pas boire, cependant mes nerfs sont mis à rude épreuve, j'ai besoin d'un peu d'aide pour tenir le cap. J'avale la flûte de champagne d'une seule traite, les bulles picotant mon nez.

– Tu voudrais bien te casser maintenant ? J'essaie de faire quelque chose de bien ce soir.

– C'était une bonne idée, cette levée de fonds pour les centres de repos, élude-t-il.

– De désintox, Vince, tu peux le dire, ce n'est pas un gros mot.

– Oui. Mais ta nouvelle petite équipe de com' a merdé sur la liste des invités. La plupart des célébrités ici présentes doivent acheter plus de cocaïne que toi il y a un an.

Je me mords la langue pour ne rien dire, car il a parfaitement raison et c'est la réflexion que je me suis faite en arrivant ici. Les magazines ne vont parler que de ça et pas de l'initiative de base, ce qui me fout en pétard. Je me moque du coup de projecteur que cela peut amener sur ma petite personne, c'était vraiment un projet qui me tenait à cœur. J'ai vu le manque de moyens dans le centre où j'ai été aidé, et ce n'était pourtant pas le pire du pays.

– Si tu es venu te vanter, je te jure que je vais te foutre mon pied au cul.

La suite des événements me prend de court. La photographe de la soirée arrive à ce moment précis et nous demande de prendre la pause. J'hésite une seconde de trop car Vince passe un bras autour de mes épaules et la voilà repartie. Je me dégage d'un mouvement sec, la bile remontant le long de ma gorge. Après un soupir bruyant, il me refait face avant d'entamer son discours :

– Je sais que j'ai merdé avec toute cette histoire en Virginie. Je me suis toujours vanté de lire en toi comme dans un livre ouvert et je n'ai pas su voir l'évidence. Tu l'aimais, tu l'aimes peut-être encore et je n'ai pas respecté ça. Je suis désolé, Logan. Vraiment. Si c'était à refaire, je m'y prendrais différemment. Je vais te laisser tranquille ce soir, mais s'il te plaît, passe au bureau demain, qu'on discute. Je ne te laisserai pas partir, donc autant qu'on essaie de trouver un terrain d'entente.

Après une ultime tape dans le dos, il s'éloigne. Je le suis des yeux jusqu'à ce qu'il franchisse les doubles portes principales. Je relâche mon souffle que je retenais depuis qu'il a évoqué mes sentiments pour Riley. Personne n'a le droit de prononcer son nom, il a apparemment eu le mémo. Depuis trois mois, je lutte pour ne pas sauter dans un avion direction New York et retourner cette foutue ville jusqu'à la trouver.

J'attends avec impatience la tournée de promo pour un film d'action auquel j'ai participé il y a plus d'un an et demi. Le 17 septembre, je serai à New York et il est hors de question que je n'essaie pas de la voir. Je ne sais pas si elle a gardé le même numéro, je n'ai pas osé m'en servir de peur d'apprendre que ce lien si ténu entre elle et moi n'existe plus.

D'un claquement de doigts, je fais signe au serveur de revenir vers moi et j'avale une coupe cul sec avant de m'en resservir une autre. La soirée ne fait que commencer et déjà j'aimerais partir, sauf que je suis l'hôte et que je ne peux pas me permettre de me barrer même si les gens ont signé les gros chèques en entrant. Je vais devoir serrer des mains et prendre la pose pour des photos toute la soirée. Ça me déprime d'avance.

Soudain je sens mon téléphone vibrer dans la poche de mon costume. Le nom sur l'écran illumine ma soirée. Je décroche en m'écartant un peu de la foule.

– Salut, Jojo !

– Coucou ! Alors cette soirée ?

Je suis touché qu'elle s'en souvienne, je n'ai dû la mentionner qu'à une seule reprise et pourtant, elle a mémorisé l'information. Je ne mérite pas une telle petite sœur.

– Les chèques sont dans la boîte et j'hésite entre m'étouffer avec un petit four et me rouler par terre en tapant des pieds.

– Je paierais cher pour voir la deuxième option, rigole-t-elle.

Je souris comme un idiot, tout seul dans mon coin. À peine deux jours après mon retour à Los Angeles, j'ai reçu à ma grande surprise un e-mail de sa part. Un très long message dans lequel elle vidait son sac, mais où elle me disait qu'elle m'aimait et qu'on n'était plus que tous les deux, qu'il fallait se serrer les coudes. Le soulagement que j'ai alors ressenti a été si fort que j'ai chialé comme un bébé avant de pouvoir lui répondre. Au moins je n'avais pas tout perdu. Dans le court silence qui s'installe entre nous, j'entends en bruit de fond la sirène d'une ambulance ou d'un camion de pompier.

– Tout va bien à Madison ou quelqu'un vient de foutre le feu à une maison ?

– Hum... Oui. Je pense que tout va bien.

Mon cœur rate un battement face à son hésitation.

– Comment ça « tu penses » ? Il y a un problème avec les Slade ?

Ou Riley, j'ajoute dans ma tête.

Malgré la fin de ses études, Joy est restée chez eux en attendant d'avoir des nouvelles des nombreuses candidatures qu'elle a envoyées. Des recruteurs de New York lui ont également fait une offre qu'elle a refusée car ce n'était pas ce qu'elle cherchait.

– Non, non, me rassure-t-elle. Tout va bien. C'est juste que je ne suis pas à Madison.

– Joy, arrête de tourner autour du pot, tu es où, bordel ?

L'espoir qui naît en moi fait que j'observe la salle, au cas où elle aurait décidé de me faire une surprise. Mais cet espoir meurt quand elle me répond :

– New York.

Elle n'a pas besoin de préciser avec qui elle est. Il n'y a qu'une seule personne chez qui elle pourrait loger et le trou dans ma poitrine s'agrandit un peu plus en pensant à elle.

– Comment elle va ? je murmure.

– Bien. J'aimerais que tu puisses voir à quel point elle continue de s'ouvrir au monde. Elle vit toute seule, bon sang, dans une grande ville ! Jamais je n'aurais pensé qu'elle puisse franchir ce pas et pourtant elle y arrive haut la main. Elle ne cessera jamais de me surprendre…

Les mots me manquent, je m'adosse au mur derrière moi en fermant les yeux. J'essaie de m'imaginer ce qu'est devenue sa vie en écoutant ma sœur me décrire son appartement et le nouveau job pour lequel elle a quitté Madison. En résumé, elle semble heureuse alors que je meurs un peu plus chaque jour.

– Demain, je vais passer une audition pour la compagnie dans laquelle Caleb et elle travaillent. J'espère que ça va marcher, j'aimerais danser avec eux.

Un coup d'œil à ma montre m'apprend qu'il doit être près de minuit et demi sur la côte est.

– Tu ne devrais pas être au lit, à cette heure-ci ?

– Si… J'attends juste que Riley rentre, je ne serai pas tranquille avant.

Je rouvre les yeux, soudain en alerte.

– Comment ça ? Elle n'est pas encore rentrée du travail ?

Le juron que lâche ma sœur devrait m'amuser, mais ça n'est pas le cas. Elle ne me dit pas tout et mon instinct m'alerte que je ne vais pas aimer ce qu'elle dira.

– Joy ! j'insiste.

– Elle est à une sorte de rencard. Avec Caleb.

La douleur qui me transperce la poitrine est foudroyante. Je savais que ce jour viendrait mais je ne pensais pas que ça serait si tôt ni que j'en serais un témoin indirect. Encore moins que ça ferait si mal. Je respire lourdement tout en frottant mon torse, comme si je pouvais apaiser la sensation.

– Je suis désolée, Logan.

– Je dois y aller, je mens. On se rappelle vite.

Je raccroche avant de me mettre à hurler sur ma sœur pour qu'elle me donne plus d'informations. Dans le genre maso, je me pose là. J'engloutis le peu d'alcool qui reste dans mon verre, mais en mon for intérieur je sais qu'il n'y a pas assez d'alcool dans toute la pièce pour me faire oublier la bombe que vient de lâcher Joy.

Riley et Caleb.

Caleb et Riley.

Je jure sur la vie de ma sœur que s'il ose la toucher, c'est un homme mort. Ma santé mentale est assez bancale, il ne devrait pas trop me tester, le casse-noisettes !

– Tiens, tiens, tiens. Logan Collins, je pensais que t'avais quitté ta propre petite sauterie.

Je regarde Lauren sans réellement la voir. La voilà, ma solution pour étouffer toute cette douleur. Je l'agrippe par le bras pour la rapprocher de moi comme si je lui chuchotais quelque chose à l'oreille :

– Combien tu as sur toi ?

– Toi aussi, tu m'as manqué, raille-t-elle.

Je raffermis ma poigne, ce qui lui arrache un couinement.

– Combien ?

– Plusieurs grammes.

– Donne-les-moi.

Elle fouille dans sa pochette pour me plaquer dans la main un petit sachet plastique.

– Tu as intérêt à me rembourser, me dit-elle, acerbe, alors que je m'éloigne déjà. Et vas-y doucement, elle est forte !

Mais je ne l'écoute plus, je cherche une pièce isolée que je finis par trouver à côté des cuisines. Plusieurs serveurs me regardent bizarrement mais je m'en fous. Je ne pense plus qu'à Caleb en train d'embrasser Riley, de la déshabiller, puis de s'enfoncer en elle. Je vais devenir fou si je ne fais pas disparaître ces images de ma tête, il faut que ça cesse, il faut que tout cesse.

Je verse une grande quantité de poudre sur l'étagère devant moi avant de la travailler grâce à ma carte de crédit. Puis je forme trois rails parfaits. C'est fou comme les vieilles habitudes reviennent vite, je n'ai pas perdu le coup de main, il semblerait. De mon pouce, je me bouche la narine mais, à quelques centimètres de ma délivrance, j'hésite. Je me revois lui promettre que je tiendrai bon, que je ne rechuterai pas. Que penserait-elle si elle me voyait sur le point de foutre en l'air tous mes efforts ? Mais tout ce que j'arrive à voir dans ma tête, ce sont les corps enlacés de Riley et Caleb. Ils m'agressent, alors je m'incline un peu plus et j'inspire.

La brûlure est immédiate, je secoue la tête tout en me massant le nez. L'effet monte plus vite que je ne l'avais prévu et la tête me tourne quand je tape la deuxième ligne. Je titube comme un con, tout seul dans cette réserve, mon cœur est parti dans une course folle et j'ai du mal à stabiliser mon regard. J'ai beau appuyer sur mes yeux, rien n'y fait : je vois partout et nulle part en même temps. Une alarme se déclenche dans mon cerveau mais je la fais taire elle aussi quand je sniffe la troisième et dernière trace. Le pouvoir de la C est vraiment plus fort quand cela fait un moment qu'on n'y a pas touché et c'est encore meilleur, *putain.*

Quelques secondes après ce constat, je réalise que j'ai du sang sur les doigts et que ça provient de mon nez. Mes jambes cèdent sous mon poids, je rate le meuble auquel j'essaie de me rattraper et m'étale de tout mon long sur le sol. Ma tête frappe violemment contre un objet et l'absence de douleur me rassure alors qu'au fond, je sais que ça devrait au contraire m'inquiéter. Je suis très loin dans mon trip, pourtant je remarque que je n'arrive plus à bouger et que ma poitrine se soulève à un rythme alarmant. Elle essaie de suivre la cadence furieuse de mon cœur qui envoie cette merde encore un peu plus loin dans mon corps. Au bout de longues minutes, mes paupières commencent à se faire lourdes et je m'aperçois que je n'ai pas envie de lutter. Un peu de calme et d'oubli me feront du bien. Quelque part une petite voix intérieure me crie qu'il ne faut pas que je m'endorme. Je ne percute pas tout de suite qu'elle a le même timbre que celle de Riley, mais quand je fais le rapprochement, je plonge pour la retrouver.

J'abandonne complètement en fermant les yeux. La course dans ma poitrine se calme de plus en plus... battement après battement... avant de finalement s'arrêter.

LES MUSIQUES DE CETTE HISTOIRE :

Skrillex, *First of the Year (Equinox)*
Arctic Monkeys, *Dance Little Liar*
Avril Lavigne, *Nobody's Home*
Nirvana, *Smells Like Teen Spirit*
Awolnation, *Sail*
Sons of an Illustrious Father, *Extraordinary Rendition*
InMe, *Neptune*
Twenty One Pilots, *Fall Away*
alt-j, *Warm Foothills*
Stevie Wonder, *What Christmas Means To Me*
Outkast, *Hey Ya*
Radiohead, *Creep*
Cage the Elephant, *Ain't no Rest for the Wicked*
Agnes Obel, *The Curse*
Cinema Bizarre, *My Obsession*
The Pixies, *Where Is My Mind ?*
System of a Down, *Lost in Hollywood*
Sia, *Breathe Me*
Donny Hathaway, *Jealous Guy*
Scott Helman, *Machine*
Ina Wroldsen, *Mother*

The Lumineers, *Cleopatra*
Twenty One Pilots, *Heavydirtysoul*
Band of Horses, *The Funeral*
Billie Eilish, *Ocean Eyes*
MØ, Foster the People, *Blur*
Lewis Capaldi, *Bruises*
Sabrina Claudio, *Truth Is*
OK Go, *Needing/Getting* (video version)
Shake Shake Go, *Doors to Heaven*
The Teskey Brothers, *Hold Me*
Muse, *Supermassive Black Hole*
Tom Odell, *Can't Pretend*
Ruben, *Lay By Me*
George Ezra, *Hold My Girl*
FKA Twigs, *Two Weeks*
Ben Platt, *Ease My Mind*
Sigrid, *Home To You*
Joss Stone, *I've Fallen In Love With You*
Cover d'Haley Reinhart, *Can't Help Falling In Love*
Billie Eilish, *When The Party's Over*
Ed Sheeran, *Save Myself*
Kygo, *Remind Me To Forget*
Panic ! At The Disco, *Dying in LA*

REMERCIEMENTS

J'ai beau m'être pliée à cet exercice quelques fois maintenant, il n'en reste pas moins impressionnant. Cela dit, je pense que c'est une bonne chose, c'est que cela me tient à cœur et que j'ai envie de n'oublier personne.

Ce livre sort de la même veine que ce que j'ai déjà pu vous partager. On reste sur de la romance, certes, mais les thématiques y sont différentes. À travers Riley et Logan, j'ai pu sortir beaucoup de choses de moi et j'espère que cela vous plaira. Que vous ferez vivre, à votre tour, leur histoire.

Vous vous doutez que pour l'écriture de ce roman, j'ai eu besoin d'être bien entourée et il est temps de dire « merci » comme il se doit. Je vais tout de suite commencer par celles qui m'ont accompagnée tout au long de l'écriture de cette histoire que j'ai commencée en 2018...

Mes bêta-lectrices : Karline, Karell, Karen, Ouidad, Sandy et Cicé. Sans vous, l'histoire de Riley et Logan ne serait pas aussi poussée. Je vous remercie du fond du cœur de m'avoir accompagnée et guidée lorsque je doutais. Si un jour je peux vous rendre un dixième de ce que vous m'avez donnée, je suis là.

Mon éditrice, Sylvie. T'avoir avec moi dans cette aventure m'a enlevé un gros poids sur les épaules. Je me suis sentie écoutée, comprise et ensemble on a su faire de ce premier tome quelque chose dont je suis fière. J'ai hâte de poursuivre à tes côtés.

Ma famille, et mes amis : cette année 2021 a été une épreuve que je n'oublierai jamais et je ne peux que vous remercier d'avoir été à mes côtés pour m'aider à reprendre mon souffle. Sans vous, je n'aurais pas eu la force de terminer dans les temps ce livre et je voulais que vous sachiez combien cela compte à mes yeux. Vos mots, votre soutien et votre amour sont essentiels pour moi, pour continuer à avancer.

Merci aussi à vous, mes lecteurs et lectrices, sans qui je ne serais certainement pas là à écrire ces mots. En lisant mes romans et en en parlant autour de vous, vous me permettez de continuer à écrire les nombreuses histoires que j'ai en tête. De pouvoir réaliser ce rêve qu'est de voir mes livres entre vos mains. Merci infiniment de rester avec moi et d'aimer si fort mes personnages (parfois plus que moi, ah ah) et de venir me rencontrer lors des dédicaces. Ce sont des moments précieux que vous m'offrez.

À Alison : sans toi et nos sessions de travail, je n'aurais jamais eu cette énergie qui m'a permis d'avancer comme je l'ai fait. T'avoir avec moi au quotidien est un cadeau que je chéris très fort, ma sœurcière.

À Célio. Je t'ai dédié ce livre, un choix assez étrange quand on y réfléchit, car le livre de Logan est Riley est si complexe. Mais c'est une si belle histoire d'amour pour moi, dans tout ce qu'il y a de beau et moins beau. Cette année, nous avons dû être plus soudés que jamais, on a vécu ce que la vie a de plus magnifique et de plus tragique.

Mais malgré ça, on s'aime encore plus fort et on continue à tendre vers le bonheur pour honorer une promesse inaltérable.

Et enfin, à notre étoile filante, merci d'être passée dans nos vies, d'avoir remis l'essentiel en évidence. Le soleil brillera de nouveau.

Je vous embrasse tous,
encore merci du fond du cœur.

Alicia